# Eliminados

Fernando
Costilla

# ELIMINADOS

AdN Alianza de Novelas

Diseño de colección: Estudio de Pep Carrió



PAPEL DE FIBRA CERTIFICADO


Madrid, 2021
Calle Juan Ignacio Luca de Tena, 15
28027 Madrid
www.AdNovelas.com

ISBN: 978-84-1362-231-6
Depósito legal: M. 7.316-2021
Printed in Spain

*Para Leo y Max,*
*hijos de mi vida*
*(y por supuesto también de Marga,*
*su madre, mi compañera de viaje)*

La tragedia del hombre que no está hecho
para la tragedia..., esa es la tragedia de cada hombre.
*Pastoral americana.*
PHILIP ROTH

*My brain hurt like a warehouse, it had no room to spare*
*I had to cram so many things to store everything in there*
*And all the fat-skinny people, and all the tall-short people*
*And all the nobody people, and all the somebody people*
*I never thought I'd need so many people.*
«Five years»
DAVID BOWIE

No se puede vivir y al mismo tiempo saber
algo de lo que uno está viviendo.
*Una fuente inagotable*
MARTIN WALSER

Tengo ganas de volar, de nadar, de ladrar, de mugir, de aullar. Quisiera tener alas, un caparazón, una corteza, exhalar vapores, tener una trompa, retorcer mi cuerpo, dividirme en muchas partes, estar en todo, diluirme con los olores, desarrollarme como las plantas, correr como el agua, vibrar como el sonido, brillar como la luz, adoptar todas las formas, penetrar en cada átomo, descender hasta el fondo de la materia, ¡ser la materia!
*La tentación de San Antonio*
GUSTAVE FLAUBERT

# Javi, 2010

¿Cuándo sucedió? Una vez más trata de recordar el instante preciso, el momento en el que algo hizo clic en su cabeza y el suelo empezó a temblar, la incertidumbre cayó sobre él como una maldición, igual que una enfermedad, un accidente brutal, arrasando con todo. Si lograse recordarlo podría invertir la tendencia, apartar los escombros y comenzar con la reconstrucción. Pero ¿de verdad puede aspirar a que le devuelvan aquello que por su propia naturaleza es irrecuperable? ¿Cómo recuperas una mano, una pierna, un brazo? Lo tienes o no lo tienes. Con suerte logras hacerte con un implante, una prótesis que se parece a un brazo pero no es tu brazo. Tiene forma de pierna pero no es tu pierna. Debajo está el muñón, tú lo sabes, sientes el pedazo de carne deforme latiendo para recordarte lo que ya no existe. ¿Cómo seguir adelante cuando te han despojado de todo? Despojado suena a mojado.

—Una delgada línea te separa de la locura.

Dedica una sonrisa a la raya que se extiende sobre el cristal de la mesa. Bajo el palpitante reflejo del televisor, el fino trazo de polvo blanco se confunde con las líneas del campo y los cercos de los vasos. Tendría gracia que cometiera un error, que por equivocación se metiera una de las bandas del estadio Ellis Park. En tal caso, el partido contra Paraguay, los cuartos, los malditos cuartos, tendrían que suspenderse. Un desgraciado, un Maradona de la vida, que se ha fundido sin ayuda de nadie la línea de banda y el punto de penalti, ¿te lo puedes creer?

Escucha de nuevo el mensaje.

—Te espero en el Wilfred —suena la voz telefónica de Charli—. Aunque sea a la segunda parte y luego nos vamos a celebrarlo. ¡Porque esta vez lo vamos a conseguir! —Se oye su risa estruendosa—. Venga, no seas tonto, Javi.

—Javi.

Repite el nombre en voz alta, *Javi,* resuena en la habitación vacía, y se resiste a reconocerse en él. Quizá porque las últimas palabras de Charli tenían una entonación diferente, más íntima, no sonaban a celebración sino a otra cosa, no sabe precisar a qué. Podría ser afecto, amor, amistad, podría ser la fidelidad perruna de Charli.

Pero no, no es ninguna de esas cosas.

De pronto comprende que se trata del repugnante sentimiento de lástima. Maricón, cómo se atreve. Merecer la compasión de Charli es haber caído muy bajo, y él no ha caído tan bajo.

—Aún no.

Aspira con rabia y la boca se le llena de almendras amargas, de pegamento Imedio, pasea la lengua por los labios, entumecidos, se muerde el carrillo derecho. Espera unos segundos para que desaparezca la opresión en el pecho, recuperar aunque sea por unos instantes la fe inquebrantable en sí mismo. Sin embargo no sucede nada. Trata de invocar la furia:

—Furia, ven a mí.

Como si bastaran esas palabras para activar el conjuro y que la furia se haga presente, acuda en su ayuda para castigar a las malvadas, para destruir a los inicuos. Inicuo. Desconoce el significado de esa palabra. Si estuviera la innombrable seguramente podría explicarle qué quiere decir. Pero no está. Está a solas frente a una palabra desconocida. Inicuo. Ha llegado de otro tiempo, de cuando iba a misa los domingos. Quizá debería volver al regazo de la santa madre iglesia. Mañana domingo podría ir a misa. Porque mañana es domingo, ¿verdad?

—Ya no sabes ni en qué día vives.

El mundo tiembla al ponerse de pie, pero no queda más remedio, necesita beber algo, si contiene alcohol, mejor, y se dirige hacia la barra de madera que llama cocina. Son apenas dos pasos pero tropieza con la alfombra polvorienta y llega trastabillando hasta la nevera, está a punto de caerse al suelo. La culpa ha sido de la televisión, por seguir de reojo lo que sucede en la pantalla. En estos momentos atacan los paraguayos. Malditos paraguayos, no pensó que darían tanto problema, lo único que han hecho de mérito en el Mundial es empatar contra Italia, ya ves tú, los italianos, que no han pasado de la primera fase, quedaron últimos de grupo. Sí, Paraguay tiene un equipo correoso, duro, pero nada más.

—Sin embargo, ahí están, jodiendo la marrana.

Abre la nevera. Ya no queda cerveza, tampoco vino, y el whisky se terminó ayer. Está seco. Podría ir un momento al chino y pillar una litrona, como en los viejos tiempos. Saca el móvil del bolsillo, pone el altavoz, suena de nuevo el mensaje de Charli.

—Te espero en el Wilfred. Aunque sea a la segunda parte y luego nos vamos a celebrarlo...

Se queda mirando la pantalla del televisor, el balón está en el centro del campo, Pedro se resbala y la pelota sale por banda. Ahora mismo no sabe si están jugando la primera o la segunda mitad. Con todos los partidos de la selección le ha sucedido lo mismo. Algunos incluso duda haberlos visto. Es decir, él estaba allí, como ahora, delante del televisor, pero el partido se terminaba cuando él creía que no había hecho más que empezar. Ya no hay certezas. Duda de todo. A veces incluso duda de que el Mundial se celebre en Sudáfrica. Bebe agua a morro, directamente del grifo, y regresa al sofá que la mayoría de noches suele servirle de cama. Escucha otra vez el mensaje.

—Te espero en el Wilfred. Aunque sea a la segunda parte...

Los paraguayos roban el balón, son rápidos los puñeteros, por suerte lo pierden enseguida. Podría llamar a Charli y preguntarle si está con Toño y con ella, no quiere decir su nombre, Rocío, no quiere ni siquiera pensar en su nombre, Rocío, a pesar de lo cual no logra evitarlo, Rocío, porque si están ellos dos no irá al Wilfred.

—¿O sí?

No tiene claro qué había decidido al respecto. Si solo quedaría con Charli para ver el partido en caso de que no fueran Toño y esa mujer, Rocío, o si por el contrario la presencia de ambos era la única condición para que contaran con él. Probablemente fuera lo primero, aunque también es posible que decidiera hacer las dos cosas a la vez, ir y no ir, estar con ellos y no estar con ellos, porque esa ha sido últimamente su estrategia: si no ha ido a ningún partido es porque ahora le resulta más sencillo no hacer algo que hacerlo. Y porque ya no sabe qué piensa de las cosas. Se dice a sí mismo tienes cuarenta años, no ocho, copón, toma decisiones.

—Una decisión aunque sea, tampoco es tan difícil, ¿no?

Pero no hay manera. Antes, cuando daba órdenes, todo era más sencillo. Tomaba decisiones todo el rato, y no solo las que le afectaban a él, sino a todo cristo, incluso decidía por aquellos a quienes no pagaba para obedecerle, a esos, a Rocío, también les decía qué debían hacer, porque si no tomas decisiones el mundo las toma por ti.

—Pero el mundo es muy perro.

El mundo acaba tomando decisiones en cualquier caso, el mundo siempre tiene la última palabra, así que da igual, decide o no, puedes quedarte tranquilo metido en casa, en tu agujero, que le den al resto.

—Yo me quedo aquí.

Si recordara cuándo empezó, en qué momento se resquebrajó, dónde apareció la primera grieta. Manosea los recuerdos como si fueran cartas, barajándolas una y otra vez con la esperanza de que el resultado sea diferente.

—Te espero en el Wilfred...

Contempla los restos de polvo dispersos sobre la mesa de cristal. Quizá no sea más que suciedad, las partículas en suspensión, vivir en un bajo junto a la M-30 es lo que tiene, te come la mierda por todas partes. En el reflejo de la mesa cree distinguir la silueta de Torres, quizá sea Busquets. Iniesta choca contra un paraguayo en el aire, se dan un cabezazo y ambos caen al suelo. Podría hacerse camello.

—Camello no, eso es para muertos de hambre, hay que pensar a lo grande.

Pues narcotraficante. Al fin y al cabo el narcotráfico es un negocio como otro cualquiera y los negocios funcionan todos igual. Hay ingresos, gastos, riesgos. Podría intentarlo. Al menos durante unos meses. El tiempo suficiente como para salir del hoyo, recuperarse, montar algo.

—Montar qué. Qué coño quieres montar tú.

Ese es el problema. Antes tenía buenas ideas, se le ocurrían vías de negocio originales. Rubén flipaba. Pero ahora no se le ocurre nada. Tampoco está Rubén para flipar. Puto niño rico, no debería haberle hecho caso, no tendrían que haber entrado en concurso de acreedores, si hubieran aguantado un poco todo sería muy diferente, pero, claro, Rubén tenía el lomo cubierto, a él en el fondo se la sudaba. Por qué se dejó convencer, por qué. ¿Fue entonces cuando sucedió? ¿Ahí apareció la primera grieta? Mueve la cabeza, trata de despejarse, no quiere descartar la idea del narcotráfico. No es una idea brillante, pero al menos así podría financiarse el consumo ahora que se ha disparado, y al fin le pasaría la pensión a la innombrable, y ya no necesitaría pedirle dinero a su madre todos los meses, tampoco a María.

—Qué asco das. Asquito.

No concibe nada más repugnante, sablear a su hermana pequeña, tanto criticar a Julio y al final es como Julio, peor que Julio, él es la verdadera desgracia de esta familia, el auténtico inútil, niñato imbécil, menos mal que papá ya no está para verlo. Juega con el móvil mientras trata de concentrarse en el partido, vamos, chavales. Pulsa el botón para escuchar por quinta vez el mensaje.

—Te espero...

Iniesta ve solo a Cesc y se la pasa, el balón golpea en el palo, el rebote le llega a Villa. Está solo. Siente un pinchazo en el ojo derecho. Por un momento piensa que ha recibido un pelotazo, que el balón, en lugar de entrar en la portería, ha salido del televisor para impactar directamente contra su rostro. A los pocos segundos un punzón le atraviesa el otro ojo. Quiere pestañear pero no es capaz. Hace un nuevo intento, concentra todas sus fuerzas en los párpados, pero no sirve de nada, se niegan a obedecerle. El dolor en los ojos es cada vez más intenso, la luz, que viene de algún lugar por encima de su cabeza, empieza a quemar. Intenta cerrarse los ojos con la mano, como hacen con los muertos, pero el brazo derecho ignora sus órdenes. Y con el izquierdo sucede igual. No sucede nada.

—¡Vamos!

Alguien ha gritado. Quizá ha sido él mismo. Pero no, es ridículo. Si no puede cerrar los ojos ni mover los brazos es imposible que su lengua esté agitándose de un lado a otro. Hay miles, millones de músculos, alrededor de la boca, en los labios, que se ponen en marcha al hablar, Toño seguramente conocerá el nombre de todos ellos.

—¡Venga, tío!

La voz proviene de una figura que se aproxima corriendo. Al principio no es más que una sombra, pero poco a poco distingue los pantalones cortos azul marino, casi negros, la camiseta del mismo color. Y las botas. Son botas de fútbol, los tacos hundiéndose en la alfombra. En ese instante comprende que está tirado en el suelo. Huele a humedad, a tabaco, a vinagre, y a otra cosa que podría ser amoniaco.

—¡¿Se puede saber de qué vas?! —le grita Villa, porque es Villa, reconoce a David Villa, cómo no va a reconocerle, Villa, nuestro nueve, el máximo goleador de la selección.

Villa hace un gesto de rabia con el puño, tiene algo de amenazador, por un instante teme que vaya a lanzarse sobre él para darle una paliza. Pero ¿por qué? ¿Qué le ha hecho a Villa? En cualquier caso no se asusta. No teme las peleas, nunca las ha temido, si hay que pegarse nos pegamos, aunque sea con el capitán de la selección española de fútbol. No, espera, ese es Casillas.

¿Casillas?

¿Quién es Casillas? No sabe quién es Casillas, su nombre ha salido de la nada. Hace un esfuerzo y vislumbra la silueta de un chaval, debe de rondar los veinte años, delgado, muy delgado, el pelo ensortijado, juega de portero aunque no va vestido como tal, lleva unos pantalones de pana y camisa a cuadros, los guantes son de lana. En realidad no tiene veinte años, apenas llega a los doce. Pero no se trata de Casillas. No tiene ni idea de quién es Casillas, pero sabe que ese chico no es él.

—¡Levántate de una puñetera vez!

Villa insiste en animarle. Porque se trata de eso, ahora no tiene duda, no quiere pelea, solo intenta que se venga arriba.

Hace un nuevo esfuerzo, su cuerpo entero aúlla, pero las piernas siguen muertas, igual que las manos, los brazos, los párpados. Y no quiere decepcionar a Villa, no quiere que piense que es un mierda. Intenta ganar tiempo preguntándole por el partido, cómo va la cosa, crees que podremos romper la maldición de cuartos, sin embargo sigue sin poder hablar, solo escucha su propia respiración. Villa sonríe, parece asentir, se diría que, de alguna forma, le ha entendido.

—¡Estás fatal, tío! —grita Villa, otro Villa, porque ahora está calvo, la cabeza perfectamente rapada, y nada más decirlo suelta una carcajada estruendosa, no sabía que Villa se riera así—. ¡Vamos, Javi, que tú puedes!

¿Javi?

¿Quién es Javi? No sabe quién es Javi, pero a continuación una voz, otra voz, le responde tú, tú eres Javi, y al instante siente una nueva punzada de dolor. Pero es un dolor diferente. Conoce bien el dolor, sabe lo absorbente que puede llegar a ser, su capacidad para colonizarlo todo. Ahora sin embargo siente que es él quien está al mando, no el dolor. No está obligado a obedecerle. De alguna forma, el dolor y él funcionan como dos entidades autónomas. Algo imposible, porque sabe perfectamente que el dolor necesita un cuerpo para existir, sin sujeto no hay dolor, es el sujeto quien sufre el dolor, nunca puede ser a la inversa. El dolor es verbo y al principio era el verbo, como intentó explicarles una vez la cacatúa en catequesis, pero aquí, en este instante, manda el sujeto y eso le hace sentirse poderoso. Otras veces se ha sentido poderoso, sin embargo ahora comprende que aquello era un poder irreal, ficticio, basado en cosas inexistentes, como el dinero, o más inexistentes aún, como el miedo.

—Mira, si no te levantas me largo.

Villa se ha transformado ahora en una vendedora de El Corte Inglés que le observa con los brazos cruzados sobre la blusa a rayas. La chica se da la vuelta para dirigirse hacia la puerta. Siente pánico, no quiere que Villa se marche, intenta gritar, no te vayas, porque sabe que entonces se quedará solo, porque aparte de David Villa no hay nadie más con él, ni siquiera está Rocío. Tampoco está Charli. Ni Toño. Y deberían estar, los tres siempre le acompañan en momentos así. ¿En momentos *así*? ¿Qué momentos son esos? Y ¿quién es Toño? ¿Quién es Charli? ¿Quién es Rocío? Sus nombres se han arrastrado hasta él, moviéndose con lentitud, pero son solo palabras, no hay rostros detrás de ellas, no hay brazos, no hay piernas, no hay nada, un nombre sin rostro no significa nada. Solo ve a una niña. No tiene más de tres años. A ella sí la reconoce pero es incapaz de recordar su nombre.

Nombres sin rostro, rostros sin nombre.

Debe recordar. Es necesario recordar.

Recuerda.

*Hoy se decide en Argentina la definitiva clasificación del equipo nacional español para pasar a la segunda fase; la definitiva eliminación, y con ello el fin de toda esperanza, o el mantenimiento de una incertidumbre que no se esclarecería hasta el tercero y último partido de esta liguilla entre Austria, Suecia, Brasil y España.*

*Si España ganara los dos partidos que le quedan por jugar, pasaría indefectiblemente a la segunda fase, fuese cual fuese el comportamiento de Austria en sus dos confrontaciones finales. Si España perdiera uno solo de sus enfrentamientos o empatara ambos, quedaría eliminada sin remisión. En cambio, si ganara uno de sus partidos y empatara el otro, lo mismo podría triunfar que perder o que dilucidar su igualdad de puntos según las normas que rigen este Mundial argentino de fútbol en la liguilla.*

*España va a luchar en este partido con Brasil como en las películas del bueno y el malo, al borde del precipicio. Para nosotros, el bueno es España, naturalmente, pero como el fútbol no es el cine y al bueno no le libra ni el guionista ni el director, existe el temor de que gane el mal, nos empuje Brasil y nos deje como trámite el partido contra Suecia.*

ABC, *7 de junio de 1978.*

# Javi, 1978

*13 horas 56 minutos 12 segundos permanece un momento mirándole, sin contestar.*

—¿Te duele? —repite Nacho, al menos cree que se llama así.

Sí duele, claro que duele, cómo no va a doler, puede notar un latido en el pómulo, bum bum, recordándole dónde le ha alcanzado el puñetazo de Iván, bum bum, o quizá ha sido con el codo, bum bum, resulta difícil saberlo, rodando por el suelo del patio podría haber sido cualquiera de las dos cosas.

—Pensaba que ibas a ganar tú —dice Nacho, aunque quizá sea José Manuel.

Tiene ganas de llorar. Traga saliva con esfuerzo. José Manuel se sienta a su lado, junto a las escaleras que bajan al comedor. O a lo mejor es Manolo. Lleva cuatro meses en el Cervantes pero aún no ha conseguido aprenderse los nombres de sus compañeros de clase. Tampoco ha hecho el esfuerzo; total, no va a quedarse allí, el año próximo volverá a los corazonistas. Y Miguel o como se llame ni siquiera está en su grupo, es del B.

—A mí, Iván nunca me ha pegado —dice Antonio, definitivamente es Antonio, algo parecido a Antonio, pero que no es Antonio.

Se pasa la mano por la frente para retirar el sudor, nota el polvo pegado a la piel, un escozor cerca de la sien. Trata de localizar a Iván en alguno de los grupos que juegan en el otro extremo del patio de tierra. Por un momento ve a Caloño, el amigo de Iván, jugando al fútbol cerca de las canastas. Pero de Iván no hay ni rastro.

—No sé por qué —dice Toni, quizá Tom, aunque Tom no puede ser porque es de Tomás—, pero Iván ha pegado a todos los de tercero menos a mí.

Antonio que no es Antonio quizá Toni barre el suelo con la mano, limpia la arena de una baldosa. De alguna forma, recuerda a los movimientos que hace la abuela María al peinarle, movimientos lentos, desesperantes, parece que nunca acabará. Está a punto de decirle que se largue. Si ha venido hasta aquí ha sido precisamente para que nadie le moleste y poder pensar en la oración con tranquilidad. Este es su lugar, es su sitio. Una de las primeras cosas que le explicaron al entrar en el Cervantes es que estaba prohibido jugar junto a las escaleras del comedor, te puedes caer, romperte la crisma, la profe Sara lo llamó así, la crisma. En ese extremo del patio el suelo está formado por baldosas en las que resulta fácil resbalar, pulidas por las pisadas de cientos de niños, quizá millones, y que la arena del patio vuelve aún más peligrosas. Nadie sabe qué hacen allí esas baldosas, ni por qué no las han quitado aún. Todos los días se la pega algún niño a la salida del comedor, él incluido. Por eso durante el recreo aquí nunca hay nadie jugando y puede sentarse tranquilamente en el hueco entre la pared y las escaleras, oculto a la vista de todos, ningún niño viene a darle la tabarra. Mira a Antonio que no es Antonio. Cuando termina la operación de limpiar la baldosa, Toño, ¿es Toño?, sí, Toño, eso, Toño, también apoya la espalda en la pared.

Por un momento piensa que quizá le manda el propio Iván para burlarse de él, gilipollas, hijoputa, obrero, podría haberle ganado sin problema.

—Yo creo que se le ha olvidado —dice Toño y coloca entre sus piernas una bolsa azul hecha con retales de cuyo interior sale un tintineo metálico.

Observa sus brazos, los ojos hundidos, los pómulos. Está muy delgado. Trata de imaginárselo peleando con Iván, peleando con él mismo.

—O sea que Iván cree que me ha pegado —dice Toño y se cubre la boca con la mano, suelta una risita falsa—, pero no me ha pegado todavía.

No, Toño no podría ganar a Iván. Y desde luego no podría ganarle a él.

—Bueno, Charli dice que sí me ha pegado, aunque aquello no fue una pelea realmente.

—¿Quién es Charli?

—Mi mejor amigo. En realidad mi mejor amiga es Rocío, que es su hermana gemela, pero de los chicos Charli es mi mejor amigo.

—¿Es americano?

—No, ¿por qué?

—No sé..., como se llama Charli.

—Bueno, se llama Carlos González García, pero es que es muy payaso. Como Charli Rivel.

—Creo que le conozco. Está en mi clase.

—Sí, es del grupo A.

—Como yo. ¿Y no le molesta que le llames Charli?

—¡Qué va!

—Es como si le llamaras payaso.

—¡Pero si se lo puso él!

—Pues yo no dejaría que nadie me llamara payaso.

Toño abre la bolsa y deja caer su contenido con un chapoteo metálico sobre la superficie pulida de la baldosa. Se pone de rodillas y empieza a separar tapones de botella.

—¿Echamos un partido? —dice Toño.

—Vale.

Él solo ha jugado un par de veces al fútbol con las chapas y le resultó demasiado lento, aburrido. Tratándose de las chapas le gusta más la Vuelta Ciclista, aunque casi nunca logre ganar a Fran, el asqueroso siempre se pide a Hinault. Se acuerda de los Corazonistas. Allí también estarán en la hora del recreo, Fran pidiendo que echaran porfi una carrera, la vuelta ciclista, Luis y Felipe jugando a las espadas, quizá un gol-regate. Vuelve a sentir ganas de llorar, pero se aguanta, es un hombre.

Él dice:

—En los Corazonistas yo ganaba siempre las peleas.

—¿Qué son los *corzonistas*? ¿Un equipo?

—Mi antiguo cole.

—Ah —dice Toño sin mucho interés, ahora concentrado en ordenar los tapones metálicos.

—Y se dice Corazonistas. Es uno de los mejores coles de Madrid.

Puede ver que en el interior de cada chapa hay un dibujo diferente. En unos resultan visibles franjas roja y amarillas, los otros tienen una única franja roja, enmarcada con dos trazos a bolígrafo. Contiene el impulso de acercarse un poco más, de agarrar un puñado.

—Yo me pido al Atlético de Madrid —dice Toño—. Tú vas con España.

—Pero eso no puede ser. No puede jugar el Atlético contra España.

—¿Por qué no?

—Porque no.

—Vale. Pues entonces no podemos jugar —dice Toño, pero sin rastro de queja en su voz, tampoco de desafío.

Él pregunta:

—¿Qué has puesto dentro de las chapas?

—Las caras de los jugadores.

—Pero... esas no son sus caras. Son dibujos.

—Sí, bueno, son dibujos de sus caras.

—¿Me dejas ver una?

Toño pone un puñado de tapones en su mano. Reina, Eusebio, Luis Pereira, no conoce ninguno de esos nombres. Rubén Cano, a este sí, de España, de la selección. No se parecen a los jugadores de verdad, ni mucho menos, más bien son como personajes de Mortadelo y Filemón, las narices enormes, alguno bizco, otro con la lengua fuera o dientes de conejo. Y sin embargo mola, molan mogollón, molan más que los equipos que hace Julio recortando las caras de los cromos repetidos. Se lleva la mano al bolsillo, palpa el taco de cromos.

—¿Haces la colección de la Liga?

—No. ¿Y tú?

—Yo sí. Con mi hermano Julio. Solo nos falta Juanito.

—Si queréis os lo puedo dibujar.

—Mmm, no sé. Creo que así no vale.

—¿Por qué?

—Sería como hacer trampas.

—Ya.

De pronto siente ganas de echar un partido de chapas, con las chapas de Toño. Pregunta:

—¿Tienes también al Real Madrid?

—No.

—Pues el Real Madrid es mejor. Ha ganado la liga y tenemos a Pirri.

—Pirri es un abuelo. Y ya lo teníais el año pasado y no ganasteis. Ganó el Atleti.

—Pero hemos fichado a un alemán buenísimo. Estilique. Y tenemos a Juanito.

—Juanito jugó en el Atleti.

—Eso es mentira. Juanito nunca ha sido del Atleti.

—Sí que jugó en el Atleti —dice Toño, y alza las cejas, se sorbe las narices mientras de nuevo rebusca entre las chapas, la boca entreabierta—, me lo dijo mi padre, ¡a ver si te enteras, chaval!

Va a responderle y bum bum, de nuevo el pómulo empieza a latir, bum bum, cierra los puños con fuerza, bum bum, la visión borrosa, bum bum, está a punto de lanzar la mano, bum bum, pero no puede hacerlo, bum bum, contrólate, joder, ¿es que no sabes controlarte, Niño Idiota?, bum bum, no tienes que dejarte pegar, Niño Idiota, debes defenderte, bum, bum, pero una cosa es defenderse y otra ser un animal bum, bum, porque no eres un animal, ¿o sí lo eres, Niño Idiota?, bum, bum, ¿eres un puto animal, Niño Idiota? bum, bum, dímelo, porque si eres un animal la próxima vez que vayamos al zoológico te dejamos allí, bum, bum, pero entonces Toño deja escapar una risa extraña, bum bum, extraña porque no se está riendo de él, bum, le acerca una de las chapas para mostrársela.

—Mira a este qué cara le he puesto... Es Capón.

Toño ha pintado el rostro del jugador con una sola ceja y unas orejas desmesuradas, pero sobre todo es la expresión, brutal, cazurra, la que le hace sonreír.

—¿Quieres que te haga a los del Real Madrid? —dice Toño—. Te los puedo hacer. No me cuesta nada.

—Vale.

—Y así podremos echar un partido.

De pronto una niña se pone en cuclillas al lado de Toño. No la ha visto llegar. También es del B, reconoce esa mata de pelo rizado, pajizo, los grandes ojos verdes. Trae una pelota bajo el brazo.

—¿Qué hacéis? —pregunta la niña.

—Nada —dice Toño.

—¿Jugamos un gol-regate?

—¿No estabas jugando con Paloma?

—Es tonta. ¿Jugamos o qué?

Él pregunta:

—Pero ¿tú juegas al fútbol?

—Sí, ¿qué pasa?

—Eres una chica.

—Ya lo sé.

—Las chicas no juegan al fútbol.

—Porque tú lo digas.

La niña se ha plantado delante de él, las piernas separadas, firmemente asentadas sobre una baldosa. Recuerda haberla visto alguna vez jugando al fútbol en el patio con un niño. Quizá era el propio Toño.

—A ella también la ha pegado Iván —dice Toño—. Es a la única chica a la que ha pegado. Y eso que nunca pega a las chicas, aunque se rían de él.

—Pues a ti tampoco te ha pegado —dice la niña con una sonrisa.

—No, no me ha pegado —dice Toño, y de nuevo suelta la risita tonta, al tiempo que se sorbe los mocos.

En ese momento llega Charli, lo reconoce al instante, Carlos González García, el gordito de la clase, un pesado. Viene sudando, la respiración acelerada, el gesto serio.

—Las puertas del Infierno están abiertas —dice Charli.

*14 horas 3 minutos 36 segundos ni se te ocurra, Niño Idiota, ¿me oyes? Ni se te ocurra entrar ahí, no te lo voy a repetir, Niño Idiota. ¿Se puede saber qué estás haciendo? ¿A qué juegas? ¿Es que quieres que también te expulsen de este colegio? ¿Es eso lo que quieres, Niño Idiota? Eres más subnormal de lo que pensaba, Niño Idiota.*

*14 horas 42 minutos 18 segundos oyen unos pasos, la sombra de unos pies se cuela por la rendija de las Puertas del Infierno, siente miedo, comienza a sudar, hace calor, mucho, más que en el patio, aunque la caldera, enorme, que ocupa el centro del sótano, permanece apagada.*

—¿Es verdad que mataste a un niño? —pregunta Charli.

—Charli… —dice Rocío, le da un codazo en las costillas a su hermano.

—Jo, es lo que dice Tatiana.

—Chsss… ¡Silencio! —susurra Toño.

Los cuatro permanecen callados, a la espera, ocultos tras un saco de carbón. Empieza a comprender que ha cometido un error. Nadie le ha advertido que no se puede estar allí, pero si las Puertas del Infierno siempre están cerradas con un candado es para evitar que los niños puedan entrar. Eso es de cajón. Solo tiene acceso Francisco, el bedel del colegio, y si les pillan, el castigo será inevitable. La puerta chirría, queda abierta una ranura mínima por la que puede verse el muro del patio. Mira a su alrededor tratando de pensar en otra cosa, no quiere que los otros descubran que está asustado.

—Joder, mierda, puta.

Tendría que haberse quedado en el patio, pensando en la oración, no haberse movido de su escondrijo. Pero Rocío ha dicho vente no seas cobarde, y no, él no es un cobarde. Tampoco ahora, que existe la posibilidad de que Francisco esté al otro lado de las Puertas del Infierno, va a salir corriendo. Se comportará como un hombre hasta el final.

—Voy a ver —dice Toño, y en cuclillas, arrastrando los pies, se acerca lentamente hasta la puerta.

Rocío va detrás de Toño.

Parpadea. Sus ojos ya se han acostumbrado a la escasez de luz. El sótano es grande, tiene el tamaño de un aula, pero está atestado de sacos y cajas que lo hacen parecer más estrecho.

—¿Quieres? —pregunta Charli en voz baja y abre la mano para mostrarle tres pequeñas flores blancas, acampanadas, de cuyo interior emergen una serie de alambres amarillentos.

—¿Qué es?

Charli se mete una flor en la boca y la mastica con placer.

—Flores de mantequilla.

—¡¿Te las comes?!

—Están que te cagas.

Prueba una. Es cierto, tienen un sabor amargo pero al final dejan regusto a mantequilla.

—Están buenas. ¿Tienes más?

—No. Es que ya casi no quedan. En primavera el patio está a tope, pero ahora hay que rebuscar. Toma, coge la que queda antes de que lo vea Rocío.

—Gracias.

Saborea la flor. Charli sonríe mientras asiente con la cabeza.

Él dice en voz baja, casi en un susurro:

—No he matado a ningún niño. Solo le rompí la nariz.

—Uala —dice Charli—. ¿Y por eso te expulsaron del colegio? Uno de quinto le rompió la nariz al hermano de Salas y no le expulsaron.

—Bueno, es que los Corazonistas es un colegio privado.

—¿Y?

—En los coles privados las cosas son diferentes.

—¿En serio?

Alza los hombros. En realidad no son tan diferentes. Quizá la única diferencia se encuentra en el patio, el del Cervantes no es tan grande como el de los Corazonistas. Y que no hay curas, ni profes como don Ramón. Aunque eso lo sabe ahora. Cuando su padre le dijo que vendría al Cervantes, el colegio público del barrio, el único que le había aceptado a cuatro meses del final de curso con sus antecedentes, así lo llamó su padre, antecedentes me cago en dios, Niño Idiota, creyó que estaría infestado de gitanos y de pobres, de niños sucios y violentos, y que volvería todos los días a casa sin anorak porque se lo habrían quitado a golpes. Al menos esas eran las historias sobre los colegios públicos que le había contado Julio.

—Bueno, y porque le pegué con una piedra.

—Uala.

—No le hice tanto daño, no te creas. Solo un poco de sangre. Pero es que era hijo de alguien importante.

—¿De quién?

—No sé. De alguien del ministerio.

—¿Qué es un ministerio?

Sonríe, adopta la misma expresión de Julio cuando se hace el chulito, eres muy pequeño para saberlo, ya te enterarás. En realidad no sabe explicar lo que es un ministerio, solo que el ministerio es un sitio donde suceden cosas importantes y al que iba Franco a hacerse fotos con su padre.

—Creo que pasó el peligro —dice Rocío, no la han oído regresar y él da un respingo.

—Vamos a buscar el pasadizo —dice Toño.

Se dividen.

Cada uno registra una pared en busca de la compuerta. O de la trampilla, quizá está en el suelo. A él le toca inspeccionar la pared del fondo, al otro extremo de la puerta. En una esquina encuentra apilados varios sacos de tela con escoria. Le recuerda a las Navidades, cuando baja al portal con su madre y María para pedirle a Tomás, el portero, si les puede dar algunos trozos del carbón usado para las montañas del belén. Juega con ella, con toda esa escoria se podría hacer un nacimiento gigante, descomunal. Quizá la oración podría ser de algo relacionado con el nacimiento de Cristo, aunque todavía faltan muchos meses para eso.

—Eh, tú, trabaja, chaval —dice Rocío, el rostro congestionado, mientras arrastra una caja más grande que ella.

Asiente con la cabeza y agarra el primer saco. Tira de él pero no logra moverlo ni un solo centímetro. Lo intenta con otro. El resultado es el mismo. Son demasiado pesados. Aun así no pide ayuda. Trata de pensar cómo podría moverlos solo. Una gota de sudor le resbala por la mejilla, siente una quemazón en el pómulo.

—¡Aquí está! —grita Charli.

En ese momento se oye un golpe seco, un estruendo metálico, y los cuatro miran aterrorizados hacia la puerta al mismo tiempo. Se lanza al suelo, cae sobre varios trozos de escoria, se resiente de un golpe en las costillas, contiene un lamento. Golpean las Puertas del Infierno, parece que trataran de arrancarlas. Luego se hace el silencio.

Se asoma con cuidado. Toño, Rocío y Charli, cada uno desde su escondite, observan la puerta con precaución.

—O-oh —dice Toño.

—¿Qué pasa?

—Creo que Francisco ha echado la cadena.

Rocío se acerca con sigilo hasta la puerta. Tira del picaporte con cuidado. No logra moverla.

—Pues sí —dice Rocío—, creo que estamos atrapados.

—¡Haz algo, patán! —dice Charli imitando a Pierre Nodoyuna.

Toño suelta una carcajada, cuando no hay ningún motivo para reírse, todo lo contrario. Se reúnen en el centro del sótano, junto a la caldera, y en ese instante suena el timbre. Extrañado, mira su reloj. Los números flotan en el aire como si pudieran desvanecerse en cualquier instante y sin embargo ahí están, precisos, inequívocos, negros sobre el fondo metálico, rodeados por palabras en inglés, *star, stop, calendar, light,* otras que no comprendía hasta que Julio le explicó su significado, *su, mo, tu, we, th, fr, sa,* y en el centro de todo CASIO, todopoderoso CASIO.

—Ey, cómo mola —dice Charli—, ¿habéis visto? No conocía a nadie que tuviera un Casio. ¿Te lo han comprado en un decomisos?

—No. Es mi regalo de comunión.

—¿Qué tiene dentro? ¿De qué es la pantalla? —pregunta Toño.

—No sé.

—Parece como arena de metal —dice Charli.

—Sí, algo así.

—Mola un montón —dice Toño.

—Ya te digo —dice Rocío—. Mogollón.

Los cuatro permanecen un rato viendo cómo avanza el segundero. Son las 15:00:42.

*15 horas 1 minuto 36 segundos y vuelve a sonar el timbre, el recreo se ha terminado, deberían volver a clase, ahora sí que se ha metido en un buen lío, otro más, dice déjame a mí, y aparta a Rocío, trata de mover la puerta de un empujón, pero tampoco sirve de nada, golpea con el hombro dos veces, en el segundo intento se hace daño.*

—Uyuyuy… ¿y ahora qué hacemos? —pregunta Charli.

*15 horas 1 minuto 45 segundos pues no lo sé, no sé qué vamos a hacer ahora, Niño Idiota, ya no nos quedan muchas opciones, creo que solo nos queda mirar en un colegio especial, le puedo preguntar a la secretaria del ministro, que tiene una hija retrasada, por mí no hay problema, te dejamos allí con los otros subnormales, es eso lo que quieres, Niño Idiota, es lo que quieres, allí estarás en tu salsa, ellos tampoco se sa-*

*ben controlar, incluso te podrás mear y cagar encima porque nadie te dirá nada, porque ese es el único privilegio que tenéis los subnormales, ¿me estás oyendo, Niño Idiota?, entonces mírame cuando te hablo, los hombres siempre miran a la cara, mírame a la cara si no quieres que te la cruce.*

*15 horas 6 minutos 17 segundos Toño permanece pensativo con los brazos en jarras, a continuación señala el agujero que ha encontrado Charli, porque es eso, no se trata de una compuerta o una trampilla, sino de varios ladrillos que se han desprendido del suelo dejando un hueco por el que no cabría un adulto.*

—Tú lo flipas, Toño —dice Charli—. Yo no me meto ahí.

Para Toño no hay ninguna duda: ese es el agujero de acceso al famoso pasadizo de la guerra. Según su abuelo, durante la Guerra Civil construyeron un pasadizo subterráneo que cruzaba por debajo del Cervantes conectando entre sí varias casas de la calle Alfonso XIII. Por los cálculos del abuelo, el pasadizo debía de tener una entrada aquí mismo, en el Infierno. La otra opción era que estuviera en las cocinas, pero Toño ya había buscado allí y no encontró nada.

—Seguro que el pasadizo tiene una salida a la calle —dice Toño.

Los cuatro se miran. Toño sonríe, alza las cejas. Charli deja escapar una risa nerviosa, sin embargo es Rocío quien toma la decisión. Aparta a Toño y se pone de rodillas para entrar la primera. Puede ver cómo sus bambas rojas desaparecen en la oscuridad. Casi enseguida, Toño va detrás. Charli empieza a quejarse, estáis locos, tíos, qué hacéis, y en parte lleva razón, pero él no va a quedarse a discutir. Se agacha y entra en el agujero. Dentro está oscuro. Al menos no hace calor, aunque apesta a humedad. El suelo es de arena, grava, pequeñas piedras se le clavan en las manos. Empieza a gatear todo lo deprisa que puede, pero no es sencillo emparedado entre dos muros de ladrillo. Casi en seguida choca con los zapatos de Toño.

—Ey, que soy yo —dice Toño entre risas, parece estar disfrutando de lo lindo.

Sigue avanzando, ahora con cuidado, tratando de no atropellar a Toño. De pronto se siente desorientado. No sabe cuánto han avanzado, en la oscuridad resulta complicado saber los metros que llevan recorridos. El olor a humedad se va haciendo cada vez más insoportable y la tierra comienza a estar mojada.

—¿No se nos caerá el colegio encima, verdad? —de pronto oye la voz de Charli detrás, muy cerca de él, no le ha oído arrastrarse.

—No, tío, qué dices —exclama Toño.

Él dice:

—Bueno, yo hice la primera comunión hace dos semanas.

—¿Y qué pasa con eso?

—Que me tuve que confesar y si nos sucede algo iré al cielo seguro. ¿Y vosotros?

—Nosotros, no.

—¿No os habéis confesado?

—Nosotros no hemos hecho la comunión —la voz de Charli suena apagada.

—¿En serio?

—Ni siquiera nos bautizaron —dice Rocío, y su voz llega con claridad, como si estuviera a su lado.

—A mí tampoco —dice Toño—. Bueno, eso creo. No estoy muy seguro. Se lo tengo que preguntar a mi abuela.

—¿Por qué a tu abuela? ¿Es que tus padres no lo saben?

—Sí, claro que lo sabrán —replica Toño—. Pero mis padres viven en Francia.

—¿De verdad?

—Sí. Luchan contra Franco desde allí.

—Franco ha muerto.

Le resulta extraño tener que decirlo. Su padre lo recuerda a diario, joder, si viera esto el Caudillo, lo están jodiendo todo, putos rojos, putos vascos, putos catalanes, Carrillo de mierda, Suárez de los cojones, Juan Carlos, traidor, va a votarte la Constitución tu puta madre.

—Eso da igual —replica Toño—. Hay que seguir luchando contra el fascismo.

Se detiene un instante a respirar. El túnel se está estrechando, y el aire resulta cada vez más enrarecido. Pensaba que algo así era imposible. España no es África, aquí no vienen misioneros para bautizar a los niños, aquí tenemos curas de sobra. En los Corazonistas todo el mundo está bautizado. Empieza a sentir cierto agobio. Pero no dice nada. Mientras una niña vaya en cabeza, él no será quien proponga retroceder.

—Eh, ¿por qué te has parado? —pregunta Charli, nota su presencia en la espalda—. ¿Pasa algo?

Vuelve a gatear. Ahora avanzan muy despacio, a tientas, la oscuridad es absoluta. Van en silencio. Nota algo extraño. Tiene la sensación de que está solo, ya no hay nadie aparte de él, nada delante, tampoco detrás. Ni siquiera oye los cuerpos de los otros arrastrándose. Mueve las manos a los lados y no encuentra donde aferrarse. Es como si le hubieran arrojado al vacío, hunde los dedos en la tierra para asegurarse de que aún sigue allí.

—¿Dónde estamos? —pregunta Rocío, su voz retumba en el aire.

—No lo sé —responde Toño—, es como una habitación.

—Creo que podemos ponernos de pie —dice Charli.

Se oye un golpe seco y Charli deja escapar un quejido. Toño y Rocío se ríen, cómo pueden reírse, de qué, rodeados de una oscuridad tan profunda. Se sienta. Enciende la luz del Casio pero no sirve de mucho. Los otros no están muy lejos, ahora oye su respiración. Alguien se mueve detrás de él dando golpes en la pared.

—Estoy aquí en mi casa tan aburrido —canturrea Rocío—, nananana, ni lo que digo.

Cree reconocer la canción. Es una de las que pone Julio cuando no está su padre en casa. Música ratonera, no se puede comparar a Julio Iglesias. Está empapado en sudor, tiene arena hasta en la boca. Con el dorso de la mano trata de limpiarse los dientes.

—Pues parece que esto no tiene salida —dice Rocío.

—¿Os imagináis que no nos encuentran y nos quedamos aquí toda la tarde? —dice Toño, y por su voz parece que no le importaría que sucediera eso exactamente.

—No fastidies, tío, que hoy ponen *Los autos locos* —dice Charli.

—Hoy ponen *El hombre invisible* —dice Rocío.

Él dice:

—No, hoy no ponen nada de eso.

—Sí, sí que lo ponen —dice Rocío y su voz suena firme.

En cualquier otro momento habría dudado: por culpa de la catequesis hace meses que ya no está seguro de lo que ponen en la tele los miércoles. Sin embargo, hoy es diferente. Hoy sabe perfectamente lo que echan en la tele. Y le parece imposible que ninguno de ellos lo sepa.

—Javi tiene razón —dice Toño—. Hoy juega España contra Brasil y echan el partido. A las seis cincuenta.

Hincha el pecho, claro que tiene razón, por supuesto que tiene razón. Toño sabe, él sí que entiende.

—¿De verdad que no ponen *Los autos locos?* —insiste Charli.

—*Los autos locos* son mañana —replica Rocío.

—¿En serio? Pero creía que la de *El hombre invisible* ya se había terminado.

—La han vuelto a poner.

—Buf... Vaya rollo.

—Pues a mí me mola.

—¿A ti te mola *El hombre invisible?* —pregunta Rocío y, pese a que no pronuncie su nombre, pese a que la oscuridad le impida ver su rostro, sabe que se está dirigiendo a él.

—No la he visto.

—¿No?

—No veo la tele.

—¡¿No ves la tele?!

—Bueno, sí la veo, pero no veo programas infantiles.

—¿Y qué ves entonces? ¿El telediario?

Toño y Charli se ríen, Rocío resopla, quizá también está riéndose. Toma aire, alza la cabeza, desafía a las sombras.

—No, el fútbol. Veo el fútbol.

Miente, hasta el verano sin ver la tele bestia animal subnormal Niño Idiota, aunque algunas tardes, cuando su madre anda liada, consigue saltarse el castigo. Tiene que sobornar a Julio, pero durante media hora puede ver *Un globo, dos globos, tres globos,* o *Los autos locos,* o *Sanchezstein,* o *Los Teleñecos*. Pero los miércoles resulta imposible. Por culpa de la maldita catequesis ya se perdió todos los capítulos de *El planeta de los simios*. Por suerte, antes de dormir, Julio le contaba lo que había sucedido, Virdon y Burke van y encuentran una colonia de pescadores, entonces Gelen detiene al jefe de los simios encapuchados y al final Urko les descubre.

—Escuchad —dice Toño.

Una mujer les habla desde algún lugar lejano, su voz desciende del techo.

—Es Mari Carmen.

—Yo creo que es Sara.

—¿Estamos debajo de nuestra clase? ¡Como mola!

Permanecen un rato en silencio. Intenta descifrar la voz de la profesora, de vez en cuando interrumpida por un grito, una queja, de un niño, de varios niños. Vuelve a tener miedo, han empezado la clase sin ellos. Nadie se ha dado cuenta de que no están, no les está buscando.

—Podríamos confesarnos —dice Toño.

—Mola.

—Así si nos pasa algo iremos juntos al cielo.

—Puaj.

Él dice:

—No se puede.

—¿Por qué?

—Hace falta un cura.

—Vaya.

—¿Seguro?

—Sí. Yo me he confesado dos veces y siempre ha sido con un sacerdote.

—¿Dos veces?

—Sí.

—¿Por qué tantas?

Trata de explicárselo, pero como no tienen ni idea resulta complicado. Le cuesta hacerles entender el funcionamiento del sagrado sacramento de la confesión: antes de comulgar por primera vez tienes que confesarte, porque si no, no puedes recibir el cuerpo de Cristo, pero, claro, al expulsarle de los Corazonistas ya no podía hacer la comunión en el colegio y tuvieron que apuntarle deprisa y corriendo a las clases de catequesis de su parroquia, y entonces vuelta a empezar, a confesarse otra vez.

—Uf, qué complicado.

—¿Y le cuentas al cura todo lo que has hecho mal?

—Sí.

—¿Y si no te perdona?

—Te tiene que perdonar.

—Pero ¿y si no te perdona?

No contesta. Los cuatro se quedan callados. Sobre sus cabezas flota una canción, diría que están cantando la tabla del siete, pero no es posible, la clase de Mates ha sido por la mañana.

—Deberíamos haber ganado a Austria —dice Toño de pronto, la voz algo temblorosa, apenas un susurro.

—¿De qué hablas, tío? —pregunta Rocío.

—Ganando a Austria y a Suecia nos habríamos clasificado seguro, aunque perdiésemos hoy contra Brasil. Pero como perdimos con los austriacos ahora tenemos que ganar los dos partidos que quedan.

La voz de Toño y el eco de la profesora se entremezclan. La habitación empieza a dar vueltas, o quizá no, quizá lo que está dando vueltas es su cabeza, es difícil saberlo en la oscuridad. Como en la pesadilla que tiene tantas noches, la misma: se encuentra en un cementerio morado, las cruces, las lápidas, los huesos girando a su alrededor como arrancados por un huracán, hasta que comprende que en realidad es él quien está dando vueltas en el aire, pero para entonces ya es tarde y ha caído dentro de un ataúd y no puede escapar.

—Pero ¿sabéis lo más gracioso del asunto? —insiste Toño, prosigue sin esperar respuesta—, que como Brasil empató a uno con Suecia en el primer partido, si hoy ganamos a los brasileños y Austria gana a Suecia, ¡nos cargaríamos a Brasil!

No entiende nada. Probablemente Toño tampoco. Esas palabras, o parecidas, ya se las ha escuchado estos días a su padre. Cuando habla del Mundial con Julio hacen cálculos muy complicados y de pronto un empate les parece bien. Y eso no tiene ningún sentido. Como lo que dice Toño ahora. Hay que ganar. Siempre. Y punto.

—Pero, bueno, a ver cómo salimos hoy al campo —dice Toño—. Necesitamos creer. La fe es lo más importante.

Escupe la tierra, que se resiste a salir de su boca, agita la cabeza, y entonces lo ve con claridad. La oración se escribe sola en su mente. Puede contemplar cómo las letras van entrelazándose unas con otras, sin borrones ni tachaduras.

*15 horas 48 minutos 20 segundos te crees que eso te servirá de algo, Niño Idiota, crees que de esa forma las cosas volverán a ser como antes, hay que ser muy idiota, Niño Idiota, no es tan fácil, aunque tú creas que es fácil no lo es, pero es normal que te confundas, porque a ti te lo han dado todo hecho, ¿verdad, Niño Idiota?, por eso te crees que todo se soluciona con facilidad, por eso te has vuelto un niño idiota, Niño Idiota.*

*17 horas 27 minutos 5 segundos su madre niega con la cabeza, abre la nevera y guarda las zanahorias en el cajón de abajo.*

—A ver qué dice tu padre —su madre se detiene en la última palabra, *padre,* por un instante queda suspendida en el aire, *padre,* como si también a ella le cortase la respiración—, a ver qué dice cuando te vea.

—Papá no va a verme. Tengo catequesis.

—¿Qué es lo que no voy a ver?

Se queda congelado. Julio alza las cejas y pone el bocadillo sobre el plato antes de salir de la cocina. María se ha esfumado.

Al darse la vuelta lo primero que ve es el bigote.

No entiende nada, no comprende qué hace su padre en casa a estas horas, ni por qué va en pijama. Trata de mirarle a los ojos, los hombres miran a la cara, pero no lo consigue, teme encontrarse con *aquello*. No llega más allá de la boca entreabierta, los dientes amarillos, el bigote manchado de nicotina. Aun así siente que su mirada le recorre, pasando por la camiseta sucia, las manchas de color ceniza en los pantalones, las deportivas embarradas. Durante un momento vuelve a notar toda la porquería que le recubre. Su padre estira la cabeza, se gira hacia su madre y habla con ella como si él ya no estuviera allí, como si de pronto se hubiera esfumado.

—¿De dónde viene el cerdo este?

—De meterse donde no se podía meter.

—¿Y eso qué coño significa?

—Que ha entrado con sus amigos en la sala de calderas.

Él trata de replicar, de hacerles entender, no ha sido culpa mía, no son mis amigos, los he conocido hoy.

—Tú te callas, idiota, que estoy hablando con tu madre.

La manaza de su padre pasa rozándole la oreja. Se encoge de forma instintiva. Tiene ganas de llorar. Y de insultar a su madre. Se siente traicionado. No le ha avisado de que su padre estaba en casa. Claro, él no es Julio, a él no le defiende, pero se lo podría haber dicho cuando ha ido a recogerle al colegio. Todo habría sido muy diferente, hubiera tenido tiempo de pensar una excusa, o simplemente habría corrido al baño para limpiarse un poco antes de encontrarse con él.

—Y porque ahora la caldera la tienen apagada —continúa su madre, la oye trasegar en la pila, abre el grifo, corre el agua—. Me ha dicho el bedel que si hubiera sido en invierno lo mismo tenemos una desgracia.

Maldita traidora. Es verdad que se ha puesto histérica al verle salir con el bedel, serás desgraciado Javi hijo de verdad estás tonto luego me toca a mí lavar la ropa madre mía qué desastre, pero luego de camino a los Corazonistas para recoger a sus hermanos el enfado había ido desapareciendo. Al fin y al cabo, ni siquiera había sido una gamberrada, solo un susto, un poco de ropa sucia y nada más, por ese tipo de cosas su madre nunca se chiva, como mucho un zapatillazo.

—Pero, claro, se ha saltado las dos clases de la tarde.

—Fenomenal. ¿En qué cojones estabas pensando?

Baja la mirada, aprieta las mandíbulas. No es justo. Ayer Julio mandó a su madre a la mierda y luego, aunque había amenazado con hacerlo, no se chivó. Al final, de una forma u otra, su madre siempre termina protegiendo a Julio. Incluso planean juntos cuándo es el mejor momento de enseñarle las notas a su padre. Antes, esas cosas le daban igual, no necesitaba la protección de nadie. Nunca había necesitado que su madre le defendiera. Él, como María, apenas tenía que preocuparse de *aquello*. María es pequeña y además es una niña y él es el listo de la casa. Era. Ya no lo es.

—¿A ti qué te pasa, subnormal? ¿Te has vuelto imbécil del todo?

Intenta concentrarse en las rayas del pijama. Intenta imaginar una excusa, pero solo puede pensar que a esta hora su padre ya tendría que estar de vuelta en el ministerio. Entre semana, como mucho se echa una cabezada en el salón frente a la tele después de comer, pero nunca se mete en la cama a dormir la siesta con pijama. El pijama lo reserva para el fin de semana, cuando tiene tiempo, hora y media durante la cual no pueden jugar ni hacer ruido.

—¿También quieres que te expulsen de este colegio o qué cojones? ¿Qué es lo que quieres, me lo puedes decir, niño idiota? ¿Qué cojones quieres?

Su padre le zarandea. Con la agitación, por un momento parece que las lágrimas se le vayan a escapar, como cuando Julio y él menean la botella de gaseosa antes de quitar el tapón. Aun así, aguanta las ganas de llorar.

—Vamos, Javier —dice de pronto su madre, le agarra por el brazo—, dúchate y ya te pones el pijama.

—Pero...

—Pero ¿qué?

—Hoy tengo catequesis.

Ambos se quedan callados. De nuevo trata de mirar a su padre a la cara. Esta vez se queda en la maraña de pelos que emergen bajo la camiseta, la medalla de la Virgen y el Niño Jesús.

—Carmina, ya sé lo que ha pasado —dice su padre, y su voz suena templada—. Tu hijo se ha dado un golpe en la cabeza con la caldera y se ha quedado gilipollas. Del todo. Subnormal profundo.

—Hoy tengo catequesis.

Repite la frase y nada más decirlo comprende que ha cometido un error. Alza la mirada y vislumbra *aquello*. En ese momento se asusta de verdad.

—¿Cómo vas a tener catequesis —dice su padre en tono desafiante—, si hiciste la comunión hace quince días, atontado? La catequesis ya se ha terminado.

—Tengo catequesis.

—No me toques los huevos, Javier, ¡no me toques los huevos que te pego una hostia que te va a estar dando vueltas la cabeza hasta el jueves!

Cierra los ojos para esperar el bofetón. Este es el peor momento. Luego no duele tanto, el bofetón en sí no es tan malo, ve un montón de lucecitas, una quemazón en la mejilla, los ojos se le humedecen. Y puede llorar, después del bofetón está permitido. Aunque él no llora, resiste hasta entrar en su cuarto. Pero los instantes anteriores al tortazo son una auténtica tortura. Son los de mayor pánico, como si hubiera algo peor que la bofetada de su padre.

—Es verdad, Julio —dice su madre, de pronto intercediendo, ahora sí, traidora, ahora sí—. Las clases de catequesis acaban la próxima semana.

Ve como su padre se lleva las manos a la cintura, le oye resoplar.

—¿Y el partido contra Brasil? —pregunta su padre.

—¿Qué pasa con el partido?

—¿Cómo que qué pasa? Que es dentro de una hora.

—Sí, lo sé.

—¿Te lo vas a perder?

—Es que hay catequesis.

—Ya lo has dicho. No hace falta que me lo repitas, yo no soy subnormal.

—Creo que no has entendido lo que te está diciendo papá —dice su madre, se ha situado a su espalda, nota en el pecho el calor de la mano—. Hoy no hace falta que vayas a catequesis, puedes quedarte a ver el partido.

—Yo no estoy diciendo eso, Carmina. De hecho, tendría que castigarle sin ver el puto partido.

—Pero es que yo quiero ir a catequesis.

—Tú harás lo que yo te diga, ¿estamos? Ahora intentas hacerte el bueno ¿o cómo va la cosa?

—Bueno, Julio, tampoco es tan terrible —dice su madre mientras le pasa la mano por el pelo—, solo quiere ir a catequesis.

Puede notar la respiración de su padre, masticando palabras que no llega a pronunciar.

—Vale, pues venga, le llevo yo, pero que se cambie rapidito que no quiero llegar tarde. Que yo sí quiero ver el partido y el Bartolo se pone imposible.

*17 horas 50 minutos 49 segundos aún tiene el pelo mojado, gotea sobre sus hombros atravesando el polo blanco recién planchado que se acaba de poner, siente la humedad, un escalofrío en la espalda, hoy he conocido a unos niños que no están bautizados.*

—¿Por qué? ¿Son negros? —pregunta Julio.

—No.

—¿Chinos?

—No. Son españoles.

—¿Y por qué no están bautizados?

Alza los hombros mientras se pone los calcetines. Julio está leyendo un Mortadelo, *Chapeau el esmirriau,* su preferido, tumbado en la litera de arriba. Con doce años sabe muchas cosas, tiene respuestas para casi todas las preguntas, pero para esto no, Julio tampoco tiene ni idea de por qué hay niños españoles que no están bautizados.

—Te vas a perder el partido —dice Julio.

—Solo la primera parte.

—Y un trozo de la segunda.

—Bueno.

Empieza a calzarse en silencio, esperando las pullas de su hermano. Julio nunca deja escapar la ocasión para burlarse de él. Se burla de todo el mundo, de María, de su madre, de los abuelos. Hasta se burla de su padre, cuando no está en casa, claro. Incluso a veces se burla de Franco. Se ríen de él, de la fotografía en blanco y negro del salón donde su padre está con el Caudillo. En la foto, Franco parece tener mil años. Entre la solemnidad de aquellos hombres en fila destaca su padre, el más alto de todos, mucho más alto que Franco, pero que no se atreve a mirar a Franco a la cara, mira al suelo, no, Javi, no mira al suelo, fíjate bien, dice Julio, está mirándole a los huevos, ¡papá le mira los huevos al Caudillo! Y entonces los dos se revuelcan de la risa. Ahora Julio no dice nada, pasa las hojas del Mortadelo sin seguir el orden, en busca de las viñetas con las que se parte, aunque en realidad ya no se ríe con Chapeau porque se lo sabe de memoria. Julio nunca se ríe de él cuando aparece *aquello*. Y podría hacerlo. Antes, cuando *aquello* solo afectaba a Julio, él lo hacía, se reía de su hermano.

—¿Hoy no tienes deberes?

—No. Mañana tengo examen de Mates y de Sociales —responde Julio.

—¿Y no vas a estudiar?

—Bah.

Sorprendido, casi admirado, contempla un instante a su hermano, el cuerpo estirado sobre la colcha, el gesto relajado con el que sus ojos se mueven por el tebeo. Julio ha suspendido seis en la cuarta evaluación y le cayó un tortazo por cada suspenso. Nunca había recibido tantas bofetadas seguidas. Por la noche le contó que con la última estuvo a punto de perder el conocimiento, pero aguantó como un hombre. Siente el impulso de contarle que ya tiene la oración, que esta vez va a conseguirlo. Julio le ayudó con las anteriores aunque al final tampoco sirvió de mucho. Quizá porque de alguna forma nunca se lo ha tomado muy en serio. Fue Julio quien le dio la idea de los balones de fútbol y los niños pobres. Tenía cierta expresión de burla cuando se lo dijo, debería haberse dado cuenta, conoce bien esa cara de cachondeo. No, mejor no le contará nada. Así también será una sorpresa para él cuando le vea subir al altar. Seguramente el perdón también alcance a Julio.

—Creo que voy a conseguir a Juanito —dice Julio.

—¿En serio?

—Sí, pero necesito que me des todos tus cromos.

—¿Todos?

—Sí.

—Puf.

*18 horas 17 minutos 13 segundos el campanario emerge de pronto desafiando al sol con sus planchas de metal, es lo primero que ve antes de alcanzar lo alto de la pendiente, las puertas de la casa parroquial permanecen cerradas, nunca llega con tanta antelación, por suerte la peste a colonia con la que su madre le ha regado el pelo ya casi se ha desvanecido, mira el CASIO, son las 18:17:23, con su madre a menudo llegan a y 36 o a y 37, cuando ya ha entrado todo el mundo, por eso ahora no sabe muy bien qué hacer, hoy todo es distinto.*

—Joder con la cuesta de los cojones —dice su padre, la respiración acelerada.

Se sienta en el banco que hay junto al único árbol de la plaza a encender un pitillo. Mira su reloj y resopla mientras afloja el nudo de la corbata, canturrea, seguramente algo de Julio Iglesias. Ahora no queda ni rastro de *aquello,* está de buen humor, se le ha pasado del todo después de ver el 127 con la bandera y el águila.

—¿Quieres algo? —pregunta su padre después de pegar una calada profunda al Ducados.

—No.

—Pues no te quedes ahí mirándome como un pasmarote.

Su padre, serio, señala la plaza y al instante él desvía la mirada, se da la vuelta.

—Starsky.

—Qué dices...

Sentadas en un poyete de ladrillo que hace las veces de banco hay un grupo de niñas hablando. Reconoce a dos de ellas, Paula y Gwendolin, ambas están en su clase de catequesis. En el otro extremo de la plaza corren los pequeños. Solo tienen un año menos que él, pero aún no han hecho la comunión, no han recibido el cuerpo de Cristo, por eso son los pequeños. Juegan al fútbol con una pelota de tenis. En breve aparecerá el padre Ángel o Culo Botella para echarles la bronca, en la plaza de la parroquia no se puede jugar al fútbol. Se lleva la mano al bolsillo, palpa el taco de cromos, volver hoy a casa con Juanito y la oración ganadora sería lo más, Julio se quedaría bocas, mira, sin necesidad de cambiarlos todos. Está a punto de acercarse a preguntar a los pequeños si alguno hace la colección de la Liga cuando oye la voz de Manuel.

—Hola —dice Manuel, y se sitúa a su lado.

—Hola.

Los dos se quedan mirando la plaza en silencio. Cuenta planchas de acero. Al contemplar la iglesia, circular y metálica, no puede evitarlo, siempre piensa en *Investigación OVNI,* esa serie sí que molaba. Su padre dice que prefería la antigua iglesia, que Dios me perdone, pero menuda mierda moderna que no parece ni iglesia ni nada. Él apenas guarda recuerdo del antiguo edificio, un bloque rectangular de ladrillos grises con un triste campanario. Pero si le dan a elegir se queda sin duda con la nueva. Muchos domingos, durante la consagración en la misa de los niños, cuando el padre Ángel levanta los brazos y mira al cielo, imagina que la potente luz que baja desde el techo lo absorbe para llevárselo a una galaxia muy lejana donde hacen experimentos con él. Que se fastidie, haber escogido su oración.

—¿A ti tampoco te dejan verlo? —pregunta Manuel.

—¿El qué?

—Jo, tío, ¿qué va a ser? ¡El partido de España contra Brasil!

Gira la cabeza y mira con disimulo a su padre. Continúa con la cara alzada hacia el sol. Tarda en responder, miente; sí, a mí también me han obligado a venir.

—Nos lo vamos a perder por la maldita catequesis.

—Pero llegamos para la segunda parte.

Manuel asiente, su mirada recorre impaciente la plaza, se diría que no le ha escuchado.

—Mi padre dice que hoy seguro que juega Guzmán.

—¿Quién es Guzmán?

—El del Rayo —responde Manuel en tono casi ofendido.

Manuel es del Rayo Vallecano. A él le cuesta entender que alguien elija al Rayo o, como Toño, al Atleti, teniendo la posibilidad de ser del Real Madrid. Aunque nada de eso es tan extraño como ser de un equipo que ni siquiera pertenece a tu ciudad, como Rocío y Charli, que son del Barcelona. Eso es igual que si hoy él decidiese ir con Brasil para que perdiera España. No tiene ningún sentido.

—Guzmán es muy bueno —dice Manuel—, es de los mejores.

—Pero no es mejor que Santillana.

—El domingo habríamos ganado si Guzmán hubiera jugado.

—Y Santillana.

Manuel asiente. Contra Austria solo jugaron dos del Real Madrid, San José y Pirri, que tampoco son de sus preferidos, porque juegan de defensas, aunque San José le cae bien porque su bigote y su gesto le recuerdan a los de su padre. De pronto, Manuel, se oye una voz, Manuel, femenina, Manuel, que llega desde el otro lado de la plaza. Manuel se da la vuelta, agita la mano, sonríe a una mujer joven con un vestido azul de tirantes que parece sacado de *La casa de la pradera,* la mujer le devuelve el saludo y dice algo, Manuel grita vale y la mujer se da la vuelta, sale de la plaza. Manuel se pega a él, susurra, intuye su sonrisa.

—Me voy a ver el partido. ¿Te vienes?

Alza la mirada, frunce el ceño, sonríe, piensa que trata de tomarle el pelo.

—¿Conoces la tienda de televisores que hay cerca del parque? —pregunta Manuel.

Manuel señala más allá del edificio de ladrillo frente a la parroquia, tiene ocho plantas, las ha contado. Niega con la cabeza, aunque sabe perfectamente a qué tienda y a qué parque se refiere.

—Es una tienda enorme y tienen un montón de teles en el escaparate y la mayoría son en color, ¡en color, tío! —dice Manuel—. Acabo de pasar por allí y tienen puesta la primera cadena.

—Ya.

—Está aquí al lado, no se tarda ni diez minutos, ni cinco.

Su padre sigue fumando en el banco, ha encendido otro Ducados. Se ha quitado la americana, la camisa arremangada. Aun así, el calor y el sudor ya han causado algunos estragos en el peinado minuciosamente elaborado al salir de la ducha.

—Dile que no hace falta que espere —replica Manuel tras pensárselo un momento, comprendiendo, incluso se ha rascado la cabeza—. Es lo que le he dicho yo a mi tía.

No sabe cómo explicárselo sin que piense que es un cobarde gallina capitán de las sardinas. Pero Manuel no lo entendería, es bastante bruto. Estuvo a punto de repetir segundo. Se lo contó él mismo. Y hay que ser muy bestia para repetir segundo, incluso aunque no estudies en los corazonistas. Y además Manuel no respeta nada, eh, mira lo que tengo aquí, le dijo a la salida de la primera comunión, en una esquina de la plaza le mostró una hostia reblandecida sobre la palma de la mano, se reía a carcajadas, salían salivazos de su boca. Aun así no quiere que piense que es un cobarde. Trata de cambiar de tema, intenta hablar del partido contra Brasil.

—Bueno, pues yo me largo —dice Manuel.

Manuel desaparece a la carrera tras el muro de la parroquia. Mierda puta pito culo. Manuel es el único que le cae bien de catequesis, es el único normal, el único que sabe jugar al fútbol y a las espadas. No como el marica gordo comunista Leónidas Breznev. Le habría gustado que Manuel viera como gana hoy a Gordito Relleno. Bueno, lo verá el domingo. Se aproxima a su padre con cautela. Parece dormido, la barbilla alzada, algunas gotas de sudor brillan en su frente. Preferiría no molestarle, pero de pronto le ha entrado la duda, necesita saberlo.

—Papá, vas a venir este domingo a la misa de los niños, ¿verdad?

—¿Qué has dicho? —pregunta su padre sin abrir los ojos.

—Que si vas a venir este domingo a la misa de los niños.

—Sí —responde su padre, se incorpora, parpadea como si acabara de despertarse, suspira—. No. No sé. Supongo.

Quiere acercarse un poco más, dos pasos tímidos, percibe el olor mezcla de Ducados, loción de afeitar y caramelo de menta.

—Ven. Por favor.

—¿Por qué te importa tanto, si puede saberse? —pregunta su padre mientras se endereza, las manos apoyadas en las rodillas.

Le mira a los ojos y contiene el aliento. Ya está. Los efectos calmantes del sol, de la bandera con el águila, han desaparecido. Es como si de pronto sobre su cara alguien hubiera colocado una máscara. Esa es la sensación, que lleva máscara, pero no como la máscara del Zorro, eso molaría, se trata de una máscara transparente que desfigura su rostro de una forma extraña. Ha vuelto *aquello,* como lo llama Julio. Su hermano ya se ha habituado a verlo, habla de *aquello* con normalidad, aunque cuando lo tiene delante también se queda en silencio, congelado, la mirada clavada en el suelo. Él nunca podrá acostumbrarse a *aquello,* no se acostumbrará jamás. Lo sabe. A pesar de todo, ahora logra aguantar la mirada. Su padre continúa sentado y sus rostros quedan a la misma altura, los hombres miran a los ojos.

—¿Por qué te gusta venir tanto a la... catequesis? —dice su padre, y tiene la certeza, casi ha visto estrellarse la *p* contra sus labios, en la pausa estaba la puta, puta, puta catequesis—. ¿Te quieres hacer cura o qué cojones?

Se queda callado. No sabe qué responder. Desde la expulsión de los corazonistas le sucede más a menudo. El cerebro se le queda vacío. Su padre niega con la cabeza, mira alrededor, sonríe de medio lado.

—Ala, ponte a jugar o lo que sea —dice su padre mientras de nuevo se recuesta en el banco, los brazos en cruz sobre el respaldo.

De pronto *aquello* ha desaparecido. A veces pasa, viene y se va. Suspira aliviado. Se aleja unos pasos, encuentra una piedra pequeña, redonda, recubierta de cemento. Da una patada con el interior del pie y la piedra se mueve unos centímetros. Le gustaría pegarle un patadón con todas sus fuerzas. Imagina la piedra cruzando la plaza a gran velocidad, rebotando contra la tapia que une la iglesia con la parroquia, estrellándose en la cara de Gordito Relleno. Abre el cuaderno para leer la oración en silencio, solo moviendo los labios. La ha escrito en casa mientras esperaba a que su padre terminara de arreglarse, por si luego los nervios le impedían recordarla. Sigue siendo perfecta. Llena sus pulmones con el aire cálido y pastoso de la tarde.

*18 horas 29 minutos 33 segundos vas a entrar o piensas quedarte aquí a dormir, suena la voz de su padre, está de pie a su lado, no comprende a qué se refiere hasta que le señala la parroquia, el padre Ángel ya ha abierto las dos puertas, la primera con los barrotes de hierro, la segunda de cristal.*

—Venga, coño, espabila atontado.

Sale corriendo y ve a Gordito Relleno entrando antes que nadie, los rizos estirados hasta obtener ese peinado con aspecto de casco, las cejas espesas, el grueso cuaderno de anillas en una mano y el Bic de cuatro colores en la otra, también gordo, el boli, el cuaderno, todo es gordo en él, marica gordo comunista Leónidas Breznev.

—Te vas a enterar, hoy morderás el polvo.

Al llegar a la puerta se gira un momento para mirar a su padre, pero ya se ha ido. No le ha dado un beso, ni siquiera se ha despedido de él. Quizá se ha marchado enfadado, con *aquello* desfigurándole el rostro, forzando contorsiones extrañas en su boca mientas avanza por Clara del Rey camino del Bartolo. Mueve la cabeza. El domingo, concentrarse en el próximo domingo.

—Sin correr, muchacho, sin correr —dice el padre Ángel.

Sonríe al cura mientras termina de fijar la puerta de barrotes para que permanezca abierta, empujando la calza de madera con sus zapatones negros, enormes como dos barcas, probablemente se pudiera matar a una persona con ellos. Recorre el pasillo imaginando al padre Ángel con un zapatón en la mano y a Gordito Relleno atrapado entre sus brazos, como en la lámina de Abraham e Isaac que la cacatúa les enseñó la semana pasada, pero en esta versión, su versión, Dios no llega a tiempo para detener su mano: el padre Ángel le abre la cabeza a zapatazos al Gordito Isaac.

*18 horas 31 minutos 3 segundos siente la mirada de Gordito Relleno, la cacatúa tiembla para indicarle que al final ha entrado el último, como siempre.*

—La puerta, por favor —dice María Esperanza, que ya está sentada, la carpeta perfectamente alineada sobre las rodillas.

Va hacia su sitio, junto al asiento que suele ocupar Manuel. Vacila al mover la silla, intenta no hacer ruido con las patas. Sigue sintiéndose extraño en esta clase. Quizá porque no es una clase de verdad: no hay pupitres, sino sillas con un brazo enorme donde apoyar el cuaderno, se sientan en círculo, y María Esperanza ni siquiera pasa lista.

—Cristina ya no va a venir, o sea que seremos poquitos —dice María Esperanza sin dejar de sonreír—. Cada vez quedamos menos.

Mira alrededor. Efectivamente, no ha venido Cristina, y sin Manuel ya solo quedan cinco en clase: Gordito Relleno, María José, Paula, Gwendolin y él. Ya puestos, podría no haber venido nadie, solo él, así saldría elegida su oración seguro. María Esperanza carraspea. La cacatúa se encrespa para indicar que va a comenzar la clase.

—A ver, ¿quién sabe cuál es el cuarto mandamiento? —pregunta María Esperanza.

—No robarás —responde Gwendolin.

Gwendolin siempre responde la primera y siempre se equivoca. No parece tener ningún problema para decir lo primero que se le pasa por la cabeza. En las primeras clases, antes de conocer la existencia de la cacatúa, él también levantaba la mano y decía lo que pensaba, creyendo que eso era lo que pedía María Esperanza. Pero ya no comete ese error.

Maria Esperanza contempla a la clase mientras la cacatúa se repliega sobre sí misma.

—Mmmm… ¿Es el cuarto mandamiento? ¿Estáis todos de acuerdo?

María Esperanza habla despacio, como si tuviese que empujar cada palabra desde el estómago, el tono de su voz, suave y nasal, inalterable. Luego, uno a uno, mira a todos sonriendo. María Esperanza siempre sonríe. No es como los profesores de los Corazonistas o los del Cervantes; de hecho, a María Esperanza ni siquiera le gusta que la llamen profe, o seño. Tampoco habla y habla sin más, sino que hace preguntas. Pregunta todo el rato y después no te dice si está bien o mal, jamás dice te equivocas ni nada por el estilo. De eso ya se encarga la cacatúa.

—Ese es el séptimo —dice Gordito Relleno.— El cuarto es obedecerás a tu padre y a tu madre.

—¿Qué pensáis los demás? —pregunta María Esperanza.

Nadie dice nada. Gordito Relleno no suele equivocarse, pero por si acaso observa a la cacatúa. El nombre se le había ocurrido a Manuel después de ver en *Mundo Indómito* a una cacatúa que se peinaba y despeinaba a voluntad sin tocarse la cabeza con las patas, flipante, tío. Igual que María Esperanza. Ahora la cacatúa no se mueve y él asiente con la cabeza, está de acuerdo, el séptimo mandamiento es no robarás y el cuarto obedecer a los padres. Da igual, hoy te haré morder el polvo marica gordo comunista Leónidas Breznev.

—Eso es: Honrarás a tu padre y a tu madre —dice María Esperanza, la cacatúa vigilante—, que es una forma de decir que debemos obedecer a papá y a mamá. ¿Y por qué dice Dios que debemos obedecerles?

Es evidente, piensa, porque hay que evitar a toda costa que aparezca *aquello*. Sin embargo, no dice nada, tampoco sabría cómo explicar a María Esperanza lo que es *aquello*. Gordito Relleno va a contestar, pero en ese momento se abre la puerta y entra el padre Ángel. Todos le miran sorprendidos, la cacatúa incluso pega un brinco, irritada. Acaban de empezar la clase, se supone que no entra hasta que quedan cinco minutos para el final. Es entonces cuando el padre Ángel pasa por todas las clases pidiendo ruegos sinceros de nuestros jóvenes catecúmenos, oraciones que salgan del corazón.

—Perdón, María Esperanza —dice el padre Ángel—, ha surgido un imprevisto.

Por un instante teme que el padre haya cambiado de opinión: este domingo escribo yo la oración de los fieles y ya está, a la porra, ya no podrá alcanzar la gloria eterna, el perdón a tomar vientos, mierda, puta, pito. Se aferra al cuaderno.

*18 horas 44 minutos 22 segundos trata de concentrarse en las guías azuladas que cruzan horizontal y verticalmente la hoja formando pequeñas cuadrículas.*

—El boli no me pinta —dice Gwendolin, muestra la hoja rajada, arrugada por uno de los extremos.

—Espera —responde María Esperanza, y recoge su bolso del suelo.

Él toma aire. Mira al techo pensativo. En cinco minutos se pasará el padre Ángel a ver los buenos deseos de nuestros jóvenes catecúmenos. Según ha explicado, hoy no podía esperar al final de la clase, tiene que irse al arzobispado, a lo que la cacatúa ha respondido con un latigazo. Otro día se habría sentido agobiado, sin embargo ahora tiene tiempo de sobra, porque sabe lo que va a escribir. Algo bueno ha tenido quedarse atrapado en las Puertas del Infierno con Toño, Rocío y Charli. Ya solo tiene que fingir que la oración se le está ocurriendo en ese momento, inspiración divina.

—Pues no encuentro el bolígrafo —dice María Esperanza, la cabeza dentro del bolso, la cacatúa inquieta—, ¡será posible!

Gordito Relleno le ofrece el suyo a Gwendolin. Ella duda, normal, seguramente está sudado de salchichón, sudoroso marica gordo comunista Leónidas Breznev. No quiere distraerse. Vuelve a mirar la hoja en blanco.

*18 horas 44 minutos 38 segundos yo sé quién eres, Niño Idiota, a mí no me vas a engañar con tus rezos, para que no haya más guerras te rogamos óyenos, cada domingo la misma humillación, para que nos ilumines te rogamos óyenos, ya no sabía qué pedir, qué escribir para subir los escalones que conducen hasta el micrófono junto al altar donde uno a uno los elegidos de cada clase lanzan sus peticiones delante de toda la congregación, para que se acabe el hambre en el mundo te rogamos óyenos, delante de sus padres, para que los niños y niñas puedan no se qué con la luz de Dios te rogamos óyenos, delante de su padre, mierda mierda mierda pito te rogamos óyenos, puta marica Gordito Relleno rojo, te rogamos óyenos, siempre él, marica gordo comunista Leónidas Breznev todo eso Dios ya lo sabe, marica, Dios sabe perfectamente que hay niños que pasan hambre en el mundo, que hay guerras, lo ve, Dios no es un puto gilipollas, lo que no sé es a quién has salido, a mí no, Niño Idiota, porque tu madre es una santa, si no tendría dudas de que realmente seas hijo mío, y sin embargo una y otra vez el resultado es el mismo, Gordito Relleno es el elegido para leer en la misa de los niños, ha subido todos los domingos menos uno, cuando subió Gwendolin, mierda, pito, para que ilumines a nuestras familias y sepan ayudarnos a ser cada vez mejores cristianos roguemos al Señor, seguro que ni siquiera saben lo que están diciendo, por todos los niños que tomamos hoy la primera comunión, mierda, mierda, mierda, para que nos sintamos siempre amigos de Jesús roguemos al Señor, pito, puta, para que los que dudan vean la luz roguemos al Señor, mierda de luz, mierda de iluminación, qué tienen de malo, para que no nos muramos nunca roguemos al Señor, o para que Jesús traiga balones de fútbol a todos los niños pobres del mundo roguemos al Señor o por la destrucción de todos los que no creen en Dios roguemos al Señor, y la voz de su padre, un susurro, preguntando y tú por qué no subes, te da vergüenza o qué, el calor de su aliento en la oreja, el olor a caramelo de menta y a ta-*

*baco mezclándose con el incienso, tienes suerte, Niño Idiota, porque yo casi nunca os pego, porque soy un blando, aunque quizá debería empezar a cambiar eso contigo, Niño Idiota, a lo mejor es que ese es el único idioma que entiendes, Niño Idiota, el idioma de los golpes.*

*18 horas 49 minutos 12 segundos entra el padre Ángel, mierda, pito, puta, ya han pasado los cinco minutos.*

—¿Estamos? —pregunta el padre Ángel mientras consulta su reloj.

Asiente, aunque ni siquiera ha empezado. Escribe todo lo rápido que puede, intentando no cometer errores, no quiere dejar tachones como otras veces.

—Recordad: el nombre lo ponéis al otro lado de la hoja —dice el padre Ángel y sonríe a Gordito Relleno, la cacatúa se revuelve imperceptiblemente—, que no se diga que aquí hay favoritismos.

Se echa un poco hacia atrás para contemplar su obra, inmaculada, perfecta. Se acuerda de Toño, de sus chapas, de Rocío, de Charli. Molaría que Rocío le viera subir. Sonríe. Lee la oración.

*Para que la selección española de fútbol encuentre la fe y consiga ver la luz y los que no creen puedan ver la luz también, roguemos al Señor.*

Vuelve a leer la oración. Es maravillosa. Porque ¿quién no va a querer que España gane el Mundial? Hasta los que no están bautizados están deseando que gane la selección. Puede ver las caras emocionadas de los feligreses, el orgullo de su padre. Un domingo tras otro. Porque la parte buena es que podría repetir la misma oración el domingo siguiente, y el siguiente, y el siguiente hasta que la selección ganara el Mundial. Y entonces Dios, España y él mismo alcanzarían la gloria a la vez. Siente una oleada de calor que sube desde el estómago. Es una sensación rara. El aire baja hasta el fondo de los pulmones sin dificultad. Seguramente cuando eres buena persona debes sentirte así todo el rato, ligero, sin miedo, convencido de que en ningún momento aparecerá *aquello,* su padre le dará un abrazo, un beso, te quiero.

# Rocío, 2010

—Mamá —dice Lupe.

—Qué.

—Mamá.

—Qué.

—Mamá.

—Qué.

—Mamá.

Está a punto de responder otra vez «qué», pero prefiere concentrarse en el semáforo, a ver si por fin se decide a ponerse en verde. Mira un momento por el retrovisor: la niña está distraída con el mendigo que ahora pasa cerca de su ventanilla vendiendo pañuelos, en apariencia ajena a la urgencia de su propia voz. Sube un poco el volumen de la radio, la voz de Brian Wilson se apodera del coche, *wouldn't it be nice if we were older?*

—Mamá.

En el reloj del salpicadero ya son casi las nueve y media. Resopla. Desde el puente de Segovia al Carmen no hay demasiada distancia, a casa de Javi no suelen tardar más de veinte minutos, incluso menos, ahora que ya se han terminado los colegios, y sin embargo llevan atrapadas casi un cuarto de hora en un atasco absurdo que ha empezado a la altura del

Panteón de Hombres Ilustres. Tratando inútilmente de entretener a la niña le ha contado que este camino estaba repleto de atochas, una planta que sirve para hacer cuerdas o alfombras, que por eso la estación lleva ese nombre, luego ha estado hablándole de la torre que solo es posible ver desde la calle, la historia de su abandono, de la iglesia que nunca llegó a construirse a sus pies, de por qué está sola en medio de un colegio. Aunque no sea más que una copia de una copia siempre se ha sentido atraída por esa torre, extraña entre el Panteón y la Basílica de Nuestra Señora de Atocha, quizá porque le recuerda al campanile veneciano y es como si flotara en medio de la nada. Saca un cigarrillo sabiendo que no lo encenderá, nunca fuma delante de Lupe, juega con él por encima del volante mientras piensa que deberían haber pillado la M-30 por el paseo de Extremadura, el tráfico no será peor que aquí, imposible, de haber tomado ese camino seguramente la niña ya estaría con Javi. Al final llegará tarde al trabajo, fantástico, su primer día en la redacción y aparece veinte minutos tarde. Es un programa de mierda, para hacer una sustitución, una baja por maternidad, pero no quiere empezar con mal pie. Le ha costado varios meses pillar algo medianamente decente y necesitan el dinero si quieren marcharse.

—Mamá.

Esta vez tampoco responde. Quizá solo quiere preguntarle qué hace ese hombre, por qué camina entre los coches, o quizá ya haya encontrado las palabras que lleva buscando desde que salieron de casa. Si es que realmente las estaba buscando. Al despertarla, cuando le ha recordado que hoy se quedaría en casa de su padre, Lupe se ha enfadado, ha podido ver como torcía el gesto. Sin embargo no ha dicho nada, no ha llorado. A Lupe le gusta pasar tiempo con su padre, de eso no tiene duda, pero últimamente Javi tampoco resulta la mejor compañía, menos aún para una niña de tres años. En ese instante cae en la cuenta, duda si ha cogido el Oftalmowell, con las prisas de última hora no es consciente de haberlo guardado. Abre la mochila de la niña mientras vigila el semáforo. Allí, junto a las galletas y el táper con las fresas, se encuentra el gotero con el medicamento.

—Mamá.

Comprueba el móvil por si Javi hubiera decidido responder de una vez a su llamada. Entre ayer domingo y esta mañana ha debido de telefonearle más una docena de veces. Además le ha dejado dos mensajes de voz y cuatro SMS para recordarle que esta semana se quedaría por las mañanas con la niña, al menos hasta que se le cure la conjuntivitis y puedan dejarla de nuevo en la guardería, pero el hecho es que en este instante no tiene la certeza de que vaya a quedarse con la niña, ni siquiera de que esté en casa. Pero estará, seguro que está, dónde iba a ir, simplemente se habrá quedado durmiendo la mona después de celebrar que el sábado eliminamos a Paraguay. O simplemente está intentando tocarle los ovarios. Aleja esa opción de su cabeza, prefiere no calentarse. Se abre el semáforo y el viejo Rover da un pequeño tirón antes de arrancar. Es un coche innecesariamente grande, está viejo, pertenece al pasado, pero al menos tiene reproductor de cedés. De pronto pueden avanzar, parece que lo peor ha quedado atrás y se deslizan por la avenida del Mediterráneo al ritmo de los Beach Boys.

—Rocío.

Pasea la mirada un momento por el retrovisor sin perder de vista la carretera. Lupe solo la llama por su nombre cuando quiere regañarla.

—Pupe —dice la niña frunciendo el ceño.

—No.

—Pupe sí.

—Te pongo otra cosa. ¿Ponemos la canción del dragón?

—No, Pupe.

—¿La del leoncito?

—Pupe.

Refunfuñando abre la guantera para sacar el cedé de Pupe, de Lupe, la mierda de los Cantajuegos. Antes de hacer el cambio de disco se coloca el cigarrillo en la oreja, canturrea *yo para ser feliz quiero un camión,* pero entonces suena la canción del tallarín y no le queda más remedio que aceptar su derrota. Ha intentado todo tipo de estratagemas, ha repasado la historia de la música en busca de algo que pueda satisfacer las necesidades de ambas, de madre e hija, pero no hay manera, al final siempre le toca pasar por esta tomadura de pelo, maldito sea el día que Javi llegó a casa con el disco. Durante un breve, brevísimo, periodo de tiempo, ha conseguido que Lupe escuchara a Bowie, qué más podía pedir a la vida, pensó que su cerebro ya había empezado a madurar, pero no tardó en descubrir el verdadero motivo de su interés: que Toño había bailado con ella *Starman*. Pasada la novedad, tuvieron que volver a los Cantajuegos. Solo cuando Lupe está de buen humor consigue que escuche la recopilación que grabó ella misma con Gregory Isaacs, *Puff the Magic Dragon,* el *Leãozinho* de Veloso, también el *De do do de da da da* de Police, un poco de Beach Boys. Pero hoy no es el día.

—Un tallarí-íííín —canta Lupe.

Una vez que entran en la M-30 tardan menos de cinco minutos en hacer el resto del recorrido. Tiene suerte, por fin algo de fortuna, y encuentra aparcamiento en la misma calle de Javi. Si continúa la racha y no hay mucho tráfico en la carretera de Colmenar, llegará a tiempo al trabajo. Mientras libera las correas de la silla, Lupe se frota el párpado, cree intuir una legaña adherida al dorso de la mano.

—Cariño, no te rasques el ojo, porfa.

Coge a la niña en brazos, no quiere perder tiempo, y avanza a paso ligero hasta la puerta de rejas oxidadas. Han regado la calle y los árboles parecen contener la respiración entre cagadas de perro y agua sucia. Seguramente hoy también hará calor. Llama al timbre un par de veces y espera unos segundos, pero no llega ningún sonido del interior. La casa, un bajo con acceso propio, está envuelta en una especie de letargo que contagia al resto de edificios, bloques de tres plantas, idénticos, de paredes desgastadas; de pronto, ninguno parece habitado. Vuelve a llamar, pero Javi sigue sin responder. Saca el móvil, hace un nuevo intento, sin muchas esperanzas. Sin embargo, cree oír el teléfono de Javi sonando tras el cristal biselado de la puerta. Busca las llaves. Duda. Javi le había sorprendido dándole una copia. Durante meses no quiso saber nada de ella, las mínimas palabras cuando le llevaba a la niña los sábados, pero de pronto, toma, una copia de las llaves del agujero donde voy a vivir. No sabía si era otra de sus invitaciones a la desesperada para que volviera con él o simplemente la intuición de que se iba a la mierda y necesitaba que alguien tuviera unas llaves para venir a rescatarle. No debería abrir, tendría que marcharse, dejarle tranquilo. ¿Y qué hace con la niña? No va a dejársela a su madre, a Marisa, ni de casualidad. Y para bien o para mal, Javi es el padre de Lupe.

Al abrir la puerta contiene un gesto de asco.

—Caca —dice Lupe.

—Sí, mi amor.

Huele a podredumbre, a orina, por un momento teme lo peor, que Javi haya entrado en fase Diógenes, porque lo cierto es que desde el concurso de acreedores su aspecto se ha ido deteriorando poco a poco, casi en paralelo a sus crecientes fantasías de que se produjera la recuperación milagrosa de la economía, de su vida. Deja a Lupe sentada en una de las banquetas del recibidor, le pide que no se mueva de allí, mientras por su cabeza cruza la imagen de las heces apiladas sobre la mesa del salón, como aquella vez en el piso que Toño compartía con Maco, o Moko, no recuerda ahora su nombre. Siente la furia bullendo en su interior, el sentimiento de culpa que la ha atenazado los últimos meses se va diluyendo a medida que avanza por el estrecho pasillo, las pelusas revolotean sobre los baldosines a su paso y entonces sabe que va a gritarle, le gritará, se acabó, deja ya de hacer el gilipollas, y sí, cuando entra en el salón se encuentra con lo peor, pero no lo peor que estaba pensando, es otro peor, un peor diferente. Javi está tirado sobre la alfombra, doblado en una postura extraña, como si acabaran de derribarlo con una llave de judo, una llave con un nombre concreto, un nombre olvidado hace tiempo. La televisión está encendida.

*El seleccionador español, José Emilio Santamaría, no ha dado a conocer los nombres de los dieciséis jugadores convocados para el encuentro de esta noche en Madrid contra Alemania Occidental. Pese a este secreto, que se resolverá tres horas antes del partido, que se iniciará a las nueve de la noche, parece segura la participación de Gallego y Zamora en el centro del campo, junto a Camacho y Alonso. Urquiaga será titular en la defensa, según las mismas especulaciones. La mayor incertidumbre se centra en los dos puestos atacantes, con preferencia para Juanito y Santillana […] Veinticinco hinchas polacos han pedido asilo político en España y 29 extranjeros llegados al Mundial, de ellos dieciséis ingleses, han sido expulsados del país.*

El País, *viernes 2 de julio de 1982*

# Rocío, 1982

*16 horas 47 minutos 19 segundos sin mover apenas los labios tararea don cincmi ancain jars ar jar tufain, pero duda, ¿es jars o es guors?*

—Pues en *Calígula* se ve a una tía metiéndose una gigante en la boca. Me lo ha dicho mi prima.

Los dientes de Tatiana asoman por encima de la mano, la pajita prendida en la comisura de los labios.

—Qué asco —dice Nuria.

—¿Una qué? —pregunta Paloma.

*De only chikis, ¿chicks? ¿checks? ansain ai lef,*
*from de bancof quios of maimain*

—Es clasificada S —aclara Nuria, como si fuese una novedad, como si no lo hubieran dicho antes, y sorbe los restos de su batido.

—¿Una qué? —insiste Paloma.

—Pues mi prima tiene quince y la ha visto —dice Tatiana.

—Qué repugnante.

—¿Una qué?

*an nananana esqueipsmi*
*deir nananana reipsmi, ¿cómo era?*

Hablan en voz baja y por un momento el ruido de las otras mesas hace inaudibles sus voces. Nuria y Tatiana se ríen.

Paloma usa un dedo para rebañar el chocolate que queda en la orilla del plato.

—¿Pero dónde la ha visto si es S? —pregunta Paloma, ahora sonríe también, aun así parece a punto de echarse a llorar mientras vigila la entrada del VIPS.

*nananan algo de elocuens*

Ella también mira hacia la puerta de cristal, tratando de distinguir a la madre de Paloma entre las figuras borrosas que caminan por la calle.

*nanana, sí, elocuense reipsmi*

Según Paloma, su madre es una controladora, siempre está encima, agobiando. Sin embargo a ella no le da esa sensación. Todo lo contrario. Si fuera una controladora no las habría dejado a las cuatro solas en el VIPS comiendo tortitas y hablando de tonterías.

*nanananana, nanana-na*

La madre de Paloma le cae bien, últimamente incluso mejor que la propia Paloma, al menos que esta Paloma, la Paloma llorona. Tatiana mueve sus ojos de lémur, el iris de un azul casi transparente le da aspecto enfermizo.

—En el cine Oxford. La dejaron pasar, lo juro.

—Puaj.

—Pero ¿qué es lo que vio? ¿Una qué?

—Pues qué va a ser, tía —Tatiana susurra vocalizando de forma exagerada—. Una polla.

Risitas nerviosas. El rostro pecoso de Nuria se contrae en un gesto malicioso, por un instante siente que se están burlando de ella. Imbéciles. Paloma se sorbe la nariz. Lleva todo el curso así, enferma de mocos, con un constipado que no se le cura, pero ella sabe que en realidad se trata de un lamento sin fin. Llorona.

—¿Gigante?

—Así, como mi brazo.

—Pero ¿las hay tan grandes?

—Y más grandes.

Cierra los párpados con disimulo, trata de averiguar la hora en el reloj de Paloma. Son casi las cinco, ya no puede esperar más, se pone en pie.

—¿Te vas? —pregunta Paloma—. ¿No vienes a la peli?

—No, no puedo. Hoy tenemos examen. Además, ya he visto *Siete novias para siete hermanos.*

—Pero ¿va en serio lo de las clases de judo? —pregunta Nuria—. ¿No era una broma?

Permanece un momento contemplando a las tres mientras carga la mochila a la espalda. Tatiana vuelve a cubrirse la boca con la pajita, lanzando miradas de reojo a Nuria. No tiene ninguna duda: en cuanto salga del VIPS se reirán de ella, marimacho, camionero, lo sabe. Paloma baja la mirada y de nuevo parece a punto de ponerse a llorar, hace ruidos con la nariz, cruza los brazos intentando ocultar las tetas.

Ella dice:

—Felicidades.

Al salir se encuentra con la madre de Paloma en la puerta del VIPS. Viene cargada con la compra, las hojas de un apio sobresaliendo de la bolsa.

—Espera, Rocío, que te acompañamos —dice la madre de Paloma.

—No, de verdad, no hace falta.

—¡Pero no puedes ir sola!

Sí puede. Ha llegado sola y se marcha sola. Menuda porquería de cumpleaños.

*Dedududu, dedadada,*
*is ol ai guan tu sey tu yu.*

*15 horas 51 minutos 14 segundos corriendo por Príncipe de Vergara, se detiene al llegar a lo alto de la cuesta cuando ya casi ha alcanzado la plaza del Perú, ajusta las correas de la mochila, al final de la pendiente han empezado a hacerle daño en los incipientes pechos, bultos de mierda, y piensa en Paloma, en sus tetas, desde que le han salido esas tetas enormes se pasa el día entero llorando, y lo que es peor, se ha juntado con esas dos imbéciles, pero no quiere pensar en eso, reanuda la marcha, aunque ahora no corre, no hace falta, casi ha llegado, por encima de las ramas ya se distingue la cubierta metálica del polideportivo.*

—¡Esa chica guapa!

El corazón le da un salto, sin embargo aguarda unos segundos antes de girarse. Aunque a esta distancia sean dos figuras borrosas reconoce al instante las siluetas del tío Carlos y Charli. Vienen por Alfonso XIII, seguramente han cogido el 40 y se han bajado en la parada de las canchas rojas. Charli llega corriendo, sonríe, agita algo en la mano. Detrás de él, los pantalones de pintor tiemblan como si no hubiera nada dentro de ellos, las zapatillas de esparto que en sus pies podrían ser de baile, los rizos oscuros, la barba rala, sus rasgos van saliendo de la bruma lentamente, se perfila su nariz, los labios finos, sonrientes, como los de Bob Dylan, es Bob Dylan.

—¡Mira lo que me ha comprado el tío!

Charli le muestra una caja que tiene el tamaño de un libro. Es la maqueta de un jeep americano de la Segunda Guerra Mundial.

—Eh, no te columpies, chaval —dice el tío Carlos, llega hasta ella, le acaricia el pelo, siente sus dedos colarse entre los rizos, tan parecidos a los suyos—. Es para los dos.

—Sí, claro, para los dos.

No dice nada, pero ella ha dejado de hacer maquetas, ya le aburren. Y Charli aún no ha terminado la última que les regaló, un tanque alemán.

—Gracias, tío.

Sonríe. El tío Carlos suelta el humo por la nariz, pasa su brazo nudoso por el hombro de ella, le llega el olor de su piel, a tabaco y a sudor, a grasa de coche.

—En realidad —dice el tío Carlos—, a ti te he traído esto.

—¡Guay!

La reconoce al instante: es una de las cintas vírgenes que el tío Carlos utiliza una y otra vez. Agarra el casete con premura para guardarlo en el bolsillo del chándal. El tío se ríe.

—No sabía que venías hoy.

—Tenía que ver a la Bela —responde el tío Carlos—, y como ahora la tenéis secuestrada...

Da una calada, el cigarrillo aprisionado entre los dedos huesudos. Se pregunta si le habrá pedido dinero a la Bela, cuánto le habrá sacado, si le habrá costado convencerla.

—Hoy tenemos examen. Si apruebo seré cinturón naranja.

—Yo también —dice Charli.

—¿Y el cinturón negro para cuándo? —pregunta el tío Carlos.

—Para eso queda todavía. En cinco o seis años.

—Buah, tú les das *pal* pelo a todos en uno o dos.

Mueve el cuello, inquieta. De pronto el brazo de su tío le pesa en el hombro.

—Verde —dice el tío Carlos, y siente la presión de la mano empujándola hacia delante, cruzan el paso de cebra.

—¿Te vas a quedar?

—Puf, no puedo, princesa —dice el tío Carlos con un gesto apenado, parece sentirlo realmente—, he quedado con Chema.

Chasquea la lengua. Desde la muerte del abuelo, él también ha cambiado. Quizá no tanto como su madre, el tío Carlos no ha enloquecido, pero está diferente. Ya casi nunca pasa la tarde con ellos. Lo bueno es que cuando queda con Chema aparece después con un montón de música nueva.

—Yo el otro día gané un combate —dice Charli.

Sí, claro, y cinco, piensa ella, pero no hace falta que lo diga, por la sonrisa de su tío comprende que no se lo ha tragado, conoce a Charli tan bien como ella.

—Claro que sí, Bruce Lee —dice el tío Carlos.

Los tres se ríen.

Llegan a la puerta del polideportivo y se despiden del tío, un beso, princesa. Charli se hace el chulito y sube las escaleras sin besarle. Javi acaba de entrar. Hace una semana que acabaron las clases y no había vuelto a verle. Por un momento tiene la sensación de que está distinto, más alto. Detrás vienen sus padres, no logra distinguir sus rostros pero son ellos sin duda, distinguiría el bigote de su padre en cualquier sitio. Toño llegará tarde. Como siempre.

*17 horas 11 minutos 44 segundos de do do do de da da da is ol ai guont tu sey tu yu trata de amortiguar el golpe de las pisadas, que sus pies apenas se levanten del tatami, pero aun así le resulta imposible evitar el impacto, de do do do de da da da, deyr miningles and ol dats tru, nota los bultos bajo el kimono, bajando y subiendo, si continúan creciendo tendrá que ponerse sujetador, igual que la llorona, intenta recordar cuántas vueltas llevan, cinco, seis, normalmente son diez, sin embargo se supone que hoy la clase debería ser diferente, de do do do de da da da al pasar junto a las gradas mira al senséi, está hablando con un padre, no parece que tenga intención de poner fin al calentamiento.*

—Mamá no ha llegado todavía —dice Charli, resopla, ya está sudando, se hace un hueco entre Javi y ella.

Mira hacia las gradas, repletas de público. Hoy todos han venido con sus padres, hay incluso algunos abuelos. No logra distinguir las caras, para ella solo son manchas de color anaranjado, pero con eso tiene más que suficiente. Fuerza una sonrisa.

—Mamá no va a venir.

—Dijo que vendría —replica Charli.

—No va a venir.

Se concentra en la carrera, en el tatami, en los pies, sus pies, los de Charli, los pies de Javi. Normalmente corren por parejas, Javi y Charli juntos, Toño con ella. Pero el muy imbécil todavía no ha llegado. Va a llegar tarde el día del examen, hay que ser idiota.

Ella pregunta:

—¿Está el padre de Toño?

Javi dirige la mirada a la grada.

—¿Va a venir hoy también? —pregunta Charli.

—Supongo.

—No, no le veo.

—¿No es ese de ahí? —dice Charli, señala con el dedo.

—¿Quién?

—El calvo ese del chaleco rojo.

—No, yo creo que no es —dice Javi, sin embargo, duda—. No es ese, ¿verdad, tía?

—Ni idea.

—Pero si no estás mirando.

—Es que no ve tres en un burro —dice Charli con una risa estúpida.

—Eres un imbécil.

—Pero es verdad, ¿no?

—Imbécil.

El senséi mueve los brazos como si fueran aspas, da varias palmadas, un grito seco, y la carrera se detiene.

*17 horas 46 minutos 12 segundos unas tetas gordas como esas, es lo único que le pide a la vida, que no la castigue con unas tetas como esas, bamboleantes, rebosando leche, carne, grasa o lo que sea que guarden en su interior.*

—*Ko soto gari* —dice el senséi.

Eva ejecuta la zancadilla sobre Javi y sus tetas se agitan de nuevo. Si fuera yo, piensa, si esas fueran mis tetas ni se me ocurriría aparecer por aquí. Igual que Toño, imbécil, y su mirada se desvía de nuevo hacia la puerta del vestuario. Intuye la salida de un hombre entre las sombras, el torso desnudo, una mancha azul en la cabeza, seguramente sea el gorro, la nuca abultada por la toalla. Menuda porquería de polideportivo. No construyeron un vestuario junto a la piscina y los nadadores deben cruzar medio en bolas por delante del tatami, la pista de baloncesto y las colchonetas que rodean el potro, hasta llegar a las barras de madera donde se encuentran las escaleras que bajan a la piscina.

—O *goshi* —dice el senséi, balanceándose con los brazos cruzados sobre el pecho, la oscura pelambrera emergiendo del kimono, blanco como el pelo de su cabeza, el yin y el yang.

Eva duda unos instantes, se ajusta el cinturón, la franja azul se cruza con la verde. ¿Por qué duda? O *goshi* está chupado, gran cadera. Pero mejor que siga dudando, ganar unos minutos: es el último examen. De nuevo gira la cabeza en dirección al vestuario, ahora no sale nadie. Busca a Charli con la mirada, quiere preguntarle, quizá él sepa algo, ha visto a Toño por la mañana. Entre todos los alumnos han formado un rectángulo que delimita la zona del examen y Charli queda frente a ella, cuchicheando con el chico de la derecha, a su bola como siempre. A él todo le da igual, pasa, cómo puede estar tan tranquilo con el examen tan malo que ha hecho. Ella se ha puesto de *uke* para poder ayudarle de forma disimulada, y aun así ha sido un desastre. Ha aprobado, pero porque le ha dado pena al senséi, porque al final aquí aprueba todo el mundo.

—¿Me lo puedes repetir, Basilio? —pregunta Eva, que no llama senséi al senséi, se dirige a él por su nombre, Basilio, debería prohibir a los alumnos que le llamaran Basilio, un senséi no puede llamarse Basilio.

—O *gosi* —responde el senséi, vocalizando de forma exagerada.

Eva asiente y hace un gesto de fastidio, la cabeza gacha, no se atreve a mirar a Javi a la cara, con esas tetas es lógico. Eva es la única chica de quince años de la clase. En realidad debería estar en la siguiente hora, con los que ya van al instituto, por eso el senséi ha tenido que ponerle de *uke* a un chico, al más corpulento, porque no solo sus tetas son gordas, todo en ella lo es. Javi lanza miradas a Germán y a los otros dos, los mayores, intuye la sombra de su bigote, la repugnante pelusa bajo la nariz. Ninguno se ríe, pero porque no se atreven: aunque también le llamen Basilio, respetan demasiado al senséi. Sin embargo adivina sus sonrisas, sus miradas, les oye resoplar. Eva inclina el cuerpo, las tetas venciéndose, cayendo por su propio peso, colgando bajo el kimono, hasta clavar la cadera. Javi cae al suelo palmeando la colchoneta en un *ukemi* perfecto y el kimono de Eva se abre de nuevo, a esta distancia puede intuir sus pechos sin problema bajo la camiseta, pujando por decir al mundo sí, aquí estamos, somos reales.

—Vamos al suelo —dice el senséi.

Javi se tumba boca arriba, Eva de rodillas a su lado.

—*Kata gatame* —ordena el senséi.

Eva coloca el brazo izquierdo rodeando la cabeza de Javi y se tumba encima. Por un momento parece que se van a besar, pero el brazo derecho de Javi se interpone entre ambos, apuntando en otra dirección, como si fuera la única parte de su cuerpo ajena a todo lo que está sucediendo. Eva flexiona levemente la rodilla derecha y ya no hay duda: Javi tiene que estar notando las tetas, esas dos enormes peras apoyadas contra su abdomen. No puede verle el rostro, pero seguro que está sonriendo, imbécil. Mira a Charli, y ahora sí, su hermano la ha visto, alza las cejas. Ella frunce el ceño, cara de pregunta, dibuja con los labios el nombre de Toño, pero Charli no comprende qué quiere y se pone a hacer el mono, imitando el gesto de su boca. Otro idiota.

—Eva, defiendes tú —dice el senséi, y Eva se tumba, pone cuidado en cerrar bien el kimono, ajusta el cinturón verde azul.

Javi se lanza encima de ella, la cubre por completo, inmovilizándola con un *hon gesa gatame*. El senséi grita. No es un grito, en realidad, es más bien un golpe de voz que rebota contra las paredes del polideportivo y mientras Eva realiza las maniobras de evasión, separación, equilibrio y giro, ella mira de nuevo hacia el vestuario, algo parece moverse entre las sombras, resopla, ninguna de ellas es Toño.

—*Rei* —dice el senséi.

Eva y Javi, ya de pie, se inclinan. El senséi les devuelve el saludo. Eva sonríe tímidamente hacia las gradas, hacia sus padres, ha aprobado. El senséi da dos fuertes palmadas, todos en pie, elegid compañero, posición de combate, el último combate del curso. Mientras ve aproximarse los dientes de conejo de Cristina se pregunta si el bulto sin rostro que salta cerca de la puerta del vestuario podría ser Toño. Qué asco de ojos, asco de vista, asco, prepárate, Cristina, te vas a enterar.

*18 horas 11 minutos 49 segundos baja de la acera para situarse entre un coche y una furgoneta aparcados en batería, asoma la cabeza para asegurarse de que el seiscientos no está esperando en doble fila unos metros más allá, se concentra en el tráfico, bajan varios coches pero, por supuesto, ninguno es el de su madre, tararea, intenta calmarse, ha salido furiosa del polideportivo, don cincmi ancain, guords ar jar tufain, de only chikis, ¿chicks? ¿checks? ansain ai lef, si tuviera a Toño delante le estamparía contra la acera con un* koshi-guruma, *contra el capó de ese coche, pero esa imagen, lejos de servirle de sosiego, no hace sino enfurecerla aún más, imbécil.*

—¿Por qué me llamas imbécil? —dice Charli.

—No te decía a ti.

Charli hincha los carrillos haciendo una de sus payasadas, la boca abierta como si de pronto se hubiera vuelto idiota.

—Oh, Maya, no me digas eso —dice imitando la voz de Willy—, oh, Maya, yo no soy imbécil... ¡Maya, dame la merienda!

Saca de su mochila el paquete de María Fontaneda y cuenta cuatro galletas.

—¿Ya está? —pregunta Charli—. ¿No hay chocolate? Dame dos más por lo menos.

Decide ignorarle, vuelve a concentrarse en el tráfico.

—Jo, ¿y mamá dónde está? —pregunta Charli en tono impaciente, masticando una galleta con desesperación.

Trata de pensar en otra cosa mientras mordisquea una de sus galletas. Ahora no hace tanto calor en la calle, una ligera brisa llega desde atrás. Todavía no se ha hecho la coleta y el aire le acaricia la nuca, le estremece un escalofrío en el nacimiento del pelo, aún húmedo por el sudor. Pregunta por Toño, por qué no ha venido.

—Ni idea —responde Charli mientras intenta hacer malabarismos con dos bolas de papel de plata.

—Pero ¿no ha ido esta mañana al examen de Naturales?

—Vaya que si ha ido. Le he copiado todas las respuestas. Por cierto, ¿a que un amperio es un julio partido por un culombio?

—No. Eso es un voltio.

—Mierda.

Charli deja escapar una de las bolas de aluminio, que rueda hasta perderse bajo un coche. En ese momento Javi baja las escaleras del polideportivo con el pelo empapado, repeinado, la bolsa de deporte colgada de lado para que se vea bien la marca, Adidas.

—Joé, tío, lo que has tardado en salir —dice Charli.

—La pesada de mi madre —replica Javi—, que me ha obligado a ducharme.

Señala hacia atrás con la cabeza: la madre de Javi se está despidiendo de otras madres junto a la puerta del polideportivo, puede distinguir su peinado anticuado, hasta luego, nos vemos en septiembre, del padre no hay ni rastro, al menos ella no consigue encontrar su bigote entre los rostros difuminados.

—Joé —repite Charli.

—¿Tú sabes por qué no ha venido Toño?

—Ni idea —responde Javi—. Pero le he preguntado a Basilio y me ha dicho que se podrá examinar en septiembre.

—Eso será si sigue viviendo en Madrid.

No sabe por qué lo ha dicho, de dónde ha salido la frase. Javi se la queda mirando con un mal disimulado gesto de alarma. Ella sonríe.

—A lo mejor el juez le ha dejado irse a Francia.

Inquieto, Javi apoya la bolsa de deporte en el otro hombro. Claro, normal que se preocupe, qué iba a hacer sin su amiguito del alma, si se marcha Toño a Francia, quién va a dibujarle guarradas, quién.

—No, no se ha ido —dice Javi—, me lo habría dicho.

—No, no se ha ido —repite Charli con la boca llena.

No, claro que no se ha ido. Ella tampoco cree que Toño se haya marchado. Hasta que cumpla los doce años, y eso será en noviembre, el juez no está obligado a preguntarle a quién quiere más, si a papá o a mamá. Desde el verano pasado, el primero que le dejaron pasar en Montpellier con su madre tras el divorcio, cada vez que Toño decía que quería marcharse a Francia, notaba un golpe en la boca del estómago. Sin embargo, en este momento la idea no le inquieta, todo lo contrario. Pues si quiere irse que se vaya, imbécil, flipado, ahora resulta que su madre es la mejor persona del mundo, le mandaría con el *koshi-guruma* volando hasta Montpellier.

—Hablé ayer por teléfono con él —dice Javi sonriendo.

Está a punto de preguntarle de qué hablaron, de qué habla con Toño cuando ella no está, ahora que casi nunca está, de vuestros negocios, de vuestras guarrerías, seguro. Sonríe, alza las cejas, intenta hacerle creer que sabe algo que él desconoce. Javi no se da por aludido.

—¡Ala, qué flipado! —grita Charli.

Charli señala un Ford Fiesta detenido en el semáforo. De la ventana del conductor sale una bandera de España enorme. Javi y él empiezan a dar saltos, gritan. Imbéciles, es una triste bandera de fabricación casera, tres telas unidas sin escudo ni nada. Otro que aún no se ha enterado de que el Mundial, nuestro Mundial, porquería de Mundial, se terminó en el primer partido de la selección, empate a uno con Honduras, hay que ser paquetes.

—Espero que hoy juegue Juanito —dice Charli.

—Sería guay —dice Javi—, pero el atontao de Santamaría seguro que saca a López Ufarte.

En el cristal trasero del Ford Fiesta hay una gran mancha naranja. Seguramente sea una pegatina de Naranjito, mierda de Naranjito, hay que ser muy pringado para llevar a Naranjito en el coche. ¿Es que no recuerda lo que pasó con Irlanda del Norte, que ni siquiera es un país y no fuimos capaces de marcarles ni un gol, imbécil?

—Voy a ir al Bernabéu —dice Javi.

—¿Esta noche?

—Claro, no va a ser mañana.

—¡Qué guay!

—Mi padre ha conseguido dos entradas.

Sí, claro, y yo me lo creo, piensa, ya está Javi chuleándose, luego la mitad de lo que dice es mentira. Y aunque fuera cierto, da igual, es ridículo, ya no hay nada que hacer. ¿De verdad cree que podemos ganarle a Alemania Federal esta noche? Si fuera Alemania del Este todavía, pero esos son tan malos que ni siquiera se han clasificado. Toño seguro que le daba la razón. Idiota. ¿Por qué no ha venido?

—¡Javi, nos vamos! —suena la voz de su madre.

Javi se da la vuelta, hasta luego, nos vemos, aunque es probable que, sin cole ni judo, ya no vuelva a verle hasta septiembre. Mejor. En realidad Javi podría ir y volver andando solo, las casas de los militares solo están a un par de manzanas de allí. Debería hacerlo, no hace falta que venga su madre a recogerle. No hace falta que venga ninguna madre.

—¿No hay más galletas? —pregunta Charli—. Es que me he quedado con hambre, ¿tú no?

—No.

—Jo, venga, solo una galleta más —dice Charli.

—No. Quedan seis y si te las comes, mañana no tendremos nada para desayunar.

—Pero ¿no iba mamá a la compra antes de recogernos?

Una chica sube al Ford Fiesta y el coche se larga con su bandera y sus pegatinas de pringado.

—Vámonos.

—Pero mamá dijo…

—No va a venir. Vámonos.

Camina deprisa, sin hacer caso de las quejas de su hermano, quiere llegar a casa cuanto antes. Hasta este año no les han dejado salir solos a la calle. En realidad nadie les ha dado permiso. Simplemente ella ha empezado a hacerlo. No se detiene a comprobar si Charli viene detrás.

—¿Tienes algo de dinero? —pregunta Charli cuando consigue alcanzarla—. A lo mejor podríamos comprar unos Triskys de camino.

*18 horas 25 minutos 14 segundos cuando llegan al semáforo de la plaza del Perú se detiene, duda, no, sí, a la porra.*

—¿Qué pasa? —dice Charli—, ¿dónde vas?

Finge no escucharle, gira a la izquierda y baja por Alfonso XIII.

—¡Por ahí se va al cole! —grita Charli, como si ella no lo supiera.

No quiere ir por Príncipe de Vergara. Prefiere no encontrarse con Paloma tetas lloronas. Ella y las dos idiotas seguramente estarán a punto de salir del cine y no quiere que la vean así, sucia, sudada. Aunque podría aprovechar para hacerles un *koshi-guruma* a las tres. Camina con grandes zancadas, con Charli a su espalda quejándose todo el tiempo. Giran por Chile, luego Guatemala para coger Paraguay. Le ha costado, pero ha logrado memorizar el nombre de las calles, distinguir los bloques de edificios: la mayoría de ellos tienen una zona ajardinada alrededor, muchos comparten motivos geométricos aztecas o mayas o de ambos. Qué ridículo, solo porque las calles tienen nombres de países latinoamericanos, hay que ser imbécil. Al pasar junto a las pistas de baloncesto recuerda que Nuria vive en el extraño edificio de torres octogonales que parece una construcción de Tente. Mejor evitarlo. Por suerte a la derecha de las canchas surge un camino de tierra, por ahí, dice, sin saber muy bien por dónde saldrán, ni siquiera si tendrá salida. El camino está sucio de papeles, cajetillas de tabaco, mierdas de perro, pero se ve despejado, no va a salir un yonqui por sorpresa, vamos, Charli, aun así camina vigilante, las calles nunca dejan de tener algo hostil.

—¡Mira! —dice Charli, y señala unos metros más adelante.

Abandonadas en una bolsa de plástico, junto al seto que separa el edificio de las canchas, hay tres, cuatro botellas de vino, dos de Coca-Cola. Charli salta a su alrededor como si hubiera encontrado un tesoro, abre la bolsa de deporte para guardarlas dentro.

—Venga, date prisa.

—¿Me puedes llevar esta? —pregunta Charli mientras muestra una de las botellas de vino.

—Ni de casualidad, que me apestas el kimono.

—Si luego lo lava mamá.

—Sí, claro. Vamos.

No le espera, echa a andar.

*18 horas 45 minutos 6 segundos cha cha cha-chan, chan-cha chan, Charli va cantando el tema de* Indiana Jones, *da un salto para subirse a la acera, hay que ser pringado, camina detrás de ella feliz, despreocupado, imbécil, está deseando llegar a casa y ponerse la canción de Police a ver si logra aprenderse de una vez la letra.*

*Dedududu, dedadada, is ol ai guan tu sei tu yu.*
*Dedududu, dedadada, der inosense güil pulmi zru.*
*Dedududu, dedadada, is ol ai guon tu sei tu yu*
*Dedududu, dedadada, deyr miningles and ol dats tru*
*Nanananana... nanananana*

*18 horas 45 minutos 42 segundos y respira aliviada, se relaja, lo han conseguido, las calles amplias, arboladas, dejan paso a las callejuelas estrechas donde las casas bajas se disputan el espacio con sus ridículos jardines, lo llaman la zona de los chalés, pero no lo son, son casas de pueblo, un chalé es otra cosa, y está a punto de desviarse de su camino, de decirle a Charli vamos un momento a casa de Toño, pero no, que se fastidie, acelera el paso, al final de la calle emergen los edificios de ladrillo oscuro apoyándose unos sobre otros, aquí ya no necesita mantenerse alerta.*

—Espera —dice Charli, y entra corriendo en la bodega.

La bodega no tiene nombre, solo un cartel, «Bodega», un espacio pequeño, oscuro y húmedo que huele a vinagre aunque no vendan aceitunas ni pepinillos, solo vino y refrescos. Y los Triskys, claro. La calva del dueño se mueve entre las sombras mientras Charli va sacando las botellas de su mochila para ponerlas sobre el mostrador, una plancha de metal apoyada sobre dos barriles. ¿Cuánto le darán por los cascos? Una miseria, seguramente, pero al menos podrá comprar los dichosos Triskys.

*18 horas 52 minutos 59 segundos tando las baldosas al andaaar, dudando si volver atrááááás, piensa en su chica que STOP WIND*

—Rocío, deja eso, anda —dice la Bela mientras aclara un vaso en el fregadero.

*PLAY*

*Looof... lofgüil tiras apart... eguein*

*STOP,* hace memoria. Derribos Arias. Es la siguiente. *WIND,* al pasar de uno a otro, los botones del radiocasete saltan con un chasquido seco, rotundo. No hace mucho, cuando nadie vigilaba, Charli y ella los usaban para hacer volar soldados de plástico.

*WIND*

—Vamos, Rocío —insiste la Bela—, déjate de músicas y merienda primero.

—Ya he merendado.

—Bueno, pues al menos tómate un vaso de leche.

—No queda leche.

—He comprado yo una Frixia.

La Bela continúa enfadada, la boca torcida con ese gesto que conoce de memoria. No le ha gustado nada que hayan venido solos, ya verás tu padre cuando se entere, y tu pobre madre esperando en el gimnasio. Sonríe mientras observa como la Bela se seca las manos con un trapo de cocina. La Bela siempre llama gimnasio al polideportivo. No se entera de nada, aun así le tranquiliza encontrársela en casa al llegar. Podría ser así todo el año, no solo cuando se termina el cole.

*STOP*

*PLAY*

*Siente... la tentación de arrojarte de una vez en mi pecera...*

*STOP,* casi, *WIND*

Mientras avanza la cinta, contempla la caja de plástico transparente. Todavía no ha escrito los nombres de las canciones, porque antes tiene que buscar un lugar donde hacerlo. El tío Carlos le dio este casete sin cartón porque ni siquiera se trata de una cinta virgen. Era una zarzuela del abuelo a la que le han arrancado las pegatinas. Aún quedan restos del papel, se intuye una *L,* una *a.* En cualquier caso, da igual que aún no haya apuntado los títulos: no tiene dudas respecto al orden de las canciones. Los últimos días no ha escuchado otra cosa.

—Tú para ya, chiquillo, que luego no vas a cenar —dice la Bela mientras remueve con un cazo la leche disuelta en la olla.

Charli sonríe con la boca llena, los dientes manchados por la Nocilla.

*STOP*

*PLAY*

*put on a prision sel...*

*STOP,* ¿cómo es posible?, *WIND,* ah, no, espera, un momento, *STOP,* se ha pasado, es justo antes de Bob Dylan.

*REWIND.*

El tío Carlos es incapaz de hacer el esfuerzo de apuntar en un trozo de papel el nombre de las canciones o al menos el del grupo. Ese trabajo lo han empezado a hacer Charli y ella. Sobre todo ella, porque en realidad Charli prefiere escuchar los 40 Principales. No escriben los nombres auténticos, claro, es imposible, los desconocen. Escriben lo que les sugieren los estribillos. A veces logran reconocer al grupo o al cantante, como en el caso de David Bowie, a Bowie ella siempre lo pilla al momento, y a Bob Dylan también, claro, el tío Carlos les mataría si no lo hicieran, y apuntan el nombre intuido junto al título de la canción. Luego, y esa es la parte más divertida, repasan la lista con el tío Carlos. En raras ocasiones aciertan con el nombre de la canción, pero eso les permite echarse unas risas. Como *In the bikini,* de Bob Dylan.

*STOP*

*PLAY*

*... quias bajo el agua, ideales go-gós.*

*STOP,* no se lo puede creer, echa la cabeza hacia atrás, resopla.

—A ver, la leche.

La sombra negra de la abuela se refleja en los baldosines blancos al acercarse a ellos, deja sobre la mesa dos vasos de duralex con leche hasta el borde. Charli bebe la suya de un trago y se levanta. En la mano lleva el cuarto bocadillo de tres pisos hecho con galletas y Nocilla, puede que sea el quinto. Todo eso después de comerse los Triskys, será gordo.

—Carlos, termínate eso aquí.

—Es que tengo que hacer una cosa, Bela.

—Pues cuidado con las migas.

—Sí, Bela.

Charli sale de la cocina corriendo. Nota la mirada expectante de la Bela y da un trago a la leche. Sonríe, la mira a los ojos. Desde donde se encuentra ella, sentada en la mesa de la cocina, apenas son dos puntos borrosos tras las gafas. Los ojos, tan semejantes a los de su madre y sin embargo tan diferentes. Los ojos, lo único en que guardan cierto parecido, verdes como los suyos, las tres tienen los ojos del mismo color, aunque los de su madre siempre se muestran suspicaces, incluso cuando trata de hacerse la despistada. En los pechos no hay ningún parecido. La Bela tiene dos tetas enormes, que parecen descolgarse desde los hombros, mientras que los pechos de su madre son mucho más discretos, casi inofensivos. En esto, desde luego, sí querría parecerse a ella.

—¿Por qué has dejado que Charli coma tantas galletas? Mañana no tendremos nada para desayunar.

—Qué exagerada eres —responde la Bela.

—No hay nada. Ni galletas, ni pan de molde...

—Bueno, algo habrá. Y tu madre iba a hacer hoy la compra.

—Ya.

—Por eso habrá llegado tarde al gimnasio.

Sonríe.

—Como se llame.

*STOP*

*PLAY*

*Inmersión en la...*

*STOP*, ¿todavía? ¿Branquias bajo el agua es tan larga? Duda, a lo mejor está en la otra cara.

*WIND*

—Por si no veo a vuestra madre —dice la Bela mientras se seca las manos con un trapo—, le decís que he dejado unas croquetas en la nevera para la cena.

—¡Qué guay! —grita Charli desde su cuarto—. ¡Croquetas!

—¡Tragón! —dice la Bela riéndose.

Se acerca hasta ella, le da un beso, nota el tacto oleoso del carmín en la mejilla, el olor a violetas.

—Y tú no te preocupes por el desayuno, mujer, que estás siempre preocupada por todo.

Coge el vaso de leche, da dos sorbos, cortos, y se pregunta por qué la defiende, siempre la defiende, igual que siempre defiende a Charli. El niño que nunca hace nada mal.

*PLAY*

*deir loyic taismi ap an reipsmi.*

*STOP,* por fin, un poco más, *REWIND.*

Se bebe el resto de la leche de un trago, sin detenerse a respirar.

*STOP*

—Me voy.

—¿Cómo que te vas? —pregunta la Bela—. ¿Adónde?

—Tengo que devolverle una revista a Paloma.

—Pero si acabas de verla. ¿No vienes de su cumpleaños?

—Es que se me ha olvidado dársela.

—No, de eso nada.

—Pero Bela…

—Ya he dejado antes que te fueras sola —dice la Bela tratando de adoptar un gesto severo—, pero dentro de nada se hace de noche.

La Bela señala la ventana. En la cocina siempre parece más tarde de lo que es en realidad. El estrecho patio de manzana a duras penas deja entrar una luz sucia y raquítica. Ahora la Bela volverá a repetirle la historia del niño de Rentería, ni se te ocurra darle patadas a las bolsas de plástico ni a las mochilas cuando vayas por la calle.

*PLAY*

Crepita el silencio, la cinta arrastrándose. Ahora sí. Los golpes de batería. La guitarra y el bajo. No sabe realmente cuál es cuál, pero ha leído en la *Súper Pop* que Sting toca el bajo; el otro, la guitarra. Suena la voz de Sting. Cierra los ojos, mueve los labios repitiendo la letra, tratando de memorizarla.

*Don cinkmi ankain.*

Suenan unas llaves en la puerta de la calle, pies que se arrastran por el pasillo, un hola ahogado.

—Mira, acaba de llegar tu padre —dice la Bela, alzando la barbilla con gesto de alivio, quizá de triunfo, creyendo que su yerno es como el abuelo—, pregúntaselo a él.

*18 horas 54 minutos 19 segundos rebusca en la estantería mientras Sting observa desde la pared, dedududu, dedadada, busca entre los Mortadelos, Tintines, Asterix, siente el impulso de tirarlo todo por los suelos, dedududu, dedadada.*

—Pero si estaba aquí.

En comparación con el de Charli, su dormitorio está bastante ordenado. Desde que se deshizo de todas sus muñecas, excepto de Peluchona, hasta la cama aparece despejada. Sin embargo, la *Súper Pop* no está a la vista. Ni encima de la mesa, tampoco en la esquina donde deja por las noches los tebeos y los libros que va leyendo. Rebusca en la estantería, pero nada. Por casualidad se encuentra con el primer y último *Gugu Tata*. Dibujo: Toño Barrios. Guion: Rocío González. ¿Qué hace aquí? No recuerda haberlo guardado, pensaba que se lo había quedado él. Las tres páginas del final siguen esperando que alguien, ella, rotule y ponga color a los dibujos de Toño. Gugu Tata, Doña Josefa, el profesor Protozoo, el Yayo Cebollo, Lex Esputor, Sepiaman. Faltan también algunos diálogos, bocadillos que flotan alrededor de los personajes como extraños globos blancos. Aún recuerda algunas frases. «¡Yo te maldigo, Gugu Tata!», dice Gugu Tata cuando descubre que, además de volar, tiene el poder del superllanto. «¡Superllanto al ataque!» Con él puede lanzar sus lágrimas como si fuera una metralleta, a toda velocidad. «¡Toma lagrimazo! ¡Ay, mi madre, me ha dejao seco!» Duda si romperlo, debería hacerlo trizas. De pronto se ha acordado de las cosas que dibuja ahora Toño y siente cómo el enfado vuelve a apoderarse de ella. Mete a *Gugu Tata* donde estaba. Y entonces, al fin, sobre los libros de los Cinco, localiza la *Súper Pop*. Deja la revista encima de la mesa mientras se cambia de ropa. Dobla los pantalones del chándal antes de dejarlos en el respaldo de la silla. Con la camiseta hace lo mismo. Se pone el vestido de flores. Nota los restos de sudor en su piel, algo pegajosa, quizá debería darse una ducha. Pero no, mira el despertador, son casi las siete, no hay tiempo. Se pone las deportivas, no pegan con el vestido, pero a quién le importa eso, y sale al pasillo. Desde la cocina llega el sonido del grifo, Charli habla solo en su cuarto. Su padre ha puesto música. Sigue las notas del piano hasta la puerta del salón comedor.

Asoma la cabeza.

Su padre lee *El País* sentado en el sillón, su sillón, los ojos se mueven por el periódico, parecen seguir el ritmo de la música. Se acerca hasta él tratando de ignorar el montón de papeles sobre la mesa, la pila de libros, las fotografías que aún no ha pegado su madre en el álbum, algunas del verano pasado. Lo quitarán todo esta noche para dejarlo sobre el sofá mientras cenan, luego el caos volverá a invadir la mesa. Un montículo de ropa arrugada junto a la tele. Puede sentirlo, casi puede respirar el polvo acumulado en las estanterías. Y eso que últimamente con la Bela han mejorado algo las cosas. Ahora ya no hay platos sucios sobre la mesa. Se sitúa junto al equipo de alta fidelidad, el cristal refleja las flores de su vestido, se confunden con el brillo metálico del amplificador, el tocadiscos, la doble pletina. El tocadiscos da vueltas mientras suena un solo de piano, lo ha escuchado otras veces. Es una música dulce, reposada, calmosa. Una música de mierda. Es injusto, ella no es una manazas como Charli, deberían darle permiso para usarlo cuando quisiera, al menos para escuchar sus cintas.

—Papá.

No le ha oído, tiene que repetirlo, papá, y aun así su padre todavía tarda algunos segundos en despegar la vista del periódico. Ella le muestra la revista.

—Me voy a devolverle la *Súper Pop* a Paloma.

Su padre observa el rostro sonriente de Miguel Bosé, sus ojos recorren el titular como si la respuesta a la pregunta que acaba de hacerle estuviese escrita en la portada de la revista.

—¿Te vas? —pregunta su padre.

—Sí.

—Ya —dice su padre y dobla el periódico dejando el dedo índice como señal—. ¿Y quieres que te acompañe?

—No hace falta. Es solo un momento, aquí al lado, a casa de Paloma.

Se acaricia la barba. En ese momento la música cambia, de ritmo, de sonoridad, se vuelve más grave, como si el pianista se hubiera atado las teclas a los dedos y quisiera escalar una montaña con el piano a rastras.

—Ya. Pregúntale a tu madre.

—Todavía no ha vuelto.

—¿Todavía no ha vuelto?

Su padre estira las piernas para después dejarlas cruzadas sobre los tobillos. Permanece unos segundos mirando la portada del periódico, que ahora descansa encima de sus rodillas.

El pianista baja de la montaña, libera sus dedos, que ahora se mueven doloridos por el teclado. Da la sensación de que su padre intenta concentrarse en sus pensamientos, sin embargo a los pocos segundos está leyendo de nuevo el periódico.

—Papá.

—¿Sabes qué es esto?

—¿Chopin?

—Muy bien. Pero ¿qué pieza?

—Ni idea.

—Escucha.

El pianista de nuevo comienza la escalada. Esta vez con mayor determinación, ahora es posible que consiga llevar el piano hasta lo alto de la montaña.

—Papá.

—Es *La gota de lluvia.*

Niega con la cabeza.

—Preludio número quince.

—Papá, me voy.

—Sí, claro, lo que diga tu madre.

Mientras enrolla la revista imagina cómo crujiría el suelo de madera al estampar a su padre con el *koshi-guruma.*

*19 horas 3 minutos 37 segundos al pasar por delante de la habitación de Charli se fija en los clicks alineados en el suelo frente a una patrulla imperial, Darth Vader tiene la mano derecha levantada y puede ver perfectamente los restos de la espada de luz, el tubo fluorescente que partió ella, aun así Charli ha hecho emerger el trozo restante y ahora es como si Vader llevara un vaso, una cerilla, una vela.*

—¡Jo, tía, que lo estás pisando todo! —gimotea Charli.

—Uy, perdón, ha sido sin querer.

—Ala, me lo has destrozado, genial.

*19 horas 10 minutos 4 segundos se detiene un instante en el portal a contemplar la portada de la* Súper Pop, *Miguel Bosé se retira, menuda chorrada, a quién le importa si se retira o no, decide arrojar la revista en la primera papelera que vea, junto a un árbol raquítico, el único de toda la calle, divisa una, pero vuelve a mirar la revista y duda, sabe que a Paloma le da igual Miguel Bosé, sin embargo este número trae un reportaje sobre Iván contando que se va a la mili, una chorrada de noticia con fotos de Iván que Paloma ya se sabe de memoria, no debería derramar por esta* Súper Pop *ni una lágrima de las muchas que derrama, además ni siquiera le ha pedido que se la devuelva, tampoco entiende muy bien por qué se la pidió prestada, a ella no le emocionan ni Miguel Bosé ni Iván, de hecho, si les tuviese al lado, les haría el* koshi-guruma.

—¡Rocío!

Se da la vuelta, pero por la calle no baja nadie en ese momento. No logra localizarla hasta que repite su nombre.

—¡Rocío!

Detrás de la línea de coches aparcados espera el seiscientos azul, haciendo el mismo estruendo que cuando lo ponen a ochenta por la M-30. Camina hasta el bordillo. Al otro lado de la ventanilla bajada surge el rostro sudoroso de su madre, con gestos le pide que se acerque.

—*... es más fácil encontrar rosas en el mar, la, la, la-la...*

—¿Por qué no me habéis esperado? —pregunta su madre.

—Se nos ha olvidado que venías.

—Pero si te dije que...

El coche que viene detrás pita varias veces. El ruido del motor y el sonido del claxon se mezclan con la voz de Aute, *la-la-laaa, rosas en el maaar,* y no logra oír lo que dice.

—¿Qué?

Su madre baja la música antes de repetir la pregunta.

—Que dónde vas ahora.

—A devolverle esto a Paloma.

Le muestra la revista, una suerte que no la haya tirado. El coche, un utilitario gris, insiste, la calle es demasiado estrecha, hay coches aparcados a ambos lados, no puede pasar.

—Anda, sube, que te llevo.

—No hace falta, si no tardo nada...

—Venga, sube.

Su madre se estira para poder abrir la puerta del copiloto. Resulta imposible abrirla desde fuera y para conseguirlo con el coche en marcha son necesarias una serie de maniobras complejas, porque en cuanto su madre deja de pisar el acelerador el motor se cala. Cuando lo compraron de segunda mano ese picaporte ya estaba estropeado, solo podía abrirse desde dentro. No te preocupes por eso, ya lo arreglaré yo, dijo su padre, y nadie preguntó cómo sería capaz de lograr semejante hazaña, él, que necesita instrucciones para cambiar una bombilla, que ni siquiera tiene carné de conducir. Al final su madre se ha acostumbrado a hacer equilibrios para abrir la puerta mientras mantiene el motor en marcha.

—¡Rápido!

Nada más sentarse, la tapicería de plástico, aún caliente por el sol, se le pega en los muslos. Arrancan con un espasmo, casi es un milagro que no se haya calado. Al final de la calle, en el cruce con Pradillo, el coche gris les adelanta en el paso de cebra sin dejar de pitar, el conductor agita la mano ofuscado, se oye un grito ahogado por el ruido del motor, solo logra entender la palabra «mujer». Imbécil.

—Qué asco de barrio —dice su madre, quitándose el sudor de la frente—. Cada día cuesta más aparcar. Llevo quince minutos dando vueltas. Hoy no sé qué pasa que hay un montón de tráfico.

Va a decirle que lo que pasa es el partido de la selección. Probablemente sea la única en toda España que no sabe que se juega en el Bernabéu, aquí al lado, como quien dice, pero para qué. Su madre da una calada al cigarrillo, esperando que pase un ciclomotor que viene hacia ellas lento, cachazudo, por Pradillo. Los dos botones superiores del vestido marrón con peces azules, ese que le sienta particularmente bien y que se compró hace poco, están desabrochados, el cabello, despeinado, se lo ha intentado recoger con un moño fallido, la sombra de ojos se le ha corrido con el sudor y una fina línea negra se extiende hacia la sien.

—¿De dónde vienes?

—De Jumbo —responde su madre.

Mira al asiento de atrás.

—¿Y las bolsas?

—No he encontrado lo que estaba buscando.

—¿No había leche? ¿Ni huevos? También había que comprar algo de fruta.

—Ya… ¿Dónde has quedado con Paloma?

Podría mentir, de hecho ya está mintiendo, seguir mintiendo, mentir más, decirle que frente al colegio, la casa de Toño queda muy cerca. Pero prefiere no arriesgarse.

—En su casa.

El ciclomotor acelera al cruzar por delante de ellas. Ahora no viene nadie, podrían pasar, pero su madre continúa mirando de frente, a la derecha, duda.

—De verdad, mamá, que no hace falta que me lleves.

—Colombia esquina con General Mola, ¿verdad?

—Príncipe de Vergara.

—Pues eso.

Pisa el acelerador y atraviesan el cruce cuando por su izquierda aparece un coche que debe frenar para no chocar con ellas. Bajan por Marcenado bordeando el parque de Berlín. Su madre conduce inclinada hacia adelante, el volante excesivamente cerca de los pechos, esos pechos que tienen el tamaño justo. Da la sensación de que nunca mira de frente, a la carretera, sino a muchos sitios a la vez, como si estuviera tratando de localizar un edificio, una señal, un cartel, algo que le ayude a comprender dónde se encuentra, como si no hubiera suficientes líneas blancas en el asfalto. Imagina a su madre de invitada en *Verdad o mentira*. El presentador, Alberto Oliveras, miraría a su madre con esos ojos de huevo casi translúcidos y le preguntaría: «¿es verdad que se sacó el carné de conducir a la primera?». Y su madre contestaría que por supuesto. Le describiría con todo detalle al concursante cómo fue el examen y a continuación pondrían un vídeo donde se la vería conduciendo. Falsearían las imágenes para que pareciera que incluso es capaz de hacer derrapes con el coche. Sin embargo bastaría con que el concursante se fijase en cómo agarra el volante, la barbilla alzada igual que si se asomara de puntillas por detrás de una valla, y no necesitaría hacerle ni una sola pregunta, se podría guardar todos los comodines. El público asistente a la grabación votaría lo mismo, mostrando la tarjeta con la enorme M roja, unánime. Mentira, todo mentira.

Cuando llegan al cruce con Ramón y Cajal se encuentran el semáforo en rojo.

—¿Qué tal el judo? —dice su madre mientras enciende de nuevo la radio, de nuevo el casete de Aute.

—Bien. Hoy teníamos examen.

—Ajá.

*Voy pidiendo libertad, y no quieren oíííír...*

—Ya soy cinturón naranja verde.

*Es una necesidad, para poder viviiiir...*

El semáforo se pone en verde, el seiscientos gira a la izquierda, pero en seguida deben detenerse. Hay bastante tráfico y el atasco llega hasta Príncipe de Vergara, qué pasa, de dónde han salido todos estos coches de pronto. Por las aceras la situación es similar, grupos de rostros borrosos suben y bajan la calle. Su madre enciende un cigarrillo.

—No me fastidies —dice su madre y toca el claxon un par de veces—, ¿qué hace ahí la policía?

—¿Dónde?

—Ahí.

Su madre señala hacia el cruce de Concha Espina, pero ella solo alcanza a ver unas manchas azules moviendo los brazos.

—No los veo.

—Están ahí. Ahí.

—No veo bien.

—Vale. No hace falta que me lo digas más, Rocío —dice su madre, resopla—, ya te he dicho que iremos al oculista. Esta semana vamos sin falta.

—Lo mismo dijiste la semana pasada. Y la anterior.

El cigarrillo se le resbala de los dedos, cae sobre la alfombrilla.

—Joder —dice su madre mientras se agacha a recoger el pitillo humeante—. Te podría llevar tu padre.

Por fin llegan a lo alto de la cuesta y giran en Príncipe de Vergara. Mira hacia el Bernabéu, invisible desde donde se encuentran, solo alcanza a ver un punto borroso, quizá sean las grúas de Orense, trazos amarillos contra el cielo azul desgastado de la tarde, intuye el rumor al final de la suave pendiente que conduce hasta la Castellana, el punto donde converge todo este barullo.

—Pero es un poco tarde, ¿no? —dice de pronto su madre.

—¿Para qué?

—Para quedar con Paloma.

—Es solo un momento.

—Mejor queda mañana. Ya son casi las siete y media.

—Mañana Paloma se va de vacaciones.

—¿Tan pronto?

—Sí, se va al pueblo.

—Pues no tardes mucho, que yo luego no voy a estar.

—¿Y eso?

—Me voy al teatro.

—¿Otra vez? ¿Con el tío Carlos?

—Eh... Sí.

*La-la-lalala, la-la-la, rosas en el maaaar...*

—¿El tío Carlos no va a ver el partido?

—¿Qué partido?

No responde. Su madre tampoco parece esperar la respuesta.

—Es aquí.

Da un volantazo, se oyen más pitidos, aparca en doble fila. El coche en punto muerto, pisando el acelerador a fondo.

—Venga, que te espero.

—Pensaba quedarme un rato.

—Quince minutos como mucho. A las ocho en casa.

—Vale.

Se acerca despacio hasta el portal, puede sentir la mirada de su madre clavada en la espalda, ¿por qué no se marcha ya? Se gira en el momento en que un coche pita y el seiscientos arranca pegando un tirón, su madre cabecea antes de incorporarse de nuevo al tráfico. Pita otro coche, quizá sea el mismo. Cuando se asegura de que gira en la calle Uruguay, toma la dirección contraria, calculando el trayecto que debe seguir para no encontrarse con su madre por el camino.

*19 horas 36 minutos 12 segundos don cinkmi ankain, guords arjar tufain, deir onlchiquis ailef ansain, angüen derelocuens esqueipsmi, der lollitaismia anreis mi*

*Dedududu, dedadada, is ol ai guon tu sei tu yu.*

*Dedududu, dedadada, der inosense güil pulmi zru.*
*Dedududu, dedadada, is ol ai guon tu sei tu yu,*
*Dedududu, dedadada, deyr miningles and ol dats tru.*

*19 horas 47 minutos 48 segundos la cancela de metal abierta, como siempre, podría entrar en el jardín pero prefiere pulsar el timbre, sabiendo que probablemente siga sin funcionar, nunca ha funcionado.*

Silencio.

Aprovecha para recuperar el aliento, tiene la espalda empapada en sudor por la carrera. Cae en la cuenta de que aún lleva la *Súper Pop* enrollada en la mano. Mira a ambos lados de la calle. Las casas bajas, alineadas, parecen dormitar tras los árboles, pero no hay ninguna papelera a mano. Intenta hacer una bola con la revista, pero a pesar de lo quebradizas que son sus páginas a duras penas consigue arrugar la portada. Al final decide arrojarla hecha un gurruño tras un coche mal aparcado unos metros más abajo.

Vuelve a llamar al timbre.

Espera unos segundos antes de cruzar el camino de piedras. A la derecha, abandonada en el suelo, la rueda de camión que una vez fue un columpio. Un poco más allá, contra el muro, la parrilla oxidada de los cumpleaños de Toño. Una bolsa de plástico enterrada. Qué asco, cómo es posible vivir en un chalé y que todo tenga este aspecto tan cutre, la pintura de la fachada desgastada, agrietada. Un chalé significa todo lo contrario, debería ser lo contrario. Pero, claro, esto no es un chalé, aunque Toño lo llame así. En realidad es una casa de pueblo, nunca ha dejado de serlo, que ha sido absorbida por la ciudad. A la izquierda, cuatro sillas bajo el nogal donde estuvo encadenado Toño toda una tarde. El jardín entero está en sombra, le resulta extraño que no hayan aprovechado para sacar al abuelo a tomar el fresco. Quizá no están en casa, se han ido al hospital. O quizá se han marchado todos a Francia. Sí, claro, a Francia, y los padres de Toño se han vuelto a casar. Pulsa el timbre, este sí funciona, no como el de la cancela, espera, no oye nada al otro lado. Al cabo de unos segundos se abre la puerta.

—Hola —dice la tía Angelines sonriente, feliz, como si acabara de oír una cosa muy graciosa—, ¡cuánto tiempo sin verte!

—Hola.

Una masa de calor sale del interior de la casa, el bochorno la golpea, le obliga a girar el rostro con disimulo. Oye la voz del abuelo, llega desde el salón amortiguada, seguramente por la mascarilla, intuye el burbujeo que no dejaba dormir a Toño de pequeño. No logra entender lo que dice.

—¡Es Rocío! —grita la tía Angelines, y al instante se la queda mirando, de nuevo la sonrisa bobalicona—. Toño está en el parque Félix.

—Ah...

Se pasa la mano por la frente para retirar el sudor. No sabe qué hacer. Tía Angelines continúa observándola, aunque en realidad su mirada está vacía. Con todo ese calor debería tener la ropa empapada y sin embargo la bata azul de botones, la misma bata sin mangas de siempre, permanece impecable.

—Vale —responde la tía Angelines, vuelve a mirarla—. Dice que pases, que quiere saludarte.

Las tablas del recibidor crujen, la casa parece darle la bienvenida, cuánto tiempo. Dentro hace tanto calor que casi cuesta respirar, la nuca húmeda bajo la coleta.

Entra en el salón.

—Hola, Rocío —dice el anciano desde la penumbra y su voz suena nítida, la mascarilla cuelga sobre la bombona a su derecha.

La televisión está encendida, pero sin sonido, aún no ha terminado el partido entre Brasil y Argentina. La persiana permanece bajada, la luz, gris, se cuela entre las rendijas. Nada ha cambiado, todo sigue teniendo el mismo aspecto desgastado, todo continúa en el mismo sitio de siempre: la fotografía de bodas de los abuelos de Toño en la pared; sobre la mesilla, junto a la lámpara, la foto de Toño siendo bebé en los brazos de su abuela; al lado, la del padre y la tía Angelines, no tienen más de siete u ocho años, vestidos con el uniforme de la primera comunión, el padre idéntico a Toño, o Toño idéntico a él, la foto que según Toño le salvó la vida, si no fuéramos tan parecidos mi abuela me habría echado a patadas. Por suerte parece que la vieja bruja ahora no se encuentra en casa.

—Hace mucho que no venías por aquí —dice el abuelo y ahora su voz suena extraña, como si también las palabras se sumergieran en el aire pegajoso de la habitación.

—Sí, mucho —responde ella y se queda callada.

El silencio dura un rato. Debería decir algo más, el abuelo lo está esperando. La masa de calor se hace más densa, palpable por momentos, pero no sabe de qué más puede hablar excepto de lo obvio, he venido a buscar a Toño. Nota cómo los ojillos del abuelo bajan del rostro y pasean un momento por el pecho. Sonríe, es muy sutil, sin embargo tiene la sensación de que intenta verle las tetas, las *no tetas,* en realidad. Pero no lo hace de *esa forma.* Ha visto mirar de *esa forma* a los chicos, nunca a ella, a ella nunca la miran así porque no tiene tetas, aun así puede reconocer la mirada. Y este no es el caso, simplemente es una comprobación, han salido o no, no, ya está, gracias por venir, te puedes marchar. Tampoco tiene nada que ver con las miradas intimidantes de la abuela, tú qué haces aquí, las niñas no juegan a la pelota, nunca ha entendido cómo Toño puede ser amigo de una niña.

—¿Estás viendo *La conquista del Oeste?* —pregunta el abuelo.

—Sí.

—¿Te gusta?

—No está mal.

—Sí. Eso pienso yo. A Toño le encanta.

—No lo sabía.

—Dice que me parezco al tío, al Zebulon ese.

—¿En serio? —se ríe, no puede evitarlo.

—¿Tú no lo crees?

—Hombre, el bigote... El bigote es parecido, aunque el de Zebulon es mucho más grande.

—Y el pelo —dice el abuelo—, que yo estoy calvo y él tiene una buena melena.

—Sí, eso sí.

—Aunque con mi sombrero de *cowboy* eso no se nota.

El abuelo se ríe entre dientes y por un momento teme que empiece a hablarle del Lejano Oeste, cuando trabajaba en la mina buscando oro, por eso tengo los pulmones tocados, por la mina, demasiado tiempo bajo tierra, por eso y por la flecha de un pies negros que me dio justo aquí cuando nos atacaron para robarnos los caballos, aunque los indios no eran lo peor, lo peor eran los cuatreros que intentaban llevarse el oro, malditos mascachapas. Toño, Javi, Charli y ella le miraban atentos, se reían.

—Yo prefiero *Río Bravo*.

—Así me gusta, una mujer con criterio. Eso mismo le digo a Toño, que...

El abuelo no llega a terminar la frase porque empieza a toser. Tose una sola vez pero no tiene fin, es un mismo espasmo que se prolonga y se confunde con la respiración en un pitido interminable. Por un momento parece que se va a ahogar. Lo ha visto otras veces, aun así no deja de resultar impresionante. Entra la tía Angelines y coge la mascarilla, pero él niega con la cabeza, le indica con la mano que espere, espera, ya, enseguida se pasa.

—¿Todo bien?

No le ha oído llegar. Es la primera vez que escucha su voz. El pasado viernes, en las gradas, era poco más que una imagen borrosa para ella, un hombre de corta estatura. Y calvo. Ahora distingue su rostro: se parece a la abuela, la misma nariz levemente chata, el gesto porcino. Al principio el padre de Toño no repara en su presencia. Pero de pronto clava en ella sus ojos pequeños.

—Hola —dice el padre de Toño con una sonrisa.

—Hola.

—¿No eres tú la que le dio la paliza a Toño?

Está a punto de decirle que no fue así, explicarle que Toño estaba nervioso, inquieto, precisamente porque él había venido a verle, mi padre ha llegado hoy de Toulouse, intentaba echarle una mano, porque con ella el combate sería diferente, debía serlo.

—No fue una paliza.

—Pues menos mal —dice el padre de Toño—, porque le pusiste fino.

Habla con un deje chulesco, casi cómico. Resulta difícil creer que lleve más de doce años viviendo en Francia y solo venga a Madrid en vacaciones. Se lleva un cigarrillo a la boca y lo enciende.

—Antonio, ya te ha dicho mamá que aquí no puedes fumar —dice la tía Angelines mientras le acomoda al abuelo el cojín de la espalda.

—Pero si le gusta —dice Antonio—. ¿A que sí, papá?

Diría que el anciano está sonriendo bajo la mascarilla, contiene un acceso de tos.

Ella dice:

—Bueno, yo me voy.

Antonio lanza el humo al techo. Como si respondiera, el abuelo al fin tose, la tía Angelines chasquea la lengua.

—Se lo voy a decir a mamá —dice Angelines.

Antonio ignora a su hermana y la señala a ella con el índice y el corazón, el cigarrillo aprisionado entre ambos dedos como si estuviera encañonándola con una pistola humeante.

—El curso que viene tendrás que buscarte otro compañero al que poder atizar —dice Antonio—. Ya le he dicho a Toño que se acabó el judo.

Sonríe, abandona las sombras del salón, cree oír un hasta pronto ahogado mientras va hacia la puerta.

—¡Rocío! —dice la tía Angelines, oye su voz cuando va a cerrar—, dile a Toño que se venga ya para acá.

Ella responde que sí, el abuelo dice algo más, y tiene la sensación de que la casa vuelve a exhalar un nuevo soplo de calor.

*20 horas 2 minutos 18 segundos no recuerda cómo sigue, de pronto ha olvidado la letra, el aire es ocre, el sol de la tarde se ha apoderado de todo, ha bajado la temperatura, pero mientras cruza Ramón y Cajal por el largo paso de peatones siente bajo sus pies el asfalto aún caliente, solo logra recordar De du du du, de da da da.*

Continúa sudando, como si el calor de la casa de Toño hubiera penetrado en su piel. Sonríe mientras niega con la cabeza. Tiene narices que sea Toño, precisamente él, quien deje las clases de judo. Dos años antes, Toño había ido con su abuelo al Fantasio a ver *Operación Dragón* y salió tan emocionado que logró convencerles para que se metieran juntos a aprender kung-fu. Las flipadas de Toño. Estuvieron buscando academia, pero por el barrio solo encontraron clases de judo en el polideportivo municipal. Aun así se apuntaron. Al principio resultó un poco decepcionante. Desde luego no era lo que, según les había contado Toño, se veía en la peli de Bruce Lee. Nada de patadas ni saltos flipantes, no había que partir tablas con la mano. Javi estuvo a punto de borrarse. Y Charli detrás, claro. Sin embargo, Toño y ella les hicieron cambiar de opinión, quedaos, es divertido, sobre todo los combates de suelo. Imbécil.

*De du du du, de da da da*

Antes de entrar en el parque Félix oye el golpe hueco del balón sobre la arena seca, los gritos que llegan amortiguados por el ruido del tráfico, la M-30 debe de estar hasta arriba de coches, chuta, aquí, intuye un brazo, una cabeza, una mata de pelo, apenas puede ver nada porque sus ojos no valen para nada de nada, pero también porque los árboles y matorrales le tapan la vista y es como si mirara a través de un enrejado. Al pasar entre los pinos parece que hace más calor. Ni siquiera huele a hierba fresca, a naturaleza, sino a plástico quemado. Sale al campo de arena que rodea el pinar y trata de distinguir a Toño entre las formas borrosas que corren detrás de la pelota. Cree ver a Salas, al menos intuye su pelo de paje, situado en una banda. No conoce al resto, al menos no los reconoce a esta distancia.

—¡Estoy solo! —grita alguien.

El parque está levemente inclinado y la pelota sale hacia la banda contraria, en dirección a la M-30. Todos corren hacia allí, donde se encuentra la piedra con la estatua del águila. Nadie se queda a defender, las porterías desprotegidas, qué idiotas. Al menos el portero que está más lejos es precavido y juega un poco adelantado. Es entonces cuando le reconoce. Aunque no distingue bien sus facciones, es él, su pelo negro, encrespado, la camisa azul de manga corta, el cuello y los brazos escuálidos incluso a esta distancia, poco más que piel alrededor del hueso. En ese momento el balón se aproxima a

Toño y el grupo bascula en dirección a él como si fuera una bandada de pájaros, se inclina, las manos apoyadas en las rodillas. Alguien da un patadón y la pelota vuelve a alejarse varios metros. El grupo corre hacia el lado contrario mientras ella bordea el óvalo de árboles. Cuando está llegando, Toño la saluda sin moverse del sitio. La pelota se pierde de nuevo por la banda camino de la M-30.

—¿Y Charli? —pregunta Toño.

—Se ha quedado en casa.

—¿Quieres jugar?

—No, gracias.

—Hace un montón que no juegas.

—Me aburre.

—Pues a los del otro equipo les vendrías muy bien —dice Toño entre risas, pero no se siente ofendida porque habla en serio, no hay rastro de burla en sus palabras.

—No has venido hoy a judo.

—No —dice Toño.

De pronto se pone serio, aunque no por ella, tampoco por el judo: hay un tumulto a pocos metros, una melé confusa, se levanta polvo, alguien dispara con fuerza y sin embargo el balón llega manso hasta las manos de Toño. Recoge la pelota, da dos botes antes de ponerla en el suelo, coloca el pie encima, y al instante se produce una especie de reordenación. Toño grita, venga a por otro, tenemos que ganar de cinco, da un patadón y la pelota sale volando hacia el otro lado del campo. Toño le explica que tiene una intuición, si su equipo logra ganar por más de cinco esta noche, les ganaremos a los alemanes.

—Es lo que pasó con Yugoslavia.

—Creo que hoy me habrías ganado —dice ella.

Toño frunce el ceño. La boca se le ha quedado seca. El polvo tarda en posarse sobre la tierra. Intenta tragar saliva antes de hablar.

—En judo. Estoy casi segura. Me habrías ganado.

—Ah, ya.

Se quedan en silencio. Toño se ajusta los desgastados guantes de lana. Son sus guantes de portero de siempre, los que ya llevaba cuando le quedaban enormes. Como los pantalones de pana que parecen heredados de su padre, de su abuelo, los mismos que lleva todo el año, y le dan un aspecto aún más extraño en verano. Pero eso a él no parece importarle, es así de imbécil, aunque se lo dijera le daría exactamente lo mismo, la miraría sin comprender.

—Si quieres podemos hacerlo ahora —dice Toño.

—¿Hacer el qué?

—El combate.

No sabe qué responder. Toño sonríe, y ella, no sabe por qué, siente como la cara se le enciende. Por suerte el balón vuelve a acercarse y Toño aletea con los brazos, hay un gordo que se ha quedado cerca de la portería y recibe un pase bastante decente. El último defensa está algo alejado y si el gordo no estuviera tan gordo podría recorrer los diez metros que le separan de la portería sin problema. Pero no puede, su cuerpo ya no da más de sí, y opta por chutar desde donde está, casi sin carrerilla. A pesar de todo saca un disparo potente, seco, el balón toma altura. Toño debe estirarse, logra despejar sin que salga fuera, menudo paradón, piensa, y hay algo de admiración, pero también de reproche, eres mejor que yo, eres un hombre, deberías, no tendrías que tener ningún problema. De nuevo se ha levantado polvo, ella lo aparta con la mano mientras Toño se pone de pie siguiendo la jugada, Salas recoge el balón cerca de los árboles y lo devuelve al centro del campo de una patada. El gordo inicia una carrera breve, desmañada, hacia la otra portería. Ella pregunta:

—¿Peleamos entonces?

—¿Cómo?

—Que si peleamos.

—Era coña.

—Ah, vale. Ya.

—El año que viene ya no voy a ir a judo —dice Toño y y se rasca el pómulo, afilado, que envejece su rostro—. Por eso no he ido hoy al examen. ¿Para qué? El otro día fui porque venía mi padre a verme, si no, pasando. Además, si me voy con mi madre a Montpellier a mitad de curso...

Toño no termina la frase, alza la cabeza tratando de ver lo que ocurre al otro lado del campo. Ella dirige allí también su mirada. Entrecierra los ojos. Parece que el balón ha salido fuera y no se ponen de acuerdo sobre quién debe sacar. En ese momento se oye un grito, gol, Toño aplaude, al otro lado alguien levanta la mano señalando el cielo, podría ser Salas.

—De verdad que creo que hoy me habrías ganado.

—Puede ser.

*20 horas 27 minutos 14 segundos camina sujetándose el brazo, el dolor va en aumento, tiene la muñeca caliente, palpitan en ella los latidos de su corazón, no consigue recordar si al empujarle Toño estaba aún frente a ella o ya había empezado a darle la espalda, sí recuerda su gesto entre estupefacto y apenado cuando le ha tirado al suelo, los gritos de los otros chicos de fondo.*

—Qué imbécil.

Toño ha intentado defenderse, de eso está casi segura. Pero se ha defendido como siempre, sin convicción, como si nada de lo que pudiera hacer no sirviera más que para aplazar la derrota. Arqueaba la espalda, hacía fuerza con el brazo, y ella venga, dame un codazo, eres más fuerte que yo, vamos, puedes hacerlo, eres un hombre, yo una mujer, venga, y durante unos segundos ella misma ha creído que lo conseguiría, se elevaba con él cada vez que Toño tensaba el cuerpo, bastaría con un empujón, un poco más de fuerza, aunque sea tan delgado en realidad es más corpulento que ella, venga, vamos. Pero de pronto Toño ha dejado de ofrecer resistencia, se ha quedado quieto, tumbado en la arena, los ojos clavados en el cielo.

—Imbécil.

El gordo le ha hecho daño en la muñeca al separarles. En realidad, al apartarla de él, porque Toño, una vez más, estaba totalmente inmovilizado con un *kata gatame* perfecto. Tiene unas ganas locas de echarse a llorar, pero no va a llorar, ni una lágrima.

*Dedududu, dedadada,*
*is ol ai guan tu sey tu yu.*
*Dedududu, dedadada,*
*der inosense güil pulmi zru.*

# Charli, 2010

Al darle la vuelta a la bolsa se topa de frente con la realidad.

*Consejos Risi para una vida sana. Come de todo. Bebe dos litros de agua al día. Consume al menos cinco raciones de fruta y verdura. Reduce la ingesta de grasas saturadas.*

No puede seguir leyendo. Arroja la bolsa contra la puerta de la nevera. Los baldosines blancos de la cocina se convierten en campo minado de Risketos. Empieza a sudar. Los ojos se le llenan de lágrimas. ¿Es que ni siquiera quienes más comprensivos debían mostrarse con la debilidad del ser humano podían dejar de recordarle que era un gordo asqueroso? ¿Qué mundo es este donde un fabricante de palos de color naranja fosforito se atreve a mirarte por encima del hombro? ¡Y tiene el valor de hacerlo con su propio producto! Se empieza a reír. Suelta una sonora carcajada, su barriga vibra víctima de un terremoto. El teléfono suena de nuevo. ¿Quién puede ser ahora? Seguramente Rocío. Para preguntarle otra vez dónde está, si piensa tardar mucho más. Antes de llegar al salón deja de oírse la melodía del móvil, un horror, debe cambiarla cuanto antes. ¿Cuánto lleva con ella, un mes, dos? Da igual, hoy se ha cansado de oírla. Su mirada se dirige a la Play, hace un cálculo rápido, quizá le daría tiempo a echar una partida, Rocío le ha dicho que Toño y ella estarán en el hospital hasta las ocho, luego ha quedado con Marisa para recoger a la niña.

Regresa al dormitorio tratando de no pisar los Risketos que han llegado hasta el pasillo, solo faltaba que ahora se le llenase de polvo naranja la alfombra blanca de pelo largo. Da pequeños saltos imitando a Chiquito de la Calzada:

*—Jar, agromenagüer, aguanapeich, al ataquer…*

Se sienta en la cama y ve su imagen reflejada en el espejo del armario. La camisa blanca, los bóxers del mismo color. Aún no sabe cuáles son los pantalones adecuados. Nada más salir de la tienda ha decidido que necesitaba darse una ducha y cambiarse antes de ir al hospital. No hacía falta, en realidad la idea era haberse ido hacia allí directamente, nadie habría notado que iba en ropa de trabajo, no lleva uniforme, ni mucho menos, Pelayo solo les obliga a vestir de negro, incluso les permite algún detalle de color. De pronto ve una mancha anaranjada cerca del cuello de la camisa. Mierda. Ahora tendrá que cambiársela. Creía que había sido cuidadoso, pero en ese momento descubre polvo de Risketos en los dedos de la mano derecha.

Se deja caer en la cama, derrotado.

Mirando al techo empieza a preguntarse qué pasaría si solo se alimentara de Risketos. En ese caso, ¿su mierda sería de color fosforescente? ¿Cuántos kilos de Risketos serían necesarios para conseguirlo? Quizá ese es el desafío vital que necesita. Convertirse en un gordo relleno de mierda naranja. Un espectáculo, pasen y vean. Se dirige al baño cantando.

—«Tengo que inventar algo para poder hacer la caca de colores…»

El teléfono suena de nuevo. ¿Tendrá que verle? Se le revuelve el estómago con solo imaginar a Javi debajo de todos aquellos tubos, así se lo ha descrito Rocío, inconsciente, en coma, sepultado bajo los tubos. Pero tranquilo, seguramente no le dejen entrar, en la UCI las visitas están muy controladas.

—«Tengo que inventar algo para poder hacer la caca de colores...»

Descubre un Risketo en la esquina, junto a la puerta del baño. ¿Cómo ha llegado hasta allí? A rastras, es un gusano. Quizá los gusanitos son gusanos de verdad. Imagina esa masa informe hecha con despojos de maíz, glutamato sódico, aromatizantes, metida en una gran máquina que escupe figuras alargadas y a su lado el doctor Frankenstein de los gusanitos, dando descargas eléctricas sobre un Risketo hasta que, de pronto, cobra vida y comienza a arrastrarse por la mesa del laboratorio. Soy dios, ¡el dios de la comida basura!

—Ja, ja, ja, ja —finge una risa maligna mientras lo recoge del suelo para comérselo.

Se quita la camisa y la luz del baño le muestra con toda crueldad su barriga, los pechos estriados descolgándose. Piensa en la tenia. Lo ha oído en algún sitio. O lo ha leído. Una de las dos cosas. Gordos que se tragan una tenia para adelgazar. A partir de ese momento quien come es la solitaria, instalada cómodamente en tus intestinos, ella es la que engorda.

—El frotar se va a acabar —dice al tiempo que extiende un poco de jabón sobre el cuello de la camisa con la esperanza de que la mancha naranja se diluya.

El agua hace espuma, intenta no mojar en exceso la tela. Se trata de su única camisa blanca, la más elegante de todo su armario, ochenta euros en Lourdes Gamara, la competencia, pero merecía la pena. Después de frotar durante un par de minutos, el cuello recupera la blancura, sin embargo queda un cerco, una mancha gris que se resiste a salir, trabajo para la tintorería. Tendrá que ponerse otra camisa. Pero no quiere, ya ha decidido que debe ir de punta en blanco, algo absurdo, nadie se arregla para visitar a un paciente en coma, pero él necesita hacerlo así. Podría llamar a Rocío y decirle que imposible, que no le esperen, en realidad es lo que debería haberle dicho Pelayo cuando ha pedido la tarde libre para ir al hospital. Pensaba que Pelayo no le daría permiso, pero le ha dicho adelante, puedes irte, la familia es lo primero. No ha querido aclararle que realmente Javi no es un familiar, ya no, es el exmarido de su hermana, tampoco hacía falta dar más explicaciones, sin embargo ahora se arrepiente de no haberle proporcionado todos los datos. Es cierto que los miércoles por la tarde no suele haber mucho lío, pero tras la locura de las fiestas del Orgullo es complicado hacer cálculos, muchas locas se quedan en Madrid unos días para hacer turismo. Ayer mismo, estuvieron a tope de seis a siete. Luego, de pronto, dejó de entrar gente a la tienda. Imagina a Claudio desbordado, colocando pantalones y al mismo tiempo cobrando en caja. Que se joda, marica mala. Vuelve a sonar el teléfono, esta vez con mayor insistencia.

Sale del baño, recoge el teléfono para acallarlo sin ni siquiera mirar la pantalla y se lo lleva al cuarto.

—«Tengo que inventar algo para poder hacer la caca de colores...»

En el armario encuentra una camisa de color morado lo bastante discreta como para ir al hospital. En ese momento se fija en la camiseta de la selección que le regaló Javi en el Mundial de Alemania. Fue hace cuatro años, pero es como si hubieran pasado mil. Piensa en la posibilidad de ponerse la camiseta debajo. Al fin y al cabo ha quedado luego para ver la semifinal contra Alemania. Increíble, estamos en semifinales, quién lo iba a decir. Esta vez no tendrá que llamar a Javi para insistirle, para hacer el paripé en realidad, no seas tonto, vamos a ver el partido juntos, los cuatro, como siempre.

—«Tengo que inventar algo para poder hacer la caca de colores...»

Abre el zapatero. Se puso los John Lobb por última vez en la boda de Luis y Gabi. Ese día llovió y los zapatos siguen manchados de barro. No ha vuelto a ponérselos desde entonces. La tienda donde los compraron estaba a cinco minutos de Picadilly Circus, en una callejuela. El escaparate no hacía pensar que todo lo que había en el interior fuese tan exageradamente caro. Tenían expuestas una especie de bambas. Evidentemente no podían ser bambas. Lo supo después de gastarse casi seiscientas libras en unos zapatos que solamente usaría aquella vez. Contempla los zapatos: todo un símbolo de su relación con Iván. Algo tan costoso como innecesario. Si va a ponérselos debería limpiarlos antes. Recuerda que los zapatos venían con unas instrucciones. El tipo de la tienda insistió en que se llevara unas hormas de madera, pero costaban otras setenta y cinco libras y ya le pareció excesivo. También intentó venderles un cepillo y una crema de zapatos especial. No llegó a entenderle del todo, Iván era quien hablaba con él, pero le dio la sensación de que les trataba como si no hubiesen limpiado unos zapatos en su vida. Fue entonces cuando les mostró las instrucciones que iban dentro de la caja.

Zapatos con instrucciones.

Coja el pie derecho. Sitúelo sobre el zapato derecho. Lo podrá distinguir del izquierdo por la curva interior, que es levemente más pronunciada en el lado opuesto del pie en cuestión. Curva interior derecha: pie izquierdo. Curva interior izquierda: pie derecho. Importante: al hacer esta operación el zapato siempre debe estar apuntando hacia el infinito, nunca hacia uno mismo. Introduzca el pie, solo dedos y empeine. Aposentar. Presione con el talón. Use un calzador si quiere evitar arrugas en la parte posterior del calzado. Repita la operación con el otro zapato. Camine.

El teléfono suena de nuevo. Esta vez mira la pantalla. Es Pelayo. Las otras llamadas perdidas también eran suyas:

—Charli, lo siento pero tienes que venirte a la tienda. Estamos desbordados.

Resopla, se estira en la cama. Ahora llamará a Rocío para decírselo, lo siento, al final no será posible, intentaré ir mañana. Se lleva la mano a la entrepierna. De pronto se siente excitado. Mira el reloj. Quizá le dé tiempo a masturbarse.

*Apenas hay tiempo para llegar a la portería, la velocidad a la que se mueven ahora los jugadores, lógicamente muy cansados... Chendo... Señor... Sigue Señor, lógicamente menos castigado porque ha jugado cuarenta y cinco minutos menos que los demás, Camacho ahí va buscando a Eloy... Ha rechazado Renquin, la pelota llega a Míchel, en un último esfuerzo... el balón a las manos de Paff... Ninguno de los dos equipos confía en sus posibilidades ofensivas y lo dejan para los penaltis [...] Míchel... Eloy... Tan solo arriba Butragueño... Eloy, Calderé y Butragueño en esta jugada... Eloy para Calderé... No va a poder llegar al balón [...] Se ha cumplido ya el tiempo, minuto quince, va a sacar Paff, y será seguramente lo último que se haga en el encuentro... Ha pitado el árbitro, se acaba el partido y que Dios reparta suerte en la tanda de penaltis.*

*José Ángel de la Casa en TVE1,*
*retransmisión de los octavos de final del Mundial*
*de México entre España y Bélgica*
*en algún momento entre las 2*
*y las 2:30 am del lunes 23 de junio de 1986.*

# Charli, 1986

*12 horas 1 minuto 29 segundos pregunta la hora, el hombre bizquea y con gesto miope se acerca a los ojos un reloj metálico que parece nuevo, reluce incoherente en su muñeca, probablemente sea falso, son las doce en punto, responde el hombre, eso significa que aún tiene una hora, sesenta minutos, ya* solo *quedan doce horas para el partido, doce horas para el gran día, que no es hoy, es mañana, pero en realidad es hoy, el gran día es hoy.*

—Venga, chaval, que te lo dejo en cien pesetas —insiste el hombre desdentado mientras zarandea el Geyperman desnudo al que le falta una pierna.

Él vuelve a sonreír negando con la cabeza, qué pesado, se pasa de nuevo los dedos por el bigote y la barbilla, esperando que ahora lo pille, tengo bigote, esto es un bigote. Nota las púas afiladas, pronto tendrá que volver a afeitarse, han pasado quince días desde la última vez. Pero el hombre sigue insistiendo, al final se verá obligado a enseñarle los pelos de los huevos para hacerle comprender que ya no le interesan los Geyperman, que ya no es un niño. Le da la espalda, hace el recorrido en sentido inverso, la gitana debe de estar en algún lado. Empieza a hacer mucho calor y desde hace un rato nota la espalda empapada en sudor. Avanza entre las mantas y sábanas dispuestas en el suelo, llega hasta el otro extremo de la calle, pero la gitana sigue sin aparecer. Por un momento se siente desorientado, quizá se ha confundido de calle. Pero no, recuerda perfectamente que es aquí, calle Mellizo, esa era la gracia, Rocío y yo deberíamos vivir aquí, pero sois gemelos, no mellizos, ya lo sé, joder. Vuelve a pensar en la posibilidad de bajar a la plaza donde compra los videojuegos, el Campillo, allí hay un montón de puestos de películas, pero uf, allí no, ni de casualidad, demasiado mogollón, aunque esta vez lo descarta con menos convencimiento.

El desdentado de nuevo se acerca agitando el Geyperman.

—Setenta y cinco pesetas.

El hombre cojea, no se había fijado hasta ahora. También le falta una pierna, como al Geyperman.

Sale a la calle principal, pero a primera vista tampoco hay ni rastro de la gitana, ni rastro, muy agudo, ni Rastro, casi mejor, porque por allí baja demasiada gente de camino hacia el Campillo. Se lleva la mano al bolsillo, comprueba que sigue el dinero, su dinero, el dinero de Javi. Piensa en el partido de esta noche. Va a ser una pasada, una puta maravilla, como dice Javi. Decide girar a la derecha, llámalo intuición, subir por la primera calle que encuentra, cómo se llama, Bastero, qué nombre tan raro, de basto debe de ser, la calle del basto hijoputa cabrón me cago en dios, je, je, je. Se suceden los puestos con objetos militares, banderas, camisas verdes, cascos, uniformes. Tampoco tiene pinta de que vaya a encontrarla aquí.

*12 horas 7 minutos 33 segundos actúa según el plan que ha trazado una y otra vez los últimos días, un plan perfecto, producto de una mente genial: primero pasar de largo y luego regresar como quien no quiere la cosa, como si algo le hubiera llamado la atención de la manta verde extendida en la acera.*

—Hola, guapo.

La gitana sonríe, el gesto amistoso. No es posible que le haya reconocido, han pasado dos semanas y no es el único adolescente que se detiene a mirar. Seguro que no.

—Hola.

Trata de concentrarse en las carátulas fingiendo naturalidad. Al lado, un viejo vende gorras de legionario, mira con gesto burlón. Se pasa la lengua por los pelos incipientes del bigote. Apenas logra distinguir unas películas de otras, las carátulas son fotocopias en blanco y negro borrosas. Alguien le empuja y eso le obliga a poner la punta de las Magic encima de la manta. La calle está bastante concurrida, pero la gente apenas se detiene en los puestos, pasan a su lado como si en el suelo no hubiera una promesa de penes, bolsas escrotales, pezones y labios vaginales al alcance de la mano.

—Esta es muy buena —dice la gitana mientras señala una enfermera, la bata abierta, a punto de meter la mano dentro de las bragas; *Love Bites,* se puede leer bajo la piel gris, oscura en contraste con la blancura de la bata—, es de un mosquito que a todo el que pica lo pone como loco. Muy buena.

Mira a la gitana con una sonrisa estúpida, asiente, como si el argumento de la película tuviera alguna importancia. La mujer tiene cuarenta, cincuenta años quizá, con las gitanas siempre resulta complicado adivinarlo, la cara ya marcada con arrugas profundas y al mismo tiempo el pelo negro, sin una cana, recogido en un moño. Pero por encima de todo la expresión amigable, acogedora.

—Vale, pues me llevo la del mosquito.

Javi le ha dicho que cualquiera, pero que tenga las tetas grandes, y la chica de la portada tiene un buen par de melones, le gustará. Mete la mano en el bolsillo delantero del pantalón para sacar el dinero mientras recorre la manta con la mirada. Por suerte no tarda en encontrar lo que está buscando en una esquina.

—Y esa también.

—¿Esta? —pregunta la gitana poniendo el dedo sobre la caja de al lado.

—No, la otra.

La expresión de la gitana no se altera lo más mínimo al coger la película para meterla en una bolsa del Pryca junto con el VHS del mosquito. Ofrece los dos billetes de mil, el de quinientas le cuesta desenrollarlo. La mujer los agarra al instante.

—Te faltan quinientas.

—Pero... te he dado dos mil quinientas.

—Son tres mil.

Se queda paralizado, farfulla:

—¿Tres mil?

—Dos mil una, tres mil dos —dice la gitana.

Busca el cartel, un pedazo de cartón con los precios escritos a rotulador, una por mil quinientas, dos por dos mil quinientas, el domingo anterior estaba, pero no encuentra el cartel por ningún lado. Agita el monedero sin muchas esperanzas y sale una moneda de cien. Ya solo necesita otras cuatro. Hurga en los bolsillos del pantalón, saca el bonobús, un duro y tres pesetas.

—Es todo lo que tengo.

—¿Cuál dejas entonces?

La gitana saca las dos películas de la bolsa, las dos carátulas a la vista, *Love Bites* y la OTRA. Quiere pedirle que no haga eso, por favor, no hace falta que lo vea todo el mundo. A su izquierda el vendedor de gorras militares mira hacia el final de la calle como si no estuviera enterándose de nada, pero puede notar que está pendiente, intuye la sonrisa agazapada, la burla tras las gafas de sol, maricón. Hace el payaso para disimular, se lleva la mano derecha a la barbilla y adopta un exagerado aire reflexivo, interesante, interesante, dice con voz engolada, pero la gitana ni siquiera sonríe, qué público tan difícil, tendrá que llevarse solo la de los mosquitos, mierda, su plan a la mierda. La cosa era llevarse dos y así la OTRA podría pasar por un error, el chaval se ha equivocado al cogerla, las fotocopias de las carátulas son muy malas, en algunas a duras penas se intuye el cuerpo desnudo de una mujer, la silueta desdibujada por la mala impresión, es fácil no ver los pectorales peludos, el bigote.

—Anda, trae —dice la gitana.

*12 horas 27 minutos 21 segundos 8730 IF INKEY$="STOP "THEN RANDOMIZE USR 0 intenta recordar la siguiente línea, pero se queda atascado ahí en 8730 IF INKEY$="STOP "THEN RANDOMIZE USR 0, trata de acelerar el paso, la mirada clavada en el asfalto, como si no se enterara de nada pero resulta inútil, 8730 IF INKEY$="STOP "THEN RANDOMIZE USR 0, le ha agarrado por el brazo, corre, sal corriendo, los otros dos no han reaccionado aún, pero entonces ve el brillo metálico y ya es incapaz de moverse.*

—Quieto.

Con un movimiento casi de Tamariz, chan tatatachán chan chan, el chaval deja a la vista el extremo de acero con forma puntiaguda antes de colocárselo en el cuello. Es una maniobra ridícula para hacerle creer que le está amenazando con una navaja, pero él se ha dado cuenta de que es un cortaúñas. La lima, joder, le están atracando con una lima de uñas. Debería darle un empujón, intenta recordar una llave de judo, un tirón en el brazo para quitárselo de encima, algo, lo que sea. El brazo le rodea de manera que ahora parecen un par de amigos. Nota su pelo sucio, pringoso, cerca de la mejilla; la lima, presionando el cuello, debe de resultar invisible desde fuera. Una lima, joder, atracado con una lima, aunque cuidado, quizá por eso sea más peligroso, vaya usted a saber por dónde ha pasado aquella lima.

—Eh, vosotros, qué pasa —dice el chaval.

Los otros dos siguen sentados sobre el capó del 124 amarillo y nada indica que tengan intención de levantarse. Podría salir corriendo hacia el otro extremo de la calle donde se ve gente, una multitud, allí estaría a salvo. Pero no se mueve. Solo puede maldecir su mala suerte: ha cruzado por la única calle de todo el Rastro por la que no pasa nadie, solo Felipe, Felipe González pegado en un cuadro de luces le mira sonriendo, por el buen camino. Por el buen camino, mis pelotas.

—¿Tienes pasta? —pregunta con desgana el que es rubio, casi pelirrojo, pero sin una sola peca en el rostro, al contrario, es quien tiene más aspecto agitanado de los tres. Al igual que Pelo Sucio, debe de tener dieciséis, diecisiete años como mucho.

—No.

—Pfff, déjale.

—Pero que abra la mochila, ¿no? —dice el tercero, un niño, no debe de tener más de diez años, once como mucho, dos churretes bajan desde los ojos como si hubiera estado llorando.

—Déjale —insiste Gitano Pelirrojo mientras se rasca la cabeza con gesto cansado, aburrido.

Nota cómo de pronto el brazo de Pelo Sucio ejerce menos fuerza, duda, quizá Gitano Pelirrojo sea el jefe de la banda. Siente una oleada de gratitud hacia Gitano Pelirrojo mezclada con queso. Porque de pronto huele a leche ácida. Es el aliento de Pelo Sucio.

—Mis labios están sellados.

—¿Qué dices? —pregunta Pelo Sucio.

No sabe qué contestar. Es la primera vez que le atracan y está desconcertado. Hasta ahora había logrado esquivar el peligro, ha tenido suerte. O quizá sea porque no le gusta hacer nada solo. A Rocío ya la han atracado seis veces, pero es que ella va todas las semanas al Madrid Rock de Gran Vía. Casi nunca compra nada, no tiene dinero, aun así aprovecha para escuchar algunos discos, sobre todo los que le recomienda Chema, el colega del tío Carlos que ahora trabaja allí. Suele ir con Toño, a veces la acompaña él, algún día se apunta Javi y van los cuatro juntos. Pero si no le apetece ir a nadie, a Rocío le da exactamente igual, va al Madrid Rock de todas formas. No como él, que siempre sale acompañado. Y si tiene que viajar, solo lo hace en bus, nunca en metro.

—Digo que no os delataré.

—¿De qué habla este? ¿Tú entiendes algo? —dice Pelo Sucio.

No, él tampoco entiende nada, no sabe lo que dice. Quizá son chorradas que ha escuchado en *Corrupción en Miami* o *Canción triste de Hill Street.* Hay que ser pringado. Felipe González insiste: «Por el buen camino». ¿Qué pinta ahí Felipe González? ¿Por qué han colocado el cartel en una calle por la que no pasa nadie? Quizá fuera el último, solo nos queda un cartel, pues ponlo aquí, vale, ala, ya nos podemos ir.

—Abre a ver qué llevas en la mochila, anda —dice Gitano Pelirrojo saltando del capó.

Pelo Sucio aparta la navaja que no es una navaja y nota un leve picor en el cuello. La palabra *sida* cruza por su mente, pero la aparta, tiene otros problemas de los que ocuparse, qué es esto maricón, te gusta que te den por el culo maricón, ven aquí maricón. Podría reaccionar como Javi cuando iba en el metro y se encontró con un yonqui, le pegó un empujón al tipo y salió corriendo, y porque llevaba un cuchillo de cocina enorme te lo juro así que sin el cuchillo le doy dos hostias. Estos solo van armados con una lima de uñas y ni siquiera tienen aspecto de yonquis chungos, son tres chavales, dos de ellos de su misma edad. Tensa los brazos aprisionando las correas de la mochila, pero Pelo Sucio logra quitársela de un tirón, tampoco necesita hacer mucha fuerza. Oye el cierre de la cremallera. Felipe González sonríe, el cartel ni siquiera está bien pegado, la esquina derecha se dobla hacia fuera tapando la O de PSOE, aunque de alguna forma aquello enmarca el rostro de Felipe, hace destacar su sonrisa.

—Buah —dice Pelo Sucio.

—¿Qué lleva?

—Dos pelis pirata.

Pelo Sucio mete de nuevo las narices dentro de la mochila mientras le pasa los VHS a Gitano Pelirrojo, que se las quita de encima sin mirarlas siquiera, directamente van a manos del niño, que ahora está encaramado en el capó del coche igual que un mono del Safari Park. El chaval abre una de las cajas, aproxima el vídeo a su rostro como si fuese posible ver por un orificio la película metida allí dentro, todo muy simiesco. Quizá ni siquiera ha visto un vídeo en su vida, desconoce qué son esos ladrillos brillantes de plástico negro, la marginación social tiene estas cosas.

—Levanta el pie —dice Pelo Sucio.

—¿De verdad no tienes pasta? —pregunta Gitano Pelirrojo.

No sabe a quién debe responder primero. Pelo Sucio lleva la iniciativa, sin embargo Gitano Pelirrojo es quien parece tener la última palabra.

—¡Que levantes el pie, coño! —dice Pelo Sucio, y aunque ha guardado la navaja/lima y ya no está inmovilizado y puede huir, obedece la orden—. ¡Ese no, el derecho!

Tiene que apoyarse en la pared para no caer al suelo, solo faltaría que terminase rodando como una croqueta. Pelo Sucio le da la espalda y dobla la rodilla para hacer coincidir su pie derecho con la planta de las Magic, dios qué escena tan ridícula, y lo peor es que ahora tendrá que volver a casa en calcetines. Entonces cae en la cuenta de que también lleva los Levis. Como se fijen le van a dejar en pelotas, sin su mejor ropa, la única buena que tiene junto con el jersey Privata. La culpa es de su padre, como van a comer a casa de su tía les obliga a ir maqueados.

—Ni de coña —dice Gitano Pelirrojo riendo entre dientes.

Pelo Sucio dice cago en la puta o algo así cuando de pronto el Niño Amedio agarra a Gitano Pelirrojo por la manga para que se fije en una de las películas. En ESA, precisamente. Gitano Pelirrojo se la muestra a Pelo Sucio. Ya está, este es mi fin, ahora me fostian y luego me dan por culo. Eso es lo que hacen en las cárceles, ¿no?, violar a los maricones. Bueno, ¿no querías saber lo que se sentía cuando eres sodomizado?, pues estás a punto de descubrirlo, lo mismo te viene bien, te ayuda a aclararte, cacho julandrón. Le registran los bolsillos, por un instante parece que van a bajarle los pantalones. Felipe González sigue sonriendo. Felipe no es un hombre guapo, a él no le dice nada, y sin embargo su madre perdón Marisa lo encuentra atractivo, la escuchas hablar y parece que es el único motivo por el que hoy votará al PSOE. No, no es guapo, aunque tampoco le asquea como a Rocío, traidor, OTAN de entrada tu puta madre.

—Esa peli es una mierda.

—Ya te digo.

—Si quieres te conseguimos una en la que sale un negro con un rabo enorme.

—Se la comen dos tíos y luego empala a uno de ellos.

—Es guay.

Lo de «es guay» lo ha dicho Niño Amedio. A sus diez años no solo es un aprendiz de criminal, probablemente se droga y además ya ha visto cine porno para homosexuales; joder, Charli, te queda tanto por aprender.

—Quinientas pelas —dice Pelo Sucio.

—Que no lleva ni un pavo —replica Gitano Pelirrojo.

—Es verdad... Hacemos una cosa. Nos quedamos con las pelis. Tú te vas a tu queli, pillas mil pelas...

—Habías dicho quinientas.

—Ya, pero ha cambiado la tarifa.

—Pero no entiendo, yo no...

—Te traes mil pelas y nosotros te damos la peli del negro con el pollón.

—¿Y estas no puedo...?

Intenta coger las películas, pero Pelo Sucio se las lanza a Gitano Pelirrojo.

*13 horas 9 minutos 35 segundos se detiene en el portal varios segundos más, 36, 37, 38, a recuperarse entre las sombras junto a las escalera, 39, 40, 41, para secarse el sudor de la frente, la camiseta empapada, ha hecho todo el camino a la carrera, incluso cuando estaba en el metro tenía la sensación de seguir corriendo dentro del vagón, acelerado, calculando cuánto queda para llegar a casa de la Bela, aún no se ha acostumbrado a decir mi casa, su casa sigue siendo la otra, la casa donde vive su padre, 55, 56, 57, sube los tres pisos saltando escalones de dos en dos, saca las llaves, el cerrojo de arriba se abre sin problema, sin embargo, en el principal la llave se queda atascada a medio camino, no gira, lo intenta varias veces pero nada, no consigue hacerla pasar de ahí y de pronto oye una voz proveniente del interior de la casa, imposible porque no hay nadie, su madre perdón Marisa se ha ido a pasar el fin de semana fuera con Nati, y sin embargo parece su voz, por momentos es oscura, grave, oye como cruje la madera del suelo, unos pasos se acercan hasta él.*

—¿Sí?

Sin duda es la voz de su madre perdón Marisa al otro lado de la puerta. Da un paso atrás, el llavero queda colgando de la cerradura. Ahora tiene sentido, su madre perdón Marisa ha dejado puestas las llaves, así es imposible abrir. Su plan, a la mierda.

—Mamá, perdón, Marisa, soy yo.

Se produce un silencio extraño. Aún le cuesta llamarla por su nombre. Marisa. Su madre debería haberse llamado Rocío, era el nombre que quería la Bela, su nombre. Pero el abuelo Justino dijo que se llamaría Marisa, igual que su difunta madre. Marisa. Y ya no hubo más que discutir. Marisa. Rocío. Mamá. Menudo lío. Cree oír a su madre perdón Marisa susurrando, de nuevo le cuesta reconocer su voz, se cuela un golpeteo entre las palabras.

—Pero ¿por qué no estáis con tu padre? —dice su madre perdón Marisa.

—Sí estamos..., es decir, Rocío está, yo estaré ahora, en un momento. Comemos en casa de la tía. Pero es que he ido al Rastro y necesito coger una cosa.

Otra vez cree oír un susurro profundo, extraño, algo alejado de la puerta.

—Dime lo que es y te lo saco —dice su madre perdón Marisa ahora inconfundible.

—Es que...

No consigue terminar la frase. Cuando se ve obligado a improvisar una mentira su cabeza siempre termina perdiéndose en algún laberinto. Había previsto otro tipo de contratiempos. Hasta el improbable de que apareciera Rocío por sorpresa y le pillara con las manos en la masa. Incluso para eso tenía un plan, una excusa. Pero con lo que no había contado era con que su madre perdón Marisa no le dejara entrar en casa.

—¿Charli?

—Quería cambiarme de camiseta, que esta la tengo sudada. —Es lo primero, lo mejor, que se le ocurre decir.

—¿No tienes ropa en casa de tu padre?

Quiere salir corriendo y al mismo tiempo gritar joder, por qué no abres la puerta de una vez, mamá perdón Marisa, tengo prisa, no hay un segundo que perder. Con ella puede mostrar su enfado sin problema, se le pueden decir las cosas, pero claro no puede contarle por qué ha ido a casa de la Bela perdón de su madre perdón de Marisa un domingo por la mañana, no puede decirle que ha ido a robar en su propia casa, a llevarse los ahorros de su hermana, como un yonqui, un yonqui de las pajas.

—Es que tengo hambre. Quería coger algo de comer.

—¿Cómo?

—Algo de comer.

Cada vez se siente más ridículo, absurdo, y de nuevo su madre perdón Marisa está susurrando. Ahora cree percibir otra voz, otra persona, una voz de hombre, pasos, de nuevo murmullos. Entonces comprende. ¿Será Manuel? ¿Se llama Manuel? ¿Así se llama el marido de Mari Carmen? Según Rocío, su madre perdón Marisa está liada con él, joder, es una de sus mejores amigas, de las pocas que tiene en realidad, no sé cómo se atreve luego a mirarle a la cara, ¿es que no había otro? A él no le resulta tan indignante. Asiente por no discutir, pero no cree que su madre perdón Marisa esté matando a nadie. Y el tal Manuel no está nada mal. Lo ha visto un par de veces. Un hombre grande, de aspecto un tanto tosco, pero atractivo. Más que Felipe González, desde luego.

—Espera, te lo paso por debajo de la puerta —dice su madre.

Por un momento piensa que bajo la puerta aparecerá una rebanada de pan de molde, o una loncha de mortadela. Pero no, junto al felpudo se arrastra un billete de quinientas pesetas. Se abalanza sobre él.

—Bueno, en realidad, había venido a coger algo de dinero —se oye decir de pronto, casi sorprendiéndose a sí mismo, pero ya nada puede detenerle—, es que voy al Rastro y quería coger mil quinientas pesetas de mis ahorros.

Se queda esperando mientras contiene la respiración. La puerta continúa sin abrirse. De nuevo se cruzan susurros al otro lado, ahora en tono irritado, le parece oír que su madre perdón Marisa dice pues yo no y la otra voz responde hostia.

—Toma —dice su madre al tiempo que Pérez Galdós se desliza por debajo de la puerta—. Pero es un préstamo. Luego me lo devuelves.

Dice vale, gracias, al menos cree haberlo dicho mientras corre escaleras abajo.

*14 horas 24 minutos 26 segundos permanece quieto en medio de la cocina, sin pensar en nada, simplemente deja pasar los segundos, quizá sean minutos, inmóvil, como intentando confundirse con el silencio, como si él tampoco estuviera allí.*

RING, RING, RING

Suena el teléfono y piensa que seguramente quien llama es su padre. Puede verlo en casa de su tía, en el recibidor, junto al jarrón enorme, con el auricular pegado a la oreja, negando con la cabeza.

RING, RING, RING

Debería contestar, debería levantar el aparato y decir cualquier cosa, sin embargo es incapaz. Permanece de pie en la cocina mirando como un pasmarote hacia el salón mientras el timbre no deja de sonar, por favor, que pare ya, pero no se detiene, insiste.

RING, RING, RING

8730 IF INKEY$="STOP "THEN RANDOMIZE USR 0, lo repite, 8730 IF INKEY$="STOP "THEN RANDOMIZE

USR 0, como un conjuro, hasta que de pronto se hace el silencio. Lanza un suspiro profundo liberando el aire acumulado, no es consciente de haber estado conteniendo la respiración. Mira de nuevo el reloj que está sobre la nevera. No es posible, tiene que estar mal. ¿De verdad son las dos y media? No puede ser, pero es, qué idiota. Cómo ha podido pensar que le daría tiempo. Se da cuenta de que debería haber ido directamente a casa de su tía, no está lejos del Rastro, pero ahora incluso llega tarde a la comida, qué movida, la he cagado pero bien, mierda de día. Mueve el dedo gordo del pie derecho y siente de nuevo la humedad acumulada dentro de las Magic. Atraviesa el pasillo. Pasa por delante del dormitorio de Rocío con la esperanza de verla aparecer poniéndose la camiseta. Pero no, la persiana está bajada para evitar que entre el calor, la cama perfectamente hecha. Entra en su cuarto para descalzarse. También se quita los calcetines, y al instante nota un alivio que apenas dura unos segundos. Los efluvios suben desde el suelo, los pies se le quedan pegados a la madera, impregnada con su olor. Se quita la camiseta, empapada de sudor, y la deja sobre el respaldo de la silla.

RING, RING, RING

El teléfono suena de nuevo, su timbre vuelve a dejarle paralizado, emboscado en su dormitorio, mirándose el ombligo, que en los últimos tiempos ha duplicado su tamaño, ahora parece un agujero sin fondo.

RING, RING, RING

8730 IF INKEY$="STOP "THEN RANDOMIZE USR 0
No sabe por qué ha memorizado precisamente esa línea, ni siquiera recuerda la que viene después. Aun sabiendo que no cogerá el teléfono se repite la excusa, el metro, media hora parados entre dos estaciones, casi una hora atrapados, buf, menuda movida, imposible llegar a tiempo.

RING, RING, RING

8730 IF INKEY$="STOP "THEN RANDOMIZE USR 0

y el teléfono deja de sonar. Imagina a su padre colgando el auricular para regresar al comedor, los canelones ya están, acaba de gritar su tía. Jo, los canelones, va a perderse los canelones. Entonces nota cierta desazón en el estómago. Se acuerda de las películas, la película, en realidad, se maldice. Mira la mochila, por un momento se le infla el pecho mientras una descarga desciende desde el corazón hasta los testículos.

*14 horas 54 minutos 12 segundos permanece unos instantes mirando la pantalla, el cursor parpadeando tras las comillas.*

1100 LET x2=x1 + (i$="8"

Su estómago vuelve a quejarse. Intenta concentrarse de nuevo en el viejo televisor de su cuarto. Mira la revista para terminar de copiar la línea. La tecla del CAPS SHIFT se queda hundida un instante, tiene que empujarla con la uña para que vuelva a emerger, un rollo, pero yo no he sido, ya estaba así cuando Javi le vendió el Spectrum de segunda mano.

) —(i$="5")

Cuando regrese su padre le contará que ha pasado toda la tarde programando. Aunque seguramente no le impresione, no alcance a comprenderlo. Ya sucedió cuando le mostró una larga línea de programación, toda una tarde frente a la pantalla para que cuando le diera al ENTER un punto blanco cruzase la tele dando saltos. Muy bien, Carlos, dijo su padre, pero ¿has estado todo el día para hacer botar una pelota? Sin embargo, esta vez será diferente. Aunque solo sea por el número de líneas de programación se sentirá impresionado. Va a programar un videojuego entero, original. Hecho con trozos de otros juegos, copiado de revistas, sí, pero la unión será enteramente suya. ¿Lo ves como no utilizo el Spectrum solo para jugar?

RING RING RING

Vuelve a sonar el teléfono. ¿Es que no piensa rendirse nunca? Cierra los ojos, intenta escuchar el latido de su corazón, canturrea *wild, wild, live, oh-uh-oh,* pero de fondo sigue el timbre del teléfono, incansable.

RING, RING, RING

Se concentra de nuevo en el teclado. Demostrará a todos que se equivocan, van a flipar, vas a flipar, papá, también Rocío, y Javi, claro, será el videojuego de moda, va a arrasar.

RING, RING, RING

Cuando empieza a escribir 8740 REM la revista cae al suelo. Al recogerla ve el dibujo de un camión y en ese instante comprende que ha cogido el *Microhobby* equivocado. Pensaba que estaba programando una rutina de movimiento para que Zipoto pudiera saltar, cuando en realidad lleva media hora tecleando líneas de un poke para el *Everyone's a Wally.* Se siente derrotado. Recostado sobre la silla, la revista sobre el regazo, resopla. Si su mesa no fuera un caos, nunca le habría sucedido.

RING, RING, RING

Ahora debe empezar desde el principio, todo el trabajo para nada. Por su mente de nuevo cruza el torso peludo, la boca abriéndose para recibir. Quiere concentrarse, lo intenta, pero la presencia de su miembro apretándose contra el muslo no le permite pensar en otra cosa. Se frota la entrepierna con la mano izquierda, para seguir tecleando con la derecha. Podría parar un momento para masturbarse otra vez o para rebuscar en la cocina. Quizá ahora encuentre algo de comer.

RING, RING, RING

*15 horas 0 minutos 12 segundos los granos del pan rallado entran en contacto con su lengua y se produce una reacción en cadena, al instante un latigazo atraviesa su estómago, el deseo de comer se hace más intenso, no logra comprender cómo no se ha dado cuenta de hasta qué punto está hambriento, un hambre feroz, aniquiladora, de pronto no puede dejar de pensar en comida, los canelones de su tía, pero también pizza, Whopper, patatas fritas, macarrones al horno con una capa crujiente de queso rallado, su estómago vuelve a rugir, abre otra vez la nevera con la absurda esperanza de encontrar algo más que dos limones, los botellines de Mahou, el bote de mantequilla Arias, la jarra de cristal con agua del grifo, el huevo para la tortilla que su padre cenará esta noche, porque como sucede siempre al final de la semana no queda nada a lo que hincarle el diente, culmina el ritual iniciado cada lunes con el menú confeccionado por su tía, una lista que debía ser un punto de partida, un modelo, pero que su padre ha convertido en procedimiento administrativo, como si fueran las fichas de la biblioteca en las que solo cabe un orden, las tablas de la ley, los diez mandamientos, los siete mandamientos, en realidad, uno para cada día de la semana, los lunes, lentejas y merluza para comer, para cenar, tortilla y ensalada; martes, arroz con tomate y salchichas en la comida, cena, sopa y bacaladitos; miércoles, pollo coliflor patatas judías verdes gayo, y así podría seguir hasta el sábado, espaguetis comida, sándwiches de jamón y queso para cenar, puede recitarlo de memoria, no necesita leer el cuadrante pegado en la puerta de la nevera escrito con la letra pulcra de su padre.*

*15 horas 3 minutos 59 segundos descuelga el teléfono de la cocina y marca el número de Toño.*

—¿Sí? —suena la inconfundible voz de Toño, aguda y sin embargo ya con un temblor adulto.

—Necesito un hombre que venga a darme amor.

—¿Cómo?

—Encarna, oyes, que tengo las empanadillas al fuego y me he dicho: voy a aprovechar para llamar a Encarna.

—Ey, qué pasa Charli.

—Joder, ¿cómo me has reconocido?

—Porque pones fatal la voz de tía.

—¿Qué haces?

—Escuchar música y leer. ¿Y tú?

—Yo no.

—Ya.

—Oye, ¿quedamos?

—¿Ahora?

—Sí. Cuanto antes.

—¿Ha pasado algo?

—Te necesito, Toño. Necesito amor.

—Gilipollas.

—¿Has comido ya?

—Sí, claro.

—Bueno, ¿quedamos entonces?

—¿Para hacer qué?

—Podríamos pillar algo y nos vamos al parque Félix.

—¿Con este calorazo? Tú flipas. Además, es domingo, está todo chapado.

—Ya.

—Y Rocío, ¿qué dice?

—Rocío está por ahí con mi viejo.

Se quedan los dos un momento en silencio.

—¿Estás en casa? —pregunta Toño.

—Sí, en casa de mi padre.

—Déjame un momento y ahora te llamo.

—Ok.

Entra en el salón, enciende el televisor. Duda un momento si poner la película para masturbarse de nuevo, pero lo descarta. Toño llamará en cualquier momento, mejor que no le pille con los pantalones bajados. En la uno están echando *Los Diminutos.* Vaya porquería. Debería volver al ordenador, sentarse un rato, aprovechar, un par de líneas más. Pero ya se ha cansado de programar. Se queda en el sillón como hace casi todos los domingos mientras espera a que empiece *Autopista hacia el cielo,* otra porquería. Luego *Si lo sé no vengo,* más basura. En realidad, *La bola de cristal* es lo único decente que ponen el fin de semana. Empieza a canturrear los Diminutos nadie sabe dónde están, seres bondadosos, joder, hasta me sé la letra, mira que soy patético, cuando suena el teléfono.

—¿Sí?

—Joder, ¿estás tonto?

Tarda unos segundos en reaccionar, ya se había olvidado totalmente del otro asunto.

—Hola, hermana, yo también me alegro de oír tu cálida voz.

—¿Dónde te has metido? —pregunta Rocío—. Te hemos estado esperando hasta las dos y cuarto. Al final papá no ha tenido tiempo de ir a votar.

—¿Qué habéis comido?

—Canelones, claro.

Un murmullo llega desde el otro, mierda.

—Espera —dice Rocío.

Se produce un silencio espeso, es él, no necesita oír su voz para saberlo, su respiración llega como una descarga eléctrica a través del auricular.

—¿Dónde estabas? —dice su padre, amasando las palabras, sopesándolas antes de emitirlas al espacio para que no se note su enfado.

—Bueno, es que ha habido un problema en el metro, media hora parados, en realidad una hora, buf, tremendo.

—¿Y por qué no has llamado?

—Pues, eh, yo no...

De nuevo el silencio, impenetrable. Por un momento teme que empiece a soltarle el rollo de la responsabilidad, el deber, el esfuerzo, a tu edad yo estudiaba y trabajaba al mismo tiempo, tus abuelos no tenían dinero, tuve que pagarme la carrera y además tenía que ayudar en casa, por las mañanas iba a la facultad, por las tardes bla, bla, bla, y por las noches bla, bla, bla, para al final currar de bibliotecario. Épico.

Él dice:

—¿Quieres que vaya a casa de la tía?

—No. ¿Para qué? Ya hemos comido.

—Os espero aquí entonces.

—Lo que tú quieras, pero luego dejaré a Rocío directamente en casa de tu madre.

Está a punto de decirle que se equivoca, que han quedado a las seis y media en los billares del instituto con Toño y Javi, que luego irán los cuatro juntos a casa de su madre perdón Marisa, pero ya se encargará Rocío de explicárselo.

—Ah, vale.

—¿Vale qué?

—Que entonces no os espero aquí.

Le oye resoplar, parece que dirá algo más, pero no. Le gustaría hacerle reír. Su padre es la persona que menos se ríe en el mundo.

—Venga, hasta ahora —dice su padre tras un silencio que se ha prolongado varios segundos.

Tiene ganas de gritar, ¿por qué nunca dice las cosas claramente? ¿Por qué todo debe ser siempre un acertijo? ¿De verdad siente que el objetivo de su hijo es hacerle sufrir? Porque eso es lo que parece: nunca un reproche, ni un grito, y sin embargo la certeza de la decepción. Le voy a llamar para decirle que me esperen, que voy, ¿es eso lo que quieres? ¿Qué es lo que quieres? Le llamo y se lo pregunto, y entonces suena el teléfono de nuevo.

—Vente —dice Toño.

—¿A tu casa?

—No va a ser a la del Papa. Mi abuelo está echado pero no va a dormir siesta. A lo mejor podemos ensayar.

—Vale. En un rato estoy ahí.

—Perfecto.

*15 horas 58 minutos 57 segundos le gustaría hablar de algo que no es real antes que escuchar lo que conoce ya, él es la ingenuidad, ella el saber estar, cierra los ojos, le inunda una sensación de bienestar, su cuerpo y él vuelven a ser amigos, paz, felicidad, él sueña con hallar, la interacción genial, muerde un trozo de queso con pan mientras observa como la mano izquierda de Toño sube y baja por el traste sin vacilar, es increíble, ya se sabe los acordes, y no hace ni dos días que Chema les pasó el casete, poderla repeler a distancia un poco prudencial, le gustaría hablar de algo que no es real, contempla el plato con las croquetas, aún quedan tres, y el queso, y un mendrugo de pan, bendita seas doña Elvira, serás una bruja, pero tus croquetas son espectaculares, Toño acompaña los últimos acordes mientras la voz de Antonio Vega se va fundiendo con el chisporroteo de fondo, antes que escuchar lo que coRAS RAS RAS la aguja del tocadiscos se arrastra sobre el vacío, de pronto Toño empieza a reírse.*

—Pero ¿de verdad era un cortaúñas? —pregunta Toño.

—Tal cual.

Repite la historia mientras mastica un trozo de queso. A Toño puede contarle todo, con él es diferente, no se siente idiota. Ahora lo hace con más detalle, recreándose en los momentos más divertidos, exagerándolos, joder, me obligaron a levantar el pie para medir el tamaño de la zapatilla. Contar estas cosas se le da bien, es lo único que se le da bien en realidad, y Toño lo confirma partiéndose de la risa. Al final, incluso termina contándole lo del sida, en voz alta suena como lo que es, ridículo, imposible, nadie se contagia por un cortaúñas. Solo se salta la parte de los camioneros, la promesa de la película con el negro empalador, de su patético regreso al Rastro, del fracaso, hay que ser pringado, pensar que estarían esperándole. Al final había tenido que volver donde la gitana para comprar otra película, solo tenía dinero para una, nada más, y no la que quería Javi precisamente. Todo eso no, hay cosas que ni siquiera le cuenta a Toño, claro.

—Joder, Charli —dice Toño entre risas.

Permanecen callados. El bochorno de la sobremesa no ha logrado colarse en el desván, permanece fuera, golpeando las tejas. Por suerte no está siendo una tarde demasiado calurosa, en caso contrario allí dentro no hay quien resista diez minutos. Aunque es un espacio diáfano resulta agobiante con todos esos objetos abandonados en cajas, los muebles viejos, los baúles, las maletas con la ropa que ya no sirve. Por no hablar de los libros, desperdigados por todas partes, ¿cuántos libros a la vez es capaz de leer Toño? De alguna forma, el desván le recuerda al Rastro. Hay incluso el esqueleto de una cama. En invierno resulta aceptable, pero cuando llega el calor solo Toño puede soportarlo; quizá Rocío.

—¿Cómo llevas el examen de Latín?

—Mmmm.

Toño hace un gesto vago. No se lo ha estudiado. Toño nunca estudia y aun así aprueba, termina aprobando, en junio siempre se las quita todas, no comprende por qué no lo hace antes. Cae en la cuenta de que probablemente sea el último examen que hagan juntos. El próximo curso, Toño y Rocío estarán en letras puras, Javi y él en letras mixtas. Si aprueba las que le quedan. Toño se levanta, el techo abuhardillado se precipita sobre su cabeza, camina agachado hasta el aparador desvencijado y saca un disco esquivando una sopera descascarillada. La funda es blanca, lo reconoce al instante. Pone el vinilo en el plato.

CLIN, CLAN, CLIN

El piano de Keith Jarret invade todo el espacio. Toño se tumba en la vieja butaca, los pies colgando sobre uno de los reposabrazos. Cierra los ojos, parecería dormido de no ser por las palmadas en el pecho con que acompaña el ritmo del piano. Él también cierra los ojos intentando meterse en el Concierto de Köln. Pero Keith Jarret no es Mecano, aquello no tiene estribillo, las notas se suceden unas a otras sin un destino aparente. A él le ocurre lo mismo que a Javi, tampoco entiende por qué Rocío y Toño flipan con este disco. Canturrea mentalmente *ay qué pesado, qué pesado, siempre pensando en el pasado,* pero el piano sigue allí, es mucho más poderoso, tendrá que soportarlo unos minutos más, hasta la pausa antes del siguiente tema. Termina la última croqueta. Deliciosa, como las otras cuatro. Le viene a la cabeza la imagen de Toño atado al nogal como un perro por escupir unos macarrones rancios. Una mujer capaz de hacer unas croquetas como estas no puede cocinar mal. Seguramente esos macarrones no estaban tan asquerosos como recuerda Toño. Es imposible. Piensa en la Bela, en sus croquetas, quizá ahora esté friendo algunas para el tío Carlos. Se recuesta, el codo apoyado en la alfombra polvorienta. Ahora, en la penumbra del desván, con el calorcito que empieza a sentir en el estómago, se quedará sobado, seguro.

CLIN CLAN CLAN CLIN

Se oye un grito, una especie de orgasmo, Keith Jarret, qué bien te lo pasas. Con el día que lleva seguramente Toño habrá puesto la canción más larga, casi media hora de aporrear el piano de forma ininterrumpida.

—Qué guay, ¿verdad? —dice Toño, los ojos abiertos, sonriendo.

—Sí, chachi piruli.

Toño suelta una risa breve antes de incorporarse en el butacón. Le ofrece la cajetilla de Fortuna, pero no tiene ganas de fumar, rechaza el cigarrillo con un gesto. Toño se enciende un pitillo.

—¿Tú te masturbas?

—Joder, Charli, vaya preguntas haces...

—Quiero decir, ¿cuántas te haces al día?

—¿Al día?

—¿No te haces una paja por lo menos?

—Uf... No lo sé. No las voy contando.

—Yo es que no puedo pensar en otra cosa. Creo que si pudiera me estaría masturbando todo el día.

Toño se ríe de forma casi perruna, mientras una bocanada de humo sube hacia el techo. Javi tiene razón. A Toño le molesta hablar de estas cosas.

Él dice:

—Una diaria cae fijo, aunque últimamente me hago dos. Mi récord son seis en el mismo día. —Lo remarca con un forzado gesto de orgullo—. El récord de Javi son cinco.

En eso es mejor que Javi, seis a cinco, pero te corriste en las seis, sí, bueno, en la última no me salió nada, entonces no cuenta, claro que cuenta, porque me dio mucho gusto, lo que cuenta es el gusto, vaya chorrada, no es una chorrada: te gano, chaval.

—Joder, Charli —dice Toño mientras suelta una carcajada.

—¿Tú crees que Rocío es bollera?

—¿Cómo?

—Que si mi hermana es lesbiana.

Toño se endereza.

—A mí me da igual, la verdad. No me importa.

—Esto... —dice Toño, las manos en la cadera, tratando de recordar qué iba a hacer—, ah, sí.

—Es que como no tiene amigas.

Toño se cuelga de nuevo la guitarra, la cinta alrededor del cuello, rasguea varias veces intentando acompañar a Jarret. Algo debe de estar mal, porque ajusta una de las clavijas.

—Y luego está lo del fútbol, bueno, ahora lo del básket... Como siempre se viene a jugar con nosotros, yo...

—Hola.

No han oído el timbre, tampoco la han escuchado subiendo la escalera, pero la cosa es que ahora está ahí, asomando la cabeza por la trampilla. Por un momento piensa que se trata de una aparición.

—Ah, hola —dice Toño—. No me acordaba de que habíamos quedado.

—Bueno, en realidad no habíamos quedado —dice Silvia, sonríe—, pero es que ahora tenía un hueco y he pensado que...

Silvia no termina la frase, le mira a él. No comprende qué está pasando. Toño y Silvia no han hablado nunca, jamás les ha visto juntos, ni en clase, ni en los pasillos del instituto, ni en los billares.

—Quizá es mejor que... —prosigue Silvia, dubitativa, ¡ella dudando!—. Puedo volver en otro momento.

—No, no, pasa —dice Toño, al fin reacciona—, no te quedes ahí.

Silvia sube los últimos peldaños. Su cuerpo emerge del suelo, una diosa con mechas, la camiseta estampada tras la que se intuyen los pechos pequeños, redondos, perfectos, pantalones cortos blancos. Solo ha pasado una semana desde que acabaron las clases pero está más morena, seguramente habrá estado yendo a la piscina, aunque con el pote nunca se sabe. Se mueve con soltura entre las cajas, está claro que no es la primera vez que sube al desván, conoce bien el escondrijo de Toño. Cruza delante de él para sentarse en la butaca al otro lado de la mesilla de cristal, junto al aparato de música. Seguramente en unos instantes pasará la abuela de Toño a husmear, mascullando *zorra francesa*. Para ella todas las mujeres son zorras francesas.

—Hola, Charli.

Joder, ¿sabe cómo se llama, conoce su nombre?

—Hola, Silvia.

Se produce un silencio extraño, espeso. Quizá esperan que se largue. Toño nunca le invitaría a marcharse, es demasiado amable como para hacer eso. Y ella no está en su casa, así que debería ser él quien dijera bueno me largo, os dejo a solas para... ¿para acostarse? Porque para eso quedan en casa de Toño, no puede ser otra cosa. Mientras Javi y él se emocionan fantaseando con la idea de comprar un película porno, Toño ya está acostándose con una tía. Imagina a ambos desnudos sobre el butacón, Silvia abierta de piernas recibiendo las embestidas de Toño, el miembro de Toño. Es una imagen fugaz pero nota un latigazo en el vientre.

—¿Te apetece tomar algo? —pregunta Toño.

—No, gracias —responde Silvia, que ha empezado a mover la cabeza al ritmo de la música—. Jarret, ¿no?

Toño asiente con la cabeza, sonriendo. Pero ¿qué significa todo esto? ¿La Gran Pija conoce a Keith Jarret? ¿Es que ahora va a ser él, precisamente él, la única persona en el mundo a la que le gusta Mecano? Mira a Toño, la mira a ella, no entiende nada, *zoom, zoom, culombio, culombio, zoom, zoom, y me pego un voltio.*

—Tom me está ayudando —dice Silvia como si hubiera adivinado sus pensamientos—. Quiero estudiar canto, pero mis padres no quieren pagarme las clases.

No, no es posible. Debe de tratarse de un error, seguramente ha oído mal, no ha podido llamarle Tom. Sonríe.

—Qué guay.

—Sí.

—Pues nosotros tenemos un grupo.

—Lo sé —dice Silvia—. Me lo ha contado Tom.

¿Tom? ¿Entonces es así como le llama? ¿Tom? ¿En serio?

—Bueno, más o menos es un grupo, más menos que más: yo toco la pandereta, Javi canta y Rocío y Tom tocan la guitarra, ¿verdad, Tom?

Tom asiente con la cabeza, sonríe, sin embargo la mirada ausente indica que sigue concentrado afinando las cuerdas.

—Muy guay —dice Silvia.

Toma aire. Resulta extraño, pero de pronto tiene la sensación de que podría hacer con Silvia lo que quisiera, parece obligada a tomarle en serio, ¡a él, precisamente! Payaso, le había llamado payaso, la única vez que se dirigió a él en todo el curso, payaso, no recordaba por qué, qué estaba haciendo, payaso, se encontraron en el pasillo y alguien se reía, qué payaso.

—Pues sí. Aunque el mundo de la música es muy duro.

—Eso creo.

—Si quieres puedo ser tu representante.

—Tampoco sé si me quiero dedicar profesionalmente a esto, la verdad.

—Nuestro grupo se llama Regreso al Futuro, como la película.

—Mola.

—Bueno, no voy a mentirte. En realidad, aún no tenemos nombre.

Silvia asiente con una sonrisa forzada y él se viene arriba, le suelta el rollo: la banda es otra de las flipadas de Toño, vamos a montar una banda, chavales. Y todo muy guay pero lo cierto es que ni siquiera se habían puesto de acuerdo con el nombre. Él había propuesto Mecago y hacer versiones punkis de Mecano, pero le habían mandado a la mierda. Aunque el problema principal no está en el nombre. Acordar lo que quieren tocar ya supone un esfuerzo titánico. Rocío insiste para que toquen temas de Bowie o de los Smiths, incluso de los Sex Pistol, Javi en cambio tira más por Loquillo, AC/DC y Bruce Springsteen. Toño prefiere Nacha Pop o Talking Heads. Al final se han puesto de acuerdo con The Clash, *should I stay o should I go mother fuckers,* aunque en realidad da lo mismo, porque solo cuentan con dos guitarras, las que tocan Toño y Rocío. Javi y él en realidad hacen el tonto.

—Bueno, ¿estamos? —dice Tom y mira a ambos como si acabara de descubrir que continúan allí—. No te importa que esté Charli, ¿verdad?

Silvia le mira sonriendo, parpadea un par de veces.

—No, claro.

Toño quita la música, Jarret deja de aporrear el piano. Silvia suelta una risa sin demasiadas ganas antes de ponerse en pie. Va a situarse delante de Tom. Toño parece no darse cuenta de cómo le mira. De nuevo los imagina haciéndolo, ahora ella está de rodillas en la butaca, apoyada en el respaldo mientras Toño la penetra por detrás, no pares, Tom. Se excita con los cuerpos desnudos de ambos, es imposible no hacerlo, nota cómo se le pone dura casi al instante.

—Voy un momento al baño.

—Vale.

*18 horas 22 minutos 43 segundos Toño balancea la bolsa de plástico donde ha guardado su muda, la hace girar como si fuera una onda, por un momento tiene la sensación de que va a lanzar la ropa por los aires, adiós calzoncillos, adiós cami-*

*seta, no puede soportarlo más, tiene que preguntar, necesita saber, Tom, dime la verdad, ¿se lo has contado a Javi?*

—¿El qué? —pregunta Toño.

—¿Qué va a ser? ¡Que estás saliendo con Silvia!

—No estoy saliendo con ella.

—¿No?

—No. Solo viene a ensayar. Le estoy echando una mano. Nada más.

—No me jodas, Tom.

—Lo digo en serio.

—¿No vas a intentar follártela?

—Yo no hago esas cosas.

—Ni yo tampoco. Pero ¡porque no me dejan!

—Es solo una amiga.

—Pero ¿has visto cómo te mira?

—Me mira normal. Como mira a todo el mundo.

—Lo que tú digas, Tom.

—No me llames Tom, joder.

—No te mira como a todo el mundo. Si a mí me mirase así ya le habría metido la polla en la boca.

—Qué burro eres.

—Claro, Tom.

—No seas pesado.

A medida que se acercan a la calle Uruguay la pendiente se hace más pronunciada. Nota las piernas pesadas. La paliza de la mañana empieza a pasarle factura.

—Rocío no lo sabe, ¿verdad?

—No. Y no le digas nada. Y tampoco a Javi.

—¿Por qué? ¿Qué más te da?

—Porque no.

—A Rocío se la sopla. Seguro. Se la sopla todo.

—Lo sé, pero aun así.

—Claro, tío, mis labios están sellados.

No tiene tiempo para decir nada más, Javi aparece al final de la cuesta, se acabó la conversación.

*18 horas 48 minutos 4 segundos naranja, fresa, sandía, pues Scorsese está rodando la segunda parte, sandía, sandía, siete, uy, casi, melón, cereza, Scorsese qué guay, níspero, aunque quizá no sea un níspero, estas máquinas no tienen nísperos, lo he leído en el* Fotogramas, *será una ciruela, con Paul Newman también, piña, limón, siete, y con Tom Cruise, el viejo pulsa el botón pero no se produce ningún movimiento, la máquina emite una serie de sonidos extraños, como si se hubiera desinflado, no jodas, Tom Cruise, el anciano rebusca en los bolsillos, saca varias monedas, encuentra una de cinco duros y la deja caer por la ranura, jodo, siete, melón, cereza, déjate ya de tantas películas y dale, coño, cereza, siete, cereza, voy, nervioso, la máquina parece celebrar la última jugada como si estuviera jaleando al abuelo.*

—Te toca, Charli.

Resopla y contempla la mesa, buscando primero la bola blanca y luego tratando de recordar si Javi y él tenían que meter las rayadas o las lisas.

—Las rayadas —dice Rocío, tía asquerosa, qué bien le conoce.

Se inclina sobre la mesa. Se lleva el dedo a la boca, lo levanta y finge medir la dirección del viento.

—Venga, juega, pelmazo.

Golpea la bola blanca, hace rebotar la rayada azul, pero no logra nada. Tampoco sabe muy bien lo que intentaba hacer. Mira a Rocío, sonríe, pero ella le ignora, sigue mosqueada. Él habría preferido echar un partido de futbolín, el futbolín no se le da nada mal, pero desde que vieron *El buscavidas* en los Duplex están muy pelmazos con el billar.

Limón. Piña. Limón.

A esta hora los domingos no suele haber casi nadie en los billares. Todo lo contrario que entre semana. A la salida del instituto hay tardes que se tienen que marchar sin haber podido echar ni una partida. Hoy no es el caso. Hoy están ellos cuatro y Chanquete, el viejo de la tragaperras. Ya lo ha visto alguna que otra vez, al menos cree reconocer su gorra azul de marinero.

Piña. Cinco. Melón.

—La cinco al centro —dice Rocío.

Su hermana se inclina sobre el tapete con el ceño fruncido, menuda peta le ha echado antes, ni siquiera has sido capaz de dar la cara con papá, te has escondido, Charli eres un capullo, déjame en paz tía que no eres mi madre perdón Marisa. Tendría que haberle aplaudido, menuda anarquista estás hecha, mucha camiseta de Clash pero luego eres aún más rígida que nuestro querido padre.

—Ni de coña —dice Javi.

Piña. Melón. Cerezas.

—Uy —dice Toño.

—Me toca —dice Javi.

—En el Falla están poniendo en sesión doble *La naranja mecánica* y *El resplandor* —dice Rocío—. Podríamos ir mañana.

—*La naranja* es para dieciocho.

—Buah, a los del Falla eso se la pela.

—Además ahora ya no te pueden impedir la entrada.

—Sí, si eres menor de edad. Creo.

—Yo no puedo. Me voy mañana a Montpellier —dice Toño.

Él suelta una carcajada, no sabe por qué, y responde:

—Pues yo me voy a la mierda.

—¿Tan pronto? —pregunta Rocío.

—Eh, ¿y qué pasa con el examen de latín? —dice él— ¿Me vas a dejar solo ante el peligro?

—Joder, vete más tarde —dice Javi.

—No puedo —replica Toño—. Mi madre se casa. Y voy a ser el padrino.

—No jodas —dice Javi—, pensaba que ya llevaba tiempo casada con Philipe.

—No han podido hasta ahora. No sé qué rollo por los papeleos del divorcio.

—Pues enhorabuena, ¿no? Felicidades, o yo qué sé. No tengo ni idea de qué se dice cuando se casa la madre de alguien. Es raro de cojones.

—Y yo supongo que tengo que decir gracias —dice Toño entre risas—. Va a estar guay. Así de paso conozco a mi hermano.

—¿Tú hermano?

—Jean Marc. Nació en noviembre. Habría querido ir en Navidades, pero no pudo ser.

Hay una pausa extraña, innecesaria, la situación es lo suficientemente divertida como para empezar a hacer chistes sin parar al respecto. Al final tiene que ser él quien diga algo, no puede desaprovechar la oportunidad, la pelota está botando, la portería está vacía:

—¡Oh, qué *potito!* ¡Tienes un hermanito! —pone voz de bebé—. ¿Vas a cambiarme los pañales? *¡Güi, Toño, güi! ¡Sivuplé!*

Javi y Toño se ríen sin muchas ganas. Rocío se ajusta las gafas, le lanza una mirada asesina, no entiende por qué, déjame en paz, tía, cuatro ojos. Ninguno habla, Rocío ni siquiera despotrica, lo cual resulta sorprendente, porque Toño nunca les ha contado que tiene un hermano. Quizá es que ella ya lo sabía. Pero no, por su expresión queda claro que tampoco tenía ni idea, que le ha pillado por sorpresa. Chanquete maldice, insulta a la máquina. Se ha quedado muy cerca: dos sietes y una sandía. La tragaperras trata de engatusarle con una de sus melodías. Funciona, porque el viejo echa otra moneda de cien.

—Es posible que me quede a vivir una temporada y así hecho una mano a mi madre —continúa Toño, su mirada recorre la mesa de billar—. No sé. He pensado que podría terminar allí el instituto. Quizá estudiar Bellas Artes en Toulouse. Mi madre dice que la facultad es una de las mejores.

—Qué guay —dice Rocío—. Entonces, ¿al final el juez deja que te vayas?

Toño sonríe, alza los hombros. Melón. Sandía. Piña. Rocío levanta las cejas, se coloca las gafas fijándolas sobre la frente.

—Eres un flipado —dice Javi.

—Joder, Toño —dice Rocío, resopla, niega con la cabeza.

Se quedan en silencio. Piña. Ciruela. Cuatro. Toño vuelve a sonreír un momento, el taco apoyado en el hombro. Coge el paquete de Fortuna que han comprado entre los cuatro. Tiene que escarbar con el dedo. Solo queda un cigarrillo, el último, lo ofrece, Rocío niega con la cabeza, para ti, Javi señala el cigarro que aún lleva sobre la oreja, desde que se ha hecho *rocker* siempre tiene un cigarrillo ahí guardado. Finalmente Toño lo coge para llevárselo a los labios. No estruja el paquete, permanece sobre la tronera del fondo más cercana a él, lleno de aire, un globo extraño. Cuatro. Cerezas. Sandía.

—Te vas a perder la final —salta Javi—, ¡y este año ganamos el Mundial, copón! ¡Tenemos al dios de Querétaro!

—Bueno, no voy a perderme nada. En Francia también tienen tele.

—Ya.

Vuelven a quedarse en silencio. Mira el paquete de Fortuna vacío. Por un momento piensa en cogerlo, podría tratar de inflarlo.

—Vamos a hacer una cosa —dice Toño—. Una promesa solemne.

Toño coloca su mano sobre la mesa de billar, entre dos agujeros.

—A partir de hoy, da igual dónde estemos, cuando llegue el Mundial nos juntamos para ver los partidos de la selección. ¿De acuerdo?

—Pero...

—Nada de peros. Pon tu mano aquí encima.

—¿Te refieres al próximo Mundial?

—Me refiero a todos los mundiales. Hasta que ganemos.

Javi y él colocan sus manos sobre las de Toño. Rocío permanece distante. Conoce bien esa expresión de su hermana. Cuidado, *danger,* explosivos marca ACME.

—Venga, tía.

Rocío esconde las manos en los bolsillos del chándal, se da la vuelta y sale de los billares. Él mira a Toño, a Javi, pero ninguno sabe qué hacer. Tampoco es para tanto. Rocío y sus mosqueos sin sentido, sus rollos de anarquista feminista que no hay quien entienda, nada más. Coge el paquete vacío de Fortuna y sopla en su interior, pero el aire se escapa por los lados. El chivato se infla levemente. Sandía. Melón. De nuevo el níspero.

—¿Echamos una partida de futbolín?

*20 horas 37 minutos 15 segundos crunch-crunch-crunch mira hacia el pasillo mientras vuelve a meter la mano dentro de la bolsa de triskys, crunch-crunch-crunch, llega música desde el salón, seguramente Toño y Javi hayan puesto algún casete, mejor, así no se enteran del pollo.*

—¿Cómo que te vas? —pregunta Rocío, el ceño fruncido, la vamos a tener.

Crunch-crunch-crunch

—He quedado con... —¿Mamen? Por culpa de los Triskys, crunch, crunch, crunch, no logra entender el nombre—. Me ha pedido que la acompañe a la fiesta de Ferraz. A lo mejor hasta nos presentan a Felipe.

Su madre perdón Marisa sonríe, parpadea como si fuera a acostarse con el mismísimo Felipe González.

Crunch-crunch-crunch

Se ha pintado los labios de un rojo intenso, demasiado rímel. No sabe por qué, pero su madre perdón Marisa últimamente se maquilla como una señora, como se maquillaba la Bela, quizá se encuentra poseída por su espíritu. No es que esté muerta, allí sigue en Málaga, tan feliz en la playa intentando salvar al tío Carlos, pero al fin y al cabo esta sigue siendo su casa, de alguna forma su espíritu sigue estando aquí.

Crunch-crunch-crunch

—Marisa, no te puedes ir —dice Rocío, y por un momento tiene la sensación de que va a interponerse entre su madre perdón Marisa y la puerta.

—¿Por qué no? —dice su madre perdón Marisa mientras busca algo en el interior de su bolso—. Os he dejado la cena.

Señala la encimera, el lugar donde aguardan la bolsa de patatas, la de Doritos, de donde ha cogido los Triskys, Charli no te los comas ahora hombre no seas gocho, ha dicho su madre perdón Marisa, pero no ha insistido, porque entonces ha entrado Rocío en la cocina y ya se han enzarzado.

Crunch-crunch-crunch

—Te has comprometido. Le has dicho a los padres de Javi y a la abuela de Toño que estarías con nosotros.

—Por favor, si ya sois mayores —dice su madre perdón Marisa mientras saca un cigarrillo.

—¿Y si pasa algo?

—¿Y qué va a pasar? Ni que fuerais unos niños.

—Mamá...

Su madre perdón Marisa hace un gesto con la mano, no seas pelma, comprueba que lleva las llaves de casa, enciende el pitillo, lanza el humo hacia el techo como si temiera que la nicotina pudiese borrarle el maquillaje. Rocío se quita las gafas, parece a punto de llorar, pero no de pena, sino de rabia. No hay quien la entienda. Es guay, van a estar solos, nadie vigilando, esto es casi como salir de marcha toda la noche, su madre perdón Marisa seguramente no volverá hasta tarde, esto sí que es punki, anarquía pura. Cuando sale nunca regresa antes de las cuatro.

Crunch-crunch-crunch

Antes de que Rocío explote en una rabieta absurda, se levanta, sale de la cocina con la bolsa de Triskys. Atraviesa el pasillo, los baldosines sueltos tiemblan con un sonido de huesos que le reconforta, camina entre la añoranza y el calor del refugio, el viejo piso de la calle Fuencarral sigue oliendo a vieja y a gato, aún se le hace extraño que no salgan a su paso la Bela, el tío Carlos, espera verlos aparecer en cualquier momento. Antes de entrar en el salón le envuelve la guitarra, los golpes de batería, por un momento piensa que se trata de Katrina & The Waves, pero no, es Iggy Pop, *Lust for life.* Han debido de coger uno de los casetes de Rocío, porque él no tiene nada de Iggy Pop. Aunque jamás lo reconocería, no le gustan ni Iggy Pop ni los Stooges. Javi y Toño han encendido la televisión, el volumen al mínimo, Argentina contra Inglaterra, lo había olvidado, van empate a cero. Les ofrece Triskys.

—¿Queréis?

Ambos niegan con la cabeza. Por el gesto de Javi, comprende que lo han escuchado todo, que están al tanto y que piensan como él, lo puede notar, que se marche su madre perdón Marisa va a ser de puta madre, nunca mejor dicho.

Crunch-crunch-crunch

Escuchan el sonido de la puerta de la calle al cerrarse con un golpe seco. Javi sonríe, le sonríe a él. El corazón pega un salto. Asoma la cabeza, una nube de humo blanco flota en medio del pasillo. De pronto nota el tibio aliento de Javi cerca del oído.

*21 horas 41 minutos 52 segundos caminan deprisa por la calle Carranza, le cuesta seguir el ritmo de Javi, un leve escalofrío le recorre la espalda, ya casi es noche cerrada y ha empezado a refrescar, el viento le acaricia con suavidad.*

—Déjame que hable yo —dice Javi.

—Claro.

—Parezco mayor.

—Sí.

—¿A quién prefieres en semifinales? ¿Argentina o Inglaterra?

—Puf… Creo que a Argentina.

—Y yo. Va a ser un partidazo.

—El mamón de Julio ha vuelto a suspender todas.

—No jodas.

Javi está nervioso, lo sabe porque se lleva la mano al tupé continuamente y salta de un tema a otro, los ojos fijos en el horizonte, ni siquiera gira la cabeza para mirarle, en realidad no está seguro de que escuche sus respuestas. Qué más da, caminan juntos, eso es lo importante.

—¿Cuántas litronas pillamos? —pregunta Javi.

—No sé. Una por barba. O dos.

—Mi padre le ha pegado con una fusta.

—¿A Julio?

—Sí.

—¿Con una fusta?

—De caballo. No sé de dónde cojones la ha sacado. Una puta fusta de caballo.

Camina pensativo, impactado, tratando de visualizar la escena, pero no lo consigue: Julio es incluso más corpulento que Javi y no imagina a nadie atreviéndose a golpear a Javi con una fusta. Ni siquiera al animal de su padre.

—Espero que no me pidan el carné —dice Javi.

—Le enseñas los huevos peludos.

—¿Y para la final? ¿Prefieres Francia o Alemania?

—Yo a Francia, ¡venganza!

—¿Tú ya te has pillado un moco?

—Sí.

—Pero un pedo de verdad.

—Sí, sí... El verano pasado en Sangenjo.

Es falso, una trola, pero no está Rocío para desmentirlo. Cruzan el paso de cebra de San Bernardo en rojo, Javi ni siquiera ha mirado, pero no importa, porque apenas hay tráfico, tampoco gente por la calle.

—¿Es por aquí? —pregunta Javi.

—Sí.

—Alemania en la final.

—Sí, Alemania mola.

—¿Por qué llamáis Marisa a tu madre?

—Le ha dado por ahí. Quiere que la veamos más como una amiga que como una madre.

—Joder.

—Sí, mola, ¿verdad?

—No sé... Es raro.

—Sí, un poco raro es. Rocío dice que es una excusa para que vayamos nosotros a hacer la compra.

Las luces del bulevar le reciben como si estuviera viéndolas por primera vez. Por un momento se siente extranjero, un turista de visita en Madrid, y eso le hace sonreír.

—A ver Butragueño hoy —dice Javi—, a ver, ¡el dios de Querétaro!

—Hoy, cuatro goles.

—Y el año que viene la séptima. ¿Hacéis vosotros la compra?

—Ya te digo. Y la comida.

—¿Cómo vamos a dormir? No hemos hablado de eso.

—Yo había pensado que podíamos dormir los tres juntos en mi cuarto.

—¿Toño, tú y yo?

—Sí. Aunque Rocío dice que mejor duerma yo con ella y Toño y tú en mi cuarto. Pero es más rollo.

—O puedo dormir yo con Rocío.

—Sí, claro. Y que te fostie.

Se ríen.

—Oye, ¿y la película? ¿Qué ha pasado? ¿Al final la has conseguido? ¿Buenas tetas?

Chasquea la lengua, mierda, se ha acordado. Por suerte en ese momento llegan a la bodega de Vallehermoso.

—Es aquí.

—Está chapado. Mierda.

—Sí.

—¿Dónde vamos ahora? ¿No hay un Corte Inglés cerca?

—Estará cerrado también. ¡Que es domingo!

—Puto domingo. ¿Dónde podemos ir?

Mira a ambos lados de la calle. Es el barrio de la Bela, aún no lo conoce bien, no tan bien como la Prospe. Si estuvieran allí podrían probar en el Grau. Pero por esta zona no tiene ni idea. Señala a la derecha, la calle que baja hacia el cuartel. Quizá por allí encuentren una pipera, o una bodega que esté abierta. Algo tiene que haber. La cuestión es no acercarse demasiado a las calles de atrás de Gran Vía, solo faltaría que le atracasen por segunda vez en el mismo día. Aunque con Javi a su lado no puede pasarle nada malo.

# Toño, 2010

—Entra tú, Toño, habla con él —dice la madre de Javi—. Háblale. A ti siempre te ha hecho caso.

Él permanece unos segundos en silencio sin saber qué decir, cómo responder. Mira a María, la hermana de Javi, esperando que ella le haga comprender lo absurdo de su propuesta, mamá, no digas tonterías, Javi nunca ha hecho caso a Toño.

—Un amigo de Ale es médico y nos ha dicho que es bueno hablarle —dice María—. Nunca se sabe si podría estar escuchando.

Intenta recordar quién es Ale, si le conoce, deduce que debe de tratarse de Alejandro, el marido de María. Observa un instante a las dos mujeres, madre e hija, petrificadas en las sillas de plástico azul, la expresión exhausta, apenas se han movido de ahí desde que ingresaron a Javi ayer por la mañana, eso es lo que le ha contado Rocío, están allí todo el rato, la guardia pretoriana de Javi. Julio, por supuesto, no ha aparecido todavía, es probable que ni siquiera hayan podido localizarlo.

—Familiares de Javier González García —repiten el nombre por megafonía, cree notar cierto tono de impaciencia en la voz de la enfermera.

Asiente, trata de sonreír, acaricia el brazo de la anciana, claro, yo le hablo. Doña Carmen sonríe agradecida. Él vuelve a pensar en la posibilidad de que Javi no les haya contado que Lupe y Rocío, la traidora, llevan varios meses viviendo con él. Pero resulta difícil creer que no se hayan enterado. Quizá lo saben y no les importa, al menos no parece importarles, ahora no importa nada más que recuperar a Javi como sea.

Se coloca las calzas azules sobre los zapatos y cruza las puertas abatibles tras las que encuentra un pasillo de apenas dos metros, prácticamente un cuadrado perfecto, separado de la UCI por unas cortinas de plástico. Antes de atravesarlas puede notar cómo el aire se espesa, huele a desinfectante, pero también a jarabe, el olor dulce de la putrefacción. La sala es amplia, con ocho o nueve camas dispuestas en círculo, algunas de ellas separadas de sus vecinas por unos visillos verdes. Un médico joven, no debe de tener ni treinta años, que parecía estar esperándole, se acerca hasta él. Le saluda sin llegar a presentarse, simplemente nombra a Javier González y agitando el gran sobre blanco que lleva en la mano le invita a seguirle hasta una de las camas más alejadas de la entrada. Empieza a hablar del estado de Javier, de su evolución, o la ausencia de ella, pero no entiende bien qué está diciendo, a partir de ese momento ya solo ve los tubos, la mascarilla, los aparatos rodeando el cuerpo de su amigo como una amenaza, como si esas máquinas fueran las responsables de que no pueda salir de aquí. No parece él: ha adelgazado, la barba es de una semana, hace tiempo que no va a la peluquería, nada de lo cual puede atribuirse a la embolia, el ictus, el ataque, como se llame, pero han pasado dos, tres meses, desde la última vez que se vieron, y en aquella ocasión Javi era el Javi de siempre. Más o menos.

—Esto resume bastante bien lo que trato de explicarle.

El médico abre el sobre y saca una lámina negra repleta de manchas grises, señala una serie de imágenes. Intenta retener la información para luego poder contárselo a la madre, a

—Simplemente me dejo llevar, es muy sutil. Estoy hablando con alguien y es como si el aire que exhala la otra persona penetrara en mí, también las gotas de sudor evaporado... No sé de dónde he sacado esa imagen, el sudor evaporándose...

Pero no es una gota, no puede serlo, porque el suero continúa fluyendo, la bolsa aún está llena por la mitad de líquido.

—Resulta extraño, lo sé, aunque es así como lo imagino: con cada pequeño gesto la otra persona se va desintegrando en pequeñas partículas que entran en mi cuerpo a través de la nariz, de los poros... y entonces, lentamente, me voy convirtiendo en esa otra persona.

Oxígeno. Es eso. Tiene que tratarse de una burbuja de aire.

—En realidad, me transformo en lo que esa otra persona necesita que yo sea.

Una burbuja en el gotero, atrapada en el tubo, y en estos instantes avanza unos milímetros. O quizá no ha avanzado, solo ha sido un efecto óptico, es difícil saberlo. En cualquier caso podría ser peligroso. Una burbuja de oxígeno en las venas. Utilizaban esa técnica para asesinar a alguien en una película, no recuerda cuál, seguramente la vio con el abuelo. Mira alrededor, busca al médico, a una enfermera. No hay nadie. Vuelve a fijarse en Javi, se tranquiliza, todo está bien, no te agobies. Descubre una banqueta y se sienta junto a la cama.

Contiene un bostezo.

—He dormido muy poco los últimos días. Ninguno hemos dormido. Aunque quizá ahora eres tú, el bostezo lo has provocado tú. Convertirme en ti es quedarme dormido a tu lado. Mi proceso inconsciente unido al tuyo. Los dos inconscientes pero vivos.

Apoya la cabeza a los pies de la cama, en el hueco que queda al final de las barras de seguridad.

—Es solo un momento, Javi. No voy a cerrar los ojos.

Sin embargo los cierra, necesita hacerlo, por primera vez se siente cómodo, puede hablar como siempre, como si nada hubiera cambiado.

—Anoche ganamos a Alemania. Uno cero, gol de Puyol. Un cabezazo impresionante. Y el domingo vamos a jugar la final contra Holanda. ¿Te lo puedes creer? El otro día comprendí que tenías razón, siempre la tuviste. O sea, es verdad que Marcos Senna no ha sido seleccionado, pero es el primer Mundial que se celebra en África, es decir… Lo recuerdas, ¿no? Claro que lo recuerdas, cómo no vas a recordarlo. Tu teoría era cierta. Necesitamos un negro.

*EL MUNDIAL DE FÚTBOL EN ANTENA 3 RADIO*
*Martes, 26 de junio, a partir de las 16 horas,*
*partido correspondiente a los octavos de final.*
*ESPAÑA-YUGOSLAVIA*
*Con los comentarios de*
*JACINTO DE SOSA*
*DOMINGO BALMANYA*
*JOHN TOSHACK*
*Y JAVIER CLEMENTE*

*Anuncio de* Supergarcía
*aparecido en prensa el 26 de junio de 1990.*

# Toño, 1990

*0 horas 2 minutos 50 segundos la sensación de arena en los ojos, ojos de arena, el hombre de arena que arroja tierra a los ojos de los niños que no se han ido a dormir, cierra los ojos si no quieres que te entre arena.*

—Qué gracioso, me parto —dice Ana Isabel, y se parte, pasa una servilleta de papel por el lagrimal con cuidado para no estropear el maquillaje—, ¿qué es eso de los negros?

—No, por favor, Javi —dice Rocío—, no empieces con eso otra vez.

Prefiere no mirar a Rocío, tampoco a Ana Isabel. Trata de concentrarse en la superficie de la mesa, una lámina de plástico verde combada por la humedad. Le recuerda a las mesas del comedor del colegio, aunque en esta hay quemaduras de cigarrillos y restos de café incrustados en círculos perfectos. Ojos que le observan, como en el cuento de Hoffmann. Empieza a estar muy borracho.

—¡Es que necesitamos un puto negro YA! —grita Javi.

—Venga, hombre —dice Charli—. Además el partido es mañana, ¿de dónde quieres sacar un negro en veinticuatro horas?

—Primero —dice Javi mientras consulta su reloj—, son las doce y tres minutos de la noche, eso significa que el partido es hoy. Segundo: Olimpiadas de Los Ángeles. Magic Johnson, Larry Bird y Abdul-Jabbar no podían jugar, y aun así Jordan nos dio hasta en el carné. Los universitarios...

—Tenemos a Chicho Sibilio —replica Charli.

—Sí, pero necesitamos más negros —dice Javi—. Muchos más, cojones. Además, Sibilio juega al baloncesto.

—Como Michael Jordan, no te jode —dice Charli—. Y Larry Bird es blanco.

—¿Es que en todos los partidos de la selección nos vas a dar la matraca con lo mismo? —dice Rocío, ahora también se ríe.

—Pero si vamos bien, ¿no, Toño? —pregunta Ana Isabel dirigiéndose a él.

Sonríe, intenta decir algo pero no puede. Mejor, así evitará soltar otra tontería y que Ana Isabel le mire como antes. Se frota los ojos, trata de quitarse la arena, la mirada que quema, como la de Nataniel en *El hombre de la arena*. No entiende por qué le cae tan mal a Ana Isabel. Podría preguntárselo directamente. Una muestra de madurez, de confianza en sí mismo. Por otro lado, para qué. Y estaría contradiciéndose, si estás seguro de ti mismo no necesitas demostrarlo. Solo se exhibe la debilidad. En cualquier caso es incapaz de hablar, a duras penas logra seguir la conversación, ya no sabe quién dice qué.

—Cabeza de grupo, no hemos perdido ni un partido de la primera fase, ¡incluso hemos ganado a Bélgica!

—Bueno, al menos ahora tenemos cinco canales de televisión. Y si cuentas Canal Plus son seis.

—No te fíes de los yugoslavos...

Alza la vista. Miguelín permanece sentado al fondo de la barra contemplando el televisor con gesto desabrido, el pelo engominado, quizá simplemente sucio de la grasa que impregna todo, la barra, las mesas, los baldosines color mostaza, incluso el aire del bar. También su jersey, el jersey de pico. Solo ha estado aquí tres o cuatro veces, pero juraría que siempre es el mismo jersey de color burdeos con lamparones. Sus voces se confunden, se convierten en un ruido de fondo impreciso.

—¿Qué tienen que ver los negros con que haya más canales?

—Ex-URSS.

—¿Y qué tiene que ver?

—Ex-leches.

—Como los yanquis, joder. Ellos tienen mogollón de canales.

—¿Sabéis que ponen pelis porno en Canal Plus? El otro día estuve viendo una. Creo.

—¿El qué?

—¿Y qué pasa? ¿Que solo hay negros donde hay muchos canales de televisión?

El bar está vacío, ya solo quedan ellos cinco. Y Miguelín, claro. En el televisor, sobre la cabeza de Miguelín, repiten de nuevo las imágenes del muro de Berlín, cuántas veces más piensan ponerlo, cientos de alemanes subidos en lo alto, como si fueran a quedarse allí para siempre sin decidirse a pasar a un lado o al otro.

—Como estaba codificada solo se veían rayas. Pero os juro que se notaba cuándo salía una polla..., perdón, un pene.

—Están en pruebas. No creo que emitan ninguna película.

—Pues me puse supercachondo viendo una felación.

Unos alemanes atraviesan la puerta de Brandemburgo. De alguna forma es como si cruzaran las puertas del pasado. Igual que en *Vértigo*. Cambiar el pasado. Solo puedes mirar al pasado si es para recrearlo, para rehacerlo y corregirlo, como si de alguna forma así se pudiera borrar todo lo que salió mal. Sí, definitivamente ha bebido demasiadas cervezas.

—Bueno, casi seguro que era una felación, aunque no puedo estar seguro al cien por cien.

—Por favor, estás enfermo.

Quizá no son las imágenes de siempre, las que llevan repitiendo desde noviembre, quizá son imágenes de hace dos días cuando los alemanes eliminaron a Holanda, quizá la Puerta de Brandemburgo sea ahora como Cibeles o Neptuno y los alemanes se suben allí cada vez que quieren celebrar algo. Por qué no. Es tan ridículo hacer una fiesta en una fuente como en lo alto de un muro. Sería curioso ver qué sucede si Alemania gana el Mundial. Aún juegan como Alemania Federal. Si ganaran solo podrían celebrarlo en el lado oeste de Berlín, os jodéis alemanes del este, haberos unificado antes.

—Yo también la vi, fue el viernes pasado, ¿no?

—Estoy convencido de que era una felación. Espero. Porque me masturbé.

La carcajada de Charli le sobresalta. Da una calada, trata de recordar contra quién juega Alemania. Ha olvidado si en cuartos se enfrentan a Checoslovaquia o a Camerún. Tampoco recuerda cómo se llama el portero de Alemania, solo su nombre, Bodo, tiene nombre de hobbit, pero de hobbit nada, es enorme. Si además fuera rápido resultaría imbatible. Aunque con su tamaño puede prescindir de la velocidad, con estirarse cubre media portería.

—¿Pedimos otra ronda?

—Vámonos a otro lado, ¿no?

—Y unas bravas.

—No seas gordo, joder.

—Por mí, perfecto.

Mira a Ana Isabel. Siendo tan menuda no entiende cómo puede caberle una gota más de cerveza en el cuerpo. Podría preguntárselo también. Otro gesto de madurez inmadura, en este caso añadiendo cierta condescendencia. En cambio, pregunta:

—¿Hay teléfono aquí?

—¿Vas a llamar ahora? —exclama Javi, sorprendido.

—Toño, son las doce de la noche —dice Rocío.

—Necesito llamar.

—Miguelín —dice Javi alzando la voz—, ¿tienes teléfono?

Miguelín no contesta, ni siquiera mueve la cabeza, concentrado ahora en servir la cerveza, sin prisa, metiendo el grifo dentro del vaso para evitar la espuma. Ya se ha fijado: no llega a llenarlo del todo, siempre deja dos dedos. Repite la operación con todos. Solo cuando tiene los cinco vasos alineados procede a rellenar el vacío en cada uno de ellos. La espuma se derrama densa, en estado puro, como si procediera de un barril diferente. Quizá no sea buena idea llamar ahora, podría despertarle, menudo susto, y el pobre apenas ha descansado, ha estado inquieto todo el día.

*0 horas 53 minutos 12 segundos tal cual abrió la puerta y pilló a Rubén con las manos en la masa, la conversación que viene y va, se junta y vuelve a separarse, como la marea y la orilla, pues yo en la historia del túnel me quedé medio dormida, y no sabe por qué se ha quedado en medio, ni aquí ni allí, simplemente intentaba impresionar de nuevo a Ana Isabel, la búsqueda de la belleza para huir del horror, aun sabiendo que la belleza es solo un sueño, la vida es sueño pero los sueños son vida como decía Unamuno, una vida construida a partir de esos sueños, sueños que se articulan alrededor de nuestras pasiones, porque el poder de la pasión es el que permite construir, construirnos, al mismo tiempo que nos hace comprender nuestra fragilidad líquida y burbujeante, así lo califica Trías, usa ese adjetivo, burbujeante, mira su cerveza, también es burbujeante, pero Ana Isabel ha bostezado, le ha hecho sentir que era un pedante, un pelmazo, no entiende nada, mira a Javi, luego a Rocío, se quita el sudor de la frente, deja el vaso de cerveza sobre la mesa, su voz se alza sobre la de los otros, dice el jueves comienza mi carrera de deportista profesional, y los cuatro giran la cabeza al tiempo, voy a jugar en un equipo.*

—¿Un equipo de qué? —pregunta Javi, alza las cejas.

—¿De qué va a ser? —responde él con otra pregunta—. De fútbol.

—¿Qué equipo? —dice Javi.

—Eh..., es el Club Deportivo... Joder, ahora no me acuerdo de cómo se llama... En un equipo que juega en regional. No sé si de segunda o tercera. Están en el barrio de la Concepción.

—¿Y por qué el jueves? —pregunta Charli.

—Ese día me hacen la prueba. A las...

—Pero, prueba —interrumpe Rocío—, ¿en qué sentido?

—No sé, una prueba. Las pruebas que se hacen en estas cosas. Ya os contaré exactamente en qué consiste. Normalmente solo se las hacen a los pequeños de las categorías inferiores, infantil, juvenil y eso, pero necesitan portero en el primer equipo.

—¿Vas a jugar de portero? —pregunta Javi.

—Se les acaba de lesionar el portero suplente.

—¿De portero? —repite Javi—, no me jodas, Toño.

—Llevo tres semanas entrenando a tope.

—Tú tienes que jugar en la banda.

—Esa es la idea. Entrar de portero, y luego poco a poco...

Ana Isabel está sonriendo. Solo ve su boca, los labios rojos, cómo puede mantener el rímel intacto después de tantas cervezas, apenas una línea, el labio inferior algo más grueso, de color carmesí. Podría preguntárselo, secretos de maquillaje, a lo mejor de eso sí quiere hablar, una conversación intrascendente en la que pueda demostrar su sincero interés por cualquier aspecto de la existencia por pequeño que sea, nada de lo humano me es ajeno, *alienum puto*, el puto alienígena, como decía Charli.

—Toño, eres un flipado —dice Charli.

—Bueno, siempre dijimos que íbamos a hacer las pruebas para entrar en el Real Madrid. O en el Atlético, ¿no?

—¿Cuándo dijimos eso? —pregunta Javi.

—¡Joder, Toño, estábamos en EGB! —dice Charli entre risas.

—Y lo he intentado, que conste. Pero en el Madrid me dijeron que no hacen pruebas a mayores de dieciocho años. Igual que en el Atleti. Aunque en un par de años, como fichaje estrella...

Javi suelta una carcajada, se da una sonora palmada sobre el muslo. Últimamente hace mucho ese gesto, de dónde lo habrá sacado, quizá de alguno de los Gilioseas. No le queda mal, pero aún tiene algo de impostado, debe seguir practicando.

—Qué huevos tienes —dice Javi.

*1 hora 7 minutos 52 segundos se apoya en la farola, contiene las ganas de vomitar, las bravas dando vueltas en su estómago, la salsa anaranjada asciende por la garganta, mira hacia el interior del bar, ya solo iluminado por la luz de la barra, Miguelín pasa una bayeta sin convicción sobre la mesa que ocupaban hace un momento, al final ha tenido que echarlos, si no hubieran seguido bebiendo hasta el día siguiente, hasta la hora del partido.*

—Vais a flipar con la casa de Rubén —dice Javi mientras intenta abrazarse a él—. Además, no van a estar sus padres ni su hermana, ¡tenemos la puta casa para nosotros!

Puede notar el aliento de Javi, amargo, apesta a cerveza, las cosas no mejoran en su estómago.

—Va a estar de puta madre —insiste Javi—. Y con una pedazo tele.

—Es una Sanyo —dice Charli—. ¡Y lo mejor es que luego no hay que limpiar nada porque tienen criada!

—Joder, Charli —dice Rocío.

—¿Qué?

—No la llames criada.

—Perdón: la empleada del hogar con sus derechos pisoteados por el patrón explotador.

—Vete a la mierda.

Él dice:

—Pero habíamos quedado que los partidos…

Deja la frase a medias mientras mira de reojo a Ana Isabel. Sentada sobre el capó de un coche rasca la pintura de su dedo pulgar, el rostro envuelto en humo de tabaco, borroso por el alcohol, y sin embargo sus labios perfectamente definidos, brillando entre las sombras. Nota sudor frío en la espalda.

—¿Qué? —pregunta Javi, haciéndose el despistado.

—Nada, nada.

—¿Te ha dicho qué habrá de comida? —pregunta Charli.

—Ni idea —responde Javi—. La criada hará algo.

—Y dale —dice Rocío con un gesto de fastidio.

—O pediremos unas pizzas. En el partido contra el Milán pedimos pizza. Invitó su viejo.

—Puto Milán.

—Cabrones.

—¿Qué pizza pedisteis?

—No me acuerdo. Creo que era Pizza Hut.

Charli aplaude, pero a él la imagen de una pizza le revuelve aún más el estómago. Cierra un momento los ojos y logra mantener la compostura. Ninguno de ellos se da cuenta, la calle está oscura, el asfalto húmedo, hace unos minutos ha pasado el camión de riego y huele a polvo, a basura. En un cuarto de hora estará en casa y podrá arrojarse sobre la taza del váter a gusto. Quizá, con suerte, el paseo le ayude a despejarse. Si vomita podría despertar a la tía Angelines, o lo que es peor, a la abuela, con lo que luego cuesta dormirla de nuevo.

—Yo iré un poco antes del partido —dice Rocío—. No me apunto a la comida.

—Eres una marginal —dice Javi.

—No es por eso, es que he quedado.

Le basta una mirada fugaz a Rocío para comprender. No tiene ganas de comer con Rubén y Borja, qué pereza. Ya es más que suficiente para ella que la obliguen a ver el partido con los Gilioseas. El nombre se lo puso él, los Gilioseas, porque son eso, un par de pijos gilipollas o sea: el tipo de gente o sea que de forma inevitable Javi iba a encontrarse en ICADE, o sea. Por otro lado no son malas personas, un par de chavales solo preocupados por pillar un pedo, gorronear costo, algún comentario facha y sobre todo el tal Rubén reírse sin parar mientras da la tabarra a Rocío o a la chica que tenga a mano. Hombres de su tiempo.

—Yo también iré un poco antes del partido, es que tengo que...

Deja de nuevo la frase bailando en el aire, tampoco necesita explicar nada más. Ya les ha dado el parte antes.

—Podemos ir juntos —dice Rocío—. Hoy dormimos en casa de mi padre.

—Sí, bueno, no sé.

—Te puedo pasar a buscar.

—Hablamos.

Por la forma en que se lo ha dicho sabe que querrá hablar, joder, Toño, qué es eso del equipo de fútbol, deja de perder el tiempo, si yo tuviera tu cabeza. Puf, qué aburrimiento.

—Rajados —dice Javi—. Tú sí te vienes a comer, ¿no, Charli?

—Nos ha jodido: habiendo pizza...

—Díselo a Rosa.

—Eh... Vale —dice Charli, duda—. Bueno, ya veré, ¡que esta lo mismo se zampa toda la pizza y nos deja sin nada!

—¿Dónde está la casa de Rubén? —pregunta Rocío.

—Casi al final de Arturo Soria.

—La puta.

—No es para tanto, coño, el metro, un bus y llegáis en nada. Si venís a comer os llevo en coche. Me lo deja mi viejo.

—Chófer y pizza —suspira Charli—, ¿qué más se puede pedir en la vida?

—No, imposible —dice Rocío.

—¿A qué hora os venís? ¿Tres y media?

—¿Cuándo empieza el partido?

—Cinco y media.

—Pues a las cinco y cuarto.

—Joder —dice Javi—. Entonces vamos a tomar la última.

—Puf...

—Al Garaje Hermético, coño, que está aquí al lado.

—Yo me apunto —dice Ana Isabel, mira a Rocío, ambas sonríen.

—Nosotros no —dice Rocío—. Nos vamos.

—¿Por qué cuando dices «nosotros» me miras a mí, tía? —pregunta Charli.

—Porque mañana tienes examen.

Charli se arrodilla y avanza por la acera hasta abrazar las piernas de su hermana.

—No, por favor, deja que me quede.

—Quita, no seas payaso... Quédate si quieres, pero yo llevo las llaves de casa.

—Mierda.

—¿Tú qué haces? —pregunta Javi.

Mira la hora. Él también debería irse. También tiene examen al día siguiente, en unas horas, y además no puede llamar a casa para comprobar que todo va bien, que aún no se ha desencadenado el drama. La luz de la farola cae sobre Ana Isabel, los ojos hundidos, la piel pálida. Se ha recogido el pelo en una coleta. Hay algo bello y al mismo tiempo siniestro en la imagen. Podría llevársela al examen, presentársela a Socratiño como trabajo de fin de curso. Mira, es de ella de quien habla Kant. Así aprobaría seguro.

*2 horas 26 minutos 1 segundo suena* Spanish Bombs *y piensa en Rocío, es inevitable, daría un bote, temazo.*

—Ahora vengo —dice Ana Isabel.

Javi y él siguen con la mirada a Ana Isabel mientras rodea la mesa de billar. Ninguno dice nada, pero ambos permanecen expectantes por si se confunde y coge las escaleras que no llevan a ningún sitio, un clásico del Garaje Hermético. Sin embargo, ni siquiera repara en ellas. Al pasar cerca del coche incrustado en la pared la aborda un tipo bastante borracho. Ana Isabel sonríe, le responde algo, y el tipo se queda mirando el fondo de su copa como si hubiera caído un escupitajo en el interior.

—Un poco pesada la tipa esta, ¿no? —dice Javi.

—¿No te mola?

—¿Estás tonto? Es una pedante, y además un escuerzo. No hay donde agarrarse.

Se retira el sudor de la frente. Después de echar la pota en los baños del Garaje ha empezado a sentirse un poco mejor, aunque no ha dejado de sudar. En el rato que llevan allí, Ana Isabel ha hecho todo lo posible por ignorarle. Apenas le ha dirigido la palabra, y cuando se ve obligada a responderle desvía la mirada. Mientras que con Javi es todo lo contrario.

—¿Te has pensado lo de verano? —pregunta Javi—. ¿Te vienes?

Resopla. No, aún no ha pensado lo que hará este verano, si irá con Javi al apartamento que ha comprado su padre en La Manga o irá a ver a su madre. Podría hacer ambas cosas. O ninguna. No ha vuelto por Montpellier, y debería ir, volver en algún momento, que su madre comprenda que ha olvidado, que no guarda rencor, que no es un problema de orgullo absurdo. Pero hasta que no se defina el abuelo prefiere no hacer planes. Javi se tambalea levemente, también va cargado.

—Anímate.

—No sé. A ver qué pasa con mi abuelo. El médico ha dicho que es cuestión de semanas, de días, pero ya sabes... La última vez dijeron que no saldría del hospital y ahí le tienes.

—Qué tío.

—Un cabrón resistente.

Hurga en el envoltorio de papel con el índice en busca de un cigarrillo. Solo queda uno. Quiere fumar, sin embargo se contiene. La copa le ha dejado a cero y ahora ni siquiera tiene para pillar un paquete de Ducados de la máquina. Prefiere no verse en la necesidad de gorronearle a Javi. Esta tarde tendría que haber comprado un Tres Carabelas en el estanco, pero cómo imaginar que iba a necesitar otro paquete. La idea era un par de cervezas, organizar lo del partido del día siguiente y a casa.

—¿Tú crees que están liadas? —dice Javi con gesto pensativo.

—¿Quién?

—Rocío y Anaís.

—Joder, qué obsesión, ¿todavía estáis con eso? Rocío no es lesbiana.

—Pero ¿tú la has visto alguna vez con un tío?

—No, pero eso da igual.

—Yo creo que no da igual.

—¿La llamas Anaís?

—Me ha dicho ella que la llame así.

—A mí no.

Javi se lleva el cigarrillo a la boca dibujando una garra con el dedo índice, como si en lugar de un Fortuna se tratara de un puro, la mirada fija en él, los ojos entrecerrados mientras el humo asciende envolviendo su rostro, el codo apoyado en la barra.

—¿Qué pasa con Elena? —pregunta Javi—. Se llama así, ¿no? Elena.

—Sí, Elena. No sé, ¿qué pasa con Elena?

—¿Ya no estás con ella?

—Sí. Bueno, más o menos.

Solo es capaz de sonreír al tiempo que vuelve a rebuscar en el paquete. Quizá encuentre otro cigarrillo, a veces alguno se dobla y queda atrapado al fondo.

—Eres un mamón —dice Javi.

—¿Por qué? Es decir, sí, soy un mamón, pero ¿respecto a qué en este preciso momento?

—¿Con cuántas te has acostado ya, cabronazo?

—No sé. No es un concurso.

Da igual, saca el último cigarrillo y lo enciende. El humo baja por la garganta y siente cierto alivio, también una sacudida en el estómago.

—Rubén flipa contigo —dice Javi.

—¿Rubén?

—Cree que hay truco, que con la pinta que tienes es imposible que puedas ligar tanto. Y todas están buenas. No sales con una fea, cabrón.

Sonríe intentando ocultar el fastidio de verse comparado con otros, al tiempo que se siente halagado. Aunque eso también le irrita, no debería producirle orgullo, más bien al contrario, yo no soy así.

—No ligo nada. Yo en realidad lo que quiero es casarme.

—Vete a la mierda, Toño —dice Javi y suelta una carcajada.

Él también se ríe, aunque le molesta que nadie le crea. Rocío también se empezó a reír cuando se lo dijo. Pensaba que hablaba en broma. Y no es una broma. Busca esposa. Que se lo pregunten a Elena, llegó a proponérselo a ella, vamos a casarnos, cásate conmigo, pero solo llevaban dos semanas y no se lo tomó en serio. Menos mal. Pero es cierto. Quiere casarse, dejar la pantomima de la carrera y ponerse a trabajar. Podría currar de comercial. Vendiendo enciclopedias. Está convencido de que se le daría bien.

—Me pido ser tu padrino —dice Javi alzando su vaso de tubo.

Hablan de mujeres, las tías, no hay quien las entienda. Es un diálogo lleno de lugares comunes, chistes ya escuchados. Rememoran a la Vallejo, menudas tetas, Charli, Javi y él, todo segundo de BUP, obsesionados con sus pechos, luego surgen los nombres de otros profesores, anécdotas recurrentes, se ríen. Para Javi el pasado es estático, ha logrado fijarlo en el tiempo, puede volver a él una y otra vez sin miedo a encontrar una sorpresa desagradable. Quizá porque Javi no sabe lo que es el miedo, puede moverse en cualquier ambiente con soltura, hablar con quien sea seguro de que nada afectará a su determinación, esa determinación que parece emerger de su cuerpo, colosal, inevitable, estoy aquí, soy yo. Por eso habla con Anaís sin pensar en lo que puede interesarle a ella, solo en lo que le interesa a él, hablar sin decir nada, y aun así hacerla reír. Vuelve a estar mareado, el calor, el ruido de las conversaciones, el tabaco, de nuevo el váter del Garaje Hermético aproximándose a él, como a

James Stewart se le viene encima el hueco de la escalera, el abismo que ha tratado de evitar durante toda la película, el abismo que sube, que trepa hacia ti. Intenta concentrarse en la música. Tararea:

—*Where is my mind* —mi mayor, do sostenido menor, no recuerda si llegó a tocarla con Rocío, juraría que sí, a ella le encanta este tema, por otro lado es imposible, la canción no tiene más de dos años, tres años, entonces ya no tenían la banda—, *where is my mind.*

Hablan un rato del partido de mañana, de hoy, mejor con Julio Salinas que con Manolo, Salinas tiene pegamento en las botas, no hay manera de quitarle la pelota, se entiende bien con el Buitre, sí, pero acuérdate de los cuartos con Italia, supéralo ya, chaval. Hablan de Zubi. A Javi no le gusta, pero él le explica su teoría de los porteros y consigue convencerle de que es el mejor para la selección, mejor que Ochotorena, y desde luego mejor que Buyo o que su querido Abel.

—Habrá que irse —dice Anaís mientras recoge su copa de la barra, mira el reloj.

Anaís, a partir de ahora él también la llamará Anaís, ha salido de la nada, quizá lleva un rato escuchando la conversación. Se ha quedado con ganas de preguntarle a Javi a qué se refería Rubén con lo de la pinta, su pinta. Justo en ese momento empieza a sonar Bowie, qué casualidad, *Hang on to yourself,* Rocío estaría aún más feliz, no hacen más que sonar sus temas. Empezaría a bailar seguro, las manos en los bolsillos, al principio solo es un movimiento de hombros y cuello, pero de pronto lo hace con todo el cuerpo, sigue el ritmo de la canción, cualquier canción: aunque a él le resulte imposible saber hacia dónde se encamina la música, al verla moverse con los ojos ocultos bajo el pelo de pronto el sonido adquiere su significado pleno. En ese momento recuerda que Rocío le habló sobre los perturbados gustos musicales de Anaís, algo relacionado con Mahler y José Feliciano.

*2 horas 56 minutos 48 segundos universo que tiene en el infinito su límite y su cadencia, la frase da vueltas en su cabeza una y otra vez, límite y cadencia, regresa a él como la letra de una canción, límite y cadencia, parece formar parte del mareo, el infinito es el límite, porque con los sentidos no es posible captarlo y sin embargo la razón sí puede pensar el infinito, pienso luego existo, luego existe el mundo, el universo, universo que tiene en el infinito su límite y su cadencia, vuelve la frase, puede que incluso la haya dicho en voz alta, la cadencia de la transformación, no podemos fiarnos de nuestros sentidos, nuestros sentidos nos engañan, el mundo en este instante tiene el color cobrizo de las farolas, contornos difuminados, lo que vemos es y no es, está en proceso de metamorfosis, el ojo te engaña y solo la inteligencia puede añadir lo que falta, podemos intuir el infinito a través de lo finito, lo invisible a través de lo visible, una fuga de Bach en realidad no se acaba nunca, puede seguir hasta el infinito, límite, cadencia, pero para lograr ese efecto es necesario una estructura profunda, un macguffin para que no se disgreguen las partes, una cosa es el infinito y otra el caos, por eso la clave es el dominio del centro del campo, es lo que le gusta a Suárez, cuando precisamente el problema es que faltan jugadores de carácter, falta un Camacho, un Goico, con ellos la selección no tendría que jugar solo al contraataque, no por una cuestión técnica, sino porque son jugadores que articulan, dan cuerpo, forma, cadencia, límite, infinito, trata de mantener el equilibrio.*

—No necesito guardaespaldas —dice de pronto Anaís sacándole de su ensimismamiento.

—¿Cómo?

—Soy de Carabanchel.

Anaís camina con pasos rápidos, los brazos cruzados bajo el pecho, como si tuviera frío, lo cual resulta extraño: aunque ha refrescado, el asfalto continúa rezumando calor.

—No entiendo.

—Estoy acostumbrada a ir sola por la calle, ¿me explico?

Parpadea varias veces, alza las cejas, no logra comprender, en su cabeza aún da vueltas la cadencia, el límite. Al hablar Anaís se cuela un acento de barrio que no había captado hasta ahora.

—Bueno, yo no...

No consigue terminar la frase. Caminan un rato en silencio. Debería darse la vuelta, irse a casa, el examen, el abuelo, los entrenamientos. No sabe por qué, pero nada más despedirse de Javi ha salido corriendo para poder alcanzar a Anaís cuando resulta evidente que no desea compañía, su compañía, al menos. Ni siquiera ha levantado la vista cuando ha dicho voy contigo. Está perdiendo el tiempo cuando ni siquiera tiene claro que Anaís le guste.

—¿Has ido a la Filmoteca? —pregunta de pronto Anaís.

No diría que está enfadada, sin embargo su voz tiene cierto tono de desafío, quizá de advertencia, cuidado, a ver qué respondes. Al menos le dirige la palabra, algo es algo.

—La han abierto hace poco. Cerca de Atocha.

—Sí, me lo comentó Rocío, pero no, no he ido aún.

—Es un cine antiguo, de esos que a ti te gustan. El domingo empiezan con la programación de verano.

Asiente, aunque no sabe en qué momento ha dicho que le gustan los cines viejos, no recuerda haberlo mencionado.

—Ponen *El verdugo* —prosigue Anais—. A mí de Berlanga me gusta más *Plácido,* pero *El verdugo* también es una obra maestra. Aunque, claro, Berlanga no es Buñuel.

—Sí, eso es cierto.

En ese instante se da cuenta de que es él quien la sigue a ella. Y debería ser al contrario: las callejuelas de la Prospe tienen algo de laberíntico y Anaís ha confesado que solo conoce la zona por haber venido al Auditorio un par de veces. Sin embargo camina sin vacilar. Él se anima:

—¿Sabes si van a poner alguna de Hitchcock?

—Mmm... Creo que no.

Le habla de *Vértigo*. Fue una de las películas que pusieron en el ciclo Alfred Hitchcock de la primera cadena, estuvo guay, él y su abuelo no se perdieron ni una. Ella responde que no le gusta el cine en la tele, solo pilló las últimas, *Frenesí, La trama*. Él menciona *El cine según Hitchcock*.

—No, aún no he leído el libro de Truffaut —dice Anaís—. La verdad es que a mí Hitchcock...

No deja que termine la frase, te equivocas, Hitchcock es la hostia, habla del *macguffin*. El *macguffin* no es importante, pero es imprescindible. Según explicó el propio Hitchcock, el *macguffin* es una excusa y sin embargo sin él no puede arrancar la historia, es lo que pone todo en marcha. De ahí pasa a intentar explicarle la teoría de Eugenio Trías sobre *Vértigo,* qué es lo bello, qué lo sublime, qué lo siniestro, pero se enreda, le cuesta encontrar las palabras. Anaís bosteza y decide quedarse callado.

—Hitchcock estaba obsesionado con las rubias —dice Anaís—. Quizá por eso no me gustan sus películas.

No termina de entender el razonamiento, la relación entre una cosa y la otra. Espera a que prosiga, que se explique, pero Anaís ahora camina con la mirada clavada en el suelo, el gesto serio. De nuevo parece molesta. El escaléxtric, apenas sin coches a estas horas, se alza a lo lejos. Avanzan en silencio hacia el esqueleto de acero y hormigón mientras él va preguntándose si también las personas tienen un *macguffin,* si hay *macguffins* existenciales, y en ese caso cuál sería el *macguffin* de Anaís. Pero también el de Rocío, el de Elena, cuál sería su propio *macguffin*. Quizá su problema es que no tiene un *macguffin,* no tiene una trampa para cazar leones en Escocia, no tiene uranio en el sótano, no guarda una bomba bajo la mesa. Quizá baste con apropiarse del *macguffin* de otro, adoptar el nombre de otro, como Cary Grant en *Con la muerte en los talones,* y sentarse a esperar a que pase algo, a que pase todo.

*3 horas 8 minutos 29 segundos hasta este instante no se ha fijado en que los movimientos de Anaís tienen algo de roedor, ahora camina incluso un poco más rápido que antes, nota el sudor en la frente, también en las piernas bajo los vaqueros, el estómago revuelto, aun así mataría por fumar un cigarrillo, él pregunta qué autobús vas a pillar.*

—¿Bus? ¿Qué bus? Vuelvo a casa caminando.

—Pero ¿no vives en Carabanchel?

—Sí.

—Entonces...

Trata de calcular la distancia pero le resulta imposible. Nunca ha cruzado al otro lado de la M-30, al menos no por el sur. De esa zona de Madrid apenas conoce nada. Solo sabe que por allí están el Vicente Calderón y la fábrica de Mahou, pero poco más. Anaís se ríe y su risa tiene algo afilado, cortante.

—Ya te he dicho que no necesito que me acompañes. Estoy acostumbrada. Vete.

—No. Nunca he estado en Carabanchel. Así hago turismo.

—Para ti va a ser una paliza. Y estoy bien. Todo controlado.

—No estoy cansado. Entreno todos los días una hora.

—¿Lo del equipo de fútbol va en serio?

—Tengo hasta entrenador personal.

Anaís resopla, niega con la cabeza. Él intenta sonreír pero vuelve a sentirse incómodo. Debería darse la vuelta ya, es ridículo, no va a acompañarla hasta Carabanchel, para qué, ni siquiera se lo ha pedido. Además, Anaís lleva razón, será una paliza, ¿luego cómo volverá desde allí? ¿También andando? No puede, se le haría demasiado tarde.

—Cuando salgo me gusta volver a casa dando un paseo —dice Anaís—. Cuanto más lejos, mejor. Me encanta caminar con las calles vacías. Es cuando más ideas se me ocurren.

—¿Ideas para qué?

—Para un corto, una escena, a veces solo es una imagen. ¿Te ha dicho Rocío que estamos escribiendo un largo?

—No. Apenas me cuenta nada de la facultad.

—Es que no es para la facultad. —Anaís alza la mano, su boca se tuerce en un gesto de desprecio—. Imagen y Sonido es una pérdida de tiempo.

—¿De qué trata?

—Es algo tipo *Down by law.*

—No la he visto.

—¿En serio?

—Últimamente no voy mucho al cine.

—Creo que la siguen poniendo de madrugada en los Renoir.

—Iré a verla. A lo mejor podrías acompañarme.

Anaís no responde, por su expresión se diría que ni siquiera le ha escuchado. Llegan a lo alto de la cuesta. Podrían cruzar por el paso de peatones, hay poco tráfico, sin embargo Anaís se detiene en el semáforo de María de Molina a esperar al hombrecillo verde. A la derecha, el túnel va engullendo y escupiendo coches con pulso irregular. Él mira hacia el otro lado, hacia Torres Blancas, como si desde allí fuera posible ver su casa.

—¿Sabes que solo somos capaces de expresar un diez por ciento de lo que pasa por nuestra cabeza? —pregunta Anaís.

—No, no lo sabía.

—Sí, bueno, es un cálculo que he hecho yo misma.

—Entonces tiene valor científico.

Anaís frunce los labios, podría ser una sonrisa.

—Comunicarse es como lavar cacharros —dice Anaís después de una pequeña pausa.

—¿Cacharros? ¿Te refieres a ollas, sartenes, tenedores...?

—Sí. Imagina una pila llena de agua tan sucia que es imposible ver lo que se encuentra en su interior. Dentro hay de todo. Rebuscas con las manos y sacas, digamos, una cucharilla de postre. La aclaras como puedes y me la muestras. Yo asiento y digo «ajá, te entiendo: cucharilla de postre». Pero no tengo ni idea qué ha quedado oculto bajo el agua.

—¿El cerebro es la pila de agua sucia?

—Sí, el cerebro, la mente, el curso de tus pensamientos, como quieras llamarlo.

Trata de imaginar un fregadero, su fregadero, rebosante de cubiertos. Él dice:

—En mi caso habría que rebuscar durante un buen rato para sacar algo. Y lo más probable es que al final ni siquiera saliera un cubierto.

—¿Qué saldría?

—No sé. Un cangrejo.

Anaís se ríe, suelta una carcajada. No es para tanto, ni siquiera pretendía resultar gracioso. La metáfora de Anaís tampoco ha sido la bomba. La mujer más inteligente del mundo no está siendo demasiado brillante. Ninguno de los dos está teniendo una gran noche. Pero siente que puede relajarse, como si ella le hubiera dado permiso para hacerlo. Si pudiera fumar ya sería perfecto.

—¿Tienes un cigarrillo? Me he quedado sin tabaco.

No ha terminado la frase cuando el semáforo se pone en verde y Anaís echa de nuevo a correr. Tiene que esmerarse para no quedar atrás.

*4 horas 1 minutos 29 segundos entran en el 7-Eleven de Atocha a comprar un paquete de Fortuna, tiene la camiseta empapada en sudor, pero el mareo ha desaparecido y ha sido sustituido por una agradable sensación de ligereza, casi llevan una hora caminando, puede servirle como entrenamiento, con el examen hoy no tendrá tiempo de salir a correr, Anaís pregunta si tiene dinero, acaba de darse cuenta de que solo le queda una moneda de cinco duros, a él veinte pesetas, adiós tabaco.*

—Un momento —le dice al dependiente.

A las puertas del local hay algunos chavales bebiendo. Anaís se recoge el pelo en una coleta y pasa entre ellos mendigando, lloriquea, una limosnita, por favor, es para vicio. Resulta divertida, tiene algo de Gelsomina. La mayor parte de los chicos la ignoran, varios se ríen, algunos le dan unas monedas, casi todos intentan ligar con ella de alguna forma. Están muy borrachos, la rodean con miradas depredadoras. Sin embargo, por suerte, en ningún momento siente que deba acercarse. No corre peligro, es ella quien controla la situación. De nuevo la urgencia ridícula por impresionarla. Con Anaís ha sido así incluso antes de conocerla. Desde que Rocío le dijo que se había hecho colega de una tía superbrillante, la persona más inteligente que he conocido en mi vida, sintió emerger el impulso siempre acechante, el violento deseo de existir para Anaís.

—Gracias —dice Anaís.

Al cabo de unos minutos consiguen reunir el dinero suficiente, incluso le sobran cincuenta pesetas para comprarse un Frigodedo. Por fin pueden fumar.

*4 horas 16 minutos 9 segundos descienden por la ronda de Valencia, Anaís con un cigarrillo en una mano, el polo en la otra, él dice creo que no había caminado tanto en toda mi vida y ambos se ríen, Anaís señala una parada de autobús.*

—Ahí puedes pillar el búho que te acerca a tu barrio.

Niega con la cabeza. No quiere marcharse. Se siente extrañamente excitado por adentrarse en una zona desconocida. Nunca ha ido más allá de Lavapiés, de la glorieta de Embajadores.

—*Terra incognita.*

Anaís sonríe, da una calada, lanza el humo y a continuación sorbe ruidosamente el Frigodedo. Deja escapar una exclamación de placer. Le ofrece, él dice no, gracias, con un gesto. Al llegar a Embajadores giran a la izquierda. Aquí los edificios son bajos y la calle se abre, por encima aparece el cielo, negro, sin estrellas.

—¿Qué pasa con José Feliciano y Mahler?

Anaís se ríe. Es una risa alegre, liberadora.

—No pasa nada. Que ambos me gustan. José Feliciano me flipa. ¿Por qué?

—No sé. Rocío me contó algo al respecto, pero no recuerdo el qué.

—Bueno, a Rocío le sorprende mi criterio musical. Puedo pasar sin problema de la quinta sinfonía a *Feliz Navidad.*

Ambos canturrean, *feliz Navidad, próspero año y felicidad,* bailan, él le agarra de la mano, *I wanna wish you a merry christmas,* y la hace pasar por debajo de su brazo, se ríen.

—Lo gracioso es que Rocío no lo ve como un defecto. Dice que es porque no tengo nada que demostrar. Yo creo que simplemente tengo mal gusto.

Él sonríe pensando que Javi es José Feliciano. Está por ver quién es Mahler.

—¿Te gusta Javi?

—¿Cómo?

—Que si te gusta Javi.

—¿Tienes doce años o qué te pasa? ¿Qué pregunta es esa?

—No sé. Una pregunta. Me ha dado la sensación de que te gustaba.

—Me parece mono. Aunque tampoco es para tirar cohetes.

—Pues vaya, lo siento.

—¿El qué?

—Te he fastidiado el plan.

—No había ningún plan. Javi no es lo bastante pijo. A mí me ponen los del barrio de Salamanca.

—¿En serio?

Anaís echa la cabeza hacia atrás, se sacude el pelo como si le hubiera caído algo encima.

—Sí, no sé por qué, pero me mola enrollarme con pijos. Creo que es una forma de rebelión contra mi padre sin tener que hacerme facha.

—¿Por qué quieres rebelarte contra tu padre?

—Bueno, es lo suyo, ¿no?

—Creía que tu padre molaba. Eso dice Rocío.

—Rocío lo tiene mitificado porque estuvo en la cárcel con Franco, el rollo sindicalista, todo eso. Pero es un coñazo de padre como cualquier otro.

—Dale unos años.

—¿Y el tuyo?

—¿Mi qué?

—Tu plan. ¿Cuál es tu plan?

—Yo tampoco tengo ningún plan.

—Pues entonces sigamos caminando.

—Sigamos.

*4 horas 22 minutos 48 segundos pasan junto a un edificio en construcción, casi está terminado y sin embargo aún no han retirado la grúa, a su lado un bloque de pisos de los años cincuenta con aspecto abandonado luchando por mantenerse en pie, en la siguiente manzana se repite la imagen, un edificio que llega, otro que se va, no se sabe bien cuál de los dos sobra, Anaís lanza una especie de gruñido, el Frigodedo ha empezado a gotear y con la lengua rebaña la base del helado.*

—Según Rocío se podría escribir un guion con tu vida —dice Anaís al tiempo que se relame.

—No creo. Como mucho da para un culebrón.

—Eso también lo dice.

Se ríen. Le explica a Anaís el drama de su existencia. Se presenta como el héroe imposible porque su drama en realidad es la ausencia de drama, la tragedia sin tragedia, abandonado por sus padres pero no del todo. Por eso no puede ser un héroe trágico, porque, según Freud, el héroe trágico es quien lleva a cabo las fantasías del colectivo: es él quien puede matar al padre y acostarse con la madre. Por eso al final el héroe debe ser castigado, porque ha infringido la norma, ha roto el tabú, se ha atrevido a hacer lo que para el resto de los mortales solo es un sueño, sueño erótico, sueño homicida, el sueño de la horda fraterna asesina, como lo llama Trías.

—Me encanta esa expresión: horda fraterna asesina.

Anaís sonríe, se rasca la cabeza, pero no parece impresionada, más bien al contrario. Él saca un cigarrillo, lo enciende. Apenas hay tráfico y llevan un rato sin cruzarse con nadie. Sin embargo se siente extrañamente confiado, no hay nada hostil en las calles.

—¿Qué versión quieres escuchar?

—¿Es que hay diferentes versiones?

—Por supuesto. Puedo darle tintes dramáticos o transformarla en una farsa. ¿Alguna preferencia?

—No sé.

—Te puedo ofrecer por ejemplo la versión elemental: mi padre no encontraba trabajo aquí pero tenía un amigo albañil en Montpellier al que le iban bastante bien las cosas. Así que después de casarse mis padres decidieron emigrar a Francia. Un año después nací yo. Pasados unos meses mi madre caía locamente enamorada de un oculista francés llamado Philippe y se largaba con él. Mi padre me mandó a Madrid a vivir con mis abuelos pensando que así mi madre terminaría volviendo a su lado. Pero nunca volvió. Fin.

—Vale. ¿Versión dos?

—Mmmm. Podría ser la versión de mi abuela: tu madre no te quiere, si te quisiera no habría podido abandonarte porque ni siquiera una perra abandona a sus cachorros.

—Joder.

—De niño era mi versión preferida. Al principio porque creía que era cierto, luego porque descubrí que esa historia era la que más impacto causaba, en especial a los adultos. Y si la contaba de una forma franca y precisa, me miraban con admiración compasiva, o compasión admirada, una de las dos cosas. Ya casi nunca la utilizo. Dejó de funcionar al llegar a la adolescencia. Debe de ser porque parece que vas por la vida lloriqueando.

—No sé si quiero oír las otras versiones.

—También puedo hacer hincapié en los aspectos más sórdidos, los castigos de mi abuela, las humillaciones, las mentiras. Hasta los cinco años me hicieron creer que mi madre había muerto.

—¿En serio?

—Tal cual. Cuando decidió separarse, mi madre se quedó muy sola, ni siquiera la apoyaba su familia. Sus padres eran unos campesinos de una aldea perdida en la provincia de Cuenca que no entendían nada de nada. Ni siquiera habían entendido por qué había dejado el pueblo para irse a

Madrid a trabajar. Todavía vivía Franco, ella estaba en Francia, tenía todo en contra. Tardó cinco años en conseguir que que le dieran permiso para poder verme.

Anaís asiente, la mirada fija en la acera. Por fin parece interesada.

—Qué fuerte. ¿Y recuerdas cómo fue ese primer encuentro?

—Sí. Me abrazó y permanecimos en la misma posición varios minutos. Podía oler su pelo. Siempre olía a jabón. Toda ella olía muy bien. Olía a Francia. Es la conclusión a la que llegué. Las francesas olían así todas. Yo no sabía muy bien qué debía hacer, cómo debía comportarme. La abuela estaba vigilando. Por un lado la escuchaba decirme no seas tan sieso, Toño, besa a tu madre. Por otro sabía que era eso lo que debía hacer, dejar que fuera ella la que hiciera todo el trabajo. Y sin embargo tampoco oponía resistencia. Quizá porque pensaba que mi madre no podía ser esa mujer sofisticada de larga melena. Yo esperaba a una chica de aspecto pueblerino, como en la única foto que conservaba de ella.

—Vaya.

—Esa versión funciona muy bien para ligar.

Anaís frunce el ceño. La ha pillado por sorpresa. Trata de aprovechar su desconcierto.

—Sí, porque parece que te estás desnudando: mira, aquí es donde más me duele, te lo muestro. Y de alguna forma, de una manera elemental, simplista, es lo que hago al mostrar mis heridas, aunque en realidad es solo para que puedan lamérmelas.

—Entonces es la versión vulgar.

—Vulgar es el uso que hago de ella. La historia es magnífica.

Se ríen. Podría decirle que es la versión que utilizó con Elena, pero no quiere resultar demasiado cínico. Aun así le sorprende su propia audacia, la facilidad con la que descubre su juego. Quizá porque tampoco lo considera un juego. Es real. Es decir, sabe que el dolor está ahí, lo ha analizado, no puede negar su influencia, pero también se ha ganado el derecho a utilizarlo como mejor le convenga. Sin embargo esto es nuevo. Y tampoco tiene muy claro adónde le puede conducir. Solo sabe que Anaís, igual que Rocío, no se traga sus patrañas.

—¿Y nunca has vivido en Francia?

—A partir de quinto de EGB iba todos los veranos. Luego pasé una temporada. Pero esa es otra versión de la historia. La quinta o la sexta.

—Si yo pudiera me largaría de aquí cuanto antes.

—Sí, yo también. Quizá cuando...

No termina la frase. Anaís asiente, de nuevo concentrada en el polo, el dedo ha desaparecido del todo, solo quedan los nudillos.

—De todas formas, las mejores versiones eran las que contaba de pequeño. En una mi padre era un héroe de la Resistencia y mi madre cantante de jazz en Marsella.

—De lo que me estoy dando cuenta es de que entonces... —dice Anaís, pensativa— eres francés.

—*Bien sûr.*

—No lo sabía. Siempre he querido tener un novio francés.

No se atreve a preguntar. Indaga en su rostro, busca una señal, un gesto, algo que pueda indicar por qué ha dicho lo que ha dicho. Pero no encuentra nada.

*4 horas 37 minutos 36 segundos cruzan por el puente de Toledo, al otro lado las luces de la plaza, más allá Carabanchel, mi reino, exclama Anaís, el rumor del Manzanares se mezcla con el ruido de los pocos coches que circulan a toda velocidad por la M-30, intuye las aguas sucias, hediondas.*

—¿Sabes que fui rubia hasta los ocho años? —dice Anaís, el palo del Frigodedo aún en la boca—. Entonces mi pelo empezó a oscurecerse. A mi hermana le sucedió igual, aunque ella es dos años mayor que yo. No sé, fue un poco extraño. De pronto las dos dejamos de ser rubias al mismo tiempo. Pero mi madre se negó a aceptarlo y empezó a teñirnos el pelo.

—¿Por qué? ¿Tu madre es rubia?

Anaís arroja el palo mordisqueado y le pide tabaco llevándose dos dedos a los labios. Él saca el paquete de Fortuna. Lo golpea por debajo hasta que asoma el filtro de un pitillo.

—No, mi madre es morena. Siempre lo ha sido. Pero también se tiñe.

Saca el mechero y se detiene para darle fuego entre dos esculturas que permanecen agazapadas dentro de sus respectivas hornacinas. No logra distinguir si son ángeles o santos. Quizá no sean ninguna de las dos cosas, sus conocimientos en imaginería religiosa se reducen a san Antonio y los demonios que le están linchando. De no ser así seguramente habría aprobado Historia del Arte 1 y 2. Anaís lanza el humo al cielo antes de retomar el camino.

—Mi madre de niña quería ser sueca —dice Anaís, y suelta el humo como si estuviera silbando—. O alemana. Del norte, vaya. Por eso se casó con mi padre. Debió de pensar que casándose con él su mundo se llenaría de seres rubios de ojos claros.

—Pero ¿tu padre no era sindicalista?

—¿Y? ¿Es que un sindicalista no puede ser rubio ni tener los ojos azules? ¿Tienen que ser todos bajitos y morenos?

—Es verdad.

Los dos se ríen. El Vicente Calderón es una masa azul oscuro a su derecha. Ya han recorrido más de la mitad del puente.

—Imagínate el disgusto de mi madre cuando nacimos mi hermana y yo. Las dos con los ojos marrones, como ella. Al menos éramos rubias. Hasta que dejamos de serlo. Por eso tengo el pelo destrozado. Durante más de diez años nos lo teñía una vez al mes. Pasé mi infancia y adolescencia siendo rubia de bote.

Anaís tose, él lanza la colilla de una toba, la hace describir un arco, como un cometa, antes de reventar contra el suelo en una explosión fugaz.

—En el instituto todos creían que éramos unas pijas frustradas, mira las hijas del sindicalista. Pero a mí no me importaba. El pelo no formaba parte de mí. El pelo era mi madre. En realidad me tranquilizaba. Sabía que podía dejar de ser rubia cuando yo quisiera. Mi hermana en cambio ha decidido seguir siendo rubia. No tiene salvación. A ella las raíces del pelo le alcanzaron el cerebro.

Intenta reírse pero en su lugar emite una especie de gruñido. Al final del puente algo se mueve sobre uno de los bancos de la travesía arbolada. Es un mendigo, un borracho. Ninguno de los dos dice nada. Anaís ignora las sombras que acechan tras los árboles. A pesar de todo él se mantiene alerta, según le ha contado Anaís hace unos años no hubieran podido atravesar el puente a estas horas, habría sido un suicidio. Quizá aún lo sea. Espera no verse en la necesidad de demostrar su masculinidad, vuelve el hombre, en realidad «vuelve, hombre, no corras», porque de suceder algo solo espera que Anaís sea capaz de correr más deprisa que él. Por suerte llegan a la plaza sin que ocurra nada. Bajo la luz de las farolas observa que el sudor ha borrado casi todo el maquillaje en el rostro de Anaís, apenas queda rastro del pintalabios. Por un lado su gesto se ha aniñado, por otro la mirada se ha vuelto más obstinada. Puede entender la fascinación que siente Rocío por ella, aunque Rocío nunca lo llamaría así.

*4 horas 48 minutos 20 segundos al otro lado de la puerta, tras el reflejo, la oscuridad es absoluta, el horror, el horror, el corazón de las tinieblas, donde se encuentra la explicación de todo, el origen de todo, lo siniestro que oculta la verdad elemental, lo que no se puede conocer pero que sin embargo está, es, soy, atravesar la puerta implica hacer realidad la fantasía, el deseo, el beso, el sueño pasional que configura al hombre, que me configura, porque somos un sueño sostenido por la pasión, somos la pasión de ese mismo sueño, aire, nada, vacío.*

—No vayas un lunes —dice Anaís.

Parpadea, tarda unos instantes en salir de su silueta reflejada en el cristal.

—¿Adónde?

—A la Filmoteca. Los lunes cierran.

Sonríe. Por suerte Anaís no parece haberse dado cuenta de la distracción.

—El martes ponen *Repulsión* de Polanski. No este martes, hoy no, claro, me refiero al próximo martes. No se lo he dicho a Rocío, pero creo que también iré.

Anaís suspira. Quizá esté invitándole a ir con ella, aunque en realidad se diría que solo está pensando en voz alta, la mirada se escapa hacia el interior del portal, como si esperase la aparición de alguien en cualquier momento, el momento, quién sabe cuándo es el momento, el momento es nunca, el momento es siempre. Acerca el rostro buscando su boca. Se sorprende al descubrir que los labios de Anaís están fríos. Apenas logra rozar su lengua. Su saliva sabe a tabaco, a alcohol, a Frigodedo.

—Yo no... Tienes novia y yo...

—No, ella no...

—No podría hacerle algo así a Rocío, aunque...

—¿Rocío? Se llama Elena.

—Sí, claro, perdona —dice Anaís, y deja escapar una risa extraña.

Él intenta explicarle que la cosa se ha acabado, en realidad ya no está con Elena, pero Anaís vuelve a fijar los ojos en el interior del portal. Dentro sigue oscuro.

—Rocío mola mucho —dice Anaís.

—Lo sé.

—Está hecha de una sola pieza. No es como tú y como yo.

No sabe a qué se refiere, tampoco sabe cómo reaccionar. Por un lado le resulta molesto, casi irritante, por otro despierta en él una ilusión difusa, la confirmación de que Anaís le conoce, que ella podría ser precisamente la que le impida esconderse, la que junte las piezas. El cristal de la puerta metálica devuelve el reflejo de sus siluetas sin rostro, dos formas negras perfilándose sobre una oscuridad que no se sabe dónde empieza y dónde termina. Detrás de ellos una línea de colores metálicos, los coches aparcados.

—¿Te ha dicho Rocío que nos vamos a Nueva York?

—No. ¿De vacaciones?

—New York Film Academy. —Anaís exagera el acento, casi es una parodia—. A estudiar cine.

—Creía que Estados Unidos era el mal.

—No seas antiguo. Además, Nueva York no es Estados Unidos.

—Ah, ¿no?

—Nueva York es Jim Jarmusch, Martin Scorsese, Coppola, Woody Allen. Y Hal Hartley. Además, Nueva York es Nueva York. Nueva York es todo. *If you can make it there you can make it anywhere.* O algo así. ¿No hay una canción que dice eso?

—Sí. De Frank Sinatra. ¿Y cuándo os vais?

En ese instante cree percibir que algo se mueve tras el cristal. Quizá sea la propia oscuridad. Desde la calle resulta tan densa que parece tener cuerpo, si abriesen la puerta sería posible tocarla con los dedos.

—Aún no tenemos fecha. Estamos en la fase de planificación.

—Pero eso costará una pasta, ¿no?

—Demasiada —dice Anaís, y suspira—. Nos tenemos que buscar un curro, ahorrar. Luego seguramente otro trabajo allí. Pero antes necesitamos presentar un proyecto para que nos seleccionen.

Vuelve a fijar la mirada en el reflejo. Fantasea con una Anaís rubia. Desde que le ha hablado de su infancia teñida de rubio no consigue quitarse esa imagen de la cabeza. Hay una escena al principio de *Vértigo* en la que James Stewart ve a la falsa Kim Novak reflejada en un espejo. Él aún no lo sabe, pero Kim Novak va disfrazada: en realidad no es rubia, sino pelirroja, pero se ha teñido para hacerse pasar por otra mujer. Por tanto, la mujer que está viendo James Stewart en el espejo no existe. Solo posee existencia dentro del espejo, es decir, es un invento inconsciente del propio James Stewart, reflejo puro, que solo puede cobrar vida dentro del espejo. El espejo es en sí mismo la Kim Novak rubia.

Él dice:

—Cuando teníamos la banda, Rocío y yo planeamos irnos a Nueva York. Íbamos a vivir en el Hotel Chelsea.

—Lo sé. Me lo ha contado.

Anaís se le queda mirando.

—¿Por qué no te vienes con nosotras?

—Puf.

Anaís se ríe, resopla. De pronto le resulta inconcebible pensar que detrás de aquella oscuridad Anaís tenga una vida propia esperándola, que allí está su *macguffin*.

—Necesitamos un *story board* del guion. Podrías hacerlo tú.

—¿Yo?

—Sí, tú.

—Yo no sé dibujar.

—¿No? Rocío me dicho lo contrario.

—Bueno, una cosa es dibujar bien, y otra...

No tiene tiempo de decir nada más, un tercer reflejo se une al suyo, tintineo de llaves, olor a fritura en la ropa, buenas noches, el interior del portal de pronto iluminado.

—¿Vas a pasar? —pregunta el tipo, sujetando la puerta con el hombro.

—Sí, sí... —dice Anaís—. Hasta luego, Toño.

Le roza con la boca en los labios, apenas un pico.

—¿Vendrás al partido?

Se cierra la puerta, Anaís sube saltando los escalones de dos en dos. Por un instante tiene la sensación de que asiente con la cabeza, sonríe. Al fondo la espera el tipo con la puerta roja del ascensor abierta. Se saludan. El tipo entra después de Anaís. Permanece un rato esperando. Al cabo de unos minutos el interior del portal vuelve a quedarse a oscuras. De nuevo el cristal, negro, le muestra el contorno de su rostro sin ojos, nariz, ni boca.

*6 horas 28 minutos 37 segundos entra en el salón y por un momento piensa dejarse caer en el sofá, descansar unos minutos, está reventado, pero sabe que si lo hace entonces se quedará dormido, no podrá levantarse a tiempo para llegar al examen y debe aprobar, necesita aprobar, lo mejor es que se ponga el chándal y las deportivas y salga a correr, hasta Torres Blancas y vuelta, cinco kilómetros, así conseguirá mantener la cabeza despejada las próximas horas, cuando corre todo se ordena, el mundo pierde sus aristas, su poder de aniquilación, puede contemplar las cosas como son, libre de emociones, de pronto oye un ruido que viene de la entrada, su abuela está junto a la puerta de la calle en camisón, despeinada, por un instante parece reconocerle, frunce el ceño, los ojillos maliciosos entornados, como si estuviera a punto de preguntar de dónde vienes tú ahora, qué habrás estado haciendo, cualquiera sabe, liándola, eres como tu madre, igualito que ella, sin embargo en seguida el gesto aterrorizado, la mirada lerda.*

—¿Quién es usted? —pregunta la abuela.

*11 horas 41 minutos 15 segundos termina de repasar el párrafo mientras mordisquea la tapa del bolígrafo.*

«La aventura del héroe trágico debe despertar en el espectador éleos, es decir, compasión, y fobos, terror, pánico. Con la compasión, compasión entendida en el sentido de identificarse con el héroe, el espectador abandona por un momento su vida cotidiana, sus miserias, para vivir una existencia que está lejos de su alcance en el día a día. Además puede hacerlo de forma segura, porque es al héroe a quien le sucede el infortunio: la desgracia se queda en el escenario y así el espectador puede regresar a su vida después de presenciar el espanto. En este caso el espanto significa ver satisfecho un deseo. No cualquier deseo, sino el deseo que conforma a cada uno de nosotros, el deseo que permanece oculto en el fondo del abismo, pero que es en realidad el motor de nuestra existencia, un deseo que, como he mencionado antes, podemos denominar deseo *macguffin*. De esta forma, según Eugenio Trías, Freud nos acerca a la idea contemporánea de lo sublime al situar el subconsciente como sistema de representaciones mediatizadas por el deseo. Es el subconsciente el que nos permite acercarnos al límite del horror que según Kant debe encontrarse en toda obra de arte. Los deseos que antes reprimía el tótem y ahora reprime el subconsciente, conformados fundamentalmente por el parricidio y el incesto en sus diferentes manifestaciones.»

*11 horas 42 minutos 22 segundos levanta la mirada del folio, las ventanas abiertas para airear el aula, distingue la espalda de Elena dos mesas más allá de la suya, volcada sobre el examen, escribiendo sin parar, lleva el vestido azul de algodón, solo ve sus hombros desnudos, la mata de pelo liso que cae como una lluvia fina pero constante, siente que así podría amarla siempre, y ella le amaría por toda la eternidad, no te gires, no me mires.*

—Quince minutos —dice Socratiño.

Trata de imaginar cómo puede incrustar a Piranesi al final, después del incesto y sus manifestaciones. Al principio le ha resultado sencillo relacionar las cárceles imaginarias de Piranesi con Freud, el mundo de los sueños, el subconsciente, para de ahí desarrollar toda la teoría freudiana de la tragedia griega, de Edipo. Sin embargo, eso le ha terminado llevando a un callejón sin salida absurdo. Podría añadir algo más, escribir que los avances científicos (Kepler, Copérnico, Descartes, etc.) conducen al hombre a la imposible persecución de lo infinitamente grande y lo infinitamente pequeño, donde ya no hay armonía sino drama, el drama como tensión entre los elementos de una obra, los conflictos dentro de una partitura, en el interior de un cuadro, en la fachada de un edificio, como en las cárceles imaginadas por Piranesi.

Pero no, mejor dejarlo como está.

Socratiño pasea cerca de su mesa. Lee algunos párrafos de la primera pregunta, el Romanticismo británico, la letra pulcra, «para los griegos, la perfección estaba inexorablemente unida a los límites. La belleza era orden, proporción, y lo infinito era imperfecto. Hasta la llegada del Romanticismo, una travesía por los Alpes suponía una tortura para el viajero, no por la incomodidad del viaje, sino un suplicio estético: repugnantes superficies nevadas, malformaciones, glaciares, etc. A ningún artista se le ocurría atarse al mástil de un barco para poder asistir a una tormenta de nieve en alta mar como hizo Turner», ahí está, casi escondida, la única referencia al Romanticismo británico. Luego todo el rollo de *Vértigo,* del hombre que se asoma al abismo y el abismo que se abisma sobre el hombre. Funciona, debería funcionar. No es exactamente lo que ha preguntado Socratiño, pero el primer día de clase dijo que para aprobar lo fundamental sería su capacidad de relacionar unos temas con otros, no se dejen engañar por los epígrafes de los libros, la historia de la estética son vasos comunicantes, es un continúo, no busquen lo *correto* y lo *incorreto,* el acento gallego borrando las ces, haciéndolas casi inaudibles. Solo espera que no se dé cuenta de que todo sale del mismo libro, que no se haya leído *Lo bello y lo siniestro* tantas veces como él. En cualquier caso, la cabeza ya no le da para más, está embotado, hace un rato que desaparecieron los efectos del entrenamiento matutino, la noche sin dormir y la caminata empiezan a pasarle factura. Le duele la cabeza, también la espalda. Se levanta, deja el examen sobre la mesa del profesor.

*11 horas 53 minutos 49 segundos entra en la cafetería, Moko está en la barra apurando una caña, en cuanto le ve se lleva el índice y el anular a los labios, los agita como si sostuviera un cigarro, alza las cejas y sonríe, señala con la cabeza hacia el césped, ¿qué tal?*

—Pssss…

Moko pone los ojos en blanco, suspenso seguro, como una catedral, mientras sostiene la puerta para dejarle salir primero. Fuera ha empezado a hacer calor.

—¿Y tú?

—Bueno, le he soltado un rollo. Si el examen fuera sobre *Lo bello y lo siniestro* sacaría un sobresaliente.

—¿Qué es eso?

—Joder, Moko, el libro de Eugenio Trías, uno de los libros que teníamos que leer.

Moko alza los hombros, ni idea, a mí qué me cuentas.

—No sabía que era obligatorio leerlos.

Se sientan bajo la sombra de un plátano. En estas fechas no hay mucha gente interesada en revolcarse por el césped y hay donde elegir. Por el camino, Moko ha deshecho un cigarrillo sobre la palma de la mano izquierda.

—Si te sirve de consuelo es el único libro que me he leído. Varias veces, eso sí.

—Pues no, no me sirve de consuelo —replica Moko—. Creo que no voy a aprobar ni una.

—Bienvenido al club.

Da por hecho que suspenderá Historia de la Edad Media y Geografía. También Historia de la Literatura, en el examen prácticamente solo habló de Bukowski. Y volverá a suspender tanto Prehistoria como Historia Antigua. Ni siquiera aprobará Historia del Arte. Su única esperanza está en Estética. El curso pasado solo fue capaz de aprobar una asignatura, este año a lo mejor ni eso. Quizá debería haberla suspendido también y así le habrían expulsado de la facultad. Moko empieza a calentar el costo, lo poco que queda, una china diminuta, tratando de no quemarse con la llama del mechero.

—¿Dónde vas a ver el partido? —pregunta Moko.

—En casa de un gilipollas.

—Suena cojonudo.

—Ya te digo.

—Yo he quedado con Maca para verlo en el Dosde.

—Guay.

—Por si te animas.

Moko desliza la punta de la lengua por la pega, enrolla el papelillo con habilidad. Se lo pasa para que sea él quien lo encienda, haz tú los honores. Da una calada, dos, ambas cortas, casi no se traga el humo, teme quedarse dormido sobre el césped. Vuelve a sentirse agotado, y quiere hablar con Elena antes de volver a casa. Ha decidido no aplazarlo más.

—Anoche tuve un sueño rarísimo —dice Moko mientras retiene el humo en los pulmones—, raro de cojones.

Asiente, resiste la tentación de tumbarse sobre el césped. Sopla una brisa suave, el olor dulzón del hachís se mezcla con el de la hierba recién cortada.

—Estoy en una clase de Teleco —continúa Moko—, ¿me sigues?

—Te sigo.

—Está abarrotada de alumnos, es una especie de aula magna, hay como cien, doscientos pavos. El rollo es que estamos esperando a que aparezca el profesor, que es una eminencia, alguien importante. Hasta yo estoy emocionado. ¿Me sigues?

—Te sigo.

—Entonces entra un viejo con pajarita. Yo pienso, ala, ya está, por fin. Pero en lugar de ponerse a dar clase, el abuelo viene hacia mí y me dice: «Cuando quiera». Yo no sé a qué coño se refiere, aun así le acompaño hasta la tarima. ¿Me sigues?

—Te sigo.

—El viejo me deja ahí arriba, solo. Todo el mundo me está mirando, a la espera. Y yo no sé qué debo hacer. Así que empiezo a cantar.

—¿A cantar? ¿Tú sabes cantar?

—Yo no canto una mierda. Pero en el sueño canto.

—¿Y qué cantas?

—Una canción de Alaska y Dinarama.

—¿En serio?

—En serio. *Como pudiste hacerme esto a mí.*

—Joder.

—Y aquí viene lo extraño —dice Moko—. No me echan a patadas. Ni siquiera se ríen. Todos los telecos empiezan a tomar apuntes con el gesto serio. Superconcentrados. Cuando termino la canción nadie dice nada. Ni siquiera aplauden. Y entonces me pongo a cantar una de los Hombres G. Flipa.

Se ríe, no puede evitarlo.

—Luego me desperté.

Moko se queda pensativo con el peta colgando de la boca. Parece mayor de lo que es en realidad. Aunque trata de ocultarlo con una mata de pelo difusa sobre la coronilla, casi se ha quedado calvo. Por otro lado tiene la barba muy cerrada, practicamente le nace bajo los ojos, la piel de la mandíbula es azulada.

—¿Qué crees que significa? —pregunta Moko—. A lo mejor es una premonición.

Alza los hombros. Quizá signifique algo. Moko entró en Geografía e Historia de rebote. En realidad, quería estudiar Teleco porque según él a los telecos no les falta trabajo. Pero no le daba la nota. Y no por unas décimas, se quedó a cuatro o cinco puntos de entrar. Aun así no pierde la esperanza. Asegura que una vez dentro de la universidad es más fácil saltar de una carrera a otra. Sin embargo, al menos desde que le conoce, no ha hecho ningún progreso. Posiblemente no haya nadie menos capacitado que Moko para estudiar Teleco, y lo increíble es que incluso el propio Moko es consciente de ello. Pero no le preocupa en absoluto.

Él pregunta:

—¿Cómo ibas vestido?

—¿De qué coño hablas?

—Si vestías como siempre, con la chaqueta de militroncho o ibas de traje y corbata, si la corbata era azul, roja...

—No lo recuerdo. ¿Y qué importancia tiene cómo iba vestido?

—No lo sé. Se me ha ocurrido.

—Joder, tío, siempre haces preguntas muy extrañas.

Elena sale a las escaleras. Se protege del sol utilizando la mano de visera. Mira a izquierda, derecha, buscando, buscándole. Tienen que hablar. Aunque no sabe bien qué va a decir.

*16 horas 8 minutos 39 segundos habla, continúa hablando, no termina de hablar, y de nuevo le invade el sopor, los ojos se le cierran, trata de concentrarse en el olor, huele a sexo, a sudor, pero sobre todo huele a pies, a sus pies, debería decirle que tire las Victoria, pero para qué, no tiene sentido cebarse, luego podría provocar malentendidos, incluso considerarse un acto de crueldad innecesaria.*

—Te juro que estás equivocado —dice Elena—. No es así.

No sabe a qué se refiere. Hace un rato que no abre la boca, que permanece en silencio con la cabeza apoyada sobre el brazo, luchando por no quedarse dormido. Voltea el cuerpo en la cama para alcanzar el tabaco. No tiene ganas de fumar, pero quizá un Fortuna le ayude mantenerse despierto, al menos quince minutos más, veinte, el tiempo suficiente hasta que sea la hora de marcharse.

—Luis es demasiado bueno.

Asiente mientras enciende el cigarrillo. Aparta la sábana del pecho en previsión de posibles quemaduras. El humo asciende por el aire estancado hasta el estrecho ventanuco del desván haciendo dibujos, un dragón, una nariz, una corchea, un ojo, dejándole con la vaga sensación de haber dicho algo sobre Luis, pero no ahora, no hace unos minutos, sino hace días, años, siglos, en un pasado remoto. No descarta que incluso le haya insultado, es un capullo.

—Aunque me lo devuelva.

No sabe de qué habla, pero no le importa, ya no. Tampoco es su problema que Luis, el hermano de Elena, sea *skinhead.* Estira las piernas y las sábanas húmedas por el sudor se le enredan entre los pies. Nota pinchazos en el muslo, la caminata de la noche anterior le ha dejado con agujetas en sitios inesperados, quizá no debería haber salido a correr por la mañana.

—Eso no va a cambiar las cosas. ¿No te parece?

Cabecea con desgana, no, el cigarrillo en los labios, no va a cambiar nada. Elena continúa acariciándole el pecho. Su mano desciende hasta el vientre, y los músculos se contraen. Podría decirle a Elena que no debe preocuparse: su hermano no es un auténtico *skinhead.* Es incapaz de matar a una mosca. La violencia le asusta. Ni siquiera tiene amigos *skinhead.* No tiene amigos, en general. Simplemente parece sentirse atraído por la estética y las ganas de destruirlo todo. Nada más. El pelo rapado, las Dr. Martens, la chaqueta de piloto más bien son una consecuencia de su obsesión por la Segunda Guerra Mundial. Devora todo lo que cae en sus manos sobre el tema. Si no fuera por eso, seguramente se habría hecho punki. Al fin y al cabo solo tiene dieciséis años y se siente perdido. No, no es un *skinhead,* más bien un *losthead.* Pero se mantiene en silencio, busca el cenicero, consigue localizarlo en el suelo, sobre las tapas arrugadas de *Lo bello y lo siniestro,* le obliga a recordar que debería haberlo devuelto hace días a la biblioteca. Sin embargo, aunque ya no sirva de nada, quiere releérselo una vez más. Será la quinta o la sexta lectura. Hay partes que ya se sabe casi de memoria. Intenta echar la ceniza en el elefante de cristal sacudiendo el cigarrillo sin moverse de la cama, pero falla de largo y cae sobre las tablas de madera.

—Ey, me está saludando —dice Elena.

Alza la cabeza para comprobar lo que ya sabe: atrapado en la mano de Elena, el glande lucha por abrirse paso entre el índice y el pulgar. Reprime el impulso de echarse hacia atrás cuando ella se lanza para besarle en la boca. Mueve la lengua de forma mecánica, suspira fingiendo excitación, emite un pequeño quejido, como si le hubiera hecho daño con el hombro. Aprovecha para girar el cuerpo y quedar frente a ella con la esperanza de que se vea obligada a liberarle. Pero a pesar de lo incómodo de la posición, Elena continúa aferrada. Está a punto de sujetarle el brazo para interrumpir el movimiento, pero entonces ella le sorprende de nuevo. El pelo hace cosquillas al descender, tarda en comprender lo que está sucediendo, nunca lo hace sin que se lo pida, y nunca se lo pide, para qué, la mayor parte de las veces le dan arcadas, al viejo nunca le hizo una felación. Deja escapar un suspiro al sentir la humedad, los movimientos torpes de la lengua, todo su cuerpo se tensa. No trata de escapar pero sabe que no moverse significa reconocer su derrota, que ha claudicado, que no va a romper nada. Al menos hoy no. No después de hacerlo dos veces. Y sin embargo debería impedírselo. Elena ni siquiera tendría que estar aquí. Tendría que estar en su casa llorando, maldiciéndole. De pronto oye un murmullo, una voz masculina que le habla desde el aparador, alza la mirada y se encuentra con san Antonio.

—... los octavos de final...

No consigue entender lo que dice a continuación, pero reconoce las inflexiones agudas encabalgándose por encima de la sintonía, los golpes de batería seguidos por varias palmadas de sintetizador, el tema de los Simple Minds. Oye pasos en el piso de abajo, los muelles del colchón que crujen bajo el peso de un cuerpo, el cuerpo de su padre. Iba a ver el partido en un bar con sus amigos del INEM, pero seguramente se habrá quedado sin dinero. Trata de concentrarse en los movimientos mecánicos de Elena, la cabeza sube y baja sin entusiasmo, tiene algo de robótico. Su mirada vuelve de nuevo sobre san Antonio. El sol proyecta un triángulo equilátero casi perfecto sobre la imagen del anciano de barba blanca. Igual que sucede cada noche a partir de las doce, la voz de Supergarcía se cuela en el desván a través de la boca del santo, aunque también podría ser la de los dos demonios que le asedian: por algún extraño motivo el sonido de la radio nunca parece venir del piso de abajo. Elena regresa a su boca y percibe el sabor a sal, a lubricante, a restos de flujo, también el regusto acre de su propia piel, todo mezclado. Se encuentra con su mirada, los párpados entreabiertos, como si le espiara.

—¿Todo bien?

—Todo bien.

Pero no es cierto. Nada va bien.

Se besan. Elena desciende hasta su vientre dejando besos por el camino. En ese instante, como una revelación, como si el triángulo de luz estuviera cayendo sobre su cabeza y no sobre la figura de san Antonio, se sorprende al reparar en un hecho desconcertante: ignora de qué forma se produjo la ruptura entre sus padres. Sabe que se conocieron en una verbena, que fueron novios dos años, que se casaron cerca del colegio, en la iglesia de la Asunción, que el banquete se celebró en esta misma casa, en el jardín. Pero desconoce cómo dejó Françoise a su padre, cuál es el sistema que utilizó, si es que se puede hablar de sistema en estos casos. Nunca se lo contó Françoise, mucho menos su padre. Para empezar, ¿Françoise ya era Françoise en aquel momento o aún se llamaba Francisca? Es difícil saberlo. En cualquier caso, y conociendo a su madre, sería incapaz de decirlo a la cara. Mucho más sabiendo cuál sería la reacción explosiva del que entonces era su marido. No. Françoise odia la discusiones, siempre las ha odiado, incluso cuando era Francisca. Nunca alza la voz, jamás la ha oído gritar. Solo cuando a él se le perdió Jean Marc. Pero aquella fue una situación extrema. En cualquier caso, el problema de Françoise son los gritos de los demás. Es fácil intimidarla. Es probable que, estando en su presencia, Antonio la hubiera obligado a retractarse. No, seguramente huyó, se refugiaría en casa de Philippe. Luego llamó a Antonio desde allí. Tampoco. La conversación habría resultado agotadora. Correría el peligro de quedarse bloqueada ante los gritos de Antonio, no habría podido explicarse. No, lo más probable es que le escribiera una carta. A su madre le encanta escribir, siempre le ha gustado. De pequeño le mandaba largas misivas donde explicaba con detalle sus planes, planes fantásticos, planes irrealizables. Cierra los ojos. Trata de imaginar cómo sería la carta. Seguramente empezaría diciendo querido Antonio, esta es probablemente la carta más difícil que he escrito nunca. No sé cómo explicar lo que no tiene explicación. Al menos una explicación comprensible. Voy a intentar hacerlo de la forma más sencilla que se me ocurre. Antonio, me he muerto. Estoy muerta. Perdón. Borra lo anterior. Debería borrarlo yo misma, empezar la carta de nuevo, pero no hay tiempo: estás a punto de regresar de la obra y para entonces no quiero estar aquí.

—... podemos confirmar la alineación de... —suena la voz de san Antonio.

Elena hace ruidos con la lengua, sorbe su propia saliva, y él entreabre los ojos para ver sus manos nudosas, las uñas mordisqueadas aferrándose a su miembro, se pregunta porque nunca quiso hacérselo al viejo, quizá porque era amigo de sus padres, esto no es una carta de suicidio, que vaya eso por delante. Lo que quería decir es que Francisca, la Francisca con la que te casaste, ha muerto. Ahora soy Françoise. Suena un poco ridículo, lo sé, pero no se me ocurre otra forma de explicarlo. Mis dolores de cabeza no solo estaban provocados porque sea hipermétrope. Ir al oftalmólogo me ha hecho descubrir problemas de visión que hasta ahora habían permanecido ocultos para mí. Francisca te quiere, te seguirá queriendo siempre. Pero Françoise se ha enamorado de un hombre que también es maravilloso y que es francés. Como ella. Aunque para Francisca no existe otro hombre que no seas tú, Françoise se ahogaría a tu lado y al final terminaría haciéndote también a ti un desgraciado. Es lo mejor para los dos. Para los tres.

—... Luis Suárez no tiene la... —La voz de san Antonio se debilita, quizá su padre ha bajado el volumen de la radio.

Elena tiene el otro brazo apoyado sobre el colchón haciendo fuerza para mantener el equilibrio, los tendones a la vista, como si en algún momento la tensión pudiera reventar la piel, de no haberles presentado Maca quizá ahora estaría haciéndole la felación al viejo, ahora me maldecirás y te maldecirás a ti mismo pensando que nunca deberíamos habernos venido a Francia, recordando que yo era la que no quería irse de Madrid. Pero te repito: esa era Francisca. Francisca era una mujer miedosa. Aún tenía el pueblo metido en el cuerpo. Para ella, irse a trabajar a Madrid había sido un gran salto viniendo de Villarejo de Fuentes. Y de alguna forma Francisca sabía que no sobreviviría a Francia. Por eso estaba tan asustada. Sin embargo Françoise no tiene miedo. Philippe me ha ayudado a descubrirlo. Me ha abierto los ojos. Es oftalmólogo, descubrió mi hipermetropía, pero sobre todo descubrió que mi alma también necesitaba llevar gafas. Espero que lo comprendas. Firmado: Françoise.

—¿Prefieres que lo dejemos?

Nota la presión de los pechos, pequeños y afilados, Elena le observa agazapada, sus ojos tienen el color de las espinacas, de las algas, el pelo enmarañado, se pregunta cómo dejó

Elena al viejo, qué le contó, si le habló de él, aunque no debería llamarle viejo, pobre hombre, pero no recuerda su nombre, posdata: dejo a Toño con Socorro. He preferido no llevármelo para no añadir más confusión. Pero me gustaría que se viniera a vivir con nosotros, con Philippe y conmigo. Ya lo hablaremos cuando hayas podido asimilarlo. Aunque sé que no será fácil ni mucho menos. Pero también sé que eres un buen hombre, Antonio. Te quiere, Francisca.

*16 horas 33 minutos 28 segundos se pone en pie, trepa por los pantalones frente a la imagen de san Antonio hostigado por los demonios, dónde están las tentaciones, no se ven por ningún lado, solo demonios dando una paliza a san Antonio Abad, no resulta en absoluto tentador a no ser que el tipo fuera masoquista y esté deseando que empiecen a llover los palos de una vez, venga, atízame ya, el demonio negro con la estaca en alto, a punto de descargar el golpe sobre el eremita arrodillado como en el cuadro de Parentino en el que se inspira la figura, de algo tiene que servir estudiar Historia del Arte, el demonio no mira al santo sino de frente, la boca exageradamente abierta en un grito tarado, seguramente nunca llegue a acertar y el golpe se pierda en el vacío, Elena se acerca hasta el aparador mientras ajusta los cierres del sujetador, el cuerpo nervudo, la piel translúcida deja a la vista sarmientos de venas azuladas.*

—¿De dónde lo has sacado? —pregunta Elena.

—Lo encontré el otro día en el fondo de una maleta.

Señala el viejo maletón de cuero arrinconado entre cajas de cartón allí donde se encuentran techo y suelo, donde termina todo lo que ha dejado de ser útil y donde a veces encuentra algo que puede vender.

—Creo que era de mi bisabuelo. El Antonio original.

—¿Y por qué lo has colocado ahí? ¿Te vas a hacer cura o qué?

Se da la vuelta. Une los dedos índice y corazón como si fueran el cañón de una pistola, lo ha visto en una película de Don Camilo, y bendice a la mujer dibujando una cruz en el aire. Elena suelta una carcajada. Una de sus risas de ostra.

*16 horas 49 minutos 46 segundos levanta de nuevo el Daredevil, Kingpin debe morir, y dice algo, pero solo oye la radio, hoy desde el estadio Marcantonio Bentegodi, no logra entender lo que dice, ¿el qué?*

—Que dónde vas —repite su padre.

—A ver el partido a casa de un amigo.

—¿Y te va a dar tiempo a pasarte por el súper? —dice su padre asomándose sobre el tebeo, la mueca que pretende ser una sonrisa y le deja el carrillo temblando—. Te recuerdo que hay que comprar papel higiénico.

—Sí. Vuelvo en cuanto acabe.

—Ya.

Permanecen unos segundos mirándose sin que ninguno de los dos diga nada. Le gustaría pedirle que suelte el Daredevil, no es tuyo, deja mis cómics, deja mis cosas, pero no puede, para qué, tampoco puede gritarle largo de mi cuarto, porque en realidad este sigue siendo su dormitorio. Nunca dejó de serlo.

—¿Qué pasa? —dice finalmente su padre.

—Dinero. Para el papel higiénico.

Su padre se levanta de la cama lanzando un gruñido. Abre la caja de caudales metálica. Ya están a finales de mes y seguramente no quede ni un duro.

—Toma —dice su padre mientras le ofrece un billete—, y me traes también un paquete de Ducados. Quiero las vueltas.

Le sorprende ver el billete de dos mil. Quizá su padre ha ido al banco y ha sacado algo de los ahorros del abuelo. Si es que aún queda dinero en la cuenta.

—Sí, claro.

—Que a los chicos de ahora se os escapa el dinero entre las manos.

Saca su paquete de Ducados del bolsillo y se lo ofrece, sabiendo que él no fuma negro. Le alcanza una peste a coñac barato. Niega con la cabeza, quiere salir cuanto antes, se da la vuelta. Le gustaría no sentirse mal en su presencia, evitar la incertidumbre de la respuesta correcta aun sabiendo que no hay tal. Tampoco se lo debe, no le debe nada. En realidad tendría que mandarle a la mierda. Podría destrozarle, es mucho más inteligente que él, su padre no es más que un albañil ignorante y, lo que es peor, un vago. Pero da igual las fantasías que construya, en su presencia todo se derrumba, a veces incluso siente ganas de llorar, se siente un mierda.

—Otra cosa —dice su padre mientras enciende el pitillo y en un momento el olor ácido, picante, inunda la habitación—. Ya te he dicho que no traigas a tus amiguitas a casa.

—Vale.

—Es una falta de respeto a tus abuelos. Tu abuelo no se dejó los pulmones en la panadería para que ahora conviertas su casa en un puticlub.

—No estábamos haciendo nada.

—Y no me he jodido yo la vida en Francia para que ahora tú puedas vivir como un señorito.

—Vale.

Su padre sigue hablando, dice algo del partido, del país, de la mierda, de los pies negros que le robaron el trabajo, pero él ya no escucha, seguramente terminará mencionando a la loca de tu madre, cómo no. Baja las escaleras sorprendido. Otra vez tiene que comprar papel higiénico. No ha pasado una semana desde que metió un paquete de doce en el armario. Parece que cuanto más vano es un gesto más necesitara de la repetición para subsistir. Mientras que lo elemental, aquello por lo que merece la pena vivir, se desgasta en cada repetición, haciéndolo envejecer. Y en realidad, la realidad, necesitaría que fuera al contrario. Comprar papel higiénico, sonarse la nariz, lavar los platos, son actos que solo deberían realizarse una vez en la vida, una vez y ya, luego tendría que ser algo que se hiciera por sí mismo. Pero el sexo, los besos... Dar un beso es apuñalar lo que hay detrás del beso hasta matarlo a besos, hasta que el beso no significa más que labios, lengua, saliva. Por la puerta entreabierta ve que Elena le espera en el jardín, de pie junto al limonero.

—Un momento.

Entra en el salón. La televisión está encendida pero sin apenas volumen. La abuela le sigue con la mirada sin llegar a verle en ningún momento, mejor. Es cierto que en los últimos meses, desde que les dieron el diagnóstico, ha ido empeorando, cada vez está más despistada, pero al único a quien no reconoce es a él. Quizá lo haga a propósito. Sería capaz de eso y mucho más. La tía Angelines corta judías verdes sobre una bolsa de plástico sin apartar la mirada de la tele, sumergida en *Cristal*. Besa al abuelo en la frente, tratando de no despertarle. Pero no está dormido. Con una mano esquelética intenta quitarse la mascarilla. Él se lo impide.

—Esta noche ponen *La mujer del cuadro*.

El anciano asiente, hundido en el sillón, a punto de esfumarse en su interior.

—Con Edward G. Robinson y Joan Bennet.

Intuye su sonrisa bajo el plástico.

*17 horas 12 minutos 16 segundos y de pronto un soplo, un aullido, golpes secos, metálicos, Elena señala el final de la escalera.*

—Es el tuyo —dice Elena—. Llámame luego.

Casi al instante le besa en los labios, un beso fugaz. Él sonríe, claro, inicia el descenso por las escaleras mecánicas, te llamo en cuanto llegue a casa. Baja a la carrera, llega al andén en el momento en que se abren las puertas. Atraviesa con desgana el vagón hasta encontrar una ventana libre. Elena avanza por el otro andén buscándole con la mirada. Podría mover la mano. Un pequeño gesto sería suficiente para que consiguiera verle. Comprende que todavía le resulta atractiva, aunque ya no como antes, como cuando la conoció a través de Maca. Ya se había fijado en ella, en sus ojos, pero aunque pertenecía a su mismo grupo nunca se mezclaba con el resto de la clase: según les contó Maca, estaba enrollada con un hombre mayor y llevaba el asunto más o menos en secreto, porque el tipo era amigo de su familia, alguien muy cercano al padre. Eso parecía darle permiso para tratarles con cierta displicencia. Jamás se sentaba con ellos en el césped. Permanecía de pie, con la carpeta bajo el brazo, jugando con el collar de perlas que le había regalado el viejo. El collar de perlas le desquiciaba. Era ridículo regalar perlas a una chica de veinte años, pero aún más que ella lo exhibiera de aquella forma. Su risa también resultaba terrible. Una risa forzada, alzando solo un lado de la boca por el que dejaba escapar el aire con desgana. Esa risa le volvía loco. Fue esa risa la que le hizo decidirse, ve a por ella, muchacho. Es verdad que para entonces su relación con Yolanda estaba muy deteriorada. También influyó el aire grave que adoptaba Elena al hablar de pintura, su mirada se sumergía en complejidades que quedaban fuera de su alcance. Complejidad. Ese es el término que adoptó durante aquellos meses de persecución. Elena rezumaba complejidad. Las perlas no eran más que una muestra de esa complejidad. Empezó a obsesionarse con ella. Logró averiguar dónde vivía para hacerse el encontradizo. Llegó a robar. Robó en la caja de caudales para comprarle una docena de ostras. Esto es mucho mejor que las perlas, le dijo al entregarle la caja con las ostras. Elena soltó una carcajada. No lo sabía, no podía saberlo, pero Elena odia las ostras. Sin embargo, aquella risa era auténtica. Y al fin, poco después del episodio de las ostras, logró besarla. Luego le costó otros tres meses que ella respondiera a sus declaraciones de amor incondicional y eterno. Y al fin, una tarde frente al *Guernica,* ella le anunció que había dejado al viejo. Y a continuación dijo te quiero. Tuvo que fingir entusiasmo, besarla con un ardor impuesto, mientras se sentía el ser más infecto y miserable del planeta. Porque en ese instante, mientras observaba la quijada descompuesta del caballo, había comprendido que no quería seguir con Elena. Le había vuelto a ocurrir lo mismo que en las anteriores ocasiones y podía haberlo evitado, no había motivo para pensar que esta vez sería diferente, porque nada había cambiado, él no había cambiado. Debería dejar Historia del Arte y pasarse a Psicología porque lo suyo es de manual. De hecho, tiene que figurar en algún libro. Aunque tampoco hace falta. Es triste, patético, ser presa de la psicología barata, tanto sacrificio para alcanzar una complejidad de chichinabo. Matar a tu padre, acostarte con tu madre, eso sí son objetivos vitales de cierta entidad. Elena continúa buscándole y él siente el impulso de gritar, gritarle cásate conmigo, como en las películas, por un instante todo el metro pendiente de ellos. Como san Antonio, abrir los brazos, aceptar su destino, hundirse en el hastío, aceptar que es el único lugar donde puede encontrar la salvación. Porque de pronto ha comprendido lo que representan los demonios con sus palos, en qué consiste la violencia de la tentación: es el sopor asesino, el aburrimiento que todo lo aniquila, quieren que huyas, que lo abandones todo, que reniegues. El peligro no es el deseo, sino su ausencia. Contra el deseo es posible oponerse, armarse, prepararse. Contra el tedio, no. Sus miradas se encuentran cuando el tren arranca. Sonríe al pasar, Elena le manda un beso. Quizá sea mañana, quizá sea esta misma noche cuando se atreva a decírselo.

Su vagón entra en el túnel.

Por el reloj de una vieja descubre que apenas quedan quince minutos para que comience el partido. Llega tarde, aun así ya ha decidido que se bajará en la siguiente parada, Avenida de la Paz. Será solo un momento, necesita despejarse, el cansancio del día vuelve a pesarle, ha empezado a dolerle la cabeza otra vez.

*17 horas 16 minutos 4 segundos atraviesa la zona arbolada camino del monolito con el águila, le gusta hacer los estiramientos bajo su sombra, el parque está vacío, la M-30 casi muda, ya debe de estar todo el mundo pegado al televisor, se sube a la piedra sobre las palabras esculpidas, Parque Félix Rodríguez de la Fuente, 1980.*

—Hola —dice Gus.

Se sobresalta al escuchar su voz. No le ha oído llegar, quizá estaba ahí antes que él.

—Qué pasa, Gus.

Gustavo trata de subirse a la piedra pero le resulta difícil escalar con una sola mano mientras sujeta la pelota con la otra. Se ofrece a ayudarle, pero el niño niega con la cabeza. Finalmente logra sentarse a su lado.

—¿No vas a ver el partido?

—No —responde Gustavo.

El niño se sorbe la nariz un par de veces antes de pasarse la mano por el pelo, cortado a cepillo con una precisión demencial. Diría que ha estado llorando, pero no comenta nada al respecto. Gustavo tampoco espera que lo haga. Ellos solo hablan de fútbol. El chaval hace girar la pelota entre los dedos. Es el falso balón reglamentario del Mundial, marca Nisu, con el que entrenan. Sin embargo, hoy parece especialmente ajado, como si hubieran arrancado los hexágonos de plástico dejando al aire la tela sucia interior.

—Ya que estamos, ¿me lanzas unos tiros?

—No.

—Pues vaya. Porque necesito prepararme bien. La prueba es la semana que viene.

Con las piernas separadas, Gustavo hace botar la pelota contra la piedra. Toc, toc, toc. El balón apenas se alza unos centímetros, toc, toc, toc, aun así la superficie rugosa del granito hace que tome una dirección imprevista con cada bote.

—No te van a coger, lo sabes, ¿verdad? —dice Gustavo.

Toc, toc, toc, le sorprende la gravedad de su voz, ni siquiera parece la voz de Gustavo, toc, toc, toc, quizá es que ha empezado a cambiarle la voz, pero no, tiene nueve, diez años, eso no sucede hasta más tarde. Él dice:

—Bueno, eso habrá que verlo.

—Eres muy mayor.

Toc, toc, toc. Trata de sonreír, intenta que el tono de su voz suene indiferente, lejano.

—Sí, soy mayor, pero eso no es un problema para los porteros. Mira a Dino Zoff, o a Peter Shilton.

Gustavo tuerce el gesto, se rasca la mejilla.

Él habla de los porteros, le cuenta su teoría. Nadie se fija en el portero. Fijarse de verdad. El portero solo llama la atención cuando debe hacer una parada espectacular. Y eso en realidad es un fracaso. Lo interesante del asunto es que si el portero está donde debe estar no tendrá la necesidad de estirarse, quizá no necesite ni siquiera saltar. El balón irá hacia él, obediente. Es verdad que a veces para detener el balón el portero debería estar en dos sitios diferentes al mismo tiempo.

En esos casos el gol es inevitable. Aun así, un buen portero habrá logrado detener el balón. Solo en su cabeza, de acuerdo, pero la parada estará hecha. Es lo que sucede en los penaltis. Lo que vaya a suceder ya ha sucedido antes de que el jugador dispare. Ha sucedido en la cabeza del portero.

—Menuda tontería.

Toc, toc, toc.

—Vas a hacer el ridículo.

Gustavo pega un salto para bajar de la piedra.

—Se van a reír de ti.

El niño se aleja con la pelota bajo del brazo. Cuando ha recorrido la mitad del campo de tierra, manda el balón hacia arriba de una sonora patada. Por un instante puede ver la pelota dando vueltas en el cielo como una luna deshilachada. Trata de no pensar en ello, desvía la mirada, y no puede evitarlo, la figura del niño alejándose le obliga a recordar aunque no quiera hacerlo. Entonces también desvió la mirada, todo iba bien hasta que desvió la mirada. Se fijó en lo que estaba haciendo la chica que se encontraba a su derecha. Era simplemente hermoso. El motivo era el mismo, un bodegón de frutas, pero les habían dado libertad sobre cómo ejecutar la obra, siempre que fuera más o menos realista. Ella, una chica increíblemente delgada de ojos saltones, había optado por un estilo naíf, casi tonto de tan elemental, y sin embargo poseía algo que nunca tendría nada de lo que él pudiera hacer, ni ahora ni en el futuro. Se quedó paralizado. Miró a su alrededor. Los demás continuaban concentrados, cada uno sumergido en su propio caballete. Intentó mirar hacia su papel, pero era como si ahora un gran agujero negro ocupara el centro de la hoja. Lo supo en ese instante. Resultaba ridículo continuar, sería un fraude. Abandonó el examen antes de que terminara. Ya había decidido que nunca entraría en Bellas Artes, para qué, no era cuestión de ir a una academia para preparar el examen de acceso. Esperó frente a la entrada de la facultad, en las escaleras junto al párking, mientras pensaba qué haría ahora, qué le diría a su padre, a su madre. La chica casi se le escapó, iba en medio de un grupo y a punto estuvo de no verla salir. Se llamaba Carmen. La invitó a tomar un café. Al principio le miraba con desconfianza, era lógico, hasta que él empezó a hablarle de su dibujo, a alabarla, elogiarla, iba a aprobar el examen de acceso, seguro, era una artista, estaba llamada a hacer algo grande. Se relajó al instante. Esa misma tarde se enrolló con ella. Fueron besos tristes, desapasionados, casi vergonzosos. Pudo notar que Carmen no estaba acostumbrada a que la tocaran, mucho menos que lo hiciera un extraño a quien había conocido solo unas horas antes. Su cuerpo temblaba todo el tiempo. Luego estuvieron hablando, pero la conversación fue casi peor que el magreo. Carmen resultó ser bastante anodina. Al despedirse intercambiaron sus teléfonos.

*19 horas 13 minutos 22 segundos no reparan en su presencia, solo Rocío, llega hasta donde se encuentra él, bajo el arco de madera del salón, la criada filipina desaparece por el largo pasillo, el mismo que les ha llevado hasta allí.*

—No me jodas...

—¡No, no, no, no!

—Mierda...

—¿Qué te ha pasado? —dice Rocío mientras avanza hacia él.

—El Stojkovich de los cojones otra vez.

—¿Cuánto tiempo queda? ¿Cuánto?

—No sé, llevamos dos minutos de la prórroga.

—¿Y cuánto dura la prórroga? Lo han dicho, ¿no?

—Sí, joder...

—Puta falta...

—¡Venga, coño, que podemos empatar otra vez!

—Buf...

—¿Te encuentras bien? —pregunta Rocío.

—Joder, Toño, estás hecho un asco —dice Javi, al fin le ha visto—, ¿has venido corriendo o qué cojones?

Él pregunta:

—¿Anaís no ha venido?

# Javi, 2010

La sangre brota de la nariz aunque no por las fosas nasales, los orificios permanecen inmaculados, el fluido escapa por una pequeña incisión abierta en el tabique, las primeras gotas resbalan como una eyaculación, mira su boca, la boca donde ha estado su miembro tantas veces, se excita, dice te quiero, ella no responde, insiste, repite te quiero, pero Rocío no dice nada, se miran, le contempla desde la almohada, ella deja el libro a un lado, parece haber entendido, y entonces tiene que correr, no puede seguirle el paso, avanza por la calle a grandes zancadas, es como si fuese saltando los baldosines de seis en seis, su padre tiene las piernas largas, le hace pensar en el cangrejo araña que vieron en el Museo de Ciencias, imponente, repugnante, atrapado dentro de una urna de cristal al fondo del local, junto a la columna, desde donde el hombre le devuelve la mirada, los ojos agazapados brillan un instante detrás de la copa, también bebe apoyado en la barra, el rostro entre las sombras, el alcohol, whisky con coca, hace que todo vibre y no logra fijar la vista en él, pero le recuerda a alguien, el cabello revuelto, algunos mechones adheridos a la frente y la piel desgarrada deja escapar a borbotones el fluido púrpura que se divide, caminos de sangre circundan el rostro, descienden hasta la boca que permanece abierta, un punto negro de filo rojizo, surge el lamento, Lupe llora en la habitación de al lado, se mezcla su llanto con los jadeos, quita, dice Rocío, pero si está Consuelo, replica él, aun así, Rocío insiste, un empujón y se hace a un lado, nota el miembro duro, húmedo, contra la sábana, Rocío se marcha, desaparece, y sin embargo le deja una extraña sensación de alivio, porque al fin consigue agarrarse a su mano, ya es mayor, no debería ir de la mano, ya nunca va de la mano de su madre, eso es para María, pero con él es diferente, le gusta ir de la mano, aunque la rugosidad en sus dedos le provoque cierta aprensión, sobre todo cuando tira de él, vamos, Javi, coño, que vas pisando huevos, la mano de su padre se cierra con fuerza y la aspereza se hace más presente mientras los rasgos del hombre se difuminan para volver a armarse un instante después entre los cuerpos que se arremolinan en el garito, sombras que se interponen, cabezas, piel blanca que brilla por un instante, cuerpos jóvenes, y todo el tiempo la misma pregunta, quién es, de qué le conozco, quizá le debo algo, le debo dinero, últimamente le debe dinero a todo dios, podría acercarse y hablar con él, aclararlo, pero hace días que no habla con nadie, días sin escuchar su propia voz, y de pronto el aullido, podría ser un nombre, una palabra, resulta imposible saberlo, se aferra a la piedra, nota la superficie helada antes de volver a golpear al niño cabrón, esta vez en los dientes, se oye un crujido, la boca se le llena de sangre, líquido humeante que se funde con el que sigue brotando de la nariz, y entonces la mirada de pánico, el niño sale corriendo, el llanto cesa, te quiero, repite cuando Rocío regresa a la cama, y ella responde te quiero y parpadea varias veces, y puede notar cómo se esfuerza en creer sus propias palabras, como una especie de sortilegio, siento lo que digo porque lo digo, percibe el calor de su piel bajo las sábanas, y en ese instante sabe que así es suficiente, que no necesita nada más, es una victoria, la voluntad, es todo lo que quiere, que le entregue su voluntad, él solo le pide a Dios eso, que algún día sus manos sean igual de poderosas, su padre no es un hombre fuerte, no es como Lou Ferrigno ni mucho menos, es más bien delgado, pero con unas manos así da igual, si pudiera se encerraría en su interior, viviría dentro de esas manos, protegido del mundo, en ese momento piensa que le gustaría ser diminuto, insignificante, para que su padre pudiera llevarle consigo todo el tiempo, sobre la palma de la mano, como un pájaro que hubiera caído del nido, incluso aquí, en mitad del ruido, con la música, las voces, las risas, puede percibir el silencio que le envuelve, como si viajara en el interior de una cápsula, mira al hombre, busca sus ojos, y sufre un ataque de pánico, breve, es su padre, ha vuelto, pero no es posible, su padre está muerto, lleva dos años muerto, lo mató él mismo, su fracaso acabó con el viejo, no quería ver que su hijo era un perdedor y prefirió morirse, pero no, tiene miedo de otra cosa, le asusta no poder hacerlo, algo tan sencillo como atravesar esos diez metros y decir hola, nos conocemos, solo de pensarlo vuelve la angustia, de pronto siente que nunca ha hablado con nadie, él hablaba pero no había nadie escuchando, siempre ha sido así, y el niño deja un rastro por el suelo, el asfalto del patio no absorbe las gotas de sangre, nunca lo hará, huellas que revientan contra el hormigón, rojo sobre negro, esquirla blanca, quizá un trozo de diente, observa su puño, los nudillos deshilachados, desgastados por el frío, pero limpios, sin rastro de sangre, deja caer la piedra, rueda por el suelo del patio, piensa papá estará orgulloso mientras la casa permanece en silencio, Rocío contiene el llanto, no puede verla, solo oye su voz, un susurro, cuando traicionas a otro te estás traicionando a ti mismo, en realidad esa es la única traición posible, los demás no son más que la excusa para mudar de piel, una nueva piel, más resistente que la anterior, más difícil de atravesar, dice Rocío, qué piel, de qué cojones me estás hablando, quién dijo esa chorrada, ni idea, me voy, pues vete, y quiere preguntarle adónde se dirigen, por qué llevan tanta prisa, pero no se atreve, teme que pueda enfadarse, pero en realidad da lo mismo, va con su padre, sin Julio ni María, los dos solos, agarrados de la mano, es feliz, entonces una chica se acerca a la columna a mirarse en el espejo y el hombre desaparece bajo una melena rubia duplicada, en ese momento descubre que durante todo este tiempo en realidad ha estado viendo su propio reflejo.

Hola, Javi, ¿qué tal vas?

Nadie responde. Todo está oscuro.

Pero no puede quedarse dormido, ahora no, tiene que estudiar, espabila, vamos, saca los apuntes.

Una gran camiseta roja con ribetes amarillos en las mangas sobre la que se lee «Jugamos todos». La camiseta tiene arrugas, las dimensiones de un torso sin brazos ni cabeza, como si la vistiera el hombre invisible. Desde el hombro derecho caen tres hileras de rombos, dos de color amarillo y una, la del centro, azul. A media altura, el número 23 y una fotografía ovalada en la que posan los veintidós jugadores de la selección española y el entrenador con sus dos ayudantes. Detrás del cuello de la camiseta, donde se encontraría la nuca de la criatura invisible, una franja amarilla de filo rojo con la leyenda «¡VAMOS A GANAR!». Arriba, a la derecha, un televisor muestra en su pantalla el texto «ITALIA ESPAÑA 18:00 h. TVE-1». En la columna azul de la derecha se puede leer, de arriba abajo: «QUIEREN HACER HISTORIA». J. CLEMENTE «Tenemos que jugar abiertos, tranquilos y sin temor». CAMINERO Puede ser la baza a jugar por el técnico. A. SACCHI «El partido está al 50% pero debemos ganar». Abajo, un anuncio: «CON ESTE CANGURO, GANAR ES SEGURO».

*Portada del diario* Marca
*para el sábado 9 de julio de 1994.*

# Javi, 1994

*12 horas 14 minutos 9 segundos Marcial apila los folios con un par de golpes secos, pero en lugar de devolverlos a la carpeta se queda leyendo los apuntes, mueve los labios.*

—... taxativa... —dice Marcial, es la única palabra que logra entender.

La primera vez que le vio hacerlo no daba crédito, no podía apartar la mirada de su boca, te cagas, un notario que lee como un niño de cinco años. Hoy mira hacia otro lado: bajo el bigote hay algo amarillento, quizá un pellejo, podría ser saliva reseca.

Putas obligaciones.

Pasea la mirada por el despacho, los títulos en las paredes, las estanterías con los tochos alineados como si fueran ladrillos, pesados volúmenes con idéntico lomo de piel, el Aranzadi, jurisprudencia, sentencias del Tribunal Supremo, la mesa es de cristal, de los años setenta, pasada de moda, desgastada, cutre, como el resto del mobiliario. Trata de imaginar el aspecto que tendrá su despacho: suelo de roble, una gran mesa, también de roble, que llevará ahí más de un siglo, como las obligaciones, aunque en realidad las obligaciones aparecieron mucho antes, en tiempos de los romanos, *genus nunquam perit,* cómo ha podido olvidar la sobrevenida.

—... referencial...

Los labios de Marcial se detienen, mueve la cabeza, hay algo de los apuntes que no termina de convencerle. La masa oscura de su flequillo se agita inquieta. Seguramente se teñirá el pelo. Es verdad que no tiene entradas, tampoco le clarea la coronilla como a su padre, pero es imposible que en esa mata de pelo no aparezca ni una cana. Por otro lado, por qué iba a teñirse alguien a quien no le importa vestir con trajes pasados de moda, pata de elefante, solapas ridículamente grandes. Y las manos con las que sujeta el fajo de papeles. Manos de campesino, dedos gruesos, durezas, pellejos, uñas astilladas. Por no hablar de su piel, tiene la tonalidad del cuero desgastado. Al fin y al cabo viene de un pequeño pueblo de Córdoba y de niño tuvo que trabajar en el campo, el esfuerzo, el sacrificio, todo ese rollo.

—Pues ya está —dice Marcial, le devuelve los apuntes y se incorpora de un salto, igual que hace siempre, como si de pronto hubiera recordado que le esperan en otro lado—, nos vemos el sábado que viene.

Salen del despacho y avanzan a oscuras por el pasillo. La notaría está en un bajo y como es sábado y no hay nadie trabajando, Marcial solo enciende la lámpara de su despacho, no vaya a ser que se arruine con la factura de la luz el señor notario paleto.

—Coméntale a tu padre que no me he olvidado del asunto de Adolfo —dice Marcial mientras saca un cigarrillo—, que le llamo esta semana sin falta.

Asiente al tiempo que intenta no tropezar, la mirada fija en la espalda de Marcial mientras van dejando atrás puertas y más puertas. El primer día estuvo a punto de irse al suelo por culpa de una alfombra. Aún no ha logrado aprenderse el laberíntico camino hasta la calle, no sabe si alguna vez lo conseguirá. De pronto el olor ácido que dejan los cigarrillos de

Marcial se hace más intenso. Toda la notaría huele a perro mojado, huele a Marcial, porque Marcial, no podía ser de otra forma, fuma Bisontes. Con lo que se embolsa por las escrituras de un piso, uno solo, seguramente podría pasar un año fumando Marlboro, dos cajetillas al día. Pero él no, él es un paleto que tiene que fumar Bisontes. Aunque ahora los hagan con boquilla son la misma mierda.

La puerta de la calle cruje al abrirse.

—Javier, esto es una carrera de fondo —dice Marcial, el cigarrillo colgando de la boca—. Cuanto antes te pongas en marcha, antes llegarás.

Por un momento parece que va a ofrecerle un Bisontes, pero ni siquiera. Mientras baja las escaleras piensa que el tribunal examinador debería tener esas cosas en cuenta: tú, paleto, te sabes el Código Civil de pe a pa, pero con esa pinta de paleto no podemos dejar que ocupes una notaría, porque un notario no puede tener esa pinta de paleto, ¿entiendes, paleto? Eso sí que debería ser una obligación. Mierda de obligación sobrevenida, cómo se le ha podido olvidar. Debe buscar una cabina para llamar a Virginia, es lo que le ha prometido, te llamo después de cantar.

*13 horas 36 minutos 15 segundos Willi lanza un cacahuete tan cerca de la boca que acertar carece de mérito, Rubén asiente con la cabeza mientras mastica.*

—¿Cantar? ¿Cómo que cantar? —pregunta Willi mientras atrapa un puñado de cacahuetes.

—Es desarrollar un tema ante el preparador. Te pregunta y tú le sueltas el rollo.

Rubén, al contrario que Willi, pilla los cacahuetes de uno en uno, pero no deja de masticar ni un segundo. Se encuentran al final de la barra, junto a uno de los ventanales. El tráfico empieza a animarse en la calle Serrano. Porque no tiene hambre, si no debería estar peleando a muerte por los cacahuetes.

—Que te toman la lección, vamos —dice Willi con una sonrisa y mira a Rubén como si hubiera dicho algo gracioso.

De nuevo piensa en mandar a la mierda a todos, a Willi, a sus aires de suficiencia, a sus cacahuetes. Tendría que haber convencido a Rubén de ir a otro lado, no quedarse en el punto cero de las narices, aquí siempre se encuentra con alguien de clase. De hecho, parece que solo hay gente del Instituto de Empresa, repeinados, triunfadores de pacotilla, ya les enseñaría él lo que era ganar dinero, les metería sus americanas y sus corbatas por el culo, a Willi el primero de todos. Sonríe y dice:

—Esto no es como en el colegio. Tú te preparas el tema, por ejemplo las obligaciones, y tienes que ser capaz de resumirlo en veinte minutos. Pero debe quedar claro que en realidad podrías estar soltando el rollo varias horas.

—Joder —dice Rubén mientras se pasa la mano por debajo de la papada.

—Y así con más de quinientos temas.

—¿Cómo que quinientos temas? —pregunta Willi.

—Quinientos. Hay que estudiarse todo el puto derecho. Civil, administrativo, financiero, internacional...

—Joder.

Willi mastica con la boca abierta, varios granos de sal se le quedan adheridos en el labio. Por primera vez parece impresionado. Rubén permanece con los ojos clavados en su cerveza.

—Por eso el preparador es tan importante. Es una especie de entrenador.

—El señor Miyagi.

—Dar tema, pulir tema.

Rubén y Willi se ríen, él fuerza una sonrisa, payasos.

—Más o menos. El preparador debe ser alguien que ya ha aprobado la oposición. Tiene que saber de qué va la movida. El mío es la hostia. Se sacó notarías en menos de dos años.

—Guau, en dos años —dice Rubén.

Willi falla el lanzamiento y el cacahuete cae sobre la solapa. Corre a limpiar la sal con una servilleta. No es el único que va con chaqueta y corbata, en el bar hay unos cuantos también disfrazados de la misma forma. Porque es eso, un disfraz. A clase no se va trajeado, por mucho que estudies en el Instituto de Empresa. Voy a jugar a que soy vicepresidente de Liz Claiborne, vete a la mierda. Al menos en eso Rubén no se comporta como un capullo, sigue vistiendo con su polo Lacoste azul de siempre. Mira el reloj inquieto. Ha quedado con Charli dentro de media hora y aún no ha hablado con Rubén del tema.

—Pero ¿tú no te presentas a abogado del Estado? —pregunta Willi mientras el muy cerdo se frota las manos para dejar sobre el cuenco los panchitos que no se ha comido.

—Sí, pero da igual. Los temas son casi idénticos.

Miente. No va a contarle su vida a este pijo repeinado, no va a decirle que hubiera preferido seguir en la academia, o buscar un preparador que fuera abogado del Estado como había hecho Borja. Era lo lógico, lo razonable, lo que hacía todo el mundo, pero no va a explicarle que es imposible hacer entender a su padre que no quiera cantar los temas con una de las mejores cabezas de este país, se sacó la oposición en tiempo récord, igual que tu amigo Mario, y en una oposición más difícil y no lo hace con nadie, es un favor personal que me está haciendo. Sí, un favor de paleto, pero cómo decirle nada a él, que es incapaz de escuchar, nunca ha escuchado y desde la movida con Julio escucha aún menos. Las orejas se le han cerrado del todo.

—Ahora vengo precisamente de clavar las obligaciones.

Les suelta el rollo, que se fastidien, los tipos de imposibilidad, de hecho, absoluta y objetiva. Se detiene especialmente en la sobrevenida, cómo se ha podido olvidar antes de la puta sobrevenida, el gesto de perplejidad de Marcial, el paleto podría haber disimulado un poco. Ahora se entretiene en explicarlo con detalle mientras Rubén asiente con la cabeza sin dejar de mirarle, aunque puede notar que está pensando en otra cosa. Ahueca el polo para darse aire en la barriga.

—Mi preparador dice que, si sigo así, en un año y medio me los meriendo a todos.

—Mario Conde se la sacó en un año —dice Willi.

—En dos. Como yo.

—Pero con la mejor nota de la historia.

—Espérate a ver la mía.

Por suerte en ese momento alguien toca a Willi en el hombro, se da la vuelta para hablar con unas chicas, ahora o nunca.

Él dice:

—Rubén.

—Qué pasa.

—Necesito que me prestes el buga.

—Buf...

—Lo necesito de verdad.

—¿Y el coche de tu viejo?

—En el taller.

Es falso, en realidad el coche está en el garaje de casa, pero no va a arriesgarse a ir con el coche de su padre a Aluche.

—¿Por qué no le pides el coche a Virginia?

—Su viejo le ha prohibido dejármelo.

—No jodas.

—No es más que un desgraciado, un piojo puesto en limpio.

—Ya te digo.

—Si no fuera por la pasta de la mujer, los pisos, las propiedades, de qué. Ni curro en el banco ni hostias, no tendría dónde caerse muerto.

Rubén asiente pensativo, apura su cerveza.

—Es que justo ahora nos íbamos a comer a Aravaca —dice Rubén—, hemos quedado con unos colegas de Willi.

—¿Y no puede llevarte Willi?

—Buf...

Mira a Rubén. Reconoce ese gesto, no ha cambiado desde que estudiaban en ICADE. Normalmente resulta sencillo convencerle y más si se trata de hacer un favor. A Rubén le encanta que la gente esté en deuda con él. Excepto cuando pone esa cara: de pronto sus ojos pierden el aire bovino, deja de sonreír. Rubén pega otro trago, es la segunda, quizá la tercera cerveza, para Rubén el fin de semana ahora empieza el sábado a medio día. Dentro de una hora será más sencillo convencerle, sin embargo no puede esperar tanto. Da un sorbo a su Coca-Cola, los hielos casi se han derretido del todo.

Él dice:

—He estado pensando.

—¿En qué?

—En qué va a ser. En lo de nuestra empresa. Tengo la idea definitiva. Mejor que la de la Claiborne de las narices.

—¿En serio?

—Telecondón.

—¿Cómo?

—Telecondón. Como Telepizza pero con condones. Llamas y en menos de media hora te llevamos los condones a la puerta de tu casa.

Rubén se queda mirando al vacío durante unos segundos antes de estallar en una sonora carcajada.

—Eh, Willi, tienes que escuchar esto. ¡Este tío es la hostia, ya te lo había dicho! ¡Nos vamos a hacer ricos! Escucha, Willi, escucha, es la leche... Joder, no sé qué haces estudiando unas putas oposiciones... Escucha, Willi, vas a flipar, Willi, oye esto, tienes que oírlo.

Mira de nuevo el reloj. Podría aprovechar para telefonear a Virginia a ver cómo va la cosa, debería, el deber, las obligaciones, pero prefiere no moverse, no perder de vista a Rubén, no hasta que tenga las llaves en la mano. Imagina a Virginia esperando al lado del teléfono, en el sofá donde lo hicieron una vez aprovechando un viaje de sus padres y su hermana, Patrocinio tenía el día libre. Pocas veces ha echado un polvo tan excitante como en ese salón, frente al retrato de la madre de Virginia. Sin embargo, ahora solo es capaz de ver el bulto en su mejilla.

*14 horas 7 minutos 21 segundos pone las luces de emergencia y deja el motor en marcha, así puede mantener encendido el aire acondicionado, un gasto innecesario de gasolina, pero la flecha del depósito indica que queda más de un tercio de combustible, de sobra para ir a Aluche y volver, luego con echar mil pelas antes de devolverle el Golf a Rubén debería ser suficiente, y si no que se joda.*

—Jodé, qué suerte —dice Charli—, en la puerta.

—¿Crees que se podrá escapar?

—Es Rocío —contesta Charli, y hace un gesto con la mano, ya tú sabes.

Ha aparcado a unos veinte metros del acceso al párking y desde allí pueden ver sin problema quién entra y sale de El Corte Inglés. La calle Princesa aparece despejada, todo el mundo estará comiendo, protegiéndose del calor, nada que ver con lo del pasado sábado a las nueve de la noche, la mole gris engullendo y vomitando gente sin parar, menuda locura. Saca el paquete de Marlboro, le quita el envoltorio de plástico.

—Guau, qué nivel —dice Charli.

—Mi viejo me lo compra los días de descanso.

—¿No descansabas los domingos?

—¿Me ves estudiando? —Se pone un cigarrillo en la boca, lo enciende—. ¿Quieres?

—¿Es el Papa católico? —dice Charli recogiendo el paquete entre las manos con delicadeza, como si fuera un tesoro, saca un pitillo y lo huele—. Mmmm, ¡er jamón!

Saca el mechero, ambos encienden el pitillo con la misma llama. Charli pega una calada profunda y se queda mirando la punta iluminada del cigarro. Él abre un resquicio en su ventanilla para que pueda salir el humo.

—Entonces, ¿mañana no descansas?

—No, Charli, evidentemente si descanso hoy, no descanso mañana.

—Joder, qué radical, ¿no?

Permanecen un rato fumando, mirando en dirección a las puertas de El Corte. Salen dos vendedoras, van hablando mientras caminan en dirección contraria, se alejan del coche, ninguna de ellas es Rocío. Por el retrovisor vigila que no aparezcan los municipales. Ve una cabina de teléfonos en la esquina con Quintana y se acuerda de Virginia. Charli se hurga la nariz con disimulo.

Él pregunta:

—¿Tú acabas este año?

—¿Yo? —Charli le mira y parece sorprendido, se ríe—, tú lo flipas.

—Joder, Charli —dice y se ríe también.

—Quizá el año que viene, si antes no me corta mi padre las pelotas, claro...

—Pero ya estás en quinto, ¿no?

—Bueno, en cuarto con varias de tercero y una de segundo. —Charli hace una pausa, abre un poco su ventanilla, lanza el humo por el hueco—. Qué cojones, sigo en tercero.

—Eres la polla. Hasta Virginia va mejor que tú y eso que ella va como el culo.

Charli se ríe, casi parece regodearse.

—¿Sabes lo que pasa? Ahora estudio en casa de Rosa. Y su madre prepara unas filloas que te cagas.

—¿Filloas?

—A grandes rasgos son tortitas.

—Ya.

—Tortitas gallegas, lo que significa que están mejor que las tortitas del VIPS.

—Creo que las he probado.

—Las normales son con azúcar espolvoreado, pero hay unas que se hacen con sangre que también están que te cagas.

—O sea que no acabas la carrera porque te ceba la madre de tu novia, ¿no?

—Ponte a estudiar después de cascarte cinco filloas —dice Charli sin dejar de reír—. Joder, solo con pensarlo se me hace la boca agua.

—Eres un puto gordo.

—Tío, que es la hora de comer.

Charli se ríe mientras su lengua asoma entre los labios, se relame, él sonríe y le suelta un saci en el brazo, Charli se queja, cabrón. Miran de nuevo hacia la puerta de El Corte Inglés, una gran bola de acero incandescente sin ventanas.

—¿Y tú? —pregunta Charli.

—¿Yo qué?

—¿Cómo llevas la oposición?

—De puta madre.

Le cuenta lo de las obligaciones, los distintos tipos de imposibilidad. Charli asiente con la cabeza, se diría que interesado.

—Pero la imposibilidad de origen —dice Charli—, se llama así, ¿no?

—Originaria.

—¿Quiere decir que no es posible tener una obligación cuando naces? ¿Que no puedes heredar las obligaciones de tu padre?

—Eh, sí... Bueno, no. No es eso. Podría serlo si...

No llega a terminar la frase, de pronto todo su cuerpo se pone en tensión, mierda de obligaciones. Tendrá que repasarse el tema de nuevo, otra vez hacia atrás, así resulta imposible avanzar.

—Ahora vengo.

Al salir del coche recibe un golpe de calor, corre a protegerse a la sombra de la cabina.

*14 horas 16 minutos 25 segundos el teléfono quema, al otro lado de la calle se encuentra la iglesia de hormigón recalentado, pero allí tampoco hay árboles, ni una sombra bajo la que guarecerse.*

*14 horas 16 minutos 49 segundos responde Virginia antes de que termine el segundo pitido, pregunta qué tal, la oye resoplar, ¿nada?*

—Nada —responde Virginia.

—Joder.

Hay un silencio al otro lado. No sabe qué decir. Al final opta por repetir lo mismo de los últimos días:

—Acuérdate de la otra vez. Fue más de una semana.

—Sí, Javi, pero ahora...

Virginia se queda callada, la oye tragar saliva, quizá está conteniendo un gemido. Hace un esfuerzo, intenta ver su rostro, pero al pasar del cuello solo logra distinguir la protuberancia rosada en la mejilla. Desde el pasado sábado no puede quitarse esa imagen de la cabeza, Virginia gimoteando, él intentando tranquilizarla, no es nada, pero si termina sucediendo lo peor actuaría en consecuencia, cumpliré con mi deber, no sabe de dónde sacó esa frase ridícula, cumpliré con mi deber, quizá de la mili, o de las obligaciones, las putas obligaciones, mientras tanto pensando en que había algo raro en Virginia. Tardó en comprender lo que estaba sucediendo. Simplemente Virginia no se había maquillado. La cara lavada, la piel erosionada, la aspereza, de pronto parecía otra persona. Descubrió el grano en su mejilla, un enorme punto rojo de cabeza blanca. Quiso abrazarla al tiempo que contenía una mueca de asco. Pero ya no fue capaz de ver otra cosa que el grano.

—¿Qué?

—No sé..., es distinto.

—¿Qué es distinto?

—Distinto, ¿sabes cómo te digo?

—No, no lo sé.

Pasa un coche de la policía municipal. Está a punto de colgar, decir espera, ahora te llamo, tengo el coche mal aparcado y paso de que me pongan una multa para luego aguantar la paliza de Rubén por la paliza que le dará su viejo. Sin embargo el coche de policía ni siquiera amaga con detenerse, sigue camino de Moncloa.

—Noto algo —dice Virginia.

—Es imposible que notes nada.

—Cariño, eso tú no puedes saberlo —dice Virginia en ese tono que le exaspera.

Crece la furia en su interior, el deseo de mandarla a la mierda, decirle tócame los huevos y te llevo a una clínica, Toño conoce una, me puede dar la dirección, ahí ya verás como notas algo. El calor dentro de la cabina empieza a ser insoportable. Huele a plástico quemado, a orines, a vómito. Abre las puertas abatibles intentando refrescarse pero le golpea el aire caliente que sube del asfalto. Por un instante teme desaparecer fulminado por el sol.

—¿Te voy a ver hoy? —pregunta Virginia—. Necesito verte.

Tarda en responder. Debería ir a verla, pasar un rato con ella, aunque está convencido de que todo quedará en nada. Ya ha pasado otras veces, hay mujeres a las que se les retrasa de forma habitual, Virginia es una de ellas. Pero debería ir a verla por el propio hecho en sí, por el hecho físico de tenerla ante sus ojos. Desde el sábado pasado, cada vez que habla por teléfono con ella, la cara de Virginia se esfuma, sustituida por el pus concentrado en el grano.

—Va a ser complicado.

—Pero el partido termina a las ocho, ¿no?

—Siempre que no haya prórroga. Y penaltis.

Vuelve a explicarle que además deben hablar con Toño, no lo sabe pero Toño necesita su ayuda, para eso están los colegas, la cosa se puede alargar.

—Te llamo cuando termine el partido y vemos, ¿vale?

—Te quiero.

*14 horas 37 minutos 26 segundos Charli sale del coche y agita la mano, grita su nombre, Rocío, y por un momento piensa que se ha equivocado, que está llamando a otra chica que se parece a Rocío y no es Rocío, Rocío no está, su jefe no la ha dejado salir, no ha colado, al final tendrá que quedarse trabajando hasta las nueve y media de la noche, no podrá venir a la caza y captura de Toño y, lo que es peor, se perderá el partido.*

—Ahí está —dice Charli con cierto tono de admiración, pero él continúa sin verla—, pita que no nos ha visto.

Pulsa el claxon con desgana mientras trata de localizarla. Al fin logra distinguir el uniforme tras un trío de ancianas que se ha detenido a hablar junto a las puertas de El Corte Inglés. Aunque está de lado, mirando en dirección contraria, reconoce el uniforme, su uniforme, alucina, se supone que el uniforme debe servir para todo lo contrario, para igualar lo que es diferente, y sin embargo sabe que esa camisa es la suya y la de nadie más. Quizá es por la manera en la que las rayas azules siguen la línea del pecho, el botón tensando los pliegues, el sujetador a punto de asomar. O quizá porque Rocío nunca se vestiría así por voluntad propia, nunca llevaría esa falda azul oscuro a la altura de la rodilla, todo su cuerpo está clamando dejadme salir de aquí. Sea como fuere, lo cierto es que desde la semana pasada no ha podido dejar de pensar en Rocío como cuando era adolescente, imaginándola en uniforme, esa imagen colándose una y otra vez en su escritorio, invadiendo el temario, caminando sobre las puñeteras obligaciones.

—¡Rocío! —grita de nuevo Charli, y por fin mira hacia ellos, devuelve el saludo a su hermano, echa a andar en dirección al coche.

Charli se acomoda en el asiento de atrás mientras él pulsa el *play* del radiocasete, suena Bruce Springsteen, lo único potable que ha encontrado en la guantera, puto Rubén, incluso tenía un casete de gasolinera de la Dolce Vita, Ryan Paris, quién se acuerda de ti, Ryan. La cinta está avanzada, en mitad de una canción, Springsteen canta *sha-la-la-la, sha-la-la-la.* Intenta recordar el título, algo de Darlington, seguramente se lo dirá ahora Rocío. Se sienta a su lado, la falda deja al descubierto el muslo por un instante, y de nuevo el perfume mezclado con el sudor de sus axilas, y de nuevo la descarga en el vientre, las ganas de besarla, desnudarla.

—Quita eso, por favor —dice Rocío señalando el radiocasete.

—Es el jefe.

—Y yo la jefa.

Rocío rebusca en su mochila, saca un casete, él reconoce la letra, pulcra, levemente inclinada a la derecha.

—Pon esto.

—¿Quiénes son?

—Flaming Lips.

Asiente con la cabeza como si los conociera, como si ya hubiera escuchado su música, no va a confesar que no tiene ni idea de quiénes son, no quiere darle esa satisfacción, hoy no le apetece quedar como un ignorante. Porque no lo es. Simplemente hay cosas que no entiende. ¿En qué momento U2 dejó de molar? ¿Por qué Police estaba de puta madre y en cambio Sting es una mierda? No lo entiende, pues si no lo entiendes no te lo puedo explicar, le dijo Rocío, fin de la historia. Pero hoy no quiere discutir.

—¿Al final cómo has conseguido que te dejen salir? —pregunta Charli.

—Porque le he limpiado el sable a mi jefe —dice Rocío, está de mal humor—. ¿Y tú a qué esperas? Arranca.

*15 horas 8 minutos 43 segundos calle los Yébenes, calle Illescas, calle Ocaña, líneas blancas que se dispersan sobre un fondo azul, en varias de ellas ni siquiera figura el nombre, comprueban los números, pero eso tampoco aclara nada.*

—Podríamos buscar un sitio donde comer algo y luego seguimos —dice Charli.

—Dame la mierda esa —dice Rocío mientras le arrebata el callejero de tapas amarillas.

Mira por la ventanilla. Ha detenido el coche frente a un parque. Al otro lado, la misma hilera de edificios de ladrillo rojo y toldos verdes que se repiten por todas partes. Incluso los grafitis, las paredes desconchadas, los balcones de hierro oxidado resultan idénticos, como si el deterioro también hubiera decidido replicarse. Es comprensible que Charli no logre recordar el camino.

—¿Por qué coño se ha venido a vivir aquí?

Trata de imaginarse viviendo dentro de uno de esos pisos, quizá aquel con un tendedero del que cuelgan unas toallas sucias. Resopla. Llevan media hora dando vueltas, buscando los Yébenes 181, bajando y subiendo con el coche por la misma calle, que fuera de toda lógica pasa del número 159 al 217. Si continúan así tendrá que echarle más gasolina al Golf.

—Joder, no tiene ningún sentido —dice Rocío, hincha los labios mientras salta de una página a otra, la mirada obcecada.

—¿Me lo dejas un momento?

Rocío le pasa el callejero. Ha perdido el lomo, no queda mucho para que se desencuaderne del todo. Busca en las primeras páginas, localiza el año de impresión, 1971. Resopla. La mitad de estas calles no debían existir entonces. Va a decirle algo a Charli, a cagarse en su vida, él tiene un callejero más reciente en casa, pero se queda en silencio pasando páginas. Lleva un rato pensando que en realidad preferiría que no encontraran a Toño, mejor los tres solos, como hicieron con Suiza, con Alemania, Corea del Sur, Bolivia, que le jodan a Toño. Le devuelve el callejero a Charli.

—¿No íbamos a preguntar? —pregunta Charli.

—¿A quién? —dice Rocío—. Por aquí no hay ni dios.

—¿Y si llamamos a Paco Lobatón? —dice Charli.

Se ríen sin muchas ganas. Suena Dylan, *Hurricane,* por fin algo conocido, ya era hora. Charli reclama el callejero, se lo pasa, y de pronto, sin previo aviso Rocío abre la puerta, sale del coche. Camina deprisa, adentrándose en el parque. No comprende nada, está a punto de salir detrás, qué manía de ir a su aire, siempre igual. Rocío llega hasta un grupo de chavales sentados en un banco a la sombra. Resulta extraño que no los hayan visto hasta ahora. Son cinco adolescentes vestidos de chándal.

—¿Vamos?

—¿Para qué?

—No sé, Charli, es Aluche.

—No pasa nada, hombre —dice Charli, y hace sonar la bolsa de plástico con las botellas—. ¿Abrimos una litrona?

—Espérate, no seas gumias.

Rocío habla con los chavales. La escuchan en silencio, uno se lleva un cigarrillo a la boca, seguramente será un porro.

—¿Has visto el nombre de esta calle? —dice Charli, y le muestra el callejero—. Se llama Tembleque.

No contesta. El cuerpo en tensión mientras el chaval del porro señala hacia donde está el coche, luego hacia la derecha, también a la izquierda, escupe en el suelo.

—Calle Tembleque esquina Acojone.

Charli se ríe. En el parque, el chaval del porro suelta una carcajada, los otros chavales también están riéndose. Incluso Rocío echa el cuerpo hacia atrás mientras hace un gesto con la mano. Todo el mundo se ríe, pero él no sabe dónde está la gracia. Podría estar repasando las obligaciones en lugar de perder el tiempo en el culo del mundo.

—¿Está saliendo con alguien?

—¿Quién? —Charli se concentra en el callejero, no levanta la mirada para responder.

—El Papa. Joder, tu hermana, Rocío.

—Mmm, no, me parece que no. Creo que se ha liado con uno del curro.

—¿Un vendedor de El Corte Inglés?

—Sí, supongo que será un vendedor. No creo que sea Isidoro Álvarez. Aunque con Rocío todo es posible.

—¿Qué pasó con el melenudo?

—¿Miguel Ángel?

—Sí, supongo. Nunca llegué a aprenderme su nombre.

—Ni idea. Lo dejaron. No sé más. Rocío no me cuenta esas cosas. Bueno, en realidad no cuenta nada, ya sabes cómo es.

Saca un Marlboro, lo enciende.

Rocío por fin se despide de los porreros como si fueran colegas de toda la vida. Camina en dirección al coche y vuelve a sentirse excitado al verla en uniforme. No lo comprende. A él solo le ponen las rubias de bote, la piel bajo dos dedos de maquillaje, niñas pijas de papá que huelen a dinero, como Virginia.

—Arreglado —dice Rocío mientras abre la puerta.

Recupera el callejero, señala una de las callejuelas, perpendicular a los Yébenes. Les explica que esas calles sin nombre son todas la misma, los Yébenes, gracias a algún funcionario sin ganas de trabajar: para qué pensar otro nombre, qué cansancio, todas estas calles se llamarán igual, los Yébenes, laberinto de Yébenes. Vuelve a estar animada, se ríe, al final van a encontrar a Toño.

—El 181 queda un poco más arriba —dice Rocío.

Arranca el coche. Rocío coge un Marlboro de la guantera sin pedirle permiso. Da igual, se lo habría dado de cualquier modo. Fuman en silencio mientras dejan atrás el parque.

*15 horas 32 minutos 24 segundos las botellas chocan dentro de la bolsa de plástico, busca el letrero al final del pasamanos, cuarto, solo queda uno, perfecto, acabemos con esto cuanto antes, recorre el descansillo preguntándose de nuevo cómo puede estar viviendo aquí, por muy coñazo que sea su padre, por muy chocha que esté la abuela, no puede ser peor que esto.*

—Esperadme, cabrones —dice Charli, le oye resoplar desde el tercero.

El edificio resulta aún más deprimente por dentro que por fuera. Paredes desconchadas, suciedad, el mismo olor a sopa de sobre y lejía en cada piso. Por fin llega al quinto, Rocío espera apoyada en la barandilla. Él se pone un Marlboro en la boca, pero no llega a encenderlo. Charli sube el último tramo tosiendo.

—Joder —dice Charli mientras trata de recuperar el aliento.

Señala la puerta del fondo. Una A enorme cuelga sobre el marco. Rocío llama al timbre pero no se oye nada, ni el más leve zumbido. Golpea con los nudillos dos veces. Tampoco hay respuesta. Vuelve a golpear y permanecen un rato en silencio, tratando de oír algún tipo de movimiento, un rumor, al otro lado. Ambos miran a Charli.

—Seguro que está —dice Charli mientras mira su reloj, la respiración aún entrecortada—. Toño se levanta tarde, a veces desayuna...

De pronto se abre la puerta y aparece un tipo enorme. Esa es la palabra y no otra, enorme. Mide metro noventa, se podría decir que está gordo, pero no, es más que eso, es una especie de montaña, una enormidad. Va vestido con un albornoz deshilachado que en algún momento debió de ser verde.

—Hola, Moko —dice Charli—, ¿qué tal, tío?

Moko no responde, se queda mirando con la mano en el pomo de la puerta como si no hubiera visto a Charli en su vida.

—¿Está Toño?

Por un instante tiene la sensación de que Moko va a saltar sobre ellos para arrojarles escaleras abajo. Finalmente cierra la puerta con un golpe seco. Se miran. Charli levanta las cejas, contiene una carcajada, igual que Rocío, mientras él vuelve a pensar que se ha equivocado, perder el día en esta imposibilidad objetiva, absoluta, insuperable, sobrevenida de su puta madre, puto Toño.

—¿Qué hacemos? —pregunta Charli—, ¿volvemos a llamar?

Antes de que pueda responder «nos vamos», la puerta se abre de nuevo. Esta vez Moko la deja abierta antes de perderse en el interior. Charli hace una señal para que le sigan. Se asoman a un largo pasillo en penumbra invadido por una especie de selva. El suelo de madera oscura cruje bajo su peso, casi suena a advertencia, cuidado. Entra detrás de Rocío y avanza pegado a la pared, algunas plantas le rozan al pasar como si quisieran agarrarle por el brazo. Cruzan por delante de una puerta entornada, al otro lado las persianas a media altura solo permiten intuir la silueta de una cama deshecha, una mesilla de noche infestada de libros, un bulto de ropa sucia, una silla rota. En el salón se repite la misma imagen que en el pasillo: plantas por todas partes, como si la casa sufriera algún tipo invasión extraterrestre. De una maceta cuelgan vainas deformes, hinchadas, igual que en aquella película en blanco y negro, no recuerda el nombre, luego le preguntará a Rocío el título. Huele a ajo, a menta, a manzanilla, al olor dulzón de las flores muertas, pero también apesta a mierda de gato, a animal enfermo, sin embargo no se ve un gato por ningún lado. Tampoco hay ni rastro de Toño.

—Qué pasa, tío, ¿cómo lo llevas? —dice Charli.

—Toño vendrá ahora —replica Moko—. Ha salido un momento con Maca.

Moko tiene algo de Buda, sentado sobre un sillón orejero de tela desgastada con varios costurones a la vista. Ha logrado cruzar las piernas a pesar del gran tamaño de su barriga. Se diría que lleva varias horas en la misma posición. Detrás de Moko, en una esquina, el televisor, sin sonido, muestra una de esas series en las que todo el rato salen tías en bañador.

—¿Una birra? —pregunta Charli.

Moko alza los hombros.

*15 horas 44 minutos 16 segundos pulsa el interruptor pero la luz de la cocina no funciona, allí también hay plantas, hojas y tallos brotan sobre la nevera, desde el interior de los armarios, flores amarillas, otras de pequeños pétalos blancos, sin embargo no encuentran un vaso limpio por ningún lado, habla en voz baja, joder, vámonos de aquí ahora mismo.*

—En cuanto llegue Toño —dice Rocío mientras recoge el estropajo negro que hay junto al grifo.

—¿Vas a fregar?

Señala la pila, rebosante de platos y cacharros, la mitad sumergidos en agua estancada.

—Tendremos que beber en algún lado, ¿no? —dice Rocío.

—Joder, bebemos a morro.

—¿Y compartir babas con Moko? Paso. No encuentro el jabón. ¿Lo ves por algún lado?

—Este cabrón seguramente lo tiene en el baño. Tiene pinta de lavarse los sobacos con Mistol.

Rocío suelta una carcajada, los rizos caen por su espalda, el cuello desnudo, a la vista.

—Vámonos. Le esperamos en un bar. Abajo habrá alguno.

—Sí, Javi, no seas pesado, en cuanto venga Toño nos piramos.

—¿Y si no viene?

—Vendrá.

—Como las otras veces.

Rocío resopla, saca un vaso del fregadero, lo vuelca sobre la pila y cae un líquido pegajoso, una especie de mucosidad repugnante, pero ella no cambia el gesto, simplemente mete el cristal bajo el chorro de agua y lo frota con energía.

—Vendrá —repite Rocío.

—No sé por qué estás tan segura.

—Joder, vive aquí. Tendrá que venir en algún momento, ¿no?

Él asiente con la cabeza sin mucho convencimiento.

—¿Haríais lo mismo por mí?

—¿Fregar? —pregunta Rocío.

—No. Me refiero a esto: venir a rescatarme.

—¿Es eso lo que estamos haciendo?

Rocío alza el vaso en dirección a la ventana para comprobar que está limpio antes de dejarlo en la encimera.

—Al menos me da la sensación de que es así.

—No sé —dice Rocío mientras coge otro vaso, este parece menos sucio que el anterior—. No creo que a Toño se le pueda rescatar. Tampoco sé si lo necesita.

—No me has contestado.

Rocío se le queda mirando con curiosidad.

—Tú nunca te perderás, Javi —dice Rocío, sonríe—. Es imposible.

Un roce en la mejilla con el estropajo, nota la humedad rugosa, siente el impulso de secarse con la camisa, pero no lo hace.

*15 horas 48 minutos 55 segundos clava la mirada en la montaña de papeles que hay sobre la mesilla, sobres sin abrir, folletos, intentando no pensar lo que puede haber oculto debajo, Rocío sirve cerveza, él niega con la cabeza, dásela a Charli.*

—Tenéis un montón de plantas —dice Rocío mientras se sienta y pega un sorbo a su cerveza.

—Son de Toño —dice Moko con desgana.

Él pregunta:

—¿Toño se dedica ahora a la jardinería?

—Bueno —contesta Moko, parpadea, mira a su alrededor como si viera las plantas por primera vez—, más o menos.

Charli intercambia miradas con Moko y suelta una risita. El gordo sonríe, mete la mano bajo su enorme trasero y saca un rollo de papel higiénico.

—¿Qué pasa? —pregunta Rocío.

—Toño quería que plantaran su propia maría —contesta Charli—. Pero ya sabéis cómo es: el cabrón se ha obsesionado y al final se ha convertido en un experto en botánica.

—Un experto —repite Moko y recorta un pedazo de papel con el que se seca la frente.

—Según parece la maría crece mejor rodeada de ciertas plantas, de mogollón de ellas.

Mira a su alrededor. No conoce el nombre de ninguna planta, todas le resultan más o menos iguales, cree reconocer los pétalos amoratados de un crisantemo. Vuelve a mirar el rollo de papel higiénico. No le extrañaría que bajo todos los papeles de la mesa hubiera alguna sorpresa. De nuevo piensa en proponerles que esperen en un bar, huir.

—¿Y funciona? —pregunta Rocío.

Moko resopla como si el hecho de pensar ya supusiera un esfuerzo. Se pasa los dedos amarillentos de nicotina por la cabeza peinando los pocos pelos que le quedan. Su piel brilla, pero no parece sudor sino otra cosa, algo viscoso.

—Aún no se sabe —dice Charli con una gran sonrisa—. Toño asegura que con este método sale una marihuana de primera, pero el problema es que con tantas plantas ya no les queda espacio para sembrar maría.

—Se ha empezado a morir —dice Moko, la mirada fija más allá de la pared—. Se ha empezado a morir. Solo tenemos una puta planta de maría. Está en el baño. Y se ha empezado a morir.

Rocío y él se miran. Ella empieza a reírse, al principio trata de disimular, luego no puede ocultarlo, Toño en su más pura esencia, qué cabrón, le ha llenado al gordo la casa de plantas para nada, seguro que hasta le obliga a regarlas, y él tampoco puede evitarlo, también se ríe, igual que Charli. El único que no le encuentra la gracia al asunto ahora es Moko. Continúa con la mirada clavada en la pared. Para disimular, Rocío empieza a hablar del Mundial, del partido de hoy. La conversación es ridícula, es posible que el gordo ni siquiera sepa de qué coño están hablando, y sin embargo Rocío insiste. Moko no dice nada, simplemente les sigue con la mirada mientras hablan. Como mucho, de vez en cuando emite un *guachi,* una extraña mezcla de *guay* y *chachi*. Trata de concentrarse en la tele, un viejo aparato, un Telefunken, ahora están echando anuncios. Busca el mando con la mirada. A lo mejor podría poner el Tour sin que nadie se dé cuenta. Este año no puede seguirlo a diario, solo sabe que Miguelón aún no lleva el maillot amarillo, pero en cuanto llegue la primera contrarreloj se van a cagar todos, los va a fundir como los funde siempre.

—¿Queréis? —dice Moko mientras muestra un pequeño envoltorio de plástico transparente con algo dentro.

Rocío niega con la cabeza. Él extiende la mano para coger el chivato de un paquete de tabaco; en su interior, una docena de pastillas blancas con aspecto de caramelos para la tos.

—¿Esto qué es?

—Love.

—¿Qué es eso?

—MDMA.

—Ni idea.

—Éxtasis.

—Sí, lo que me faltaba, terminar el día haciendo la ruta del bakalao.

Moko se ríe sin ganas, abriendo la boca a medias. Él extiende el brazo para devolverle el chivato, pero Charli se adelanta, me pillo una para luego, para cuando llegue Toño, dice antes de devolvérselo a Moko. Mira a Charli, observa con qué suavidad apresa la pastilla entre los dedos. No sabía que Charli tomara pastis.

—El otro día vimos el partido enpastillados —dice Moko—. Fue idea de Toño. Estuvo muy guachi. Al final terminamos hablando de qué significa ganar y qué significa perder. La gloria de la derrota.

Moko permanece pensativo, los ojos ridículamente abiertos, se mete una pastilla en la boca. De algún lado saca una botella de gaseosa y pega un trago corto, alza la cabeza, puede ver como el líquido desciende por la garganta. Él mira a Rocío, quiere insistirle, vámonos ya, nos largamos, qué hacemos en esta pocilga, que le den a Toño, que se quede Charli si le apetece, parece estar en su salsa, siempre lo está. Rocío alza las cejas, rellena su vaso de cerveza. De pronto Moko se pone en pie. Levanta una maceta y la arroja al suelo. La cerámica estalla rompiéndose en mil pedazos, la tierra desparramada por el suelo como un vómito negro.

—Hay noches que creo que me asfixio —dice Moko, la mirada mansa—. ¿No os explicaron a vosotros de pequeños esa movida? Que no se podía dormir con plantas, que te quitan todo el aire.

Los tres permanecen en silencio. Moko regresa a su butaca, cierra los faldones del albornoz sobre las piernas, la expresión despreocupada, casi dócil.

—Os he contado una pequeña mentira —dice Moko—. Toño no va a venir. Se ha largado con Maca.

—¿Cómo que se ha largado? —pregunta Rocío.

—Les pillé ayer en la cama —dice Moko; aunque no parece afectado, otra vez desenrolla el papel higiénico—. Luego estuvimos hablando de la traición, de la amistad. También del amor, claro. Estuvo guachi. Pero les dije que se tenían que pirar.

Primero mira a Rocío, luego a Charli, tan sorprendidos como él, puto Toño, otra de sus flipadas, siempre liándola, hasta que de pronto Rocío tensa la boca, reprime una carcajada, Charli igual, él sin embargo ahora no le ve la gracia. Moko señala hacia el televisor.

—Podemos ver el partido juntos —dice Moko—. Sería guachi.

Ninguno contesta. Los tres guardan silencio mirando la pantalla.

—¿De verdad que no queréis? —pregunta Moko mostrando de nuevo el chivato.

—¿De verdad no tienes nada de comer? —replica Charli.

*17 horas 2 minutos 11 segundos un hombre trajeado cruza entre los coches corriendo, grita Rocío, eh, Rocío.*

—Joder, Collado —dice Rocío entre dientes.

—¿Tu jefe? —pregunta Charli.

—Sí.

—¿Qué hace aquí?

Rocío no contesta, sigue buscando las llaves del portal en el interior de su mochila. El tal Collado dedica los últimos metros a recomponer su aspecto.

—No puedes irte así —dice Collado cuando les alcanza, congestionado, tratando de recuperar el resuello.

—Ya me he ido. Me he despedido, Collado, no sé si te acuerdas.

Collado toma aire, pide un momento para recobrar el aliento. La casa de Rocío se encuentra al final de una calle estrecha, encajonada entre la Cuesta de San Vicente y el Mirador de la Montaña. No queda lejos de El Corte Inglés, sin embargo es una buena distancia para venir corriendo desde allí, y más vestido de traje y corbata.

—No, no te has despedido. He hablado con Manzano, le he dicho que te encontrabas mal.

—¿Y por qué has hecho eso? —dice Rocío mientras gira la llave del portal.

Por la expresión de su cara queda claro que Collado no esperaba esa respuesta. Parece desolado, pero es solo un instante, en seguida sonríe, la sonrisa voraz de un vendedor de toallas:

—¿Me invitas a tomar un café?

—¿No tendrías que estar ya en la tienda? —pregunta Rocío.

—Hay tiempo —dice Collado—. A mí sí que no me van a despedir. Y Manzano se ha largado a ver el partido. Maricón el último.

Mira a Charli, a él, sonríe buscando su complicidad, somos hombres, fútbol, oe, oe, oe. Rocío empuja la puerta metálica y entra en el portal. Collado hace un gesto teatral con la mano para dejarles pasar primero a ellos.

Él dice:

—No, por favor, usted primero.

Nota el escrutinio del tal Collado al pasar a su lado. Huele a ron, seguramente se ha tomado un pelotazo después de comer. No es mayor, cuarenta como mucho, pero tiene pinta de pertenecer a la vieja escuela, la escuela del cubata en la sobremesa.

—Bueno, yo me voy a por eso —dice Charli desde el umbral.

—Puto gordo.

—Que el partido es muy largo.

—Puto gordo.

—¿Te vienes?

—Puto gordo.

—¡A Dios pongo por testigo de que jamás volveré a pasar hambre!

Charli sale corriendo. El ascensor vuelve a estar estropeado, igual que el sábado anterior, igual que en casa de Toño, puto Toño, toca subir los cuatro pisos a pata. El Whopper se revuelve en su estómago. Estaba muerto de hambre y ha comido deprisa, con ansia, y la hamburguesa le ha sentado fatal. Salta los escalones de dos en dos y no tarda en alcanzar a Collado, que resopla mientras va dejando por las escaleras un tufo a alcohol y a perfume de oficinista. Observa la espalda arrugada de su chaqueta, los zapatos marrones brillando. Tiene aspecto de ser un buen traje, aunque lo más probable es que se trate de un Emidio Tucci. Hay algo ridículo en subir por las escaleras, estas escaleras sucias, polvorientas, vestido de semejante guisa. Cuando sea abogado del Estado nunca subirá escaleras en traje y corbata.

*17 horas 6 minutos 15 segundos Collado saca un pañuelo para secarse el sudor de la frente, del cuello, empieza a sonar Bowie, llega desde el baño, a Bowie puede reconocerlo, es lo que escucha Rocío cuando quiere relajarse, no tiene ni idea de qué disco es, parece* ashes to ashes funk to funky, *quizá no, pero se trata de Bowie seguro, y por un instante tiene la sensación de que Collado duda si salir detrás de Rocío, entrar en el baño a darse una ducha con ella, decide ignorarle y se sienta en el sofá intentando acomodarse en la manta agujereada por las quemaduras de cigarrillo, saca de la bolsa una de las litronas que ha sobrevivido al fracaso de Aluche para dejarla sobre el cristal sucio de la mesa.*

—Voy a por unos vasos —dice Collado y desaparece por el pasillo.

Está a punto de responderle que no se moleste, la cerveza no es para ti, no te jode. Saca un Marlboro. Ahora no tiene ganas de fumar, pero necesita quitarse el estremecimiento que ha sentido al entrar, el mismo de las otras veces. Las paredes, el suelo, el techo, la mesa, la estantería, el mueble del televisor, todo parece impregnado de un hedor antiguo que no pertenece a Rocío ni a Marta o María, como se llame su compañera de piso, es un tufo que estaba allí antes de que lo alquilaran ellas, mucho antes. Da una calada y mantiene el cigarrillo cerca de la boca esperando a que el humo haga su efecto. Enciende el televisor, un viejo aparato panzudo, con el mando a distancia. Están poniendo un resumen del partido de octavos contra Suiza.

—Ha costado —suena la voz nasal de Collado.

No dice nada, le ignora. Collado se arrodilla a su lado, no pide permiso para abrir la litrona, pero da igual, sirve dos vasos y deja uno sin espuma delante de él. Se pasa una vez más el pañuelo por el cuello. No deja de sudar. Miran la tele en silencio.

—¡Uy! —dice Collado, como si no fuera una repetición. Aun así el balón ha pasado muy lejos del poste, menudo gilipollas.

Resopla. Sobre la mesa hay un libro de tapas desgastadas, *La senda del perdedor,* Charles Bukowski, Anagrama, debajo una guía de Nueva York. Hojea la novela, varias páginas subrayadas, seguramente pertenezca a Rocío. Marta o Maite, como se llame, no tiene pinta de leer mucho.

—¿Solo te quedas tú a ver el partido? —pregunta Collado mientras se limpia la boca con el dorso de la mano.

—Charli viene ahora. Ha ido a por algo de picar.

—¿No habéis comido?

—Sí. Hemos comido.

No quiere dar más explicaciones, pasa de contarle que Charli es un puto gordo. Nada más salir del Burger King ya estaba preguntando a Rocío si en casa tenía patatas, pistachos, algo. De paso se daría una vuelta por detrás de Gran Vía, a ver si pillaba un poco de costo. Contempla la foto del autor en la contracubierta. El tal Bukowski tiene el aspecto de quien acaba de levantarse. Ha pasado buena noche, ya se ha dado una ducha, el pelo aún húmedo, y está a punto de desayunar. El día se presenta cargado de buenos augurios.

—¿Y el otro? —pregunta Collado.

—¿El otro?

—Tom, Tomi, Toni.

—Toño.

—Eso. ¿No iba a venir también?

Alza los hombros como si no supiera nada o como si no le importara. Deja el libro sobre la mesa para intentar concentrarse de nuevo en el televisor. Matías Prats habla con el periodista del mostacho enviado a Estados Unidos, luego da paso a los goles que lleva España en el Mundial.

—¿Te cuento un secreto sobre Rocío? —dice Collado, resoplando mientras nuevamente trata de secarse la frente con el pañuelo. Continúa con la chaqueta puesta, la corbata tensa alrededor del cuello. Es impresionante cómo suda y sin embargo no hace nada para evitarlo excepto pasarse ese pañuelo una y otra vez por el cuello y por la frente. Más que un pañuelo debería usar una bayeta. Aunque lo más lamentable es que se deja llamar por el apellido, por ese apellido. Eso dice mucho de él, Collado Villalba, Collado Mediano, Collado Sudoroso.

—No, no me interesa, la verdad.

—Bueno...

Collado Sudoroso entrecierra los ojos intentando darles un aire de malicia. Coge el vaso de cerveza para rellenarlo, bebe con ansiedad. Él no dice nada, aleja la litrona y trata de concentrarse en el televisor, el golazo-churrazo a Alemania de Goikoetxea.

—Los mejores ahora mismo son los del Barça, ¿no te parece? —dice Collado Sudoroso.

Mira hacia la puerta de la calle, al inicio del pasillo. Collado Sudoroso sigue de rodillas, inclina el cuerpo sobre la mesita como si estuviera en la barra del bar. Ahora casi se tumba sobre el cristal para poder alcanzar la litrona que él ha dejado en el otro extremo de la mesa. Resopla, cualquier movimiento parece costarle un gran esfuerzo. Vuelca el gollete sobre su vaso. Blop, blop, blop, cae espuma, tiene algo de babas, blop, blop, blop, todo lo que hace este tipo resulta desagradable. Y Marta, Maite, ¿por qué no sale ya? Cualquiera vale, cualquiera es mejor que quedarse a solas con Collado Sudoroso.

—¡Se ha terminado la cerveza! —grita Collado, pero nadie le responde.

Collado Sudoroso vuelve a secarse la frente con el pañuelo. Baja el tono, susurra, lo cual hace que su voz resulte aún más desagradable.

—Cuando está a punto de correrse canta —dice Collado.

—¿Qué?

—Rocío. Canta antes de correrse. Bueno, no canta. Canturrea, más bien tararea.

Collado Sudoroso empieza a tararear, pero lo hace tan mal que es imposible saber de qué canción se trata. Agarra la litrona vacía y se levanta, no sin antes pensar por un instante en rompérsela en la cabeza. Una de las ventanas está abierta, la tarde inmóvil tras los visillos. Aun así podría cerrarla, a ver si así Collado Sudoroso revienta por el calor.

*17 horas 26 minutos 34 segundos Rocío tiene el pelo mojado, termina de secárselo con la toalla, ya no huele a sudor y a perfume, sobre todo a ese perfume, joder, ese perfume, tiene que preguntarle cuál es para regalárselo a Virginia, ahora huele a champú y se ha cambiado de ropa, es lógico, ya no lleva el uniforme, aun así siente un leve estremecimiento.*

—Pues no —responde Rocío—, no quiero que se quede.

—Joder, entonces dile que se largue, ¿no? Solo tenemos tres litronas y este cabrón es una esponja.

Muestra la botella de Mahou que ha sacado de la nevera, el cristal húmedo, sudoroso, como el puto Collado.

—Enseguida se va.

Rocío lanza la toalla con fuerza, cae en el interior de la lavadora con un golpe seco. Saca un cigarrillo del paquete de Fortuna que hay sobre la encimera. No llega a encenderlo, lo deja en los labios mientras abre el armario que se encuentra sobre el fregadero rebosante de platos. Agarra el pomo con cuidado, tratando de evitar que se descuelgue la puerta, sostenida a duras penas por una bisagra oxidada. Lanza un suspiro.

—¡Marta! —grita Rocío—. ¡¿No hay ni un vaso limpio?!

Se oye un «voy» lejano, seguramente amortiguado por la puerta del dormitorio de Marta. Cierra el armario, ahora sin prestar demasiada atención, y la puerta queda desencajada.

—Joder. ¿Qué pasa hoy con los vasos?

—Collado Sudoroso ha cogido los dos últimos.

—¿Collado Sudoroso? —dice Rocío y sonríe, relaja el gesto.

—Hombre, Martita, ¡tú por aquí! —La voz de Collado llega desde el salón. Marta responde algo. Empiezan a hablar, aunque es imposible saber qué dicen, hasta ellos solo llega un murmullo, una risa. El piso es más bien pequeño, la puerta de la calle se encuentra en el salón, a continuación los dormitorios, sin embargo el baño y la cocina quedan separados del resto de la casa por un pasillo innecesariamente largo.

—¿Es cierto lo que ha dicho Collado Sudoroso?

—No le llames así.

—Tu novio.

—No es mi novio.

—El viejo.

—¿Qué ha dicho?

—Que has dejado el curro.

—Sí, es cierto. Y no es tan viejo.

—Sí lo es. ¿Y por qué no has dicho nada?

—No es tan importante. Tiene cuarenta y dos años.

—¿Qué vas a hacer ahora? Cuarenta y dos es ser un puto anciano.

Rocío se ríe, alza los hombros.

—No sé. Pondré copas como antes. Algo saldrá.

—Joder, ¿y por qué no vuelves a casa de tu padre? ¿O de tu madre? Unos meses. Así tendrías antes el dinero.

Rocío alza las cejas. Sabe que es inútil. Ya ha intentado convencerla y sabe que no sirve de nada. Puede comprender que no quiera irse a vivir con su padre, con los niños de su mujer y todo ese lío, pero Charli sigue viviendo con la madre perdón Marisa. Y sí, de acuerdo, el tal José Luis es un capullo, es un gilipollas, pero se pasa el día fuera, currando, no está nunca en casa, no tiene por qué verle el careto, solo por la mañana en el desayuno, ni siquiera eso. Su padre también se porta muchas veces como un capullo, incluso peor, un capullo fascista, en cualquier caso es mejor que esto. Pero Rocío no quiere que le den nada hecho, Rocío no necesita a nadie. Es todo lo contrario a Virginia. Él dice:

—Deberías rodar otro corto.

—Ya.

—El anterior que hiciste estaba de puta madre.

—Era muy lento.

—Para nada.

—Es lo que me dijiste tú.

—¿Dije eso?

—Tal cual.

—Es que era muy lento.

Se ríen de nuevo. Va a decir algo pero no tiene tiempo, porque en ese momento Marta entra en la cocina. Se ha arreglado, el pelo suelto, sombra de ojos, un vestido negro ajustado, significa que se pira. Suspira, tendrá que quedarse a solas con Rocío y su novio o lo que sea aquello hasta que vuelva Charli. Y debería estar ya aquí.

—¿No hay ni un solo vaso limpio? —pregunta Rocío.

—Iba a fregar ahora.

—Pues empieza ya —dice Rocío y bebe a morro de la botella—. Y no pienso ayudarte. He fregado bastante por hoy.

*18 horas 48 minutos 52 segundos el brazo de Collado Sudoroso como una zarpa en el respaldo de la silla, hablando en voz baja sin detenerse a respirar, lleva la corbata levemente desanudada, aunque se ha quitado la chaqueta continúa sudando, el pañuelo ha desaparecido, ahora levanta el hombro para secarse la frente con la camisa, pero lo peor es su boca, pegada a la cara de ella, casi puede sentir el aliento amargo de la cerveza mientras Rocío niega con la cabeza.*

—De verdad que le conozco —dice Marta.

—¿A quién?

—El algodón no engaña.

Marta señala al televisor, un calvo se pasea por un baño absurdamente grande. Tarda unos segundos en reconocer al mayordomo de Tenn con bioalcohol.

—Es el tío de una compañera de clase.

—Guay.

Marta sonríe y su rostro parece descomponerse en una mueca extraña, quizá porque tiene los ojos muy juntos, demasiado, la boca pequeña, le sobra cara. Trata de concentrarse en el televisor, un anuncio de perfume, quizá sea de un coche, pero de reojo sigue pendiente de las dos sillas que hay al otro lado del sofá, pendiente de las inflexiones de voz de Rocío.

—¿Vamos a ganar? —pregunta Marta.

—¿Qué?

Mira hacia la puerta de la calle. Quedan cinco minutos para que termine el descanso y Charli aún no ha venido, al final el gilipollas se perderá el partido entero. Putos italianos.

—Que si vamos a ganar.

Junto al televisor se apilan las cintas de vídeo en perfecto orden, en muchas el tamaño de la letra hace difícil leer lo que ha escrito Rocío, en otras las palabras están dibujadas con generosidad *CUENTOS DE TOKYO, FELLINI, DOCU SCORSESE.*

—El partido, a los italianos.

—Sí, vamos a ganar.

Discos, cajas de cedés dispuestas como pequeñas construcciones alrededor de la minicadena. Reconoce la mano de Rocío, su intento de mantener el caos de Marta a raya.

—Primero tendremos que empatar, ¿no?

—Sí, claro.

De pronto Collado suelta el respaldo de la silla como si le hubieran dado un latigazo. A continuación da tres sonoras palmadas.

—A ver si vosotros entendéis esto.

—No, Collado, por favor —dice Rocío.

—Son tus amigos, ¿no? A lo mejor pueden echarnos una mano.

—No, en serio...

Conoce bien el gesto de Rocío, no me toques los ovarios, quizá el puto Collado Sudoroso desconoce su significado, quizá no sabe que la está cabreando en serio, quizá es aún más gilipollas de lo que parece.

—La cosa es que tenemos a un chico y a una chica que se conocen en el trabajo. Pongamos que es en la sección de menaje del hogar de El Corte Inglés, por decir un sitio, no tiene nada que...

—Collado —dice Rocío, sonríe, enciende un Fortuna, tratando de calmarse, de contener a la fiera.

—Déjame. La cosa es que la chica es nueva y está un poco perdida porque vender toallas no es tan sencillo como parece, hay que saber de tejidos, tipos de lavado y demás, pero el chico, que lleva varios años dedicado al asunto, le echa una mano. La cosa es que acaban en la cama. Al principio la cosa es algo físico, el chico está casado, tiene dos hijos, no quiere líos, y se lo deja claro desde el primer momento a la chica. La chica por su parte dice que por ella perfecto porque se quiere ir a vivir fuera, a estudiar al extranjero, está ahorrando para largarse cuanto antes. Pero la cosa se complica...

De pronto, él dice:

—Muchas cosas.

—¿Cómo?

—Todo el rato, la cosa es esto, la cosa es lo otro...

Collado inclina el cuerpo, las manos apoyadas en las rodillas, la mirada cerril. Levanta el antebrazo como si fuera a olerse las axilas, no sería extraño, es una bestia sudorosa, un orangután. Después de secarse el sudor de la frente en el hombro, Collado vuelve a mirarle, esta vez sonriendo.

—Javi, no te metas —dice Rocío concentrada en la punta de su cigarrillo.

—La cosa —dice Collado remarcando la cosa con una sonrisa— es que al chico le empieza a gustar la chica. Mucho. Ya no solo es un polvo. Un buen polvo, por cierto...

No puede evitarlo, se incorpora en el sofá y de un manotazo manda los pies de Marta al suelo, es un gesto inconsciente, qué hacen esas piernas ahí, quién las ha puesto.

—No, la cosa —dice Collado, y su sonrisa parece agrandarse—, la cosa es que el chico empieza a insinuar que quizá la cosa podría evolucionar, ir a más. Insiste, presiona, le dice que está dispuesto a dejar a su mujer, una noche se le escapa un te quiero. Pero la chica no se da por aludida, hasta que un día...

—Collado, déjalo ya.

—Un día la cosa es que ella le pregunta si puede prestarle dinero. No mil pesetas, ni dos mil pesetas. Dinero de verdad. Casi un cuarto de quilo, doscientas mil pelas. Tengo muchos gastos, no consigo ahorrar, dice ella. Y aquí viene la cosa. Toda esa cantidad de dinero no se le pide a alguien que no te importa, ¿verdad? Eso significa algo.

—Ya te he dicho que no quiero el dinero.

—Pero lo has pedido..., perdón —dice Collado forzando una risita repugnante, sudorosa—, hay que mantener en secreto la identidad de los protagonistas de la historia: la chica lo pidió, pidió el dinero. Esa es la cosa. Porque si no, ¿quién pide dinero entre dos personas cuando solo hay sexo? Esa es la cosa.

Collado Sudoroso no deja de sonreír, mirándole a él. Por un momento se cruza por su mente la idea de abandonar la oposición, no para siempre, claro, conseguir un trabajo, o dos trabajos, cualquiera valdría, incluso vendedor de El Corte Inglés como Rocío. Al fin y al cabo su vida no cambiaría mucho, en lugar de estar diez horas todos los días clavado en la mesa los pasaría trabajando, ahorrando todo lo que ganara. Serían solo unos meses, el tiempo suficiente para ganar la pasta que necesita Rocío, toma, aquí tienes el dinero, vete a Nueva York con Anaís, deja de perder el tiempo con imbéciles. Entonces se le borraría la sonrisa a Collado, esa sonrisa repulsiva. Quizá sea por la luz de la lámpara, pero tiene los dientes amarillos, sus dientes también sudan, puto gilipollas, das asco, alguien ha hablado y la sonrisa de Collado Sudoroso desaparece, mira hacia abajo, de pronto comprende que se ha puesto de pie.

—¿Qué? ¿Qué has dicho? ¿Qué me has llamado? —dice Collado, también se pone de pie.

—Me has oído perfectamente.

Solo les separa un metro, metro y medio como mucho, y sin embargo es un recorrido repleto de obstáculos. Para llegar hasta Collado debe esquivar a Marta, la mesa de cristal, a Rocío, y entonces podrá partirle la cara a gusto.

—Vale, ya, basta —dice Rocío—, estas mierdas me cabrean. Y mucho.

Por un momento tiene la impresión de que Collado Sudoroso va a sentarse. La mirada de Rocío parece haberle dejado sin fuerzas, los hombros caídos, la cabeza gacha. Pero solo dura un segundo. De nuevo la sonrisa ladeada, el gesto desafiante.

—¿Qué pasa, eres su chulo? —dice Collado Sudoroso.

—Basta —dice Rocío.

*18 horas 54 minutos 14 segundos a partir de cierto momento la adrenalina se desborda, siente los latidos del corazón retumbando en la cabeza, y entonces se le nubla la vista, deja de ver, de pensar, se abalanza sobre el otro y, bum, Toño dice que da gusto verle pelear, que mientras los demás se tiran a lo loco, a golpear al bulto, él lo hace con estilo, como si siguiera una cier-*

*ta estrategia, aunque no puede saberlo, es imposible, no guarda recuerdos de sus peleas, al menos no son recuerdos demasiado precisos, puede recordar los instantes previos a la pelea, qué la ha motivado, pero lo que viene después, la pelea en sí, resulta confuso, se mezclan unas peleas con otras y no se pelea desde hace tiempo, estuvo a punto en la universidad, en segundo de ICADE, de inflar a Richi, un pijo gilipollas que iba de listillo, aunque al final terminaron haciéndose amigos, la última vez fue en COU, cuando le rompió la nariz a Roca, puto gilipollas, precisamente por intentar tocarle las tetas a Rocío y es una lástima que no pueda verse desde fuera, porque nada le gustaría más que verse ahora a sí mismo rompiéndole los morros de una hostia a Collado Sudoroso hijo de puta, si quieres puedo ser el tuyo, te animas, quieres que sea tu chulo, puede notar la boca seca mientras habla, el estómago se le ha contraído, y sin embargo aún ve perfectamente el hombro desnudo de Marta, los rizos de Rocío, la sonrisa de Collado, Collado Sudoroso vuelve a sonreír, pero ya no es una sonrisa desafiante, casi resulta inexpresiva, como si los labios se le hubieran congelado en un rictus absurdo, porque quizá Collado Sudoroso también está esperando a que se le nuble la vista y los golpes sean inevitables, por su aspecto dirías que no se ha peleado nunca, pero quizá ahora también él tiene ese aspecto, quizá por eso se ha envalentonado Collado Sudoroso, porque ha pensado que era el típico opositor empollón que se siente perdido fuera de la mesa de estudio, no eres nadie sin tus libros, solo aspiras a asegurarte un trabajo fijo porque no tienes cojones para salir a la calle a buscarte la vida pedazo de mierda.*

*18 horas 54 minutos 44 segundos Rocío pega un pequeño salto para esquivar la mesa de cristal, coge su paquete de Fortuna, el mechero.*

—¿Sabéis lo que os digo? —dice Rocío, y da un par de golpes en el hombro a Collado—, que hagáis lo que os dé la gana. Marta, ¿te vienes?

—Pero ¿adónde vas? —pregunta Marta.

—A ver el partido al bar de abajo.

Marta mira sin comprender, cómo van a marcharse en esta situación, pero Rocío ya está en la puerta de la calle, el picaporte en la mano.

—Cuando acabéis dejad la casa recogida, por favor —dice Rocío mientras Marta pasa a su lado.

La puerta se cierra con un golpe seco. Oyen los pasos bajando por la escalera. Collado Sudoroso y él permanecen unos segundos, puede que sean minutos, mirándose sin saber qué hacer. Justo en ese momento el locutor de televisión española anuncia el comienzo de la segunda parte, España-Italia, cuartos de final de este Mundial de Estados Unidos. De pronto se imagina limpiando la casa junto a Collado Sudoroso, uno con la escoba y el recogedor barriendo los cristales de la mesa; el otro devolviendo a su sitio los cojines del sofá. O arrodillado en el suelo limpiando manchas de sangre. Se empieza a reír, no puede evitarlo. A Collado Sudoroso también se le escapa una risa, aunque lo más probable es que no se estén riendo de lo mismo. En ese instante llaman a la puerta y todo adquiere un aspecto aún más ridículo. Ninguno de los dos cambia de posición, como si fueran a seguir eternamente de pie, el uno frente al otro. Suenan dos timbrazos más, el último se prolonga. Va a abrir.

—¡No sabéis lo que me ha sucedido! —dice Charli—. ¿Qué pasa? ¿Dónde está Rocío?

*19 horas 14 minutos 27 segundos Charli intenta hacerse un hueco en la barra y una chica con el pelo cardado les lanza una mirada iracunda, Charli decide ignorarla y logra situarse junto a Rocío, él prefiere quedarse donde está, resulta imposible avanzar más.*

—¿Cómo vamos? —pregunta Charli.

—Seguimos palmando —responde Rocío antes de pegar un trago a su cerveza.

El bar está lleno de gente, la mayoría estudiantes, pero solo se oye el televisor colgado en la pared. Charli señala una de las jarras de cerveza medio vacías de la barra y él asiente, sí, un doble y rápido por favor, allí dentro hace mucho calor. Charli intenta llamar la atención de uno de los camareros, también concentrados en el partido, mientras él espera que Rocío se gire. Una mirada, una sonrisa, bastaría con que moviera un poco el cuello, cualquier cosa para indicar que es consciente de su presencia, que sabe que está aquí, que no ha huido como Collado Sudoroso, él se queda a dar la cara, al menos concédeme eso, joder. Pero Rocío continúa sin darse la vuelta.

—No me gusta nada —dice un chaval que está a su derecha, hombro con hombro, parece descolgado de su grupo, si es que ha venido con alguno.

Asiente. Saca un Marlboro, golpea la punta sobre el paquete, mientras Rocío le ignora, le sigue ignorando.

—Al final nos van a joder los italianos, ya verás —dice el chico, tiene los ojos saltones, barba de dos días—. Los italianos siempre nos joden. ¿Te acuerdas de Dino Meneghin?

Varias personas siguen el partido desde la calle a través de las puertas abiertas. Por un momento piensa en salir del bar, el calor empieza a resultar insoportable, pero entonces alguien grita suéltala copón, y en ese instante los hombros de Rocío se tensan, es como si una descarga eléctrica hubiera atravesado el local, venga, Caminero, levanta la cabeza hacia el televisor justo cuando un jugador español dispara a puerta, un rugido, gol, en el mogollón puede avanzar sin problema, un segundo después está abrazado a Rocío y a Charli. Siente un empujón, la presión de otro cuerpo, descubre a Marta, no la ha visto antes, pero ahí está, sí, dando botes, pegada a él, nota el contacto de sus pechos en la camisa, el olor de su piel, por un momento piensa en Virginia, no ha vuelto a acordarse de ella ni del grano en toda la tarde, aunque ya ha decidido que no irá a verla después del partido. Marta no es gran cosa, pero a la mierda, tiene un buen trasero, luego la semana se hace muy larga.

—¡Uno más y a semifinales! —dice Charli.

Vuelve a correr el balón y todos en el bar buscan de nuevo su sitio, la masa se reorganiza. Charli le pone la jarra de cerveza en la mano, brindan, por el Mundial, a ver si a la final viene Toño.

—Cabrón —dice Rocío y permanece unos segundos con la mirada fija en el fondo de su jarra.

—¿A quién queréis en la final? —pregunta Charli entre risas—. Yo prefiero Brasil. Con dos huevos.

Resopla. Ganar el Mundial. Se pregunta cómo será esa sensación, cómo se puede celebrar algo así. Seguramente sería incapaz de estudiar al día siguiente, tampoco el martes, quizá retomarlo el miércoles, aunque a lo mejor ya no podría seguir con la oposición. ¿Cómo puedes encerrarte sabiendo que eres campeón del mundo? Suspira, mira hacia la calle y en ese instante una pareja cruza por delante del bar. Ella lleva las rastas recogidas en una larga coleta. Al chico lo reconoce al instante. Está más delgado, ha vuelto a cortarse el pelo, pero es él, sin duda. Han pasado siete, ocho meses desde su último encuentro. Fue poco antes de Navidades. Él estaba terminando la mili, los nueve meses de absurdo, una pérdida de tiempo, por suerte, gestión de su tío el coronel, había logrado que después de la instrucción le destinaran a oficinas, en Madrid, podía dormir en casa y pasaba las mañanas sin hacer nada en un despacho donde en invierno te asabas de calor y en verano te morías de frío. Aunque en realidad sí hacía algo, porque allí empezó a estudiar la puta oposición. Toño escuchó en silencio, asintiendo con la cabeza. Le costaba reconocerle. Desde la muerte de su abuelo se habían ido viendo cada vez menos. Se había dejado crecer la barba, una barba rala, con calvas, el pelo largo. La conversación fue a saltos, hasta que se pusieron a hablar de fútbol, del Real Madrid, del Atlético, de la selección, este Mundial lo ganamos, sí pero necesitamos un negro, risas. Era el Toño de siempre.

—¡Toño! ¡Eh, Toño! —dice Rocío.

Rocío se separa de la barra, también le ha visto, trata de llegar hasta la puerta.

# Rocío, 2010

—Javi ha muerto. Acaba de morir.

Repite la frase varias veces, como si quisiera poner a prueba su veracidad.

—Acaba de morir. Javi ha muerto.

Ha salido fuera a fumarse un cigarrillo, no podía quedarse en la redacción después de la llamada, tampoco tenía ganas de hablar con nadie de lo que le acaba de contar María por teléfono. Ya no hace falta que vengas, es lo que le ha dicho, no vengas, pero no con la hostilidad de estos días atrás, ese intento por alejarla de la cama de Javi, tú qué haces aquí, señalándola a ella de forma implícita, lo que le ha pasado es culpa tuya, tú has provocado esto, las ratas que abandonan el barco no tienen derecho a estar aquí. No, esta vez era diferente, en seguida ha comprendido que acababa de suceder algo, que las cosas habían cambiado, que todo había cambiado para siempre.

—Ey, Rocío, ¿qué pasa?

Desde la entrada del otro edificio, atareado liándose un cigarro, le saluda Genaro, uno de los editores, su preferido, y no solo porque sea el único de ellos que sigue enganchado a la nicotina, raro es que no se fumen un cigarrillo juntos en algún momento del día, además es un máquina con el Premiere. Ella le saluda con la mano, un gesto breve, impreciso, pero suficiente para que se mantenga alejado. Por si acaso, echa a andar hacia el otro extremo, en dirección a los platós, como si tuviera que hacer algo allí aunque todavía falten varias horas para que comience el programa. Avanza por el desfiladero, el camino de asfalto que separa las dos moles de cristal y hormigón. Aunque ha refrescado, continúa saliendo calor del cemento. No se cruza con nadie: un sábado a estas horas apenas queda personal en la tele, solo ellos y la gente de informativos. Pasa junto a los coches de producción alineados cerca de su plató, también han dejado aparcada una de las unidades de directo, la antena apuntando al cielo. Se apoya en el capó de una pequeña furgoneta a fumar. Mira el reloj del móvil. Son las seis de la tarde, a esta hora Lupe ya estará despierta, debería estarlo, Toño sabe que no puede dormir más de una hora de siesta, si no luego por la noche no hay quien la meta en la cama. Quiere llamarle, necesita hablar con él, pero no le gustaría que la niña escuchara la conversación y pudiera intuir de qué están hablando. Aún no sabe cómo se lo va a decir, cómo se le dice a una niña de tres años que ya no verá nunca más a su padre.

—Javi ha muerto. Acaba de morir.

Oye unas voces, alguien habla en el interior del plató. La puerta está entreabierta, algo raro, porque hasta las ocho de la tarde no empiezan a llegar los técnicos y aquello suele estar desierto. Arroja el cigarrillo al suelo y se cuela dentro.

—Prueba con la seis.

Marcos, el regidor, se pasea entre las cámaras mientras habla por el micrófono adherido a los cascos. Han iluminado el decorado como si el programa estuviera a punto de comenzar, pero aparte de ellos dos no hay nadie. Las sillas del público permanecen vacías, igual que la mesa de debate. Como siempre que entra en un plató, más si está desierto, la sensación de irrealidad resulta inevitable. Es algo animal, su cuerpo reacciona, parece comprender de pronto que ya no es posible saber qué hora es, tampoco de dónde viene la luz que lo ilumina todo. Algo parecido le ocurre cuando entra en un centro comercial, pero aquí la sensación es aún más intensa. Es como si el mundo exterior hubiera desaparecido de golpe. Quizá sea por los colores chillones del decorado, pero también por el caos que queda fuera de los focos, donde todo es confuso: en la penumbra se amontonan maletas, cables que reptan por el suelo, trípodes formando un bosque de metal.

—¿Tú qué haces por aquí? —dice Marcos, la ha visto junto a la puerta, las manos metidas en los bolsillos traseros del pantalón.

—Ya ves. Aireándome un poco.

Intercambian un par de bromas. Conoce a Marcos desde hace años, trabajó con él antes de casarse y dejar la tele, es de los pocos rostros amigos con los que se ha reencontrado. Es cierto que tienen casi la misma edad, Marcos es solo un par de años más joven, pero además le cae bien porque siempre se ha sentido cómoda con los técnicos. Desde luego mucho más que con los otros dos guionistas o con las redactoras de su programa. Y es mutuo. «La desaboría», así la ha bautizado Mariano, el guionista andaluz, en un golpe de ingenio. Ya lo ha vivido antes: al sustituir a otra persona de alguna forma sus compañeros esperan que quien llega sea más o menos similar. Y ella no tiene nada que ver con Isabel, la guionista embarazada a la que suple. Es verdad que apenas lleva una semana y posiblemente las cosas acaben cambiando cuando se conozcan mejor, pero el principal problema es que ella nunca podrá tomarse el programa tan en serio como lo hace la mayor parte de la redacción. Ni aunque lo intentase. Y no va a intentarlo. No puede pensar que esta basura tenga la menor importancia. Y ahí es donde coincide con los técnicos.

—Pues hazme un favor. Ponte un momento en el sitio de Smigol.

Sonríe. Otro motivo por el que le gustan los técnicos es que no tienen ningún problema en insultar de forma abierta a los presentadores cuando son unos capullos, lo cual suele ser así el noventa por ciento de las veces. Va hasta el fondo, llega a lo alto de la rampa, el lugar donde se sitúa el presentador al comienzo del programa.

—¿Aquí?

—Perfecta. Mejor que el original.

Piensa en el guion que tiene a medias, le queda menos de una hora para pasárselo a la directora, hablar de los cambios y hacer el pegado. Se ha caído un invitado, a ver a quién ponen en su lugar, aunque es probable que las preguntas que preparó ayer sirvan prácticamente todas, bastará con hacer una pequeña adaptación. Es la ventaja de trabajar en un programa de este tipo, los personajes son intercambiables, el vacío es el mismo. De pronto le invade un sentimiento de soledad abrumador. Piensa en Lupe.

—Di algo —dice Marcos desde el otro lado del decorado.

—¿Qué quieres que diga?

—Da igual. Habla.

Intenta hablar pero no puede, se le ha quedado la mente en blanco.

—¿Te vale si canto?

—¿Sabes cantar?

Tararea un tema de Radiohead. Poco a poco empieza a recordar la letra.

*Un perturbado secuestra un avión con 123 pasajeros González dice que los GAL sólo sirvieron para minar un pacto previo con Miterrand Francia 98 Javier Clemente se plantea prescindir de Raúl en el partido frente a Bulgaria La primera reunión entre Anguita y Almunia acaba sin ningún acuerdo MADRID 1 Urbanismo ultima un convenio para ampliar la Ciudad Universitaria HOY CON EL PAÍS Manual de la Jardinería Jatamí propone a los iraníes un islamismo más humano y mayor apertura política 26 Un hombre mata a tiros y a golpes de azada a tres vecinos en Zamora y se suicida 57 Yeltsin urge al Parlamento ruso a adoptar un plan para evitar el caos económico 58 España rechaza la oferta de la UE para subir en 50.000 toneladas la cuota del aceite WORLD MEDIA Festivales de Verano.*

*Portada del diario* El País, *miércoles 24 de junio de 1998.*

# Rocío, 1998

*11 horas 9 minutos 15 segundos* wake *aún puede notar la barbilla húmeda,* from your sleep *restos de su saliva en la comisura de los labios,* the drying of your tears *como si en lugar de intentar besarla Marcos le hubiera dado un prolongado lametón,* today *quizá es lo que ha sucedido,* we escape *todo resulta confuso,* we scape.

—Yo no..., perdona, Rocío... —dice Marcos mientras retrocede, choca con su silla, le cuesta terminar la frase—. Es... ha sido por... la conversación del otro día...

—¿Qué conversación?

—Lo de que nos enrollamos y todo eso... Cuando me dijiste que...

—Yo no pretendía, o sea, yo no...

*Pack*

Trata de recordar si se insinuó de alguna forma, si pudo haberle hecho pensar que..., pero no, hablaban de Anaís, Marcos había preguntado por ella, como pregunta otras veces, ¿qué tal le va por Nueva York?, la única diferencia es que esta vez, no sabe por qué, se acordó de aquello. Quizá fueron las cañas, había bebido de más, tenía el estómago vacío, acababa de descubrir lo de Zero. Pero no, en ningún momento se insinuó.

—Sí, lo sé, pero... —dice Marcos y baja la mirada, se ajusta las gafas como si quisiera asegurarse de que siguen allí.

*And get dressed*

Marcos se sienta, más bien se deja caer en su silla, vuelve a afianzar las gafas sobre la nariz.

—Es que con lo de Cristina, no sé, mi cabeza... —dice Marcos.

Ella no sabe a qué se está refiriendo, no puede saberlo, solo sabe que Cristina es el nombre de su mujer. Marcos apenas habla de su vida, ellos solo hablan de libros.

—No me acuerdo. Como si me lo hubieran borrado.

*Before your father*

Si no se sintiera tan confusa quizá entendería algo. En el despacho de Marcos apenas hay sitio para el escritorio y las dos sillas. Ha tenido que rodear la mesa para llegar hasta ella, y sin embargo no lo ha visto venir. Todo ha ocurrido muy rápido. Estaba hablando, diciendo que debían llamar a la policía, que el autor de esa novela, novela por decir algo, está enfermo, es repugnante, no me vuelvas a dar otra porquería así, no es que sea impublicable, directamente es para meterlo en la cárcel. Marcos se estaba riendo, y de pronto lo tenía encima, su boca tratando de engullirla.

*hears us*

Tampoco entiende por qué le ha venido la canción de Radiohead a la cabeza. Es cierto que ha vuelto a escucharla de forma obsesiva desde que Toño avisó de su regreso, sobre todo la versión de Brad Mehldau, pero recordarla precisamente en este instante no tiene ningún sentido.

*Before*

Marcos levanta la mirada y de nuevo la mano derecha va a la patilla. Carece de puente en la nariz y las gafas se le resbalan continuamente. No parece avergonzado, de hecho en seguida sus ojos descienden, y entonces comprende que los elásticos del sujetador han quedado al aire, debe tensar los tirantes de la camiseta, cubrir el pecho izquierdo. Marcos aparta la mirada, traga saliva. ¿Es que también le ha tocado las tetas? ¿Y en qué momento ha sucedido? Si es que ha sucedido, claro. Porque no es posible que le haya dado un magreo y ella sin enterarse.

—Es como si no hubiera ocurrido nunca —dice Marcos.

*All hell*

Marcos empieza a jugar con la cubierta plastificada de uno de los originales que tiene apilados sobre la mesa junto al numero de *Locus* en el que un dinosaurio anuncia lo mejor de 1997. No puede ver el título, cree leer el nombre de García Márquez.

—No recuerdo nada —dice Marcos.

*Breaks loose*

Imposible. Que ella sepa no tienen ni a García Márquez ni a otro premio Nobel en catálogo, ni lo tendrán. Ya les cuesta firmar con autores de una mínima calidad. Y aunque a García Márquez le hubiera dado ahora por escribir ciencia ficción, publicaría con cualquiera de las editoriales grandes antes que con la Editorial Nautilus. Incluso con Minotauro, Acervo o Ultramar. Lo más probable es que ni siquiera sepa que existe una editorial que se llama Nautilus.

*Breathe*

Ella pregunta:

—¿Qué es lo que no recuerdas?

—El día que nos enrollamos.

Marcos levanta la cubierta, se abanica con ella, por un momento lee el nombre completo, Amando García Márquez. ¿Será un hermano, un primo?

—Lo tengo totalmente borrado —prosigue Marcos—. Y es una pena. Por eso pensé que si lo repetíamos…

—No te entiendo.

—Que no lo recuerdo. No recuerdo nada. No recuerdo haber echado un polvo contigo en el césped de la universidad.

Las palabras se quedan un instante flotando en el aire. Puede reconocerlas. Marcos, siempre tan correcto con el lenguaje, nunca habla así. Es la expresión que usó ella el otro día. «Echar un polvo.» No puede evitarlo, suelta una carcajada. Marcos aprisiona las gafas entre los dedos, frunce el ceño, ahora es él quien no sabe, no puede saberlo. Es algo que saben muy pocas personas, solo Anaís y Zero. Y Toño, claro.

—Perdón.

Intenta contenerse, pero no lo consigue. Cuando Anaís le escribió para decirle que Marcos podía darle trabajo de lectora, estuvo a punto de dejarlo pasar. La idea de ver de nuevo a Marcos le producía cierta incomodidad. No habían vuelto a verse desde aquel día en el campus y estaba convencida de que lo ocurrido entre ellos estaría de alguna forma presente. Sin embargo no fue así. Marcos se comportó más como un ex de Anaís que otra cosa. Ya lo había visto otras veces, Anaís despierta una especie de lealtad perruna entre sus antiguas parejas, en algunos rozando la obsesión. Marcos parecía uno de ellos.

—No pasa nada —dice Marcos, pestañea varias veces, trata de sonreír, pero apenas logra ocultar su malestar, la risa de ella le golpea.

Al fin logra calmarse, quita las gomas de la carpeta, saca las dos copias para dejarlas sobre la mesa.

Ella dice:

—Te dejo los informes.

Marcos se ajusta de nuevo las gafas, ni siquiera echa un vistazo a los papeles, carraspea.

—Quería hablar de eso precisamente. Pero es que claro, ahora, va a parecer...

Marcos se levanta y abre la puerta del despacho. Se cuela el ruido de la máquina de escribir, Toñi tecleando con su furia habitual. Le pide a la secretaria y única empleada de Nautilus un café, tú quieres uno, no, ella acaba de desayunar, ni té, nada, solo un café, Toñi. En ese instante, al verle de pie en la puerta, con la camisa perfectamente remetida dentro de los pantalones, cae en la cuenta de que Marcos tiene algo de Olsen. Aunque en realidad sería al revés: es Olsen quien tiene algo de Marcos. No ha sido consciente hasta ahora de que Marcos había sido su inspiración. Lleva días dándole vueltas a la idea de la amante sin decidirse quién podía ser. Solo tenía claro que debía de ser una mujer que no le gustara especialmente a Olsen. Y acaba de descubrir que podría tratarse de su secretaria. La imagina como Toñi, tímida, regordeta, ropa impersonal, la diadema, pelo largo de corte infantil, una pequeña verruga cerca de la boca. Quizá lo de la verruga sea exagerado, tampoco hace falta cebarse. Grandes pechos, eso sí. A Olsen le gustan los pechos grandes. Marcos cierra la puerta, vuelve a sentarse, juntando las manos como si fuera a arrancar un salmo. Le cuesta empezar y ella toma la iniciativa:

—¿Qué pasa?

—No podemos pagarte más de un informe al mes. Órdenes del jefe.

Marcos señala con el pulgar la pared que está a sus espaldas, donde se encuentra el despacho de su padre.

—Excepcionalmente puedo conseguir que sean dos.

Hace un cálculo mental, rápido, tiene que serlo, es sumar dos más dos, en realidad siete más siete, catorce mil pesetas. Una putada justo ahora que estaba cogiendo ritmo. Este mes ha conseguido leer dos manuscritos a la semana, pasar de las cincuenta mil al mes, guau, eres rica. Pero eso se ha terminado. Su carrera como lectora de la editorial Nautilus acaba casi antes de empezar. Al final tendrá que llamar al tal Ángel, venderse al enemigo, antes de terminar el guion. O servir copas de nuevo. O volver al Corte. No sabe qué le apetece menos. Quizá podría echarle morro, poner cara de indígena oprimida y aprovecharse de Zero unos meses, que se fastidie.

—Pero... —dice Marcos y alza la cabeza con gesto misterioso— tengo una propuesta.

Con la mano le indica que se acerque. Ella duda, ¿no estará pensando en intentarlo de nuevo? No, no se atrevería, Marcos no es tan tonto. Ni tan valiente. Se da cuenta de que no está asustada, Marcos sigue sin darle miedo. Marcos, igual que entonces, carece de cuerpo, de presencia física. Quizá podría acostarse con Marcos. No es que le apetezca, pero sería una forma de devolvérsela a Zero. Y tampoco sería la primera vez que echa un polvo con Marcos. Bueno, para él sí sería la primera vez. Sonríe. La canción de Radiohead de nuevo en la cabeza.

*Keep breathing.*

Marcos alza el original de García Márquez, la cubierta plastificada brilla como un cuchillo.

*12 horas 21 minutos 44 segundos se detiene en mitad del pasillo, antes de llegar al recodo, las manos en los bolsillos del chándal, permanece unos segundos observándola sin decir nada, hasta que Marisa repite la pregunta.*

—¿Vuelves a vestirte de chico?

Marisa habla desde la cocina, parapetada tras la mesa con la primera Mahou del día en la mano, quizá sea la segunda. No quiere responder, simplemente asiente, no va a explicárselo de nuevo. Le da la espalda y recorre el último tramo del pasillo hasta detenerse frente al dormitorio de Charli. Golpea un par de veces con los nudillos.

—Javi está a punto de llegar —miente, aún quedan veinte minutos, pero quiere salir de allí cuanto antes.

—Eh… Un momento —dice Charli y cree oír un lamento, un gemido.

La madera del suelo cruje y se gira sobresaltada. Aunque sabe que no se encontrará con José Luis, con su barriga sudorosa, el olor a lejía en las manos, para ella es como si de alguna forma ese hijo de puta continuara viviendo aquí. No sabe adónde ir, dónde esconderse. Entra en el salón y encuentra el mismo desorden de siempre, el caos de papeles, libros. Hubiera preferido no subir, que Charli trajera la maleta y cambiarse en el aeropuerto. Sin embargo se ha dejado convencer por su hermano, no seas cabezota, vaya forma de complicarlo todo, vente a casa y te cambias aquí, Marisa no va a estar. Pero sí está. Resopla. No entiende cómo Charli puede seguir viviendo así, una semana con Marisa, una semana con su padre, Marisa, su padre, Marisa, su padre.

Sale de nuevo al pasillo, golpea en la puerta de Charli, alza la voz:

—Venga, Charli, date prisa.

Le oye maldecir, desesperarse. Qué estará haciendo, nadie tarda tanto tiempo en cambiarse de ropa, ni siquiera Charli. Pasa de nuevo por delante de su cuarto. En otro tiempo se habría encerrado allí a leer mientras espera. Pero su cuarto ya no es su cuarto, se ha convertido en una especie de desván. Solo dejó una maleta con ropa vieja, la maleta de donde ha sacado el chándal gris. Ni siquiera puede sentarse en la cama, ahora ocupada por cajas. Al morir la Bela, Marisa decidió traerse todo lo que pudo de Málaga. Platos, vasos, las figuras de cristal, álbumes de fotos, incluso empaquetó las viejas sartenes. Ninguno entendió el motivo de semejante rapiña. Al final, la mayoría de los objetos nunca han salido de las cajas en las que viajaron, lo sabe porque muchas de esas cajas las cargó ella misma antes de meterlas en el coche con la ayuda del tío Carlos. Fue la última vez que vio a su tío Carlos. Ni siquiera sabe si seguirá viviendo en Málaga, si seguirá vivo o habrá muerto de sobredosis o de sida o de asco. Debería llamarle. Desde que discutió con Marisa no ha vuelto a tener noticias suyas.

Va hasta la cocina. Marisa no se ha movido, petrificada, aferrada al quinto de Mahou, escuchando a Aute *quieres helado de fresa o prefieres que te pida ya el café.*

—¿No es un poco pronto incluso para ti?

—No me des el coñazo —contesta Marisa—, por favor.

—¿Hoy no vas a trabajar?

—Me encuentro mal.

—¿Qué te pasa?

El gollete del botellín cruza por la frente de Marisa.

—La cabeza.

Claro, la cabeza, no podía ser de otra forma. Seguramente cuando llama a la oficina para decir que se queda en casa, ya ni siquiera le preguntan, simplemente dice no me esperéis, no necesita explicar nada más, todo el mundo está al tanto de sus dolores de cabeza.

—¿Sabes algo del tío Carlos?

Marisa niega con un gesto. Ella abre la nevera y coge un tercio. Utiliza el abrebotellas que está sobre la encimera.

—¿No decías que era temprano? —pregunta Marisa y sonríe, una pequeña victoria inesperada.

—En mi caso es excepcional.

Aparta su mochila de la silla, siente el peso del original en su interior, qué locura, por qué ha dicho que sí, García Márquez, por qué ha aceptado. Aunque en realidad todavía está a tiempo de negarse, solo se ha comprometido a echarle un vistazo, a estudiar sus posibilidades. Se sienta frente a Marisa. Los párpados hinchados, el rostro abotagado, diría que ha engordado desde su último encuentro, hace ¿uno, dos meses? No puede precisarlo, aunque tampoco es que le interese mucho. Si continúa viendo a Marisa es por insistencia de Charli. Quedan siempre en un restaurante donde tengan menú de fin de semana. Suele venir Rosa, Zero nunca. Solo la acompañó una vez. La comida resultó sorprendentemente agradable, Marisa bromeaba con Zero todo el rato, pero ella podía notar que en realidad estaba coqueteando, que hubiera querido tirárselo allí mismo, sobre el mantel a cuadros. Unos días después hablaron por teléfono y lo de siempre. Los hombres son unos cerdos, todos, Zero también, no te creas que contigo va a ser diferente. Se acabó, nunca más ha vuelto a pedirle a Zero que la acompañe. Un alivio para él, por otro lado. Cabronazo.

—¿Qué tal todo? —pregunta Marisa.

—Bien.

—¿Y Zero?

—Con mucho trabajo. Ahora tiene clases todos los días.

—Ya.

Marisa permanece unos segundos en silencio, enciende un BN, intuye su sonrisa detrás del humo.

—Creía que era músico.

—Es músico. Y también da clases de saxofón en una escuela.

—Ya. Es ese tipo de músico —dice Marisa como si supiera de qué está hablando—. ¿En el conservatorio?

—No. Se llama Escuela de Música Creativa. Es una escuela privada.

—Ya. Para niños pijos.

—No. De música moderna. Va todo tipo de gente.

—Ya. Pero sobre todo es para niños pijos, ¿no?

Una vez más se repite la persecución de siempre, ese sentimiento de correr con Marisa detrás a la espera de verla cometer un error, un tropiezo que la lleve al suelo.

—Zero me está engañando. Lleva un mes acostándose con una profesora de la Escuela. Quizá más tiempo.

Permanece en silencio esperando el ataque. Le acaba de mostrar la yugular, adelante, Marisa, muerde, date el gusto, todos los hombres piensan en lo mismo, son unos enfermos, no solo los que están contigo, no solo José Luis, no se salva ni uno, ni siquiera Zero. Sin embargo, Marisa simplemente se remueve en la silla y da otro trago a su cerveza. No sabe por qué lo ha soltado. Es la primera vez que se oye decirlo en voz alta. Ni siquiera le ha confesado a Zero que lo sabe. Debe de ser por los nervios, está alterada, tiene ganas de romper algo. Pero ¿por qué? ¿Será por el regreso de Toño? Hace tres años que no ven a Toño, tres años y cuatro meses, mucho tiempo, desde luego. Pero tampoco tanto como para levantarse con calambres en el estómago. La cosa ha empeorado después de la reunión con Marcos. Y ahora esto, de nuevo en casa de su madre para humillarse. Porque el chándal gris no es nada más que un disfraz ridículo, casi denigrante.

—No te comas la cabeza, hija —dice Marisa.

Nota la mano húmeda, el tacto resbaladizo de Marisa al acariciarle el brazo mientras sonríe, intentando aparentar que es su madre. Ya no va a engañarla. Ahora está borracha, o no lo bastante, es lo mismo, sabe que esto se volverá en su contra en algún momento, se lo restregará por la cara, haga lo que haga siempre será peor que lo suyo, Zero es peor que José Luis, peor que cualquiera de los novios que ella ha tenido. Aparta el brazo para recogerse el pelo en una coleta. Que no se le olvide, antes de marcharse necesita entrar en el baño para quitarse el maquillaje. Apenas lleva sombra de ojos, algo de pintalabios, pero si quiere que todo sea como antes debe ir con la cara totalmente limpia. Y con gafas. Quitarse las lentillas y recuperar sus viejas gafas, madre mía qué espanto.

—Ayer pusieron en Telemadrid una película del actor ese que te gusta —dice Marisa.

Da un sorbo a su cerveza antes de contestar.

—Me gustan muchos actores.

—El que hacía de robot en tu película favorita.

—*¿Blade Runner?*

—Sí. Supongo. No recuerdo el nombre.

—No es mi película favorita. No tengo una película favorita.

Marisa, como es habitual en ella, no parece haberla escuchado.

—No estaba mal. *Patria,* creo que era el título.

—Ajá.

—Tu amigo hacía de policía nazi —dice Marisa—. De nazi bueno.

—¿Hay de eso?

—En este caso sí. Han cambiado la historia: Hitler ha ganado la guerra mundial y nadie sabe nada de los campos de concentración.

—Ucronía.

—No, no es Ucrania. La historia transcurre en Alemania. En Berlín.

—Ucronía es el nombre que se le da a ese tipo de ficciones. De hecho el autor de la novela en la que se basa *Blade Runner* escribió una de las mejores ucronías que existen y además con un tema similar.

Marisa endereza la espalda como si hubiera recibido un pinchazo en la columna. Está sonriendo pero intuye el brillo malicioso en su mirada, adivina lo que viene a continuación, qué lista eres hija, la lista de la familia, tan lista que te ponen los cuernos delante de tus narices y ni te enteras. Si sirviera de algo podría contarle que tampoco sabe tanto de ciencia ficción, que precisamente fue gracias a Philip K. Dick por lo que consiguió el trabajo en Nautilus. No necesitó nada más para terminar de convencer a Marcos. Él también es un loco de la novela y de la película de Ridley Scott. Es cierto que ahora está más metida en el mundillo, ha leído a Heinlein, Asimov, Bradbury, Herbert, Lem, Ballard, y sobre todo a Ursula, Ursula K. Le Guin, amada Ursula, pero sigue sin ser una experta.

—No hay quien vea la televisión —dice Marisa—. Todo es una porquería.

Marisa enumera los programas del corazón, todos son una basura, no ve ninguno, a pesar de lo cual echa de menos a la pareja de presentadores de uno de ellos, sobre todo a él, un tal Chapis. Observa a Marisa. Trata de averiguar si está intentando criticarla de forma solapada. Es posible que Charli le haya contado algo, es un bocazas, en cualquier caso ella le explicó a su hermano que lo de la tele era una posibilidad remota, casi imposible que me contraten, tampoco voy a hacer yo mucho esfuerzo para conseguirlo, la verdad. Aunque quizá Marisa simplemente esté hablando de la nada, de lo único que en realidad se puede hablar con Marisa. Guarda las manos en los bolsillos de la sudadera mientras piensa en Olsen, podría disfrazarle. En un momento sería lógico que Olsen decidiera cambiar su aspecto. Podría hacerlo después de acostarse con la secretaria. El sexo no resulta una experiencia agradable, al menos no como había imaginado, y eso le obliga a realizar nuevos cambios. Aunque siguiendo la secuencia lógica de acontecimientos quizá deba cambiarle de indumentaria antes. O que sea progresivo, al principio muy sutil, un pin, el color de la corbata, y que poco a poco vaya afectando al resto de su armario. Eso es. Un golpe en la puerta de la cocina, Charli asoma la cabeza.

—Parece que desde 1986 he engordado un poco —dice Charli.

—Joder, Charli.

*13 horas 38 minutos 25 segundos un niño se detiene para mirar a Charli mientras sus padres, cargados de maletas, conti-*

*núan caminando hacia la salida de la terminal,* breathe, keep breathing, I can't do this alone, *la música resbala por ella, no logra pasar de la misma frase, una y otra vez interrumpida por las conversaciones con las que Javi y Charli intentan distraerse.*

—No le digas nada —dice Javi.

—¿De qué? —pregunta Charli.

—Joder, lo del BMW, no se lo digas a Toño.

—Bueno, lo va a ver en cuanto entremos en el párking, ¿no?

—Sí, coño, pero que sea una sorpresa. Que te conozco, cabrón.

El crío contempla boquiabierto la barriga desnuda de Charli. No debe de tener más de cinco años, rubio, ojos azules. Charli le sonríe antes de agarrarse la panza para moverla como si fuera una gelatina. El niño solo es capaz de parpadear, hipnotizado por el ombligo, un oso de peluche bajo el brazo a punto de caer al suelo.

Ella dice:

—Ten cuidado con el osito, que te lo puede quitar. La camiseta se la ha robado a otro niño.

Charli suelta una carcajada. El chaval se queda mirando con cara de no entender nada, tiene pinta de noruego o sueco, sin embargo se aferra con fuerza a su peluche. En ese momento regresa su madre, le echa la bronca en un tono suave, tan suave que quizá no esté regañándole, cualquiera sabe, no parece angustiada por la posibilidad de haber perdido a su hijo. Ve cómo salen al exterior de la terminal, el padre les espera al sol, rodeado de maletas.

—¿Habéis visto su careto? —pregunta Charli ajustándose la camiseta.

—Sí, te ha confundido con un modelo de alta costura.

—Se lo tengo que decir a mi suegro —dice Charli adelantando una pierna, la mano izquierda en la cadera mientras balancea la derecha—, este cuerpo merece estar en una pasarela... Amarrosa, Amparo, Gregoria, Manuela...

Javi se ríe. Ella dice:

—Eres patético, Charli.

No debería meter caña a su hermano, sabe que luego se arrepentirá. Por suerte, a Charli todo le resbala, gordo afortunado. En cualquier caso, Charli no tiene la culpa. El culpable es el maldito chándal. Cuando Javi les hizo la propuesta pensó que sería divertido: vamos al aeropuerto vestidos como aquel día, cuando hicimos el pacto hace doce años, veintitrés de junio de 1986, España-Bélgica, tú ibas con tu chándal gris, Charli con la camiseta de Georgetown que le traje de Washington el año anterior, joder cómo te acuerdas, pero ni Charli ni ella dudaron que fuera así: Javi tiene buena memoria para esas cosas, siempre recuerda quién, cuándo y dónde, tendría que haberse hecho periodista o historiador, no joven empresario de éxito. Entonces le pareció una buena idea y sin embargo ahora se siente igual que cuando tenía dieciséis años, asustada, estúpida. Vuelve a concentrarse en la puerta de llegadas. Un hombre enorme sale empujando un carrito cargado de maletas. Luego, nada. Al llegar han presenciado cómo salían varias oleadas de viajeros. Se abrían las puertas y por un momento daba la impresión de que el flujo de personas ya nunca se interrumpiría. Sin embargo en los últimos minutos los pasajeros salen de uno en uno, como mucho una familia de tres, cuatro, todos con una expresión similar, buscando algo en los rostros de quienes aguardan al otro lado. Incluso en los casos en los que resulta evidente que nadie les está esperando no logran abstraerse de ese bombardeo de miradas: sales por la puerta y te encuentras rodeado de gente intentando reconocerte, reconocerse, y durante unas décimas de segundo tú haces lo mismo, miras, tratas de identificar los rostros de los que te están observando. Tendría que apuntarlo, quizá podría servirle para una idea, no para Olsen, pero podría ser el comienzo de una historia. Una mujer espera en el aeropuerto a que llegue su marido. No, mejor, su hijo. Tiene cerca de cincuenta años, divorciada. El vuelo de su hijo se retrasa y mientras espera van apareciendo personas de su pasado. Una amiga del colegio, el amor de adolescencia, su primer jefe, su exmarido, todos en ese momento se van de viaje o están volviendo de vacaciones. Vaya chorrada. Previsible, sentimentaloide.

*Breathe, keep breathing, I can't do this alone*

—Joder, ¿por qué tarda tanto en salir? —pregunta Javi.

—Lo mismo se ha arrepentido.

Intenta bromear, pero descubre en su voz cierta inquietud. Por un momento piensa si no sería mejor que Toño hubiera cambiado de idea en el último momento. Tampoco sería raro. Comprende que de alguna forma no está preparada para verle. Estos últimos días todo se ha precipitado, como sucede siempre con Toño, por otra parte. Después de varios intentos fallidos, Charli había conseguido hablar con él por teléfono para estudiar la posibilidad de cumplir con Los pactos de los Billares. Un viaje relámpago a Berlín para ver algún partido juntos, o quizá Toño podría escaparse un fin de semana, o a lo mejor encontrarse en París para ver la final, porque este año llegamos a la final seguro. Y entonces Toño se lo había soltado: vuelvo a Madrid el 24 de junio. ¿Para siempre? Para siempre.

—Se supone que el avión de Berlín ha aterrizado hace más de media hora —dice Charli.

Javi consulta su reloj y coloca un cigarrillo detrás de la oreja, como hacía antes. Se pasa la mano por el pelo, tratando de no alterar el tupé. Alza las cejas, sonríe.

—Media hora delante del puto espejo, no recordaba que me llevara tanto tiempo —dice Javi, se estira los pantalones—. ¿De verdad íbamos con los vaqueros así de rotos?

—Y más —responde Charli.

—Qué patéticos —dice Javi, y levanta la mano como si acabara de recordar algo importante—. ¿Te he contado que mi padre me ha vuelto a hablar gracias al BMW?

—¿En serio? —pregunta Charli.

—Déjalo ya, por favor. Desde que nos has recogido no has parado de hablar del puñetero BMW.

—Bueno, vale, perdón por vivir, subcomandante.

Javi mira hacia el suelo, levanta la punta de las botas, examina de nuevo sus pantalones. Él también se siente extraño, tampoco se reconoce, al fin y al cabo el entusiasmo por Loquillo y los Trogloditas no le duró ni un año. En cualquier caso, ella prefiere verle vestido así, no con las camisas azules, los polos del cocodrilo. Desde que se fue a vivir con Zero apenas se han visto. Zero piensa que Javi no es más que un pijo gilipollas. Y sabe que la hostilidad es mutua, porque Javi tampoco hace ningún esfuerzo por disimularlo. A ver qué tal esta noche, no tiene ganas de aguantar chorradas. En realidad, aunque no lo quieran reconocer, Javi y Zero son tal para cual. Con una diferencia: aunque se porte como un capullo, Javi es legal, un buen tipo, se dejaría cortar un brazo por ella, por ellos, por cualquiera de los tres.

*Breathe, keep breathing, I can't do this alone*

—¿Os he dicho que me estoy sacando el carné? —pregunta Charli.

—¿Qué carné?

—Joder, qué carné va a ser: el de conducir.

—Vaya peligro.

—Ya te digo —dice Charli y suelta una carcajada.

—¿Y eso?

—Mi suegro quiere regalarnos su coche.

—Qué generoso.

—Bueno, es un Ford Escort que ya está muy trallado. Pero se va a comprar uno nuevo y así se ahorra tener que recogerme por las mañanas.

—Cabrón egoísta.

—Un hijoputa.

Risas.

—Joder, que se lo saque Rosa. Ella no será tan peligrosa al volante.

—Eso le he dicho yo —vuelve a reírse Charli, esta vez ni Javi ni ella le acompañan—. Pero dice que le da miedo. Y como yo voy a ser el hombre de la casa...

—Eso sí que tiene peligro.

En ese momento un grupo de ancianos atraviesa la puerta. Vienen sonrientes, la piel tostada por el sol, conversando unos con otros, algunos de ellos jugueteando de forma un tanto ridícula como adolescentes. Detrás de ellos, hablando con una vieja, aparece Toño. Algo más delgado, barba de varios días, pero su aspecto es el de siempre. Las mismas deportivas blancas, el pantalón vaquero, la camiseta burdeos, el pelo revuelto. De alguna forma se siente decepcionada. Después de casi cuatro años sin verle, sin apenas noticias suyas, solo cinco postales, ha imaginado que volvería muy cambiado. No cambiado en el sentido de ser otra persona, sino cambiado al estilo Toño, alguna de sus flipadas, que significan tanto, que no significan nada. Varios pendientes en la oreja. Los brazos tatuados. Una cresta. Lo que sea.

*14 horas 17 minutos 59 segundos Javi pita a una camioneta que se arrima por la derecha, acelera, no hay mucho tráfico en la A2, a esta velocidad enseguida verán Torres Blancas, Toño y ella sentados en el asiento trasero del BMW en silencio, le gustaría poder decir algo, pero solo hablan Javi y Charli, desde los besos y abrazos en el aeropuerto apenas ha sido capaz de articular un qué tal todo, bien, todo bien.*

—Comemos juntos, ¿verdad? —pregunta Javi—. Yo tengo una reunión, pero no empieza hasta las cuatro.

—Buf…

—No fastidies, Charli.

—Mi suegro me capa con la máquina de corte.

—Joder.

—Estamos hasta arriba. El viernes tenemos que entregar un pedido. Más de doscientas chaquetas. Ya he tenido movida con Rosa por venir al aeropuerto.

—Una comidita rápida. De las que te gustan, maricón.

—¡No puedorrr! Además, nos vamos a ver esta noche, ¿no? Espaaaaña, Espaaaaña… Bueno, más bien: Nigeeeria, Nigeeeria.

—Putos nigerianos.

—Puto Zubi.

—Ya te digo.

—Pero a ver que me aclare —insiste Javi, no se da por vencido—, ¿si te vienes a comer ahora, Rosa no te deja salir esta noche o qué?

—No, hombre, no —dice Charli, se ríe—. Bueno, sí, qué cojones.

Toño también se ríe, pero de nuevo mira a Charli, a Javi, a ella, como si no les conociera. No es el reencuentro que había imaginado. Pensó que nada más reencontrarse Toño y ella empezarían a hablar como la última vez que se vieron. Como han hecho siempre, en realidad. Daba igual lo que sucediera a su alrededor, empezaban y ya no había forma de parar, hablando de libros, películas, discos, cuadros, plantas, tabaco, café, amistad, política, amor, estrellas, sexo, cualquier cosa, los temas se enlazaban de forma natural. Incluso cuando ella le echaba la bronca todo fluía. Hasta hace un momento, hasta el encuentro en el aeropuerto, creía que en el fondo durante estos cuatro años nada había cambiado, que de alguna manera habían seguido hablando por medio de las largas cartas de ella y las escuetas postales de él. Es cierto que aquello nunca ha sido propiamente un diálogo, y sin embargo había sentido que podía rellenar los silencios de Toño con facilidad. Toño estaba en su propia batalla, descubriendo el mundo, pero de alguna forma durante todo este tiempo han continuado charlando como siempre. Parece que se ha equivocado. Como con Zero.

—Madre mía —dice Javi, le suelta un saci a Charli—, y eso que aún no estáis casados.

—Ay, cabrón. Pues ya tenemos fecha para la boda.

—¡Por fin!

—Septiembre de 2001, odisea en el espacio. Con luna de miel en Nueva York. —Charli asoma la cabeza entre los asientos—. A lo mejor coincidimos, *little sister.*

—No jodas, Charli —dice Javi.

—¿Qué pasa?

—¡Que faltan tres años!

—Pues yo creo que nos hemos precipitado.

Charli vuelve a reírse. Toño sonríe, pero ella puede notar cómo fuerza el gesto, cómo tensa los labios, incluso cree percibir cierta condescendencia en su mirada, no entiende qué le pasa. Ahora no tiene ganas de preguntárselo. Tampoco energías. De pronto se siente exhausta. Mira por la ventanilla.

—De todas formas tenemos que esperar hasta mayo de 2000 para que nos den el piso —dice Charli.

Los edificios de oficinas, moles impersonales de hormigón, acero y cristal, se van deslizando por su ventanilla. Apenas se ha acordado de Nueva York estos últimos días y de no haberlo mencionado Charli, seguramente habría seguido sin pensar en ello. En realidad, desde que murió la madre de Zero, no han vuelto a tratar el tema. Septiembre, octubre, noviembre a más tardar eran las fechas que le había dado a

Anaís, pero hace un mes que no habla con ella. Y quizá la solución sea precisamente esa. Quizá en Nueva York las cosas puedan volver a ser como antes. Quizá allí, en sus calles, en la ciudad de cristal, con la ayuda de Anaís, también logre desatascar el guion, sacarles a los dos, a Olsen y a ella, del punto muerto en el que se encuentran. Quizá. Muchos quizás. Intenta distinguir el BMW de Javi reflejado en los cristales de un edificio de oficinas, pero solo ve manchas.

—Aunque falten tres años quedan un montón de cosas por hacer. —Charli empieza a enumerar con los dedos—: Buscar la iglesia, el restaurante...

—¡¿Os vais a casar por la iglesia?!

—Rosa dice que si no, no se casa.

—Joder, tío.

Charli se gira de nuevo, la señala a ella con el dedo:

—Quiero que seas mi madrina.

—Ni de casualidad.

—Joder, eres mi única hermana.

—Pídeselo a Marisa, que es tu única madre.

—Buf.

—Olvídate. Ni muerta.

—Venga, tía, que queremos verte de tiros largos —dice Javi, su sonrisa reflejada en el espejo retrovisor.

—Yo me he casado —dice Toño de pronto—. Y tengo un hijo.

*15 horas 27 minutos 42 segundos Javi se ríe mientras agarra la botella de vino, solo quedan unas gotas que reparte entre Toño y él, alza la botella y se la muestra al camarero mientras ella mira su plato, apenas ha tocado el arroz, no debería haberse servido tanto, no debería haberse servido nada en realidad, tendría que haberse marchado a casa, sacar el libro del falso García Márquez, empezar a leerlo, quizá a subrayar, apuntar alguna idea.*

—El asunto se basa en operar con varios negocios al mismo tiempo —dice Javi—. Unos funcionan bien, otros regular, otros no funcionan en absoluto. Pero cuantas más vías de negocio tengas, mejor. Nunca se sabe con cuál reventarás el mercado.

—Y con los que van mal ¿qué hacéis? —pregunta Toño.

—No hacemos nada. Porque los que van mal son todos idea de Rubén.

Javi fuerza una carcajada y de nuevo la conversación se diluye en él, en sus logros, miradme. Toño se sirve más arroz de la paella situada en el centro de la mesa, sinceramente interesado en lo que cuenta Javi, en su incipiente carrera como empresario. Ella estira el cuello, las correas de la mochila, colgada del respaldo, se le clavan en la columna. Siente otra vez el impulso de sacar su viejo *walkman* y ponerse a escuchar *In between days*. Anoche apareció en un bolso el casete con temas de The Cure, que te jodan, Zero, y lo metió en la mochila sin pensar. Aún no ha grabado en cinta *Exit music (for a film)*, lleva varios días pensando en hacerlo pero nunca encuentra el momento.

—No, no —dice Javi, la voz satisfecha—, me he alquilado un estudio en Núñez de Balboa. Está de puta madre, pequeño pero solo voy a dormir los fines de semana.

También podría coger la mochila, entrar en el baño y cambiarse allí mismo, recuperar su aspecto normal, los baños del restaurante están limpios, más que el baño de su casa, en realidad.

—¿Y eso? —pregunta Toño.

—Mi madre está más coñazo de lo normal —prosigue Javi—, ya la conoces, sobre todo desde que se casó María. No entiende que te independices sin estar casado.

Porque el hecho es que cada minuto que pasa se siente más incómoda, fuera de lugar. El restaurante se encuentra cerca de donde estaba, está, seguirá estando, su instituto. Es su antiguo barrio, y sin embargo tiene la sensación de hallarse lejos de allí. El local, decorado con estudiada sencillez, tiene algo de venta, de casa de pueblo, con cazuelas de cobre colgando de la pared. Sin embargo la mayor parte de la clientela está formada por ejecutivos. Los precios de la carta son prohibitivos. No es el sitio al que vendría con Zero, desde luego, y nunca vestida con el chándal. Javi solo ha necesitado quitarse el estúpido tupé para tener de nuevo un aspecto presentable. Quizá a ella le bastaría con pintarse los labios, una ligera sombra de ojos. Pero no, sería peor, maquillada y con el chándal, resultaría lamentable, ridículo.

—Mi padre ha vuelto a hablarme —dice Javi.

—No sabía que te había dejado de hablar —dice Toño.

—Sí, cuando dejé la oposición. Dos años sin dirigirme la palabra, el cabronazo.

—Joder...

—Hasta que el otro día les fui a recoger con el BMW para llevarles a casa de María.

Ella hace un nuevo intento por entrar en la conversación, darle un giro, pregunta:

—¿Otra vez el BMW?

—Déjame en paz, tía —responde Javi, vuelve a Toño—. Pues va el cabrón sentado a mi lado, callado, como siempre, como si yo fuera el puto chófer, y de pronto le veo que pasa la mano por el salpicadero. Y entonces me mira y lo suelta, ¿sabes lo que me dijo?

—No.

—Qué buen acabado.

—Joder.

—Dos años sin hablarme y sus primeras palabras son «qué buen acabado». La leche. Hijoputa.

Javi y Toño se ríen mientras ella intenta comer un poco de arroz, terminar al menos lo que le queda en el plato. Pincha algo que parece un trozo de calamar, está tierno, aun así tiene dificultad para tragar. Es la rabia. Sabe que está furiosa, pero trata de calmarse. Sigue sin entender por qué Toño no le dijo nada, podría habérselo avisado en una de sus postales fantasma, me he casado, voy a ser padre. Aunque quizá no sea tan extraño. Cuando Toño se fue a Londres con aquella chica, Maca, cree recordar que ese era su nombre, Maca, sí, Maca, ella nunca pensó en escribirle. Ya nadie escribe cartas, resulta un esfuerzo ridículo, infantil. Pero entonces, cuando sucedió lo de su padre, el mismo día que les dieron el diagnóstico, llegó la primera postal de Toño, una postal del Cavern Club. Le contaba que ya no estaba con Maca y que se iba a establecer en Liverpool. Había encontrado trabajo en el puerto. Ella le escribió esa misma noche. A partir de ese momento y hasta la aparición de Zero las cartas se convirtieron en unas horas de alivio para ella. Escribía una carta a la semana. Fue en aquellos meses cuando entendió que la escritura es precisamente eso: cartas enviadas desde el desaliento a un destinatario escurridizo que nunca respondía, que probablemente ni siquiera llegara a leer muchas de esas cartas. Porque, como comprendió pronto, Toño nunca permanecía más de tres meses en el mismo sitio. Solo la escribía cuando se mudaba de ciudad, y cada postal además parecía tener un autor diferente. En una Toño se había convertido en vendedor de zapatos, en otra era guía turístico, guardés de una finca, albañil. Incluso la letra cambiaba. Por ejemplo, la postal de Liverpool estaba escrita con una letra menuda y apretujada. En la que llegó meses después, una estampa de los obreros saliendo de la fábrica de los hermanos Lumière, las palabras, grandes y desmañadas, estaban lanzadas a la carrera, como si quisiera romper los márgenes de la postal. Le explicaba que había ido a pasar unos días con su madre pero que ahora pensaba establecerse en Lyon, donde iba a trabajar en un taller de marionetas. Ella utilizaba la dirección que aparecía en la última postal hasta que la siguiente le avisaba que Toño ya no seguía allí. En un buzón de Liverpool seguramente aún haya cartas suyas sin abrir. Como en Auxerre, Limerick, Viena, Trieste, Berlín. A ella le quedaba imaginar qué había sucedido entre una y otra. Las postales le marcaban el camino, solo debía seguir su rastro para poder encontrarle. Ahora comprende que se equivocaba. Igual que con Zero. Al principio Zero y ella hablaban y hablaban, sobre todo hablaba Zero, le contó su vida desde el primer minuto, con todo detalle. Pero nunca se dejó engañar: de alguna forma siempre ha sabido que Zero mantenía partes de sí mismo a salvo de los demás. No solo a salvo de ella, sino de cualquiera, en eso no se siente menospreciada. Sin embargo creía que siempre era sincero, a su manera, pero sincero. Y ahí es donde estaba el error, su error. Con Toño es, era, es al contrario. Sabe, sabía, sabe que Toño siempre oculta cosas, inventa otras, pero eso nunca ha importado porque ella le conoce. Le conocía. Le conoce. ¿Le conoce?

—¿Y a tu hermano sigue sin hablarle o también ha tenido que comprarse un BMW? —pregunta Toño.

Javi hace un gesto con la mano mientras vacía la cáscara de un mejillón, arrastra el arroz con los dientes.

—Julio sigue perdido —contesta Javi cubriéndose la boca—. Ahora anda con los del Partido Humanista. Parece más centrado, pero al final casi todos los meses, por una cosa u otra, tengo que prestarle algo de dinero.

Piensa en Charli, en lo que estaría disfrutando su hermano con la paella. Su risa sonaría aún más estridente en medio de todas estas comidas de negocios, pero al menos ella se sentiría cómoda. Olsen sabría también cómo comportarse en un lugar así, estaría relajado. Seguramente no se fijaría en la decoración, solo en la comida. Al menos antes de precipitarse todo.

—¿Qué tal vais por aquí? —pregunta el dueño del local, el encargado, quizá sea ambas cosas, mientras deja otra botella de vino en el centro de la mesa.

—El arroz cojonudo, como siempre, Norberto —responde Javi—. Cuando puedas nos vas trayendo la cuenta, que tengo un poco de prisa.

Javi mira el reloj, hace un gesto y saca el teléfono móvil, inicia el ritual de las anteriores ocasiones. Es la única persona con móvil que conoce. Quizá todos hagan lo mismo y llamen cada media hora para decir dónde están y que llegarán tarde. Toño y ella se miran, sonríen pero ninguno de los dos dice nada. Podría aprovechar para preguntarle por su mujer, su mujer, apenas les ha contado nada, solo que su mujer, su mujer, qué extraño suena, se llama Edurne y la conoció en Berlín pero es de Bilbao, por eso no ha venido con él, quería ir con el niño, Eneko, mi hijo, qué fuerte, Eneko, a pasar unos días a casa de sus padres en Galdácano. Vendrán esta noche a ver el partido, su autobús llega a las ocho, vais a conocerles. Sin embargo no tiene tiempo de preguntar, en esta ocasión Javi cierra la tapa del móvil con un golpe seco sin hacer ninguna llamada.

—¿Qué? ¿Nos clasificamos o no, Toño? —dice Javi—. Joder, que llevamos dos horas juntos y aún no hemos hablado de lo importante.

Toño parpadea como si le costara comprender la pregunta. En lugar de lanzarse con una de sus teorías, Javi suelta varias generalidades, y por un instante tiene la seguridad de que Toño no ha visto ningún partido del Mundial, quizá ni siquiera sabe que hoy nos lo jugamos todo, que hay muchas probabilidades de que ni siquiera nos clasifiquemos para octavos. Al final alza la copa, este año ganamos, brindan.

—Una duda —dice Toño, vuelve a insistir con lo mismo—, ¿de dónde sacáis la pasta para todos esos negocios?

—¿De dónde va a ser? —dice Javi, inclinado sobre la mesa sin alterarse por el cambio de tema, todo lo contrario—. De los bancos. Y del padre de Rubén, claro. Es nuestro principal inversor y nuestro avalista. No tiene ninguna fe en nosotros. Sobre todo en su propio hijo, lo cual es lógico conociendo a Rubén.

Javi se ríe de nuevo, Toño también. Ella les observa, juega con el arroz, con el tenedor hace un dibujo en el plato. Podría ser un sombrero.

—Él lo que quiere es que nos dejemos de chorradas y nos metamos en el negocio de la construcción con él —dice Javi—. Pero mientras tanto, va soltando tolfis.

—O sea que estás forrado.

—Los cojones tengo forrados. Vivo de prestado. Todo es del banco, empezando por el puto BMW. Mi viejo no lo sabe, pero en un año he pedido más créditos que él en toda su vida.

Norberto trae la cuenta. Javi agarra la factura, con la mano les indica que no hagan nada.

—Os dije que invitaba yo.

—Forrado.

—Vete a tomar por culo.

¿Para qué ha pedido otra botella de vino cuando ya estaban a punto de irse? Zero tiene razón respecto a Javi. Nunca se lo reconocerá, pero es cierto: puede que no lo fuera antes, pero ahora es verdad, Javi se ha convertido en un pijo, se ha entregado totalmente al enemigo, ya no tiene salvación. Quizá por eso le cae tan mal a Zero, porque le reconoce, porque sabe que en el fondo es uno de los suyos. Javi es eso en lo que debería haberse convertido Zero, lo que habría querido su madre. La desgraciada murió sin comprender el alcance de su éxito. Porque Zero es pura fachada. Ella también, ambos lo son. Ella hace la comida, plancha, limpia la casa mientras él tiene una amante. Son una familia tradicional, como Dios manda, ya solo les falta tener un hijo, como Toño. La madre de Zero se habría horrorizado con Chus y sus rastas, sin entender que Chus es otra pija como Zero, como Javi, como todos, ya lo avisó Ziggy, ni siquiera él pudo soportar la presión y terminó sucumbiendo. Por supuesto ella tampoco se salva, también es una pija, todos nos hemos vuelto unos pijos, incluso los obreros, los comunistas, todos pijos, desclasados, perdidos en la escalera, aferrados a una ideología difusa consistente en no perderse la última película de Ken Loach pero que en realidad solo aspiran a comer en restaurantes como este.

*15 horas 57 minutos 48 segundos se despiden en la puerta del restaurante, sin besos, como en el instituto, quizá porque igual que entonces saben que se verán un poco más tarde.*

—¿Os acerco? —pregunta Javi mostrando las llaves del BMW.

—Yo prefiero ir dando un paseo por el barrio —responde Toño.

—Te acompaño. Voy a ver a mi padre.

—Pues hasta esta noche —dice Javi—. ¿Hay que llevar algo?

—Birra.

—Por supuesto.

Ella pregunta:

—¿Vas a venir con…? No me acuerdo de cómo se llama.

—Marina. No, no va a venir.

—¿Marina? Esa es nueva.

—No. A Marina la conoces. Alta. Rubia.

—Siempre son rubias.

—Eso no es cierto.

—Pues lo parecen. Al menos hablan como si lo fueran.

—Hija de puta.

Se ríen. Toño recoge su mochila del maletero. Resulta increíble, pero ahí lleva todas sus pertenencias. No ha traído ni una sola maleta de Berlín. Y eso le hace sentir cierta envidia.

*15 horas 59 minutos 58 segundos caminando en silencio, hablando lo indispensable para decidir el trayecto, mejor por Pradillo que hará menos calor, todo está como siempre, las casas bajas a un lado, al otro las estructuras elementales de ladrillo y hormigón de los talleres, pero algo ha cambiado, hay varios locales en obras, otros recién pintados, han debido de asfaltar la calle hace poco y ahora incluso los árboles parecen nuevos, pasan junto a un campo de fútbol 7 también nuevo, al menos ella no lo había visto nunca, no sabía que existiera, propone en broma echar un gol regate.*

—Tú desde luego vienes preparada —dice Toño.

Lo ha dicho sin malicia, sin embargo el comentario le molesta, como si Toño no supiera que desde hace mucho tiempo no viste así.

De nuevo caminan en silencio. Antes, en otro tiempo, en el único tiempo que existía hasta ahora, le habría preguntado de forma directa, eh, Toño, qué es eso de que te has casado y tienes un hijo, suelta por esa boca, pero ahora le irrita solo pensarlo. Debe ser él quien hable, es él quien debe dar explicaciones, es él quien desapareció con Maca, tenía unos amigos viviendo en Londres, nos vamos allí a pasar unos días, incluso es posible que nos quedemos una temporada. Una temporada que ha terminado durando cuatro años. Pero ella tampoco insistió y quizá debería haber insistido, una vez más ser la pesada, la madre, deja de perder el tiempo, no te vayas a Londres, céntrate, pero no podía saber que Toño se esfumaría, si lo hubiera imaginado podría haberle convencido, vente conmigo y Anaís a Nueva York. Vuelve a pensar en Nueva York y nota un pinchazo en el estómago. Sonríe, una ironía, otra más, y por un momento considera la posibilidad de que ese sea realmente el motivo de su enfado con Toño.

*16 horas 6 minutos 4 segundos llegan a la esquina con Alfonso XIII, el lugar donde siempre se despedían al regresar del instituto, Toño giraba a la izquierda y ella volvía sobre sus pasos un par de manzanas para enfilar la calle de su padre, sin embargo esta vez no se detienen, Toño continúa caminando pensativo, las grúas se alzan sobre el solar donde antes estaban las chabolas, piensa que si acaba pronto con su padre a lo mejor le da tiempo a acercarse a los cines Luna para ver de nuevo* El gran Lebowski, *aunque podría optar por un rollo más indi,* El ladrón o The Boxer *en los Renoir, lo que sea, hace dos semanas que no va al cine y tiene mono.*

*16 horas 19 minutos 27 segundos los árboles resecos parecen apoyarse unos sobre otros incapaces de mantener el equilibrio, desde donde están solo se distingue la pared deslucida, gris, un alero del tejado, resopla, Toño señala el edificio al final de la calle como si ella no supiera que esa es su casa, pero no se decide a continuar, de pronto sonríe y por fin empieza a hablar, lleva más de tres años sin ver a su padre, no sabe qué va a encontrarse, con Antonio cualquier cosa es posible, al principio las palabras salen casi de una en una, arrastradas, le habla de Berlín, París, Viena, Praga, de las cosas que ha visto, las cosas que le quedan por ver, y entonces es Toño, el Toño de siempre, el brillo en los ojos, la mirada ávida, de un cuadro de George de La Tour pasa a una calle de Roma, de ahí a una de sus teorías sobre la película de* El pequeño salvaje, *últimamente está obsesionado con los escritos de Itard, casi enseguida descubren que ambos coincidieron en Ámsterdam, estuvieron allí el mismo mes, quizá los mismos días, una pena no haberse encontrado, habría sido genial, y ahora es ella la que no deja de hablar, tiene algo de delirio, casi como si quisiera sepultarle en palabras, le cuenta que ya ha abandonado la idea de dirigir una película, no tiene talento, imaginación visual, pero sobre todo se aburre en los rodajes, hay que invertir demasiadas energías en cosas que no tienen nada que ver con el cine, lo suyo son las palabras, de las palabras no se cansa nunca, al menos de momento, le ha costado comprenderlo pero por fin está donde debe estar, donde quiere estar, le cuenta que ahora escribe historias de asesinatos, no sabe por qué, pero en sus guiones siempre aparece alguien muerto de forma violenta, ha empezado a leer, a devorar en realidad, a Patricia Highsmith, Jim Thompson, las películas de los hermanos Coen le flipan, lo cual está guay porque a Anaís también le encanta el cine negro, su opera prima va a ser una especie de* thriller *existencial, guion Rocío González, dirección Anaís Bermejo, las nuevas reinas del cine independiente, cuidado Sundance que allá vamos.*

*16 horas 27 minutos 23 segundos Toño ya no escucha, la mirada fija en el final de la calle, ella le pregunta por qué ha vuelto.*

—Por Eneko —responde Toño—. Necesita un sitio estable donde crecer.

—¿Y habéis elegido Madrid? Se me ocurre una docena de sitios mejores para vivir.

—Bueno, como yo tengo que venirme una temporada aquí...

—¿Por qué?

—Papeleos. Ya que ha muerto la abuela vamos a vender la casa.

No sabe cómo reaccionar, sacude la cabeza.

—¿Ha muerto tu abuela? ¿Cuándo? No lo sabía.

Intenta que el tono de su voz suene calmado, pero en realidad está diciéndole a Toño de qué va todo esto, a qué estás jugando.

—Fue hace quince días. Pero ya se encontraba muy mal. Apenas estaba consciente, vivía en una especie de estado comatoso.

Toño mira de nuevo hacia la casa. Parece apenado, sin embargo ella sabe que no puede sentir ninguna lástima porque haya muerto la vieja bruja. No debería.

—Aunque está muy deteriorada podemos sacar bastante pasta. Según Javi la zona se está revalorizando a lo bestia.

—¿De verdad la vais a vender?

—Sí, mi padre está de acuerdo. Creo.

—¿Y qué haréis con tu tía?

—Lo mejor para Angelines es una residencia.

Alza las cejas. Esa misma frase se la había dicho ella misma a Toño cuando murió su abuelo, es lo mejor para ella, tú no puedes hacerte cargo de Angelines y de tu abuela, mucho menos tu padre. Entonces Toño se indignó, dijo que ni hablar, no podía hacerle eso a su tía, sería como traicionar al abuelo. Luego desapareció. Se ve que eso no suponía traicionar a nadie.

—Queremos montar un negocio —dice Toño, esconde la mirada—, una tienda. Edurne hace unos collares alucinantes.

—¿Y tú? ¿Vas a hacer collares también?

—Sí, ¿por qué no? —replica Toño ignorando el tono irónico de su pregunta—. Y podría hacer otras cosas.

—¿Como qué?

—No sé. Enmarcar cuadros, carteles, esas cosas.

—¿Sabes enmarcar cuadros?

—No, no tengo ni idea. Pero Edurne sabe y puedo aprender. No debe de ser muy complicado.

Ella asiente y se quedan en silencio. Ha empezado a sentirse furiosa de nuevo.

—Creo que mi padre me echó de casa —dice Toño con la mirada clavada en la casa, trata de reírse—. No estoy seguro del todo. Mis recuerdos de aquella época son un poco confusos. Hubo una discusión bastante fuerte. Me parece que dije algunas cosas desagradables. Me reí de él. Estaba en la cocina riéndome de él. Y sí, creo que me echó. Aunque no podía hacerlo, claro. El abuelo me había dejado en herencia su parte de la casa, yo también era propietario, pero...

Toño no termina la frase, toma aire, resopla, y por fin se decide. Se interna en la calle, pero solo da unos pasos antes de volverse hacia ella.

—Edurne ha tenido una vida muy dura.

—¿Cómo de dura?

—Te lo contará luego ella misma, seguro. Tenéis mucho en común. Te va a caer genial. Ya lo verás.

No, no quiere verlo. No sabe por qué, pero no tiene ningún interés en conocer a Edurne, lo único que quiere ahora es llegar cuanto antes a casa de su padre. Pero primero debe pasarse por el supermercado.

*17 horas 6 minutos 39 segundos abre la nevera y guarda un brik de leche en la puerta, descubre que el táper con empanadillas sigue en el mismo lugar donde lo dejó el domingo.*

—¿Un negro? ¿Cómo negro? —pregunta su padre—. Será negra.

—Pues negra, vale.

Se ríe para celebrar la ocurrencia de su padre, él lo está esperando, se alimenta de esas cosas.

—Pero eso, ¿qué significa?

—Básicamente que reescriba este mamotreto.

Saca el manuscrito de la mochila y lo pone sobre la mesa de la cocina, cerca de donde ha dejado *El País*. Su padre permanece unos segundos contemplando la portada mientras ella va colocando las naranjas en el frutero, dos kilos. Ya ha perdido toda esperanza de que su padre tome una fruta diferente. Los plátanos, las peras, las manzanas al final terminan siempre en el cubo de la basura. Zumo de naranja y nada más que zumo de naranja, al menos que sea natural.

—¿García Márquez? —pregunta su padre.

—Otro García Márquez. Este es gay. Básicamente ese es su valor.

—No entiendo.

Una naranja se le escurre y cae al suelo, llega rodando hasta la puerta de la cocina.

—El tipo ha escrito una especie de *Cien años de soledad*. La diferencia es que esta historia transcurre en la Cuba de Fidel Castro y los protagonistas son homosexuales reprimidos por el régimen. «Homosexualismo mágico» lo ha llamado Marcos. ¿Te lo puedes creer?

Recoge la naranja del suelo, la palpa, presiona la superficie con los dedos para comprobar que el golpe no la ha reblandecido. En caso contrario tendría que apartarla para que no termine en el fondo del frutero pudriéndose ella y el resto de naranjas.

—Es su gran aportación a la historia de la literatura. La única, en realidad. Solo he leído unas páginas, pero el libro está muy mal escrito. Y lo peor es que está escrito en serio.

La naranja parece estar bien, sin embargo la deja fuera del frutero, para qué arriesgarse.

—Papá, esta naranja te la comes mañana. Y no la mezcles con las otras, ¿vale?

El hombre asiente y abre el tocho, pasa un par de hojas.

—Además de estar mal escrito tiene muchas páginas, ¿no?

—Demasiadas.

Ella le acaricia la cabeza. Le ha crecido mucho el pelo, en breve tendrá que acompañarle al peluquero de nuevo. Es curioso pero tiene más pelo que antes de la quimioterapia, entonces no le cubría la coronilla. Por otra parte ahora es totalmente blanco.

—Pensaba que tu editorial solo publicaba novelas de ciencia ficción.

—Y yo. Pero Marcos ha convencido a su papá para buscar nuevos mercados.

Su padre lee el principio en voz alta, muchos años después, frente al pelotón de locas, menudo principio, lo primero que hará es pegarle un buen corte.

—Pues así, de primeras, no parece tan terrible.

Su padre, que cada año se leía un volumen de *En busca del tiempo perdido*. Su padre, que leía libros de filosofía, ensayos, poesía, todo lo que caía en sus manos, *El País* de la primera a la última página, cada día, su padre. Ahora solo estaba interesado en porquerías del tipo Tom Clancy, Ken Follet. Últimamente había empezado con los ganadores de los premios literarios de los últimos diez años. Su padre. Maldito cáncer. Se sienta a su lado a hojear la novela del nuevo García Márquez. Pasan las páginas fotocopiadas.

—¿Qué tal está Siro? —pregunta su padre mientras avanza por el manuscrito. Es el único que llama a Zero por su nombre auténtico. Aunque le ha explicado varias veces de dónde viene lo de *Zero,* da lo mismo, él le sigue llamando Siro.

—Bien. Con mucho trabajo. En breve quiere grabar otro disco.

—Fenomenal —dice su padre y apura el té.

Ella espera que diga algo más, pero se queda mirando hacia la ventana de la cocina mientras se mesa la barba. Esta vez no le menciona el tiempo que ha pasado desde la última vez que Zero estuvo aquí. Quizá al fin ha comprendido que desde la muerte de su madre a Zero le cuesta venir a verle, que si no se hubieran conocido entre chutes de quimio en la sala de espera de oncología todo sería diferente.

Su padre mira el reloj.

—¿Tu hermano no iba a venir?

—Me ha jurado que se pasaría más tarde, antes del partido. Tengo que hacer una llamada.

—Claro, hija.

Sale de la cocina camino del salón.

*17 horas 13 minutos 47 segundos al cuarto timbrazo coge el teléfono una mujer y ella pregunta por Ángel, dice que llama de parte de Dimas Rodríguez, un momento, por favor, saca un cigarrillo pero no lo enciende, aunque su padre dice que a él no le importa, ya nunca fuma aquí, menos en el salón, si hace falta se sale a la terraza, tararea el estribillo de* Exit, breathe, breathe, keep breathing, *el tipo tarda un rato en ponerse.*

—¿Sí?

—Hola, Ángel, soy Rocío, amiga de Dimas. Te llamo porque me ha dicho que estáis buscando guionistas.

—Pues no, no estamos buscando guionistas.

Ambos se quedan callados. Puede oír la respiración al otro lado del teléfono. Puto Dimas, puto mentiroso chafardero. Estira el cable del teléfono al máximo para poder abrir el balcón. Rebusca el mechero en el bolsillo del pantalón y enciende el cigarrillo.

—Das una patada al suelo y sale un guionista —prosigue Ángel—. No hace falta buscarlos.

—Vaya.

Pega una calada nerviosa, apresurada, y el cigarrillo se le cae sobre el pantalón. Sacude la ceniza pero queda una mancha negra en el muslo. No importa, es su viejo chándal, aunque debería haberse cambiado antes de hacer la llamada, no sabe por qué narices sigue vestida así, es absurdo.

—Pero Dimas me ha comentado que tú estás buscando trabajo —dice Ángel—. Y, mira qué suerte, justo ahora vamos a tener un hueco en la redacción: es para una sustitución de verano. ¿Te interesa?

Por un momento está a punto de mandarle a la mierda, a él y a su tono de..., ¿en qué trabajaba, realización, guion, producción? Se lo ha dicho Dimas, pero no consigue recordarlo. Aunque da igual, es un tono de Gilipollas de la Tele, ese es su cargo, Coordinador de Soplapolleces, quizá Ayudante de Subnormal. Quedan en verse al día siguiente, ella le llevará algo de lo que haya escrito, ¿un VHS con mis cortos?

—Buf, vale, sí, como quieras —suelta Ángel en un tono aburrido.

Cuelga con un golpe seco. Se arrepiente de haber llamado. Qué error. Después de dejar a Toño ha tomado la decisión: tiene que irse a Nueva York, sola o con Zero, eso es ahora lo de menos. Después del verano su padre regresa a su trabajo en la biblioteca. Es el momento. Ahora o nunca. Pero para hacerlo necesita dinero y en la tele tienen mucho, en realidad no hay otra cosa. Ha llegado la hora de ofrecerse, de venderse al enemigo. Sin embargo, en este instante ya no le parece tan buena idea. Teme infectarse como sus compañeros de facultad, los que están trabajando en televisión, que por otro lado son una minoría, y que ya solo saben hablar de audiencias, presupuestos, dinero. Siempre con matices irónicos, por supuesto. La ironía es el último reducto de la revolución. Vamos a cambiar el mundo de forma irónica. Con la ironía y su otra cara, la intensidad. Por eso Zero se ha enrollado con una pelma, porque necesitaba probar el otro lado. De alguna manera era el paso lógico. El mayor logro de Chus es haber pasado una semana en Chiapas con sus bongos acompañando al Ejercito Zapatista. Ella lo cuenta como si viniera de salvar a la humanidad a golpe de tamtam. Sin rastro de ironía. Ironía cero. Es una imbécil y Zero lo sabe, debe saberlo. La diferencia es que Chus no se burla de Zero. Se toma en serio de principio a fin todo lo que dice. Chus es lo bastante idiota para ser la hija de Olsen. En el caso de que finalmente decidiera darle una.

—Joder.

En ese momento descubre la fotografía de Pilar junto al teléfono. No es una mujer fea, sin embargo el rictus angustiado transforma su rostro, el gesto hundido, la mirada suplicante al objetivo, como si temiera volatilizarse, lo vuelve desagradable. Hace crujir la madera, sus pisadas resuenan en la tarima del pasillo. Entra en la cocina tratando de controlar el asco, la furia.

—Papá, ¿qué hace esta foto en el salón?

—No sé.

—¿Cómo que no sabes?

—La encontré el otro día dentro de un libro, y pensé…

—A la basura.

—De acuerdo.

Abre el cubo y arroja dentro la fotografía. Duda un instante, finalmente recupera la foto y la rompe en dos mitades antes de tirarla otra vez. Su padre sería capaz de rescatarla para devolverla a la estantería.

—¿Sabes que aún seguimos casados? —pregunta su padre.

—Sí, lo sé. ¿Y?

—No, nada.

—¿Has vuelto a verla?

—No.

—¿Estás pensando en quedar con ella para ir a tomar el aperitivo?

—No, no.

—El domingo, después de la misa de doce, ¿no era eso lo que le gustaba a Pilar?

—No.

Está plantada en el centro de la cocina con los brazos en jarras. Su padre finge leer la cubierta del manuscrito, evita mirarla, como si fuera un niño pequeño al que han pillado haciendo lo que no debía.

—Papá, ¿sabes por qué no os habéis divorciado?

—Por los follones de los abogados.

—No, eso a Pilar le da igual. Seguís casados porque no soportaría otro divorcio. Solo tiene lágrimas para un exmarido. Con dos, la sensación de fracaso aplastaría a esa hija de puta.

—No hables así, Rocío.

—Te dejó tirado.

—No. Hablamos del asunto. Era lo mejor para todos.

—Te dejó tirado.

—Tenía que ocuparse de sus hijos.

—No puedo gastar las pocas energías que me quedan en cuidar a un moribundo. Ya tengo bastantes problemas como para ahora ver a tu padre apagarse poco a poco. Eso es lo que me dijo esa hija de la gran puta mientras lloraba como un cocodrilo.

—Por favor, Rocío.

—Huyó.

—Vale, de acuerdo, ¿podemos dejar el tema?

—Sí, claro que podemos.

Agarra su mochila, mete dentro al falso García Márquez y sale dando un portazo.

*18 horas 52 minutos 14 segundos Zero deja la mochila en el suelo, Zero se quita las John Smith y se sienta en el otro sofá, insiste, repite su nombre, Zero, pero Zero permanece tumbado, la cabeza inerte, como desgajada del tronco, ojos y nariz sepultados bajo los almohadones, podría estar muerto, estas cosas pasan continuamente.*

—¿Zero?

Vale, está muerto. ¿Cuál debería ser su reacción? Lo primero sería llamar a la policía. En realidad, a una ambulancia, porque quizá no esté muerto. ¡Su latido es débil, aún podemos reanimarlo! Descargas eléctricas, un pinchazo de epinefrina o lo que sea directo al corazón, esas cosas. Sin embargo no lo consiguen. Y ahora sí, viene la policía, quizá un juez. Debería enterarse del protocolo, cuáles son los pasos a seguir, a lo mejor lo del juez no siempre es necesario. Hay un porro apagado en el cenicero. La boquilla aún está húmeda por la saliva de Zero. Lo enciende, da una calada pero vuelve a dejarlo enseguida, se ha propuesto moderarse, al menos hasta que acabe el guion.

Llorar.

Debe llorar. Mucho. Acaba de encontrar al amor de su vida muerto en el sofá de casa. Se ha quedado sola de nuevo. Aunque en realidad no es el amor de su vida. Ya no. O sí. Aún no sabe si lo de Chus le importa mucho o no le importa en absoluto. Ese es el asunto. Sentir. Hay que sentir. Ella quiere sentir, pero no le dejan, no se lo permiten. Solo vacío, confusión, rabia. Quizá es que tiene algún tipo de problema. No un problema psicológico, sino físico. No produce suficiente cantidad de melatonina o una mierda de esas.

—Zero.

Si no llorase, la policía podría sospechar de ella. Dependiendo de las causas de la muerte se abriría una investigación. Descubrirían que Zero le ha sido infiel con una atontada que se llama Chus. Podrían sospechar de ella, acusarla de homicidio. Ella les diría: «Se equivocan, lo de Chus me daba igual, no tenía motivos para matar a Zero». «¿Zero?, quién es Zero?», preguntaría el poli con un gesto desabrido, y ella tendría que explicarle el rollo de su nombre, otra de las chorradas de Zero, es por la novela *Less than zero,* la preferida de Zero en su adolescencia. En cuanto se enteró de que cero en inglés se pronunciaba «siro» no lo dudó, empezó a firmar así, Zero, además le gustaba que en la portada de los discos su nombre tuviera cierto parecido con el de Zoot Sims. Luego vinieron Kerouac, Bukowski, menos mal, gracias a él se conocieron, se enamoraron, salas de espera, vómitos, cáncer, borracheras, *on the road,* la senda del perdedor, el lamento de Portnoy, Zero.

—Zero.

Sin embargo, lloraría. Pero no por Zero. Piensa en Olsen, en su muerte. Quizá Olsen no debería morir. El muerto no es él, el muerto es alguien a quien asesina el propio Olsen. Matar a un hombre. Desde luego resultaría impactante, aunque por otro lado sería exagerado, increíble. Tiene que pensar bien cómo puede llegar a ese punto.

—Zero, despierta.

Ahora reacciona. Mueve el cuello, resopla. Tiene el pelo empapado, un mechón pegado a la frente. Sin embargo continúa con los ojos cerrados. Le pone la mano en el hombro, siente el calor de su piel, el olor levemente ácido que antes la excitaba. Abre los ojos, la mira y sonríe, se abraza a ella. Hijo de puta, siente su aliento cálido en el cuello. Nota un temblor urgente y al mismo tiempo remoto, comprende que debe alejarse si no quiere acabar follando en el sillón. No han vuelto a hacer el amor desde que sucedió lo de Chus, en realidad desde antes, desde el entierro de su madre, pero Zero siempre se despierta de la siesta hambriento, da igual lo que haya podido suceder antes entre ellos, tras la siesta no le resulta aburrida en la cama. Quizá debería dejarse llevar, echar un polvo como ha dicho Marcos, como dijo ella, puede que Doris Lessing tuviera razón, para las mujeres como nosotras la integridad no está en ser casta o fiel, la integridad es tener un orgasmo, tener algo sobre lo que no ejerces control. Se deshace del abrazo y va hasta al equipo de música. Pulsa botones, en la pantalla del cedé aparece el cuatro azul, el tiempo empieza a correr, suena el piano de Brad Mehldau.

*Wake*

*From your sleep.*

—¿Otra vez con eso? —pregunta Zero.

No responde, se sienta en su butaca, junto al equipo de música. Cierra los ojos. Mentalmente trata de encajar las palabras inexistentes en la versión de Mehldau.

*The drying of*

*Your tears*

—Joder, qué obsesión —dice Zero, el sillón cruje bajo el peso de su cuerpo, ha empezado a incorporarse.

*Today*

*We escape*

—Si lo sé no le digo al Lobo que te lo grabe —dice Zero, y oye sus pies descalzos alejándose, deslizándose sobre los baldosines.

*We escape*

El Lobo es un memo, ni siquiera toca bien la batería. Pero conoce al batería de Mehldau, Jorge Rossy, estudiaron juntos en Barcelona, o eso dice él.

*Pack*

Probablemente sea mentira, una más, el Lobo diría cualquier cosa para acostarse con ella, con cualquier tía.

*And get dressed*

Pero gracias a él ha descubierto esta versión de *Exit music (for a film)*. Flipa con los paréntesis, se mantienen, también han pasado del disco de Radiohead al de Mehldau. Todo es flipante en este tema, es flipante que le flipe más que el original, lo cual parecía imposible.

*Before your father hears us*

Quizá tiene que ver la forma en que lo escuchó por primera vez. Acababa de fumarse un porro y tuvo la sensación de que los primeros compases del piano entraban dentro de ella, luego la batería de Rossy golpeando en su interior.

*Before*

El aire penetrando hasta lo más profundo de sus pulmones.

*All hell*

Casi puede notar como se le dilatan las pupilas.

*Breaks loose*

El ritmo cardiaco desciende.

*Breathe*

*Keep breathing*

De pronto las piezas se ordenan.

*Don't loose*

*Your nerve*

*Sing*

*Us a song*

Todo está en el sitio correspondiente.

*A song to keep us warm*

—Rocío, no tengo...

*Such a chill*

*Such a chill*

En ese punto comienza la improvisación y ya no hay forma de encajar la letra. Es del todo imposible aunque tampoco lo intenta. El piano, el bajo y la batería entablan una extraña pelea, como si el oxígeno del estudio de grabación se estuviera agotando y los tres lucharan por él. Zero murmura algo, maldice, ella al fin abre los ojos.

—Que no tengo calcetines limpios.

Mira los pies desnudos de Zero. Va vestido con un pantalón negro, la camiseta del mismo color, debe de ser una de las que le planchó ayer. Su físico imponente, rotundo, marcado por los tatuajes, se despliega ante ella.

Ella dice:

—Marcos ha intentado besarme.

—¿Quién?

—Marcos, el de la editorial.

—Ya. Tu novio.

—Nunca ha sido mi novio.

—El que te desvirgó.

—Sí. Ese.

—¿Y?

—Nada.

—¿Quieres que vaya a darle una paliza? —dice Zero y sonríe.

Por un momento piensa que quizá sea mejor soltárselo, a golpes de ironía decir lo sé todo, dejarse llevar, perder el control. Pero no puede hacer eso. Si explota ya no habrá marcha atrás. Y debe ser él. Tiene que confesar de forma voluntaria. Por ella, por él mismo, por el año y medio que llevan viviendo juntos, porque si no será como decir que nada ha sido verdad, que ha sido una idiota engañándose a sí misma de forma ridícula, que al final ha caído en el tópico, la mujer que solo encuentra la salvación en un hombre. Y eso sí que nunca podría perdonárselo.

—No, no quiero que vayas a darle una paliza.

—Entonces, ¿para qué me lo cuentas?

Ella alza los hombros.

—¿No hay calcetines negros?

—¿Has mirado en mi despacho? Sobre la tabla de la plancha.

Zero asiente y sale del salón.

Nota como la furia, su vieja amiga, vuelve a trepar por la garganta. Se pone en pie y va hacia la estantería de discos. Ni siquiera mira los discos de jazz. Según Zero debería escuchar más *A Love Supreme*. Y Art Pepper. Y Lester Young. Y Miles Davis, porque no todo van a ser saxofonistas. Y Billie Holyday. Pero sobre todo los Four Brothers. Y ella lo ha intentado con todas sus fuerzas. Desde que se fue a vivir con Zero no ha hecho otra cosa. Sus viejos vinilos de los Clash, The Smiths, Dylan, Antonio Vega, Happy Mondays, 091, Pixies, Radio Futura, incluso los de Bowie se han acostumbrado a esperar amontonados al final de la estantería. Sentada en el suelo o en su butaca, ahora que por fin tiene butaca, frente al equipo de música, con el tabaco a un lado, el cenicero al otro, tratando de concentrarse, la mirada fija como si estuviera esperando a que las notas se materializaran ante sus ojos. Pero eso se acabó. Saca un disco de Siouxsie and the Banshees. Empieza a sonar *Spellbound* en el momento en que regresa Zero. Alza las cejas, no dice nada, pero ella intuye el gesto de desaprobación.

—¿Has llamado al pavo ese de la productora? —dice Zero—. ¿O estabas muy ocupada dándote el lote con Desvirgator?

—No me he dado el lote con nadie.

Zero se sienta en el sillón para ponerse los calcetines, apoya los pies en el baúl que hace las funciones de mesilla. Sobre un cojín, como si fuera un bebé, está el saxofón. No lo había visto hasta ahora.

—No —miente—, no le he llamado.

—Llámale, coño. Es curro —dice Zero y se calza las botas de cuero.

No recordaba que hoy tuviera concierto. Y además solo son las seis de la tarde. Ella pregunta:

—¿Tú has visto el programa?

—No, ni pienso verlo.

—Es una mierda.

—A mí tampoco me gusta irme en verano de gira con Azúcar Moreno y me jodo. Llama.

—Casi prefiero buscar algo en Nueva York cuando lleguemos.

Zero no responde, parece que no le ha escuchado. Guarda el saxofón en su funda, el chasquido de los cierres. Se acerca hasta ella para darle un beso en los labios.

—¿Adónde vas?

—A la escuela.

—Los miércoles no tienes clase por la tarde.

—Quiero hablar con Joan Albert. Uno de los profes de ritmo se pira y voy a intentar que me pasen sus clases para el próximo curso.

—¿Y para eso te llevas el saxo?

—Luego he quedado a ensayar con Lobo y Mani. ¿Tú qué vas a hacer?

— Preparar un poco lo de esta noche.

—¿Lo de esta noche?

—Joder, te lo dije. Vemos el partido aquí.

—Buf... Vale.

Zero va hacia la puerta haciendo vibrar los baldosines con sus botas. Sabe que Zero no vendrá esta noche. Pero de pronto comprende que tampoco irá a Nueva York. No quiere ir, no tiene ningún interés en buscarse la vida como músico en los garitos de jazz. Comprende que nunca han hablado en serio de ello. No de verdad. Otra vez la verdad. Ella pregunta:

—¿A qué hora vienes?

—No lo sé, no me esperéis. Vosotros a vuestro aire. Por cierto, ¿de qué cojones vas vestida?

Antes de que salga sabe que ha quedado con Chus. Le gustaría decirle ven esta noche, por favor, necesito que estés. Sube el volumen del ampli. Son solo las siete, aún le quedan dos horas hasta que empiece el partido. Tiene tiempo de sobra para preparar la cena y cambiarse, quizá para llamar a Anaís y contarle.

*20 horas 8 minutos 49 segundos habla entre bostezos, aunque en Nueva York son las dos, Anaís acaba de levantarse, ha estado trabajando toda la noche, ella trepa en su butaca, se apoya en los brazos, aspira buscando el olor de la felpa.*

—Por fin voy a salir del armario —dice Anaís.

—¿Lo has conseguido?

—Lo he conseguido.

—¿Y cómo es el mundo exterior?

—Amplio. Muy espacioso.

Se ríen. Es una pena, ya no conocerá el piso que Anaís comparte en Brooklyn con cinco compañeros: solo podía pagarse la tercera parte de una habitación y debía dormir en el interior de un armario, ¿un armario? Sí, un armario de puertas correderas, dicen que es un vestidor pero de eso nada, apenas entra el colchón.

—Lo de ahora tampoco es mucho mejor —dice Anaís—, pero al menos ahora el armario está fuera de la habitación y no dentro.

—¿Cuándo te mudas?

—El fin de semana.

Descubre un nuevo desgarrón en la tela de su butaca, en el borde del brazo derecho. Es pequeño, con forma de cicatriz, sin embargo resulta bastante visible. Le sorprende no sentirse molesta, más bien al contrario. Esta cicatriz es enteramente suya, la ha hecho ella y de alguna forma le da un legítimo derecho de propiedad sobre la butaca. Siempre ha querido tener una butaca de lectura y esta venía con el piso. La primera vez que entró en el salón parecía como si estuviera esperándola, situada entre la librería y el hueco donde en seguida decidieron que iría el equipo de música. Zero había querido deshacerse de ella, el asiento está desfondado, los muelles chillan con el peso, manchas de grasa en el respaldo, pero ella ni hablar, esta butaca se queda aquí.

—¿Ya tienes los billetes? —pregunta Anaís.

—No, aún no.

—Creía que me llamabas por eso. —La voz de Anaís se oscurece por un instante—. ¿Tu padre ha empeorado?

—No, qué va. Está limpio. En septiembre vuelve al trabajo.

—¿Y entonces? ¿A qué esperas?

—A Zero.

—¿Qué pasa con Zero?

Duda, por un momento piensa contárselo todo a Anaís. Pero sabe lo que le dirá, a tomar por culo, adiós Zero, el grito de guerra, que tu príncipe azul sea un fontanero con mono de trabajo, arréglame la tubería y largo. Y entonces no habrá marcha atrás.

—Creo que Zero no quiere venir.

—Pues que le den a Zero. Vente sola.

Mira al techo, las molduras de otra época, las frutas dispuestas en círculos concéntricos como si fueran una inmensa tarta de nata. A Zero le horrorizan.

—Sí.

Le cuenta a Anaís lo que ha sucedido esta mañana con Marcos. Se ríen, esa es la impronta que deja ella en los hombres, en Marcos, en Zero, cómo no reírse.

—Cuelga ya —dice Anaís—, que te va a costar una pasta.

—¿Todo bien?

—Viento en popa. Es posible que haga la foto fija de la próxima peli de Hal Hartley.

—Mola.

Sonríe, siente cierta envidia, como siempre que habla con ella. Le ha costado, pero después de dos años Anaís por fin ha conseguido hacerse un hueco en el circuito independiente. Unas veces trabaja de segunda auxiliar de cámara y otras hace la foto fija. Le ha enviado algunas de sus fotos y son alucinantes. Una de ellas, la imagen en blanco y negro de unas tuberías trepando por la espalda de un edificio, preside su despacho. Está claro que Anaís hará algo importante, más pronto o más tarde.

—Cuando tú estés aquí molará más. Ven. No lo pienses.

Vuelve a fijar la mirada en las molduras del techo. Si pudiera decoraría el piso entero como una casa de principios de siglo. Aunque tampoco hace falta, incluso en su estado actual le encanta. A pesar de las manchas de humedad, las paredes agrietadas, el suelo destrozado, los muebles viejos, es la primera casa que siente como suya. Y tiene chimenea. A Zero le gustó porque es grande, tiene tres habitaciones, un salón espacioso, por lo que pedían de alquiler cada uno podía tener su espacio de trabajo: Zero una habitación donde ensayar y componer. Ella su despacho, donde además del ordenador y la impresora, caben el tendedero y la tabla de planchar, prácticamente todas sus herramientas de trabajo juntas. Pero a ella sobre todo le gustó por la butaca y por la chimenea. Y por las molduras del techo.

*21 horas 51 minutos 34 segundos por un momento tiene la sensación de que se va a ahogar, por señas les pide que traten de amortiguar las risas, lo cual no hace sino aumentar sus ganas de reír, la cocina está en el otro extremo de la casa, aun así Edurne y Toño podrían oírles, sobre todo en el caso de Charli, su risa estruendosa, seguramente lo interpretarían mal, y no es cuestión de empeorar las cosas.*

—¿Toño lo sabe? —pregunta Charli.

—Joder, tío...

—Quiero decir..., o sea, no es hijo suyo, está claro, pero...

Javi explota en carcajadas. Ella no tarda en seguirle.

—Bueno, ya me entendéis —dice Charli y se ríe también, es imposible no hacerlo.

—¿Qué pasa?

Los tres se giran a la vez. Ninguno ha oído llegar a Toño.

—Que aquí va a haber *hondonadas* de hostias —dice Charli.

—Es una risa nerviosa —dice Javi riendo sin disimulo—, por el partido.

—Ya —dice Toño—. Necesitamos un negro.

Los tres le miran sorprendidos, pero al instante no pueden contenerse y de nuevo comienzan las carcajadas.

—Sois unos cabrones —dice Toño, pero también se está riendo.

—Joder, es que no nos has avisado.

—Claro, nos dices «mi hijo», y nosotros...

—Es mi hijo.

—Pero mamón...

—Lo será pronto. Nos hemos casado para que yo pueda adoptarle.

—Ya, pero...

—¿Y su padre? Quiero decir...

—Nunca ha querido saber nada de él. Eneko solo lleva los apellidos de Edurne.

Ella asiente, como si eso sirviera de explicación, como si así pudiera comprenderlo. Durante unos segundos ninguno dice nada, sin motivo aparente la situación se ha vuelto incómoda. Lleva sucediendo así desde que ha llegado Toño con su familia. La conversación fluye, se ríen, hablan del partido, todo va bien, hasta que de pronto entra una corriente de aire helado.

Charli abraza a Toño.

—¿Qué haces?

—Abrazarte.

Se ríen de nuevo, aunque ahora con menos ganas. Ella levanta la bandeja con la cena, venga que va a empezar la segunda parte. Javi coge las litronas, Charli una medianoche que se empieza a comer.

—Puto gordo —dice Javi.

—Pregunta Edurne si tienes un yogur —dice Toño.

Asiente, pide a Toño que le sujete la bandeja mientras ella abre la nevera sabiendo que deben quedar tres o cuatro. Antes de bajar a la compra siempre se asegura de que haya yogures en la nevera. A Zero le gusta desayunar un yogur cada mañana, era lo único que desayunaba Coltrane, quizá era Pepper, o Zoot, algún saxofonista, no recuerda cuál de ellos, y ella se encarga de que nunca falten.

—¿De limón o de macedonia?

—¿No tienes natural? Tiene que ser natural. Edurne dice que los de sabores llevan mucha porquería.

—Pues no, no tengo. De fresa nada más.

—Entonces un poco de leche. Pero solo si es semidesnatada.

—Joder, Toño.

—Edurne dice...

—Es leche normal, pero si quieres podemos aguarla.

—No creo que sirva. De todas formas le pregunto.

*22 horas 1 minuto 17 segundos Luis Enrique persigue la pelota, mira a Eneko, le sonríe, pero el niño oculta la cara en el regazo de su madre, Edurne se queja y lo aparta con suavidad.*

—Esto está hecho, ya te digo —dice Javi—. Y eso que no juega Raúl.

—A Raúl lo guardamos para la final —dice Charli.

Toño coge al niño en brazos y se lo lleva junto a la ventana para explicarle en voz baja la decisión de Edurne, aunque al crío no parece importarle que haya o no yogur. Eneko tiene cinco años y apenas habla. Ella ignora si debería hablar más o menos, no recuerda cuánto hablan los niños de cinco años, no conoce a otro niño de cinco años para poder comparar. Quizá es como Edurne y tampoco necesita hablar. Para hablar tienen a Toño. Aprovecha el hueco que ha dejado Eneko y se sienta en el sofá al lado de Edurne, sonríe y Edurne le responde con una mueca que quizá sea una sonrisa. Podría sentarse en el otro sofá, hay sitio entre Javi y Charli, pero prefiere hacer un nuevo intento por mantener una conversación con ella.

—¿Qué tal Berlín?

—Berlín es una ciudad acabada.

Edurne se queda en silencio mirando al televisor con gesto inexpresivo, igual que las anteriores ocasiones. Según les ha contado Toño, sufre dolores de espalda continuos y el viaje en autobús de hoy la ha dejado destrozada. Ella agarra la litrona y se sirve. Mira la bandeja, trata de decidirse entre el *hummus* y la tortilla de patata, quizá una medianoche, pero sigue sin tener hambre. Javi y Charli son los únicos que están comiendo y al final no ha venido Rosa, así que seguramente sobrará comida. En ese momento suena un bramido, Javi y Charli están de pie, los brazos en alto, sus gritos suenan un tanto apagados, quizá porque es el tercer gol, de Morientes, sí, Morientes, y llega sin la ansiedad del primero, el de Hierro, cuando se han arrojado el uno sobre el otro con la frustración acumulada de los anteriores partidos y Eneko ha empezado a llorar, se ha asustado, el pobre no debe estar acostumbrado a estas cosas.

—¡*Hey, little sister!* —grita Charli.

Javi y Charli se acercan hasta ella, se abrazan, besa a su hermano. De nuevo Toño se mantiene alejado, mirándoles sonriente, observando de reojo a Edurne. Es Charli quien va hasta él, le besa, le estruja, hace carantoñas al niño, pero Eneko esconde la cara en el hombro de Toño. Ella se levanta para encender la lámpara que se encuentra junto a la butaca de lectura. Javi lanza un aullido, una maldición, increpa al televisor.

*22 horas 38 minutos 29 segundos espera un instante con la botella suspendida en el aire sabiendo que no le dará las gracias, Edurne muestra la lata, la hace sonar, aún queda líquido en su interior, quizá se equivoca, pero diría que Edurne lleva dos horas con la misma cerveza, recalentándola entre sus muslos, no hay problema, si no quieres beber tú beberé yo, piensa mientras vuelca lo que queda en su vaso y se lo bebe de un trago, a continuación abre una lata de Mahou, las litronas ya se han terminado, da un trago largo, siente cierto entumecimiento en la lengua, una quemazón en la frente, un mareo agradable solo perturbado por la pesadez en el estómago, en breve tendrá que ir de nuevo al baño, ha bebido, está bebiendo, mucho.*

—Voy a poner la radio —dice Javi mientras se acerca al televisor—, ¿dónde está el mando de la tele?

—No tiene mando —dice ella y se limpia el sudor de la frente.

—¡¿Vas apagar la tele?! —pregunta Charli alarmado.

—No, coño, solo quiero bajar el volumen —dice Javi y mueve una de las palancas frontales del televisor, lo deja mudo—. El partido está ganado, ahora los que tienen que empatar son los nigerianos. ¡Por eso quiero escuchar la radio, cojones!

—Hay esperanza. Está jugando Kanu —dice Toño.

—¿Quién es Kanu?

Toño da paseos cortos, inquieto, como si estuviera midiendo la librería. Se detiene a descifrar el lomo de algún libro, pero la mirada siempre atenta al televisor, a Javi, a Charli, a ella. Le ha costado pero ahora está totalmente metido en el partido, en el Mundial.

—Es un Julio Salinas, todo piernas. Cuando corre parece que va a desmontarse. Los defensas paraguayos son altos, pero ninguno tanto como Kanu, que mide casi dos metros. Lo vi jugar con el Ajax. Es un pedazo jugador. Al menos lo era hasta que le operaron de corazón.

Edurne acomoda la espalda en el sillón, es un movimiento leve, sin embargo ella capta la mirada que le dirige a Toño, un tanto atónita, en parte despectiva. De nuevo se pregunta para qué ha venido, no comprende por qué los ha traído Toño, por qué no se marchan ya si a Edurne el dolor de espalda la está matando, y sobre todo, por qué le ha dicho Toño esta tarde que Edurne iba a caerle genial, que tenían muchas cosas en común. No se parece a ella en absoluto. Solo en la indumentaria. Edurne también va vestida con una especie de chándal. Sin embargo, ella se cambiará el chándal en algún momento, lo quemará, no comprende por qué sigue con él puesto todavía.

—¿Esto cómo funciona?

Javi está junto al equipo de música, ha logrado encender el amplificador, pero encontrar la radio es una historia diferente: se trata de un equipo de los años setenta y si no lo conoces es fácil perderse entre los botones.

—Déjame.

Tropieza con los pies de Edurne al levantarse. Está borracha, más de lo que pensaba. Llega vacilante hasta Javi, gira la rueda y salta Radio 3, por supuesto, pero Javi mueve el dial antes de que pueda averiguar quién está tocando. Se oye una voz desesperada, es el locutor de Carrusel Deportivo hablando del partido de Paraguay, aún hay posibilidades, pero los nigerianos tendrían que apretar más y les cuesta atravesar las líneas paraguayas, de nuevo encerrados atrás, como en el partido contra España.

—Putos paraguayos —dice Javi.

Javi regresa al sillón, pero ella decide quedarse junto al equipo de música, en la butaca, su butaca.

*22 horas 41 minutos 14 segundos intenta encontrar un sentido a las palabras, unirlas a lo que está viendo en la pantalla, la radio habla del juego detenido por una falta mientras en las imágenes el balón rueda por el centro del campo, pero aun así se esfuerza y por un instante parece conseguirlo, el partido de la televisión y el de la radio son el mismo, no hay ninguna divergencia, todo fluye, canturrea, susurra, pega un trago a la cerveza y descubre a Eneko junto a ella, observándola.*

—¿Me cuentas un cuento? —dice Eneko.

—¿Un cuento? ¿Qué cuento?

—El que tú quieras.

Antes de que le dé tiempo a contestar el niño trepa por sus piernas, se sienta en su regazo, le clava la mirada esperando que comience.

—Es que no me sé muchos cuentos.

Eneko alza los hombros. Le da lo mismo, lo que sea está bien. Ella resopla, se frota la cara intentando despejarse. Tiene el cerebro embotado, sumergido en cerveza.

—Te voy a contar la historia de Olsen.

—Olsen —repite Eneko con gesto serio—. ¿Es un niño?

—No. Es una persona mayor.

—¿Pero tiene hijos?

—No. Sí. La verdad es que no lo sé. Pero digamos que sí, tiene dos hijos.

—¿Cómo se llaman?

—Eh... Laura y...

—Mikel.

—Eso, Mikel.

—Yo tengo un primo que se llama Mikel.

—Sí, Mikel está bien. Pero el protagonista es el padre. Olsen.

Eneko asiente con la cabeza. Ya está todo aclarado, puedes empezar con la historia. Sonríen.

—Un día, cuando está en el trabajo, Olsen recibe un sobre.

—¿Qué es un sobre?

—Un sobre es como una carta pero más grande.

—¿Olsen es cartero?

—No, no es cartero. Trabaja en una oficina, en un banco.

—Ah, vale. ¿Y qué hay en el sobre?

—Es un sobre misterioso.

Eneko abre mucho los ojos.

—¿Por qué? ¿Qué hay dentro?

—Fotos. Muchas fotos de Olsen. En la calle, en el autobús, comprando fruta, paseando con su mujer...

—¿Y con sus hijos?

—Claro, también hay fotos con sus hijos.

—Pero eso no es muy misterioso. Yo tengo muchas fotos.

—Sí, pero en el caso de Olsen es misterioso porque no sabe quién le ha hecho las fotos. Alguien le está siguiendo.

—¿Y por qué le siguen?

—Ese es el misterio.

—¿Le quieren hacer daño?

—Quizá. Por eso se asusta. Porque no sabe qué significan esas fotos, por qué se las han hecho ni por qué ahora se las han enviado.

Eneko se queda unos segundos pensativo. No es un niño guapo, tiene los ojos saltones, la boca demasiado grande. Sin embargo su mirada es alegre. Le ha juzgado mal. Hasta ahora pensaba que era tan muermo como su madre.

—Sí es raro, sí.

—Al principio piensa en llamar a la policía, pero en seguida se da cuenta de que no sirve de nada.

—Sí, que no llame a la policía. La policía cuanto más lejos mejor.

—Claro. Olsen piensa lo mismo.

—¿Y qué hace Olsen entonces?

—Empieza a cambiar de hábitos.

—¿Qué es eso? Los hábitos.

—Las cosas que hace todos los días. Empieza a hacer cosas distintas.

La voz de la radio grita gol y ella mira el televisor, pero Zubi está recogiendo sin problemas la pelota, se la pasa a un defensa, Javi da un golpe en la mesa, Charli grita algo, Toño mira a Edurne, otra voz dice que se acabó, ya no hay nada que hacer y sin embargo en la televisión siguen jugando, se pasan el balón como si nada hubiera cambiado, como si todo siguiera igual.

—Pero tenemos la séptima —dice Javi.

—Que se jodan —replica Charli—. Siete copas de Europa.

—De Liga de Campeones.

—Lo que sea. Puto Zubi.

Ella apaga la radio y enciende el cedé. Gira de nuevo la rueda del amplificador. El piano de Brad Mehldau ralentiza el juego, el balón se mueve más despacio siguiendo el ritmo de las notas.

*Wake*

*From your sleep*

Eneko le clava la mirada, siente las dos pupilas de un negro tan profundo que casi parecen absorber la luz.

—¿Qué hace Olsen entonces?

# Charli, 2010

La mosca se posa cerca de su mano, sobre una chaqueta cady de D&G. Permanecen un rato mirándose. Es una mosca como cualquier mosca, pero si no supiese que todas las moscas son iguales podría pensar que ya se han visto antes. Quizá la mosca está pensando lo mismo. Nota opresión en el pecho y agita la cabeza intentando borrar la imagen de Javi, recuerda las vacaciones del año pasado en China con Mario. Un grupo organizado. Un circuito. La Gran Muralla, Shanghái, Pekín.

—En realidad se llama Beijing, es el nombre correcto, eso nos contó el guía, Yang, un tipo con aspecto de adolescente que nunca consiguió aprenderse los nombres de nadie, y eso que hablaba un español perfecto, *pelfecto*.

Cuelga dos camisas del perchero y la mosca sale volando en círculos hacia el fondo de la tienda. Trata de arreglar el desastre entre los *blazers,* parece que alguien se ha dedicado a descolocarlos intencionadamente. Siente un arrebato de desesperación, pero por suerte solo dura un instante.

—Luego descubrimos que el problema del guía no eran los nombres, sino su incapacidad para distinguirnos a unos de otros. «*Peldonen,* pero es que me *palecen* todos iguales», nos dijo el cabrón después de pasar diez días con nosotros,

¿te lo puedes creer? Y no éramos tantos, un grupo de veinte españoles.

Indi se ríe y da un sorbo a su café. Mira un momento hacia el otro lado de la calle, pero el bar continúa tan vacío como hace cinco minutos. Hasta la una no empezará a llegar gente para el aperitivo del domingo, aun así no deja de vigilar por si necesita volver para echar una mano a su hermano en la barra.

—O sea que a los chinos les pasa con nosotros como a nosotros con los chinos —dice Indi en tono reflexivo—. ¿Les pasará lo mismo cuando van los del Real Madrid por allí en la pretemporada? ¿Confundirán a Diarra con Cristiano?

—Eso ya sería mucho confundir —dice entre risas, dobla las sudaderas antes de cambiarlas de estante—. Pensándolo bien no recuerdo haber visto nunca a dos chinos iguales. ¿Y tú?

Enumeran a todos los chinos que conocen, hablan de los que llevan el ultramarinos de la esquina, el que está a unos metros de la cafetería de Indi. Es un matrimonio de unos cuarenta años, con un hijo de veinte. El padre rara vez suele estar detrás del mostrador. Las pocas ocasiones en que coincide con él siempre está en la calle, fumando y escupiendo sin parar. La mujer se llama Yolanda, un encanto.

—¿A ti te conocen? —pregunta Indi.

—No me van a conocer..., raro es el día que no entro a comprar alguna mierda.

—Pero ¿te llaman Charli? O sea, ¿te llaman por tu nombre?

—Ahora que lo dices..., yo creo que sí.

—A mí me llaman Indi, los cabrones. ¿Se lo has contado tú?

Niega con una de sus escandalosas carcajadas. El apodo de Indi no viene porque se parezca a Harrison Ford ni mucho menos. Pero se llama Amancio, se parece a Amancio Ortega, lo de Indi, por Inditex, resultaba inevitable. En cualquier caso es un chiste privado entre Indi y él, no sabe cómo han podido enterarse los del ultramarinos.

—¿Tú te has acostado alguna vez con una china?

La mosca aparece de nuevo, ahora se posa sobre unos pantalones de cuero negro. Seguro que las moscas tienen el mismo problema y no distinguen a unos seres humanos de otros. Incluso es posible que ellas vayan más a allá, que las moscas no diferencien una mierda de una persona. Visto desde ese punto de vista, desde los distintos puntos de vista que convergen en la mirada de una mosca, no somos más que portadores de mierda. Disculpe, pero es que me parecen todos iguales, todos son la misma mierda.

—¿Con una china? —responde Indi con aire pensativo—. No, no, yo siempre con producto nacional bruto.

Se ríe de nuevo, necesita reírse, se aferra a la risa. Ahora la mosca le está mirando mientras se frota las patas. Quizá está preguntándose por qué unas mierdas mueven las manos para intentar aplastarlas y otras no, por qué unas permanecen inertes en el suelo, mientras que otras mierdas son capaces de desplazarse de un lugar a otro.

—Yo tampoco he tenido sexo con un oriental. Físicamente, salvo algunas excepciones, como el tipo que hizo del último emperador, no me resultan atractivos. Luego está la leyenda del pene, ya sabes, que la tienen pequeña.

Indi sonríe con desgana. Él vuelve a soltar una carcajada buscando esa extraña complicidad que les une. Indi no es gay, seguramente su hermano y él votan al PP, creen en Dios, patria y todas esas cosas, pero la realidad ha hecho saltar todos sus prejuicios por los aires. Heredaron el bar de sus padres y llevan viviendo toda la vida en la calle Gravina. Están en Chueca desde mucho antes de que esto fuera una colonia de modernas y homosexuales. Eso significa que han visto como el barrio pasaba por varias muertes y resurrecciones, y saben que la situación actual resulta inmejorable, es lo mejor que podría haber sucedido. Sin embargo aún no ha logrado que se ría abiertamente de sus mariconadas, como las denomina el propio Indi. Su principal tema de conversación sigue siendo el Real Madrid.

—Buenos días.

Indi se hace a un lado para dejar pasar a una mujer de unos cincuenta años, pelo de color pajizo, desgastado, tiene algo de peluca, la cara colorada, sin maquillar, los ojos hinchados, falda negra y camisa de flores. Seguramente se ha perdido y quiere preguntar cómo se llega a Gran Vía.

—Buenos días —responde él.

La mujer se mueve entre los percheros sin vacilar, directamente se dirige a las chaquetas de punto, detrás de la columna. Se nota que conoce la tienda, y sin embargo su aspecto no es el de una clienta habitual. Pero tampoco casual, no es el tipo de persona que entra a comprarse algo en una tienda de Chueca, como mucho iría al Corte, aunque en realidad su indumentaria parece sacada de otro tiempo, de alguien que se vestía en Saldos Arias o en Sepu.

—Charli —dice Indi—, yo me voy.

Se despide con un gesto de cabeza, una sonrisa, contempla como cruza después de lanzar una mirada descuidada hacia la derecha, desde que hicieron peatonal parte de la calle los domingos apenas bajan coches por Fuencarral. Indi desaparece tras la puerta del bar, pero él se queda mirando hacia allí como si esperase que sucediera algo fuera de la tienda. Pasa un hombre con su perro. Un coche. Dos maricas que vuelven de marcha. De pronto se siente como un bloque de piedra, un objeto milenario depositado allí para contemplar el paso del tiempo.

Saca el teléfono. La pantalla resquebrajada le devuelve por un instante su reflejo. Acaba de decidirlo. Se va a comprar el iPhone 4. En cuanto salga a finales de mes, si los rumores son ciertos. Aunque para conseguirlo debería haberse apuntado a la lista de espera. En los Estados Unidos ya está a la venta, pero según parece la antena está dando algunos problemas. Guarda el móvil en el bolsillo trasero del pantalón y atraviesa la tienda, llega hasta la mujer, su propia voz le suena demasiado solícita:

—¿Te puedo ayudar en algo?

La mujer le mira con gesto asustado, como si no le hubiera oído llegar.

—No, solo quería echar un vistazo.

—Perfecto. Si me necesitas, estoy aquí.

Decide quedarse cerca, fingiendo ordenar unas zapatillas. La mujer saca una chaqueta y la alza por encima de la cabeza tratando de hacerse una idea de su talla. La devuelve a su sitio y repite la operación con una chaqueta azul claro. Resulta innecesario vigilarla, no tiene aspecto de ser una ladrona, más bien parece que viene de ordeñar vacas, esa piel lechosa de los pueblos del norte, las mejillas sonrosadas. Los zapatos resultan lo peor de todo, unos castellanos de hombre, marrón oscuro, la piel ajada por unas arrugas horribles alrededor del empeine, los dedos de los pies, enormes, han dejado impresa su estampa en las burbujas que deforman la punta del zapato.

—¿Hoy no le tocaba a Claudio por la mañana? —pregunta de pronto la mujer.

Antes de contestar, la observa sorprendido.

—Hemos cambiado el turno.

—Ah.

Está a punto de contarle que esta tarde tiene que ir al tanatorio, se ha muerto un amigo, ha quedado con Rocío y Toño, pero la mujer continúa midiendo chaquetas satisfecha con la respuesta. De nuevo vuelve la opresión en el pecho, agita la cabeza con un movimiento rápido. La mosca revolotea a su alrededor antes de posarse sobre unos polos. Se limpia las alas con fruición, casi con deleite. En el tanatorio no habrá moscas, no debería haberlas. Tiene que ser complicado evitarlo, cuando se acerca el verano las moscas están por todas partes, salen en masa de dondequiera que permanezcan escondidas el resto del año. Pero allí deberían prohibirles la entrada, tendrían que poner un portero de discoteca para moscas, algo. Quizá esta mosca en concreto viene de haber estado *allí,* con él, en el interior de Javi. Nada impide a una mosca colarse por la nariz de un cadáver. Solo los pelos. Los pelos de la nariz no dejan de crecer nunca, podrían formar una maraña impenetrable, una calavera con pelos saliendo de las fosas nasales. Pero hasta que llegue ese momento las moscas habrán tenido tiempo de sobra para entrar y salir millones de veces, varias generaciones de moscas nacidas y educadas en el mismo cadáver, toda una civilización levantada sobre los despojos de una sola persona. La mosca avanza por la etiqueta de un polo verde. No está muy gorda. Incluso tiene buen tipo para tratarse de una mosca. Sigue la dieta mediterránea.

—Me llevo esta.

La mosca huye asustada al oír la voz de la mujer.

—Perfecto.

Van juntos hasta la caja. Teclea el importe mientras la mujer saca del bolso una cartera ajada, hinchada de papeles y monedas. Paga con dos billetes de cincuenta euros. Mientras él dobla la chaqueta para guardarla en una bolsa, la mujer le llama por su nombre y le pregunta qué tal le va todo. Responde cualquier cosa. También él pregunta qué tal le va todo, como si se conocieran de toda la vida, pero sigue sin recordar, no recuerda haberla visto nunca en la tienda. Hay personas que son físicamente iguales a otras, iguales a cualquiera, no porque sus narices sean idénticas o tengan el mismo color de ojos. Más bien es como si sus rasgos se diluyeran en el rostro, resulta imposible fijar en la memoria una ceja, un ojo, los labios. En realidad son caras en blanco, no hay nada escrito en ellas. Por un momento le recuerda a la madre de Rosa. Podría ser hasta la propia Rosa.

Ha vuelto la mosca.

*Unos ya lo lamentan. Otros lo harán el sábado. Porque les espera España. ESPAÑA-COREA, el sábado a las 8:30 de la mañana, la selección juega en Antena 3.*

*Anuncio emitido en Antena 3*
*el viernes 21 de junio de 2002.*

# Charli, 2002

*0 horas 32 minutos 4 segundos entorna los ojos.*

—Carlos, ¿estás despierto? —repite Rosa en un susurro.

A esa distancia y sin las gafas, con la habitación en penumbra, apenas logra distinguir la posición exacta de las manecillas, pero está convencido de que el despertador de su mesilla marca las doce y media. Piensa en los chicos. Seguramente habrán terminado de cenar, estarán tomando una copa, quizá ya en la misma casa de Rocío. Siente la mano de Rosa deslizándose por debajo del pijama, rodear su barriga, ascender hasta el vello del pecho, le llega el olor agrio del sudor sedimentado en las sábanas. En este cuarto hace más calor que en el resto de la casa, deberían poner aire acondicionado también aquí. Opta por lanzar un gruñido lastimero que significa varias cosas al mismo tiempo. No necesita darse la vuelta, puede imaginar a Rosa, pálida, la piel temblorosa, húmeda, cuando llega el verano siempre parece recién bañada en leche, siente el peso de su mandíbula carnosa junto a la oreja, el calor de su mejilla mientras continúa acariciándole el pecho, mimándole con la punta de los dedos.

—¿Cómo están ustedes? —dice Rosa, y su mano alcanza el pene, lo estruja entre los dedos.

Por un momento no sabe si prefiere el silencio de los últimos días o esto, no sabe qué le pone más nervioso. El silencio, decide. Abre los ojos del todo. Detrás del reloj intuye los marcos borrosos, el brillo plateado rodeando la fotografía de sus suegros recién casados, al lado la foto de su boda, más pequeña, la sensación de estar contemplando dos criaturas de cuerpo ovalado, ambas de la misma especie pero de diferente tamaño, la madre y su cría. Antes de girarse entreabre la boca, deja escapar una vaharada, trata de olerse el aliento, huele a tabaco, también a algo dulzón. Aceptable.

Él dice:

—Bieeeeen.

Rosa enciende la lámpara de su mesilla. Se da la vuelta y descubre que está sonriendo, con esa sonrisa que pensó que nunca volvería a ver, exagerado, ya está el rey del drama. También sonríe. Permanecen un rato observándose. En realidad, es Rosa quien le observa a él. No sabe muy bien qué debe hacer, qué decir, si es que debe hacer o decir algo, quizá no sea necesario. Rosa ha adelgazado. No mucho. Su rostro continúa tan rotundo como siempre, la boca diminuta, los ojos pequeños, como incrustados en la piel blanda. Quizá solo han sido un par de kilos, lejos de los veinte que quiere quitarse, aun así ha perdido algo de volumen. Tendría que dejarse pillar más a menudo, a la larga Rosa se lo terminará agradeciendo, una perversa dieta del cucurucho. Le besa. Varios besos cortos. Los labios de Rosa están secos y sus bocas quedan adheridas, al separarse siente como si le estuvieran despellejando. Nota cierto alivio. Al mismo tiempo inquietud por que todo salga bien, que las cosas vayan como tienen que ir. No está excitado, no lo suficiente, pero no puede permitirse un fallo en este momento.

*0 horas 41 minutos 24 segundos Rosa ni siquiera se quita el camisón, él tampoco se despoja de la parte superior del pijama.*

*0 horas 47 minutos 2 segundos permanecen tumbados uno al lado del otro en silencio, resoplando, debería darse una ducha, han sido apenas cinco minutos pero está empapado, Rosa apaga la luz, en la oscuridad la oye respirar.*

—He dejado de tomar la píldora.

Rosa mueve los brazos, extiende el sudor como si se diera unas friegas para luego soplar sobre ellos y así refrescarse. Igual que hace Carmela, su madre.

—¿Qué píldora?

—La píldora.

—La píldora de...

—La píldora. La única píldora que hay.

Tarda en comprender a qué se refiere. Al principio, muy al principio, en la prehistoria, usaban preservativos como todo el mundo. Pero casi en seguida, cuando Rosa decidió que aquello iba para largo, empezó a tomar la píldora. No habían vuelto a hablar del asunto. Excepto el día que ella encontró la caja de condones en un cajón y le preguntó por qué seguía teniendo preservativos si ya no hacían falta. Esa vez fue sencillo inventarse una mentira creíble.

—¿Y cuándo lo has dejado?

—El lunes.

—Ajá.

La frase tiene cierto aire amenazador. No por el tono de Rosa, sino porque le obliga a recordar. El lunes fue incapaz de desayunar, no le entraba ni el café. Luego tampoco fueron juntos a trabajar. Rosa tenía una cita con un cliente, el de la tienda de tallas grandes de Usera, y tuvo que conducir solo hasta el taller, dudando si Rosa le habría contado algo a su padre o a sus hermanos. Se lo había preguntado la noche anterior, cuando volvían de casa de sus suegros, les has dicho algo, pero ella no contestó, entró en la cocina para prepararse la cena, su cena. Cuando estaba llegando al polígono imaginó que Eduardo padre y Eduardo hijo le estaban esperando a la entrada del taller para darle una paliza, puto maricón, para rebanarle la cabeza con la máquina de corte circular, tragalmohadas. Estuvo a punto de darse la vuelta con el coche. Por suerte no sucedió nada de eso. Todo lo contrario, fueron con él más amables de lo habitual. Ese día su suegro apenas gritó.

—Quiero tener un hijo.

Está a punto de gritar estás loca, un hijo mío, estás segura de querer un mini-yo, un mini-Charli, pero al instante se da cuenta de que Rosa no le reiría la gracia, ni siquiera está convencido de que sea un chiste.

—Sí, claro, ya hemos hablado otras veces del asunto, yo creo que…

—No, Carlos, no me estás entendiendo. —De nuevo ese nombre, el suyo, el que solo utiliza su padre, desde hace una semana ha dejado de ser Charli—. Quiero tener un hijo. Ahora.

Asiente en la oscuridad. No puede evitar la imagen, su semen, su esperma, sus muchachos, ascienden en este instante por las trompas de falopio de Rosa en busca de su destino, recorriendo varios kilómetros, en realidad apenas centímetros, aunque para los espermatozoides resulta una distancia eterna, exhaustos, ansiosos y al mismo tiempo cegados, sin saber adónde van ni para qué. Sonríe, imagina a sus chicos tumbados, relajados, tomando una cerveza como los espermatozoides de Homer Simpson.

Él dice:

—Sí, claro.

Besa a Rosa en la mejilla pero ella no reacciona. De pronto vuelve a sentir la masa de aire helado que se ha interpuesto entre ellos durante toda la semana. Permanece un rato tumbado boca abajo, tratando de no pensar en nada, de vaciar su mente. Se da la vuelta, hace el ejercicio de aspirar profundamente diez veces, pero eso tampoco le ayuda a relajarse. A su lado escucha la respiración acompasada de Rosa, levemente áspera.

*0 horas 56 minutos 47 segundos aparta la sábana, se pone los pantalones del pijama, Rosa se remueve en la cama.*

—¿Qué pasa? —la voz de Rosa suena sobresaltada.

—Me he desvelado. Voy a echar una partida.

—No te líes, si no mañana te quedarás dormido.

Entra en el salón pero no enciende la lámpara, con la luz del televisor le bastará para orientarse. Mira el móvil, tiene una llamada de Marisa, qué querrá ahora, tendrá otra vez problemas con su novio. Se aburre, cómo no va a aburrirle Fermín, tiene encefalograma plano, solo se divierte con él cuando discuten. Baja el volumen del televisor, lo deja en uno, antes de pulsar el botón de la PS2. Por un momento duda si poner el FIFA, sería lo suyo, un partido de calentamiento contra Corea. Sin embargo, finalmente opta por Max Payne, ya no puede quedar mucho para llegar a la fase final donde acribillar al malnacido que mató a mi mujer y a mi hija. Se sienta en el sillón con el mando, pulsa la equis para saltarse la intro del capítulo. El bueno de Max aparece en el vestíbulo de un rascacielos. Es un lugar extraño, desangelado, con aspecto de almacén. Al pasar bajo el arco detector de metales suena la alarma, cómo no iba a hacerlo con toda la mandanga que lleva, y de entre las columnas surgen tres guardias. No tiene problema para liquidarlos con la Desert Eagle. Trata de avanzar pero recibe un tiro, dos, tres, mierda, no sabe de dónde vienen los disparos. Se fija que en la parte superior del vestíbulo hay varias ventanas, una especie de balcones, y allí descubre a los francotiradores. Son dos, vale, cabrones, vosotros lo habéis querido. Mientras se oculta detrás de una pilastra cambia la metralleta por el fusil con mira telescópica. Mata a ambos a la primera. Pero su infierno aún no ha terminado: no había visto al tercer francotirador, bam, bam, con dos tiros le deja muy tocado y se ve obligado a tomarse un par de analgésicos para equilibrar la barra de salud. Ahora localiza al cabronazo con cierta facilidad. Está en el segundo piso, pero el muy hijoputa se protege tras una reja de metal. Manda tres balas. La tercera da en el blanco y el mamón se desploma.

Ya puede avanzar. Sin embargo, no se mueve.

Rosa ha empezado a roncar. Según el reloj del DVD es casi la una. Tiene el sueño profundo. Probablemente Rosa no se despierte hasta las diez de la mañana. Incluso las once. Pero en ningún caso antes de las ocho. Mucho menos a las siete y media, la hora en que él saldrá de casa. Ya ha pasado otras veces, él ha tenido que irse temprano y Rosa ni se ha enterado.

*1 hora 44 minutos 19 segundos suelta una sonora carcajada mientras se lleva la mano al pecho, exagerando un amago de infarto, sostiene la carpeta para que no se le caiga al suelo, no lo ha visto venir, Toño ha surgido de la nada, qué susto me has dado, cabrón.*

—Pensaba que no venías —dice Toño.

—Al final le he comido la oreja a Rosa.

Se dan un abrazo, se besan. Toño señala hacia el portal. Un intenso olor a amoniaco, a orines, llega de la esquina.

—Llevo un rato llamando al telefonillo pero no hay nadie. Deben de estar aún por ahí.

—¿Y el móvil?

Toño abre los brazos, de qué me hablas. Se le olvidaba que no tiene teléfono móvil. Coloca la carpeta azul bajo el brazo, saca el suyo, busca el número de Rocío. Llama y una amable señorita le informa de que está apagado o sin cobertura en este momento.

—Creía que ahora que estás currando te ibas a comprar uno —dice mientras lo intenta con el número de Javi.

—Me han despedido esta mañana —dice Toño.

El teléfono de Javi sí da señal, suena el timbre una, dos, tres veces, continúa sonando. Por la calle baja una pareja de osos. Uno de ellos, el más gordo, se le queda mirando.

—No me jodas.

—Te jodo y me jodo más a mí mismo.

Javi no coge el teléfono. Hace un nuevo intento, pero el resultado es el mismo. Decide escribir un SMS, dónde cojones estáis.

—Me quiero pillar el de Javi, el Nokia 9210. Es una pasada, con pantallaza, a color. Cuando Rosa me deje comprarlo te regalo este.

—No sé.

—Es un 6060.

—¿Y eso es bueno o malo?

—Joder, Toño.

—Da igual, si yo no…

Antes de que termine de teclear el mensaje suena el timbre de su teléfono, *that's it*.

—Es Javi. Guay.

Mantienen una conversación absurda, a gritos, no consigue entenderle, Javi tampoco le oye bien, hay mucho ruido a su alrededor. Tras varios intentos averigua que están en Del Diego, han ido allí a tomarse una copa antes de subir a casa.

—Estos cabrones decían de verdad lo de no dormir.

Bajan por la calle Libertad. En realidad llegarían antes por San Bartolomé o incluso por Pelayo, pero Toño no ha cenado y tiene hambre, y qué cojones, él sí ha cenado pero también tiene hambre. Se ríen. A estas horas solo está abierto El Tigre. Una caña rápida y con suerte les pondrán de tapa unas croquetas, quizá unas bravas.

Él pregunta:

—¿No cenabas con ellos?

—Sí, pero —responde Toño, niega con la cabeza, gesticula—, ya sabes, movidas.

No necesita preguntarle, basta imaginar lo que es vivir en casa de Toño ahora, con Marcela, Edurne, Eneko, su padre, la tía Angelines y quien sea que hayan recogido de la calle últimamente.

—La parte buena es que hoy Marcela ha encontrado trabajo en el estudio de un fotógrafo.

—Eso es bárbaro —dice tratando de imitar el acento de Marcela.

—Sos un pelotudo —dice Toño.

Se ríen. En Infantas giran a la derecha. Queda una semana para el Día del Orgullo Gay y en Chueca ya han empezado con los preparativos. Hay más movimiento de lo habitual, las banderas con el arco iris han proliferado y las calles, estrechas y de casas bajas, tienen algo de pueblo en fiestas con tantas guirnaldas. Sonríe al pensar que está incumpliendo su promesa, puto vicioso, no ha pasado ni una semana y ya está otra vez aquí. Pero hoy es diferente, no es lo mismo. Ha quedado con los chicos para ver el partido, nada más. No va a incumplir nada, Rosa puede seguir durmiendo tranquila. Siente una especie de liberación. Aspira el aire caliente de la noche, apenas ha refrescado, se llena los pulmones. Abraza de nuevo a Toño, tiene ganas de pegar una carrera. Van a estar los cuatro juntos, por fin, maldito cambio horario, la mayoría de los partidos por la mañana y en día laborable. Quiere bajar por la calle como un loco, como una loca con tacones, adelantarse una semana a las celebraciones del Orgullo; total, lo más probable es que este año no consiga escaparse, se lo perderá, adónde vas, al Orgullo Gay, Rosa, ni se te ocurra, tú te quedas en casa.

*1 hora 57 minutos 26 segundos con bastante esfuerzo logran hacerse un hueco al fondo, El Tigre está petado, se siente ridículo con la carpeta bajo el brazo, tendría que haberla dejado en el coche, pero le ha dado miedo, y si se la roban, esperan junto a la cabeza de ciervo a que alguno de los camareros tras la barra logre verles, Toño saca su paquete de Fortuna, le ofrece, pero él prefiere encenderse uno de los suyos, Nobel, tabaco de señoritas, la pregunta se queda flotando, ¿Javi ya sabe que te han despedido? Toño pega una calada profunda, suspira al soltar el aire.*

—Luego se lo diré —dice Toño—. Cuando vayamos ganando.

—No creo que se lo tome a mal.

—No sé... Tuvo que dar la paliza a su colega para que me dieran el curro.

—Un curro de mierda.

—Tampoco tanto.

—¿A qué hora tenías que levantarte?

—A las cuatro.

—De mierda.

—¿Falta algo por ahí? —grita un camarero de aspecto envejecido.

—¡Dos cañas!

Se quedan en silencio, fumando, esperando sus cervezas. La ropa de Toño huele a sudor acumulado de varios días, pero también a cerrado, a casa mal ventilada. Imagina a Toño cada mañana levantándose a las cuatro para ir hasta el aeropuerto, vistiéndose en la oscuridad con la ropa del día anterior. No comprende cómo Javi pudo pensar que funcionaría. Tampoco entiende por qué insistió Toño en conseguir ese curro en el aeropuerto. Iba a ganar más pasta que poniendo copas, desde luego, pero poco más. Una pareja abandona la barra y pueden avanzar unos metros, más bien centímetros.

—¿Pero cuánto tiempo has estado?

—No llega a un mes.

—Joder.

—Me equivoqué en un cálculo.

—¿Cómo que en un cálculo? Pero ¿la cosa no era cargar maletas en los aviones?

—Sí, pero había que pesarlas, calcular…

—¿Y por eso te despiden?

—Según parece podría haber provocado un accidente.

—¡Venga ya!

—No era la primera vez que me pasaba —dice Toño y le da una calada al cigarrillo, trata de tapar la sonrisa con los dedos—. En realidad no he hecho los cálculos bien ni una vez.

—No jodas. ¿En un mes? ¿Ni una vez?

—¡Vuestras cañas, chavales!

Las cervezas vienen con un plato de lacón humeante. Intenta retomar la conversación, pero Toño empieza a soltarle un rollo sobre los agujeros negros que no consigue comprender. Habla de la singularidad, el horizonte de sucesos, el fin del espacio, pero también el fin del tiempo. Sigue obsesionado con la *Historia del tiempo*. La última vez que estuvo en su casa había montado un telescopio enorme en el jardín. Le estuvo enseñando dónde estaban los planetas mientras se oían de fondo los gritos de Edurne y su padre, discutiendo como siempre. Cuesta creer que ahora estén juntos y que Edurne se haya convertido en la madrastra de Toño. Una puta locura, como dice Javi.

*2 horas 26 minutos 49 segundos abraza a Javi y permanece unos segundos así, colgado como si fuera un koala, hace tiempo que no se abraza a él, aprovecha para palpar la musculatura bajo la camisa, estás cachas.*

—Gimnasio —dice Javi.

—¿Tú también? Qué coño pasa, ¿ahora todo el mundo va al gimnasio?

—¿Quién va al gimnasio?

—Todo dios.

—A ti no te vendría mal, cabrón.

—Hecha a medida.

—¿Qué?

—La camisa, que está hecha a medida, ¿verdad?

—Noventa pavos.

Trata de calcular cuánto es en pesetas, se atasca, da igual, Javi descarga dos sonoras palmadas sobre su espalda y se libera para abrazar a Toño, lo que habéis tardado, hijos de puta.

—Hemos parado a comer algo —dice Toño.

—Cabrones. ¿Qué queréis? —pregunta Javi, mientras trata de arrastrarles hacia la barra—. Justo iba a pedir ahora.

—Yo nada.

—¿No nos marchamos ya?

Javi señala hacia la esquina del local. En una de las mesas distingue los rizos de Rocío. Está hablando con Juanpe y un señor mayor, calvo y con un gran mostacho. Cree reconocerle, es un actor secundario, cómo se llama, su cara le suena de una serie antigua, quizá Curro Jiménez, seguramente le habrá visto en la serie donde estuvo trabajando Rocío. Las botellas de la repisa parecen flotar sobre ella, la luz difusa que baja del techo y la bruma del tabaco la envuelven en un extraño halo, en su caso podría ser un halo de santidad, quiero ser santa quiero ser beata. Se lleva la mano al bolsillo, saca algunas monedas, las vueltas de las cañas.

—Me he venido sin un pavo... Pero seguro que me invita mi hermana.

Alza el brazo, saluda a Rocío, *hey, little sister,* hace señas para llamar su atención y Rocío se ríe pero no ve, no oye más allá de Juanpe y el calvo del mostacho, demasiada gente, demasiadas conversaciones, algunos beben de pie entre las mesas, Rocío se ajusta las gafas. No comprende por qué ha vuelto a llevarlas, su hermana está más guapa con lentillas.

—Venga —dice Javi—, que os invito yo.

Siguen a Javi hasta la barra, la línea de licores no tiene fin, se pierde en el horizonte. Intentan hacerse hueco al lado de una reunión de cincuentones borrachos que hablan alzando la voz sin escucharse, discuten sobre la huelga general, ha sido un fracaso, de eso nada, putos sindicatos. Seguramente Rocío habrá estado en la manifestación, cómo iba a perdérselo, a las barricadas, luego le preguntará cómo ha ido la cosa. El camarero pregunta qué van a tomar.

—Yo una caipiriña.

—Joder, bebida de asistenta.

—Será de la tuya. Por lo que cuesta aquí...

—¿Y tú, Toño?

—Yo no quiero nada, de verdad.

Uno de los cincuentones, en plena indignación, trastabilla y pisa a Javi, empuja a Toño. Javi lanza una de sus miradas asesinas y el viejo en seguida dice perdón, perdón, levanta la gorra de marinero en señal de disculpa, brilla su calva, hace un chiste que ninguno termina de entender. Mientras Javi pide su mojito, el grupo de abuelos al completo se aleja culpándose con sorna unos a otros por el incidente, coño, que no sabes beber, Manolo, que te den.

—No sé por qué le gusta tanto este sitio a Rocío —dice Javi—, está lleno de viejos.

—Y de pijos como tú.

—Que te jodan.

Javi mira con disimulo al fondo del local. En una mesa junto a la ventana hay una rubia de las que le gustan, una pija de libro, ya le ha echado el ojo, qué cabrón. El camarero cruza por delante de ellos, la bandeja con copas y cocteleras alineadas sobrevuela sus cabezas, le llega un tufo a sobaquina. Huele con disimulo la camisa, va vestido con la ropa del día anterior, la ropa de hoy, de ayer, qué lío, además ha sudado lo suyo para meter el coche en el párking. Comprueba con alivio que el olor de sus axilas no ha ido a más, probablemente haya sido cosa del camarero, lleva la chaqueta blanca abotonada hasta el cuello.

—¿Quiénes son? —pregunta Toño mientras mira hacia donde se encuentra Rocío. Siguen hablando con el amigo de Curro Jiménez. Rocío pesca el LM que le ofrece Juanpe y suelta una sonora carcajada que llega limpia hasta ellos.

—Un actor que se quiere tirar a Rocío. El otro es una loca —contesta Javi.

—Es Juanpe. Curra con Rocío. Creo que es redactor.

—Es maricón —dice Javi.

—Sí, eso también.

—Pero ¿se va a quedar al partido? —pregunta Toño.

—Qué va. Ni siquiera sabía que mañana juega España, ni que son los cuartos de final, ni que este año ganamos el Mundial con un gol de Raúl. Maricón.

Él dice:

—Hoy.

—¿Qué?

—Hoy, que jugamos hoy. ¡Ya solo quedan seis horas, chavales!

—Lo que sea. Maricón.

—Ese mariquita que llega...

Reciben con una risa su imitación de Chiquito, un paseo corto, salto incluido, el grito, jar, no puedor. Javi se aproxima a Toño, le dice algo al oído, mientras él de nuevo se acelera, no puede dejar de hablar, de moverse, va hacia donde está su hermana, abraza a Rocío, a Juanpe, al viejo calvo, a todo dios.

Se bebe su caipiriña de dos tragos y pide otra.

*3 horas 36 minutos 19 segundos el aire caliente se condensa a su alrededor, podría palpar el sudor en suspensión, el sudor de los músicos, del público, sudor que se une al suyo, la espalda empapada, se huele sin disimulo las axilas, les cuenta a Rocío y a Juanpe que para no despertar a Rosa al final se ha visto obligado a vestirse con lo que ha podido encontrar en el cubo de la ropa sucia, la ropa de ayer, de hoy, qué lío.*

—Joder, Charli, ¿decías en serio que te has escapado? —pregunta Rocío mientras enciende un cigarrillo y sonríe.

Él esperaba una carcajada como las que dedica a Juanpe, pero no, se tendrá que conformar con esa triste sonrisa. Juanpe sin embargo fuerza una risa cómplice, le agarra por el brazo, siente su mano húmeda. Desde que ha terminado el concierto, la sala Sol ha empezado a vaciarse sin premura, casi con pereza, y ya no hay tanta gente. Aun así no consigue ver a Javi ni a Toño, porque la barra queda prácticamente oculta tras la columna. Reza para que ya hayan pedido, que vengan por favor, se muere de sed, necesita beber algo cuanto antes, desde las caipiriñas en De Diego no ha vuelto a beber nada. Ahora ha pedido un vaso de agua, serás maricón ha dicho Javi y él joder que mañana curro.

—... vergüenza...

Rocío está hablando pero no logra entenderla. La música suena a toda tralla, cree reconocer el tema, los White Stripes, se lo planchó a Rocío hace poco, no se qué de una *girl*.

—Ay, hija, has dicho los evangelios —dice Juanpe en una contorsión extraña.

Rocío le replica con una carcajada. Seguramente vuelven a hablar de sus compañeros de trabajo, del director, una especie de autista, menudo mongolo. Quiere hablar, decir algo, meter baza, pero no puede con la boca seca. Tendría que haber acompañado a Javi y Toño a por los tercios, así podría pedir que le rellenaran el vaso, más agua, por favor, con uno no tendrá ni para empezar, se va a deshidratar.

—¡Hola, guapa!

Rocío saluda a Manuela, cree recordar que ese es su nombre, puede que sea Marcela, como la actual pareja de Toño, trabaja aquí, se la presentó la última vez que la acompañó al concierto de Niño Gusano, quizá era Deluxe, ya se pierde con los nombres. Desde que han llegado, Rocío no para de saludar a gente, conoce a todo el mundo. Por otro lado es normal, se pasa media vida en la sala Sol. Rocío señala al escenario, unos *grunges* terminan de recoger el equipo, no ha logrado enterarse de cuál era el grupo que tocaba hoy, solo sabe que Rocío hubiera querido verles. La lengua se queda pegada al paladar. Por fin consigue ver a Toño, está con Javi cerca de la barra, parece que aún no han pedido o quizá están esperando a que les sirvan. Javi se ríe por algo que le está contando Toño, se parte de la risa. Recuerda que en estos garitos no suelen darte un vaso de agua, como mucho una botella, tendría que acercarse a la barra, decirles que pillen dos botellas de agua, tres, necesita beber algo ya. En ese momento siente un golpe en el dorso de la mano, como si llamaran a la puerta, es Rocío, oculta algo entre los dedos, parece un pequeño saco.

—Cristal —susurra Rocío y se ajusta las gafas mientras mira alrededor.

—¡Qué bien callado lo tenías, perra! —dice Juanpe.

—Me lo pasó ayer Camino. Lo iba a guardar para el concierto de mañana, pero ya que estamos…

Juanpe mete el dedo meñique en el interior de la bolsa para enseguida llevárselo a la boca con gesto goloso. Él se asoma a la bolsa, es pequeña, de plástico transparente con cierre hermético, necesita saber, queremos saber.

—¿Qué es?

—Joder, ya te lo he dicho.

—Pero yo no…

—Charli, no me fastidies. ¿No sabes lo que es el cristal?

—Sí, claro. Con lo que se hacen los escaparates.

—Prueba, anda. Es como una pasti, pero más guay.

—¿Más guay?

Se relame, sin embargo duda. Hace tiempo que no se toma una pastilla, ha pasado un año desde la última *michubichi*.

—Mójate el dedo —dice Juanpe.

—Yo mañana tengo que estar a las once en el taller.

—¿Por eso vas a todas partes con esa carpeta ridícula? —Rocío señala la carpeta azul que viaja aprisionada bajo su axila—. Pareces un comercial. Anda, toma.

Es el mundo al revés, se pregunta qué le sucede a su hermana, por qué Rocío está haciendo de él y él está haciendo de Rocío. Se miran, ella le sonríe. Es su hermana mayor, solo por cinco minutos, pero ella es la mayor y él siempre hace lo que dice su hermana mayor. Mete el dedo en la bolsa. La boca se le llena de un gusto amargo, a medicamento.

*5 horas 7 minutos 26 segundos pero sin mariconadas, nada de besos en la boca, se ríen del viejo chiste mientras esperan a que el semáforo de Gran Vía se ponga en verde para los peatones, hay un pequeño atasco en el carril de la derecha pro-*

*vocado por los coches que giran en Hortaleza, puta ciudad, un atasco a las tres de la mañana, o a las cuatro, no sabe qué hora es, que no se le olvide dónde tiene aparcado el coche, Toño resopla, señala al cielo negro, en realidad marrón, sobre los edificios del centro se recorta la noche sucia.*

—¿Habéis visto Marte? —dice Toño.

—¿De qué hablas ahora?

—Está allí. Marte. El planeta.

—Toño, eso es una puta farola.

—Joder, ya lo sé. Detrás de la puta farola. Hoy se ve sin problema.

No puede mirar directamente la luz de la farola, tampoco lo que hay más allá, un fogonazo, no quiere ni imaginar el aspecto que tendrán sus pupilas, dilatadas, su expresión alucinada frente a un espejo, parpadea.

—Estás loco, astronauta —dice Javi.

—Qué pesado —resopla Toño—, ¿otra vez me vas a dar la chapa?

—Muy loco. ¿Qué vas a hacer con toda la banda?

—No sé. Me los llevo.

—Joder, es más loco todavía.

—No voy a dejar a mi hijo en la calle.

—No es tu hijo. En todo caso ahora es tu hermano. Menos mal que al final no te animaste a adoptarlo.

No sabe de qué están hablando, solo entiende la conversación a medias, pero se lo imagina, pero le da igual, pero qué más da, lo importante es que van juntos, abrazados, Javi a un lado, Toño al otro. Quiere hablar, sin embargo antes de que pueda decir nada el muñeco verde les indica que ya pueden cruzar. Dicen adiós a Marte y atraviesan el paso de peatones. El ambiente es diferente al otro lado de la Gran Vía, no sabría decir por qué, quizá porque es terreno conocido. Busca en los rostros de los hombres que les adelantan o que pasan a su lado caminando en dirección contraria, o que caminan en cualquier dirección, tiene la sensación de que todo el mundo camina sin sentido, nadie sabe muy bien hacia dónde se dirige exactamente. Aun así, él es capaz de aislar sus rasgos, distinguir unas narices de otras, bocas, ojos, orejas, analizar cavidades, clasificar orificios en una décima de segundo con la precisión de un entomólogo. Toño empieza a hablar del partido contra Corea, Baraja, Valerón y Luis Enrique jugaron fuera de su sitio contra Irlanda, Camacho a veces parece perdido aunque nos hacía falta un seleccionador como él, viva los rodales, en semifinales nos vemos con Alemania, se va a enterar Kahn. A Javi le preocupa que los coreanos sean los anfitriones, me da mala espina, mira como robaron a los italianos, en su puta cara. Él dice que está de acuerdo con ambos, no puede estar más de acuerdo con los dos, el amor es así, a cada uno su razón, se ríe. Cómo les echó de menos el pasado sábado, viendo el partido contra Irlanda con su suegro y sus cuñados, no os pude sobar en los penaltis. Les toca el culo, a Toño más bien le golpea con la carpeta. Llegan a Vázquez de Mella, la plaza se abre como una explosión de luz y tiene que desviar la mirada al suelo un momento, hay unos drogatas, o borrachos, o ambas cosas, tirados junto a la rampa del párking. Mientras se acuerda del coche, por favor que no se le olvide dónde lo tiene aparcado, Javi dice algo de la mandanga, buena mandanga, Toño dice que no y entonces un grito les detiene. Es Rocío. ¿Dónde te habías metido, *little sister*?

—Joder, ¿estáis sordos o qué coño os pasa? —dice Rocío—. Llevo un rato llamandoos a gritos.

—¡Hermana!

Se abraza a ella, Rocío le da un beso para enseguida apartarle con un leve empujón y devolverle a los brazos de Toño y Javi.

—Vamos a tomar la última —dice Rocío y señala con la cabeza hacia el otro lado de la plaza, donde está el Long Play, donde está Juanpe haciendo señales con la mano.

Él pregunta la hora, alguien dice que son las cinco y media de la mañana. Es una locura, el partido empieza en menos de tres horas, casi no tendrán tiempo de dormir, venga, vamos, qué cojones, sí, la última, sí.

*5 horas 45 minutos 11 segundos TA TA TA-TA-TA TA trata de concentrarse en la música, ondulando, sonoramente TA TA TA-TA-TA TA su cuerpo es una onda sonora más, se contrae en un instante, para un segundo después expandirse en todas las direcciones sin cambiar de posición TA TA TA-TA-TA TA las manos metidas en los bolsillos, la carpeta apresada bajo el brazo, puede notar el cartón empapado por el sudor, el resto de su organismo sube y baja,* hey boy, hey girl, *las rodillas flexionadas hasta casi tocar el suelo, la barriga pugnando por superar los frágiles contornos de la camisa TA TA TA-TA-TA TA.*

*5 horas 45 minutos 35 segundos Juanpe está pálido, ojeroso, parece a punto de desmayarse, aun así pega un trago, le llega el olor empalagoso del ron con limón cuando vuelve a acercarse, siente su boca a escasos centímetros de la oreja.*

—Lo he descubierto hace poco —dice Juanpe y de nuevo toma distancia, suelta una carcajada, grita, intenta hacerse oír por encima de la música—. No es que lo haya descubierto, estas cosas no se descubren, pero qué te voy a contar a ti que no sepas.

Mira alrededor con disimulo, como si Rosa pudiera aparecer de pronto bajo la iluminación que se derrama sobre los cuerpos agolpados a su alrededor, una luz amarillenta, sucia, raquítica, apenas alcanza las columnas que delimitan la pista donde cada uno está concentrado en su propio baile, en su propio cuerpo, y no le queda más remedio, se ríe, debería haber dejado la carpeta en el ropero, piensa y se ríe, cierra los ojos, los focos le molestan.

—¿Quieres otro tiro? —pregunta Juanpe, de nuevo nota en el cuello su pelo empapado por el sudor.

Toma distancia, niega con la cabeza. Juanpe tiene la mirada miope, como si sus grandes ojos no se hubieran acostumbrado aún a usar lentillas. Cierra los párpados, trata de concentrarse en el baile, no quiere bajar de nuevo a los baños con Juanpe, sabe lo que pasaría. Debe aguantar un poco más, en algún momento se terminará esta noche tan larga. Abre los ojos, mira alrededor, cerca de la barra ve a Toño hablando con Rocío. De Javi no hay ni rastro, qué cabrón. Mete la mano en el bolsillo del pantalón, saca el teléfono móvil para ver la hora, cree percibir en Juanpe un gesto de admiración, Nokia 6060, treinta mil pelas, no recuerda lo que es en euros y eso que Rosa lo repitió varias veces, estás loco, cómo te gastas esa pasta en un teléfono, lo abre y entonces descubre que tiene una llamada perdida, mierda, ha llamado Rosa, no la ha oído, imposible oír nada con la música tan alta. Pulsa el botón del teléfono verde, devolver llamada, y Juanpe se ríe, se acerca de nuevo hasta él para hablarle al oído.

—Pero, volao, ¿a quién vas a llamar a estas horas?

—A mi madre.

Trata de concentrarse, en captar algún sonido, el pitido, la voz de Rosa.

—No-no, no-no-no cobertura, no-no, no-no-no cobertura... —canta Juanpe a voces, dice que no con la mano siguiendo el ritmo de la música.

—De chocolate —se ríe de su propia ocurrencia mientras baila haciendo muecas.

—Eres muy gracioso. Podrías ser monologuista. Lo petarías.

Mira la pantalla. Es cierto, ni una raya. Entonces, ¿cómo ha podido llamarle Rosa? Será porque en algún punto del local hay cobertura. Comprueba la hora de la llamada, 5:07, intenta recordar dónde estaba entonces, por qué no ha oído el timbre, *that's it.* Da un trago a su copa, el último, rebaña los cubitos de hielo, y siente una repentina subida. Es el cristal de nuevo, va y viene, es alucinante. Se queda parado, no puede evitar el impulso de ponerse de puntillas. Resulta ridículo, innecesario, pero debe hacerlo, no tiene más remedio. En ese instante Juanpe coge una de sus manos para hacerle bailar. Sonríe. No es su tipo, aunque cuando le ha visto inclinado sobre la tapa del váter se le ha levantado la camiseta, el calzoncillo a la vista, la línea oscura, húmeda, ha pensado, que quizá, que a lo mejor, aunque no hayan pasado los tres meses de plazo que se ha dado podría. No recuerda el motivo por el cual ha decidido que sean precisamente tres meses, quizá pensando en el verano, cuando termine el verano. Aunque podría hacer una excepción, la excepción que confirma la regla, la regla de Rosa, la regla que no quiere tener Rosa, tiene que llamar a Rosa, buscar un sitio donde haya cobertura.

—Voy a pedir —muestra a Juanpe la copa vacía—, ¿tú qué quieres?

Juanpe responde algo, no logra oírle, mueve los labios de forma exagerada, pone los ojos en blanco, menudo ciego. Busca a Toño y a Rocío pero ya no está ninguno de los dos en la barra.

*5 horas 53 minutos 32 segundos una copa y a casa, murmura para sí, al tiempo que se acomoda en la barra, aquí se está mejor, la luz no resulta tan molesta, se siente ligero, flotando, trata de llamar la atención de la camarera, mamarr, mamarr, aquí está tu bambino.*

—No me dejes eso ahí —dice la camarera señalando la carpeta con un gesto de asco.

—Vale, vale. Un ron cola.

La camarera alza dos vasos de tubo, una botella de vodka, se va a atender al otro lado de la barra. Descubre que en realidad no va con él, mira así a todo el mundo, es la típica camarera anoréxica de expresión avinagrada. Aparta la carpeta de la barra y vuelve a colocarla bajo el brazo. Tendría que haberla dejado en el ropero, pero, claro, si allí desaparece, la roban, se pierde, adiós patrones, su suegro le mata. En realidad lo que debería hacer es agarrar la carpeta y marcharse a casa. Saca el móvil, busca las rayas, ni una, aquí tampoco hay cobertura. Vuelve a guardar el teléfono mientras busca a Juanpe, saca el billete rosa de la cartera, es de diez euros, no de dos mil, que no se le olvide. Es increíble pero no se ha gastado ni un duro en toda la noche, de gorra en gorra y tiro porque me toca. Al fin localiza a Juanpe bailando solo en el centro de la pista. Se mueve con torpeza, pero también con cierta elegancia. No debe de tener más de veintidós años, pero parece menor, quizá lo sea. Rocío dice que acaba de terminar la carrera, aunque eso muchas veces no sirve de referencia, al menos en su propio caso, que no la terminó nunca, que en teoría sigue estudiando. Se ríe, su padre aún le pregunta cuándo acabará la carrera, ya queda menos, papá. ¿Qué quería decir antes Juanpe con lo de «nada que tú no sepas», a qué se refería? Es imposible que lo sepa, nadie lo sabe. Bueno, casi nadie. Desde luego Rocío no tiene ni idea. La camarera llega con la botella, el vaso cargado de hielos y una rodaja de limón. Con gestos pide un poco más, por favor, y ella, la mueca de repugnancia, vuelca de nuevo la botella de ron. En ese instante recibe un golpe seco en la espalda.

*6 horas 7 minutos 55 segundos Javi hace un gesto con la mano, niega con la cabeza, de menuda me he librado, se lleva el dedo índice a la sien, a Javi parece darle igual si Inma le pilla, claro que en su caso solo podría pillarle con otra mujer, aunque eso da lo mismo, en el fondo debería dar lo mismo, muy en el fondo, en el fondo del ano, murmura.*

—¿Qué dices? —pregunta Javi.

Niega con la cabeza, se ríe.

—¿Toño y Rocío?

Señala hacia la otra barra, donde casi no llega la luz y los cuerpos se amontonan en una oscuridad que cambia de color a cada instante, ahora es morada, ahora verde, ahora azul, de nuevo morada.

—No veo a nadie.

—Ni yo.

Se ríen mientras confirma que la carpeta sigue bien sujeta bajo el brazo antes de apoyarse con su copa en la barra.

—¿Qué llevas ahí? —dice Javi.

—Patrones. De un traje pantalón y chaqueta. Tengo que dárselos mañana a mi suegro porque si no me mata. Y no iba a dejarlos en el coche.

—Si no vocalizas no entiendo nada, cabrón. Llevas un pedo que ni Antoñete.

Alza las cejas sorprendido. No tiene la sensación de ir tan mamado. La música sube de volumen y los que están en la pista de baile reaccionan, es un tema conocido que en el Long Play suena a menudo, todas se ponen como locas. Javi saca un cigarrillo, ha vuelto a fumar Marlboro el mamón, cómo se nota que le van bien las cosas ahora que se han asociado con el padre de Rubén en el negocio inmobiliario, enciende el pitillo con movimientos rápidos, precisos. Lanza el humo al techo mientras él mete la mano en el bolsillo del pantalón. Por un instante cree que le han robado el móvil, pero no, lo ha guardado en el otro lado. En ese momento descubre que lleva el chivato con cristal en el bolsillo de atrás, no sabe cuándo se lo ha dado Rocío ni por qué ha decidido que lo mejor era que lo guardara él. Con disimulo se lo muestra a Javi, pero niega con la cabeza, esas mierdas no me van, ya lo ha dicho antes, cuando estaban los dos con Rocío metiéndose un tiro en el baño, soy un clásico, ha dicho Javi, enrollando el billete de veinte para hacerse la turuta.

—Tú te lo pierdes.

Mete de nuevo el dedo. Resulta tan sencillo: mojar la punta, introducirla en el envoltorio de plástico y luego lamer el dedo como si fuera un caramelo.

*6 horas 22 minutos 19 segundos aspira, llena sus pulmones de aire, es como si no hubiera límite, como si su caja torácica pudiese expandirse hasta el infinito, es increíble, lo siente en la boca, casi puede paladearlo, el aire está caliente, húmedo, tiene cuerpo, esto es la hostia, joder, lo que me he estado perdiendo, Rocío tenía razón, es mejor que las pastis, soy invulnerable, inalcanzable, dispara, se gira y permanece un instante observando a Javi, su aspecto impecable, ni siquiera parece estar sudando, la camisa no se le ha arrugado, como si acabara de llegar al garito mientras que los demás llevan varias horas dando botes, se abraza a él con fuerza, le dice que le echa de menos, que ya nunca le llama, ahora tiene que perseguirle para poder quedar.*

—Joder, vas fino, cabrón —dice Javi.

Se ríen.

*6 horas BUM BUM BUM 25 minutos BUM BUM BUM 37 segundos BUM-BUM BUM-BUM-BUM una chica bastante cargada se cuela entre ellos, los brazos en alto sosteniendo una copa, como si intentara laminar su cuerpo BUM BUM BUM aprovecha para restregar las tetas por el pecho de Javi, sonríen, Javi dice algo pero BUM BUM BUM las cajas de ritmo rebotando contra las cajas torácicas BUM-BUM BUM-BUM-BUM mira hacia la pista y siente el impulso de empezar a moverse, pero Javi no baila, ni siquiera cuando está muy borracho y Juanpe ya no está en la pista, al menos no logra verle.*

*6 horas 36 minutos 14 segundos saca el teléfono, joder, no puede ser, Rosa ha vuelto a llamar, pero es imposible, la pantalla le indica que continúa sin cobertura, quizá no le ha llamado, quizá solo se trate de un nuevo aviso por la llamada de antes, la misma llamada, quizá, ¿tú tienes cobertura?*

—¿Qué? —pregunta Javi, se lleva la mano al oído.

—Cobertura —le muestra el móvil, dibuja rayas imaginarias en el aire.

Javi saca su teléfono, Nokia Communicator 9210i, pantallaza en color, 40 megas de memoria, internet, qué cabrón. Javi niega con la cabeza.

—Jo… Pues me voy a ir.

Abraza a Javi, le besa en la mejilla.

—Pero ¿dónde vas, flipado?

—A casa.

—Joder, Charli. —Javi alza la voz, grita, no le entiende.

—Es que Rosa…

—Venga, quédate, coño. Que ahora ganamos en los penaltis. Tenemos a San Iker.

De pronto se siente rodeado, nota la humedad de la camisa, los brazos de Javi le aprisionan, huele a canela, a whisky, aspira profundamente y el aire penetra hasta los pies, ah, uf, oh, esto es la hostia, me siento como, sí, Javi debe sentirse así todo el rato, es eso, es esto, invencible.

—Semifinales, la puta.

Sobre el hombro de Javi alcanza a ver la pista de baile. Juanpe sigue desaparecido, pero en el centro, perfectamente perfilados, descubre a Rocío y Toño. Una luz distinta define el contorno de sus cuerpos, la piel brillante de ella, el pelo húmedo de él, sus frentes fundidas, los movimientos torpes de Toño, los brazos de Rocío volando a su alrededor como si estuviera envolviendo la cabeza de Toño en papel de regalo, las manos de él en la cintura de ella, sus risas. De pronto comprende que hasta ahora nunca les había visto bailando juntos.

—Quédate, maricón.

En ese momento Javi se gira y también ve a Toño y Rocío. Le agarra por los hombros, le empuja hacia ellos. Él intenta resistirse pero no sirve de nada, Javi logra arrastrarle entre la gente. Toño hace un hueco, bailan los cuatro.

*7 horas 4 minutos 48 segundos hermano, suena la voz de Rocío pero no logra verla, en realidad no ve nada, apenas bultos que se mueven, alguien le pega un codazo y de pronto se siente perdido, absurdo, en medio de la plaza, huele a basura, a meada, a alcohol derramado por el suelo, a su lado un tipo de barba da vueltas sobre sí mismo con las manos metidas en los bolsillos, el resto está a oscuras, como si no hubiera farolas en toda la plaza, oye que alguien dice algo de un apagón, que está amaneciendo, gilipollas, las voces resuenan nítidas, ecos en una ciudad fantasma.*

—Hermano —repite Rocío, y ahora sí, distingue su silueta apoyada en el capó de un coche, los rizos cayendo sobre los hombros.

—*Hey, little sister,* me voy.

—¿No te quedas a ver el partido?

—No puedo.

Duda si telefonear a Rosa. Ahora tiene cobertura, pero son más de las siete de la mañana y ella tampoco ha vuelto a llamar. Seguramente se habrá dormido.

—Hermano —insiste Rocío.

Hay casi algo incestuoso en su forma de acercarse. Le cuelga los brazos en el cuello con un gesto exhausto, siente el calor del cuerpo, la piel pegajosa por el sudor, tiembla.

—Hermano, te quiero.

—Y yo a ti, hermana.

Alguien grita al final de la calle. Se oye una sirena a lo lejos. Rocío tararea una canción. Es algo dulce, melodioso, quizá sea del viejo trompetista que ahora escucha a todas horas, el desdentado, no recuerda su nombre. Bailan sin mover los pies del suelo.

—Todas las mañanas —dice Rocío.

—Y yo. También te quiero por las noches. Pero por las tardes, no.

—No digo eso. Lloro todas las mañanas.

—¿Todas todas?

—Bueno, alguna no.

—Pero ¿en qué piensas?

—En nada. Simplemente me despierto llorando.

Sin dejar de bailar trata de enfocar su rostro en mitad de la bruma.

—¿Estás preocupada por papá?

—No.

No debería decirlo, no quiere hacer esa función, no es su función, es la de ella, Rocío es la encargada, la responsable, se resiste, sin embargo no puede evitarlo:

—Por cierto, Rocío, deberías ir a ver a papá.

—Vale.

—Me pregunta por ti todas las semanas: ¿qué pasa con tu hermana?

—Vale.

—Me da el coñazo —exagera el tono lastimero de su padre—. ¿Va a venir Rocío?

—Vale.

—¿Lloras por Marisa?

—Pffff...

Se ríen. Va a preguntarle si llora por Zero, pero por Zero hace tiempo que no llora, eso se acabó; de hecho, desde que lo dejaron la vida de Rocío no ha hecho sino mejorar. No le falta curro, en televisión gana mucha pasta, conoce a gente famosa. Quizá echa de menos a Ion. Era tan guapo. Actor, drogadicto, desequilibrado, follador loco, pero guapo. Incluso él echa de menos a Ion.

—Oye, ¿tienes tú el cristal? —dice Rocío.

Saca el chivato. Queda algo en el fondo y ambos mojan el dedo en los restos, directo a la boca, para el camino. Ha empezado a clarear, en breve tiene que amanecer. Vuelven a bailar abrazados, Rocío apoyada en su hombro, mientras la gente continúa saliendo del Long Play. Juanpe está en la puerta, por señas le pide fuego al cuarentón con barba que antes daba vueltas a su lado. El tipo asiente y empieza a rebuscar por los pantalones haciendo equilibrios para no irse de bruces al suelo. Cuando Juanpe comprende que va demasiado borracho como para encontrar nada hace un gesto, no te molestes, sonríe, se dirige a otro de los grupos que remolonean en la calle. El sujeto continúa hurgando en el bolsillo, como si la mano hubiese quedado atrapada en uno de esos canutos de mimbre en los que puedes meter el dedo pero no sacarlo.

—¿Y los demás? —pregunta Rocío, y se detiene, deja de bailar, la expresión adormecida, parece haber despertado de un sueño profundo.

—Ni idea.

—¿Te ha contado Toño que va a hacerse astronauta?

—¿Astronauta? Pero ¿astronauta de...?

—Sí, claro, solo hay un tipo de astronauta. Como Pedro Duque.

—Pero vamos a ver...

Le entra la risa, no puede seguir hablando. Rocío también se ríe. La voz de su hermana suena pastosa, le cuesta vocalizar. Es probable que a él le suceda lo mismo. Sin embargo se siente más espabilado que nunca.

—Me ha contado que están pidiendo currículum en la EFA o en la ESA —dice Rocío—, no recuerdo cómo se llama, algo del espacio de Europa.

—No lo dice en serio.

—Es Toño.

—Ya, joder. Pero no puede decirlo en serio.

—Ha empezado a estudiar Física.

—Menudo volao.

—Si le preguntas te cuenta que va a opositar a administrativo. Pero en cuanto le rascas un poco...

—Astronauta.

—¿Tú crees que para realizarse una mujer debe ser madre?

—¿Qué has dicho?

—¿Rosa quiere ser madre?

—¿Por qué me preguntas eso?

Rocío contempla la punta afilada de sus botas. Alza las dos punteras al mismo tiempo y por un instante da la sensación de que va a perder el equilibrio.

—Yo no creo que para realizarse una mujer necesite ser madre. Eso es una mierda. Es lo que le dije a Anaís. Una gilipollez. Ni relojes ni hostias. No lo necesitas. Al menos no como mujer. Sino como persona. Eso te lo admito. La cuestión es: ¿puede desvincularse una cosa de la otra? Parte fundamental de mi esencia como persona es que soy mujer, ¿o no? Soy mujer, blanca, europea, de clase media, ¿eso significa algo?

—Para Hitler, sí.

—*Touché.*

Saca el paquete de Nobel, quedan dos cigarrillos, le ofrece uno a Rocío y se lo lleva a la boca sin hacer ningún comentario irónico. Seguramente se ha quedado sin tabaco. Y a esta hora da igual, lo importante es fumar. Lo que sea.

—Quiero decir, ¿es más significativo eso que el hecho de que sea guionista, de izquierdas y feminista?

—No sé, supongo. Joder, estáis todas locas...

—¿Qué es la esencia? ¿Es lo que elegimos o es aquello a lo que no podemos renunciar? —dice Rocío, y aspira con fuerza por la nariz, se pasa la mano por la cara, por debajo de las gafas—. Joder, Anaís...

Enciende el cigarrillo mientras Rocío empieza a contarle que ha tenido que suspender el viaje a Nueva York, no sé qué pasa pero esa ciudad está maldita, Nueva York no nos quiere, no quiere a los López García, le recuerda su luna de miel fallida, el 15 de septiembre de 2001 tendría que haber estado en Nueva York con Rosa, a ti tampoco te quiere Nueva York, Charli, pero llega un momento que deja de escuchar, el humo del tabaco alcanza el fondo de los pulmones dejándole una sensación de plenitud, como si en lugar de humo fuera aire helado. Se pregunta cómo será el sexo con un esquimal. Aunque en realidad no le importa, nada importa: la serenidad, esa calma que baja desde la garganta, ya ha alcanzado la entrepierna. No siente ningún cosquilleo en los genitales. La paz se extiende por toda la zona del abdomen, por el vientre. Tampoco tiene hambre. Hace un momento ha estado pensando qué llevarle de desayuno a Rosa, porras o una caja de Dunkin Donuts. Ahora la sensación es diferente. Siente que podría vivir sin comida. Incluso podría vivir sin pensar en ella.

*9 horas TIRIRIRI-TIRIRIRI-TIRIRIRI-RI 43 minutos TIRIRIRI-TIRIRIRI-TIRIRIRI-RI 2 segundos TIRIRIRI-TIRIRIRI-TIRIRIRI-RI el teléfono está sobre la mesa del despacho, tiene cinco llamadas perdidas, no entiende cómo no ha escuchado el timbre antes.*

—¿Charli? —pregunta Rosa, su voz llega clara.

—Sí.

Juanpe lanza un ronquido. Él cubre el móvil y se incorpora haciendo crujir la estructura del sofá cama. De un salto llega hasta la mesa. Tiene que apoyarse en el respaldo de la silla para no caer al suelo. Puede notar los latidos en la sien, golpeando la cabeza.

—¿Dónde estás?

—En casa de Rocío.

Se hace el silencio al otro lado. Por un instante tiene la sensación de que Rosa está llorando. Pero no.

—Vuelve a casa.

—Sí, enseguida.

—Hasta ahora, entonces.

Cuelga el teléfono y lo desenchufa, la torre llega por la mitad, la batería casi se ha cargado del todo. Joder, qué bueno es, puto Nokia, qué deprisa se carga. No recuerda haber enchufado el móvil, ni quién le ha dejado el cargador, seguramente sea de Rocío. Se queda un momento pensativo. El bombardeo en la cabeza remite. Sería mejor darse una ducha antes de salir, huele a alcohol, a sudor, pero sobre todo apesta a sexo. Mira la hora en la pantalla, son las nueve cuarenta y cinco.

—Mierda.

Antes de dejar la habitación lanza una última mirada a Juanpe. Trata de recordar algo, pero todo resulta confuso. Quizá se ha puesto en evidencia delante de Rocío. Y de Toño. Y de Javi. Y sin embargo no le importa. Ahora mismo nada parece importar, todo le resbala, como si su interior estuviera hecho de corcho. Lo importante es el partido.

—España —murmura y se ríe.

La casa está en silencio. Desde el otro extremo del pasillo le observa David Bowie, el mismo cartel que ha acompañado a Rocío en todas sus casas. El rostro y las manos son manchas blancas sobre el fondo negro, la mano izquierda que a esta distancia parece decir anda tira, tira, que te voy a dar un cate. Avanza canturreando, *we can be heroes just for one day,* el parqué cruje bajo sus pies, pegajosos por los restos de sudor, siente un extraño deleite al notar cómo se desprenden de la madera a cada paso. Aspira, llena los pulmones, las paredes aún huelen a pintura. Cómo le gusta este piso. No solo por cómo lo ha decorado Rocío, es que además Javi es el casero, todo son ventajas. Podría preguntarle si tiene otro para Rosa y él, seguro que sí, Javi lleva tiempo invirtiendo en Chueca, apenas quedan yonquis y hay muchos edificios viejos que se venden a precios de ganga, una buena reforma y se multiplica su valor. Y según Javi va a ir a más. Si pudiera convencer a Rosa molaría vivir aquí, padre de día, maricón de noche.

Golpea la puerta.

—Rocío, son casi las diez.

No hay respuesta. Quizá están en el salón, pero eso es imposible, se oiría la tele. Pega la oreja a la madera, le parece oír una respiración profunda, un suspiro.

—¡Que ha empezado el partido!

Rocío abre la puerta, la camiseta de los Clash, los muslos blancos.

—No fastidies.

Por encima de su hombro ve a Javi tumbado en la cama, el torso desnudo. Rocío cierra de un portazo.

En el salón busca el mando a distancia. Sobre la mesa alguien se ha olvidado una raya, cuatro botellines a medias, libros apilados, cajas de DVD, pero no encuentra el mando. En el sofá tampoco. No lo ve por ningún lado. Enciende directamente el televisor y la pantalla se inunda de verde. Cómo es posible que Rocío tenga una tele tan pequeña, en casa del herrero, atacamos nosotros, tiene el balón Morientes y de pronto siente un hambre atroz, desesperada, necesita comer algo y el latigazo en el estómago le hace acordarse de la carpeta. Dónde está. Se la dejó olvidada en el garito. Mierda, su suegro le va a matar. Los coreanos recuperan la pelota.

Se sienta en el sillón.

En ese momento entra Javi, terminando de abotonarse la camisa.

—¿Cómo vamos?

—No lo han dicho. ¿Y Toño?

—Ni idea.

# Toño, 2010

—¿Dónde vas? —pregunta Rocío.

—A comprar tabaco.

Rocío suelta una carcajada que sorprende incluso a Lupe. La niña se queda congelada, con la cuchara rebosando yogur, seguramente esta también acabe sobre el mantel, no sabe muy bien cómo reaccionar a la risa exagerada de su madre. Él tampoco. Lo que ha dicho no es gracioso ni pretendía serlo. Como si intentara justificarse, Rocío alza su paquete de Marlboro.

—Coge de los míos.

Apenas han hablado durante la comida, algo flotaba entre ellos. En realidad no era algo, como no podía ser de otra forma se trata de Javi. Pero hay otra cosa, otro *algo* que no logra identificar. En respuesta, él estruja el paquete de Pueblo, ya casi vacío.

—Tampoco me quedan filtros. Y solo dos papeles.

—¿Y dónde quieres encontrar un estanco abierto en domingo?

—El Corte.

Rocío alza las cejas, la mirada incrédula.

—¿Te vas a ir hasta allí?

—Son veinte minutos de ida y veinte de vuelta. Menos si voy a buen ritmo.

—Vale. Nosotras saldremos a las cuatro.

—¿No habíamos quedado con Charly a las cinco?

—Sí, pero antes voy a dejar a Lupe en casa de la abuela Marisa.

—Es verdad. No te preocupes, me da tiempo de sobra.

Mira su reloj, un objeto aún extraño en la muñeca, marca las dos y media. Desde que vive con ellas se ha adaptado a los ritmos de Lupe, sobre todo a sus horas de comida. Le molesta el tono que ha utilizado Rocío, como si pudiera olvidar que esta tarde van a ir al tanatorio, como si él no estuviera pensando en Javi todo el tiempo, pero prefiere no decir nada.

—¿Quieres que te compre?

—Tengo uno sin abrir, pero sí, píllame un par de paquetes —dice Rocío mientras se levanta de la mesa—. Espera que te doy dinero.

Él hace un gesto, ni te molestes, coge su mochila y se la cuelga del hombro. Algo punzante le golpea en la espalda. Es el canto del último tomo de Daredevil, olvidó sacarlo el viernes al volver de la academia.

—*Ayios,* Toño —dice Lupe agitando las manos de forma exagerada.

—Adiós, Lupita cagona.

Los tres se ríen.

Nada más salir del portal, una bofetada de calor. La calle permanece desierta en la pesadez de la siesta, solo se intuye movimiento en el bar de la esquina, ya deben de estar preparándose para el partido, la gran final. Va liándose un cigarrillo con el filtro que le queda. Las últimas hebras de tabaco son demasiado pequeñas, casi polvo, y tiene que pararse para poder cerrar el papel sin que se caiga todo al suelo. Enciende el cigarrillo, aspira el humo con fuerza, nota un pinchazo en el pulmón, y piensa que debería fumar menos, ambos deberían fumar menos, no por su salud, sino por Lupe, porque es un mal ejemplo para la niña y por el rollo de fumadora pasiva, aunque ambos salgan al balcón a fumar cuando están en casa. Pero sobre todo porque ahora tienen que cuidarse: no pueden dejar a Lupe sola. Esa idea, extraña, ajena a él, le hace acelerar el paso.

Atraviesa Linneo para salir a la calle Segovia. El sol se está cebando con los árboles del parque Atenas y decide subir por la mediana del lateral, allí las acacias dan algo de sombra y el calor resulta algo más soportable. Aun así, cuando llega a lo alto de la Cuesta de la Vega, tiene la espalda empapada en sudor. La Almudena se alza atolondrada a su izquierda, impotente ante la violencia del calor. Piensa en Dios, en Javi, en su ruego fallido, piensa que con la muerte de Javi el camino se ha despejado. Ahora nada les impide llevar a cabo sus planes, Lupe podrá irse a Nueva York con ellos sin problema. O con todos los problemas. Porque ¿quién es él para Lupe? ¿Quién es para Rocío? Y ya que estamos, ¿quién es para sí mismo?

Ah, la gran pregunta.

Aprieta el paso, en menos de diez minutos está en Sol. Dentro de la mochila el tomo de Daredevil va rebotando en su espalda. En la plaza no encuentra más que turistas de rostro exhausto. Al entrar en El Corte Inglés el aire acondicionado le proporciona un alivio inesperado, como si de pronto pudiera respirar de nuevo. Se pierde por el interior de la tienda, tiene que preguntar dos veces antes de encontrar el estanco.

—Dos de Marlboro y uno de Pueblo.

La vendedora se gira para sacar los paquetes de sus respectivos estantes con movimientos rápidos y precisos, se diría que ni siquiera tiene la necesidad de mirar. Sus dedos regordetes aferran el tabaco sobre el mostrador mientras con la mano libre teclea el precio.

—Y también filtros finos y OCB azul.

La vendedora hace un gesto de fastidio antes de darse la vuelta otra vez. Ahora no tiene prisa, se demora aunque apenas necesita moverse para sacar el librito de papel de color cobalto, quizá sea un azul eléctrico, o un punto intermedio entre ambas tonalidades.

—Perdón —dice, siente la necesidad de disculparse—, es que me he despistado.

Antes de salir empieza a liarse un cigarrillo. En la puerta un vigilante no le quita ojo, pendiente de que no se le ocurra encendérselo dentro de la tienda. Se acerca a preguntarle la hora, olvidando que desde hace un mes él también lleva reloj, el que le regaló Rocío, lo recuerda en cuanto el vigilante le dice que son las tres y cinco mientras señala su muñeca con cierto tono desafiante, a vacilar al metro, chaval. De nuevo se siente ridículo. Nada más salir a la calle del Carmen ve una mesa libre en la terraza de una cafetería para turistas. Está a la sombra y no duda, decide aprovecharla, se sienta. El metal de la silla está frío, es de las pocas cosas que deben de estar frías en la calle. No le gustan este tipo de locales, son feos y además suelen ser ridículamente caros, pero no tiene tiempo para ponerse a buscar y solo quiere tomarse un café mientras se fuma un cigarro, algo rápido y enseguida volver corriendo a casa.

Necesita pararse un momento.

Pide el café a un camarero que va vestido como un general y termina de liarse el cigarrillo mientras espera. Piensa que todo está sucediendo muy rápido, demasiado. Y no solo ahora, los últimos meses han sido una locura. Desde luego no han transcurrido como había imaginado. Enciende el pitillo y mira la pantalla de su teléfono. Por un momento duda si llamar al abad. No lo sabe nadie, ni siquiera Rocío, solamente se atrevió a contárselo a Javi el otro día, pero de vez en cuando habla con el padre Fermín, sobre todo cuando intuye la aparición de grietas. El ritmo pausado con que habla, su forma de amasar las palabras, como si las sopesara una a una, le tranquiliza. No por lo que pueda decir el anciano: sabe que hablará de Dios, intentará convencerle para que vuelva, le soltará el rollo de que tiene madera. Eso ya no le afecta, ahora tiene claro que su paso por el monasterio fue otra de sus flipadas. Si apareció allí fue por casualidad, después de hacer autostop sin sentido durante varios días como una especie de Jack Kerouac manchego, huyendo de Lucía, de Dani, de Verónica, de su última estafa. Los monjes le acogieron, dieron de comer al hambriento, de beber al sediento, a cambio él les ayudaba en el huerto, descubrió que aún recordaba bastantes cosas sobre las plantas, cómo hacer injertos, cómo mejorar la producción de los frutales. Y sí, es cierto que encontró cierta calma, había paz en su implacable rutina, ese avanzar poco a poco cada día para no ir a ningún sitio. Por un momento llegó a imaginarse sumergido en la cogulla y la estampa le proporcionaba una extraña satisfacción, incluso estuvo intentando convencerse a sí mismo de que realmente creía en Dios, aunque en el fondo sabía que aquello no sería más que un disfraz, otro más. Simplemente había encontrado un buen escondite, quizá el escondite perfecto, pero los escondites, por buenos que sean, nunca duran mucho tiempo. Volvió a Madrid y, al poco tiempo, tuvo suerte, siempre la tiene, su amiga Elena le dijo que necesitaba un profesor de dibujo para la academia de bellas artes que llevaba con su pareja, María. Alquiló un piso pequeño, sin muebles, una especie de celda. Y no hacía nada. Cogía el metro para ir al trabajo, compraba algo en el súper de la esquina, volvía a casa, leía varias horas, se preparaba la cena y luego veía una película en la televisión. De vez en cuando quedaba con Rocío para ir al cine, hablaban de volver a hacer algo juntos, quizá un cuento ilustrado.

Nada más. No era feliz, tampoco desgraciado. Era, sencillamente era. Volvió a leer *Las tentaciones de San Antonio,* varias veces. Estaba en tregua. Y entonces todo saltó por los aires. Pero por primera vez no era cosa suya, el mundo se resquebrajaba por otro lado. Rocío necesitaba un sitio para quedarse un tiempo con la niña hasta encontrar trabajo, ya no podía vivir con Javi, la convivencia era imposible. Y él las acogió, no podía ser de otra forma, aunque Javi creyera que estaban liados, que le habían traicionado, que Rocío huía de la debacle, intentó pegarle, estaba fuera de sí. Pero no había pasado nada entre ellos. Al menos en un primer momento no pasó nada. Y en realidad sigue sin pasar nada. Como mucho un par de veces, de la forma más tonta, empezaron a besarse en el sofá para al final terminar riéndose como dos adolescentes idiotas, valga la redundancia.

—Tres cincuenta —dice el camarero y deja la taza sobre la mesa, un platillo con el tique.

Alza las cejas, menuda clavada, mientras busca monedas en el bolsillo para pagar, tiene suelto, ayer cambió un billete de diez. Mientras espera a que se enfríe el café, abre la mochila para sacar el tomo recopilatorio de Daredevil. La portada está forrada con papel de periódico. Cuando coge el metro para ir a la academia le da vergüenza que los otros pasajeros sepan que va leyendo un tebeo. Ha vuelto a leer cómics en busca de inspiración para las ilustraciones del cuento que está escribiendo Rocío. Es consciente de que el Daredevil de Frank Miller no es la mejor referencia, pero el entusiasmo que despiertan en él sus dibujos se mantiene intacto, es una especie de billete para viajar a los años ochenta, a la infancia. Abre el libro, y allí está la imagen de Daredevil más ciego que nunca, negándose a aceptar lo que le dicen sus sentidos, el tacto frío, el hedor a putrefacción. Aun así, Matt Murdock se quita la máscara para abrir el ataúd, porque no puede creer que esté muerta, piensa que es una trampa, una más, de Elektra, no sería la primera vez que se la juega. Y quizá lo sea. Quizá la muerte no sea más que una argucia, un truco que hacen los muertos para despistarnos a los vivos, ciegos, perdidos, incapaces de comprender.

Es entonces cuando se le ocurre la idea.

Vuelve a casa corriendo, aunque aún no sabe si se atreverá a contárselo a Rocío, si es otra de esas cosas que se quedan flotando en su imaginación. Es una locura, una flipada. O peor, una idiotez.

—Hola.

Rocío sale a su encuentro. Ni siquiera menciona que llega bañado en sudor, parece no percibirlo, simplemente le besa. Es un beso largo, triste, excitante, siente ganas de llorar y hacer el amor, de hacer el amor llorando.

—¿Lupe?

—Durmiendo la siesta —responde Rocío.

Toma su mano, le conduce hasta el dormitorio, él se deja llevar, cierran la puerta.

—Quiero que me desnudes —dice Rocío—. En silencio.

—Nada de risas.

—Nada.

Un golpe de aire mueve las cortinas y aunque sabe que es imposible, que el mar queda muy lejos de allí, a cientos de kilómetros, por un instante le llega el olor salado de las algas, cree oír el rumor de una ola.

Hacen el amor por primera vez.

*Comienzo de la fase creciente lunar. Júpiter, con una magnitud de –2,4, se ocultará antes del inicio del alba, mientras que Marte, visible cada vez en peores condiciones, pasará a 0,6 grados al norte de Saturno, que por su parte seguirá situado en Cáncer. Venus, hasta ahora en Aries, pasa a Tauro con una magnitud de –3,9. Aparición vespertina más favorable del año para Mercurio. Centro galáctico en diagonal, dirección suroeste. No hay prevista ninguna lluvia de estrellas. Atención a Régulo y Pólux.*

*Previsión astronómica*
*para el martes 27 de junio de 2006.*

# Toño, 2006

*16 horas 8 minutos 14 segundos parpadea.*

—Buenos días.

Saca la pierna derecha de entre las sábanas, se incorpora en la cama y planta un pie en el suelo. Lo hace despacio, asegurándose de no estar pisando una mina, no sería la primera vez que pisa mal y todo salta por los aires. Entra en el baño, no puede aguantar más, la vejiga a punto de reventar. El espejo del baño le devuelve su reflejo exhausto. Abre los ojos desmesuradamente, la boca imita el gesto estupefacto del autorretrato de Rembrandt que tiene sobre la cama:

—Hombre, señor Van Rinj, tú por aquí.

Vuelve a pensar seriamente en la posibilidad de cortarse el pelo. Sonríe mientras trata de ordenar el alboroto en su cabeza. Va a la cocina, logra encontrar una taza limpia y se sirve los restos de café que dejó Lucía la noche anterior. No hay leche, pero por suerte aún queda azúcar, no mucha, en breve deberá comprar o pedirle a Lucía que traiga de su casa. Recalienta el café un minuto en el microondas pendiente de que no llegue a hervir. Permanece de pie, en calzoncillos, contemplando las formas que dibuja el sol al atravesar la persiana, las diferentes tonalidades de gris en los baldosines, las salpicaduras de luz en el suelo. Enciende la minicadena. Suenan las primeras notas del preludio de *Parsifal,* el ritual de todas las mañanas desde hace un par de semanas, siente que es la música adecuada para el amanecer.

Comienza un nuevo día.

Mira el reloj que está encima de la nevera, las cuatro y veinte de la tarde. No fastidies, el reloj adelanta, pero no tanto. Resopla, se ha quedado dormido, en breve llamará Lucía preguntando dónde estás. El microondas emite tres pitidos. Frunce el gesto, ha calentado el café en exceso y tiene un leve sabor a quemado. Se sienta para tomárselo a sorbos cortos. Al otro lado de los visillos el sol borra el color a las murallas del castillo. Hoy vuelve a hacer calor. Si continúa así el verano resultará insoportable. A lo lejos suena su teléfono. Se levanta sin acordarse dónde lo ha dejado. En el dormitorio no aparece, busca en el salón, en la maleta de pintura, otras veces lo ha dejado dentro, el viejo Toshiba morado que le prestó Lucía resulta fácil de distinguir entre los tubos de acrílico, pero allí tampoco está. Finalmente aparece en el baño. Ignora qué hace en el bidé, no recuerda demasiado de la noche anterior, prefiere no hacerlo. Como había imaginado, se trata de Lucía. Tiene cuatro llamadas perdidas, todas suyas.

—Estaba a punto de salir.

—Date prisa. El Dani está inquieto.

La voz del niño se cuela en la conversación, oye cómo pregunta por él, se queja, lo adivina por el tono, las palabras se empastan en su lengua.

—Sí, ya viene, está de camino, cariño.

Entra en el salón, para terminarse el café sentado en el sofá. Enciende el televisor. Ha empezado la previa del Brasil-Ghana. El partido es a las cinco, suspira, se lo va a perder. Mira el reloj del móvil, quizá pueda ver los primeros minutos con Dani. Si logra convencerle, claro. Ve un resumen de los goles brasileños en lo que llevamos de Mundial, poco *jogo bonito,* prácticamente solo ante Japón, pero quédense con esta maravilla de Ronaldo, 90 kilos como 90 soles y hace cosas como esta, al final Brasil siempre es Brasil. Sobre la mesa, el libro de los agujeros negros, debajo el de Bachelard. Ojea ambos, la entropía en un sistema combinado es mayor que la suma de las entropías individuales, decide no ducharse. Luego se dará un chapuzón en el mar.

*16 horas 29 minutos 58 segundos está saliendo de casa cuando vuelven a sonar las cinco notas de* Encuentros en la tercera fase.

TI-TO-TI-TO-TA

Ahora se trata de Charli, qué pesado. Decide no contestarle, por más que insista no cambiará de opinión. O sí. Por eso es mejor no hablar con él. Baja por el carrer Sant Roc buscando la sombra con el portafolios colgado del brazo. El resto de material, la caja de pinturas, los pinceles, el caballete, los cuadernos, la sombrilla, van cargados a la espalda. Los primeros días bajaba hasta la playa acarreando cajas y bolsas de plástico, pero resultaba poco práctico y, sobre todo, agotador, terminaba con los brazos doloridos. Luego probó con una maleta de viaje y mientras iba por las calles de Denia no había problema, pero al llegar a la playa las ruedas se convertían en un incordio por culpa de la arena. Al final ha ideado un ingenioso sistema con los cables de un viejo tensor que el padre de Lucía había olvidado en el apartamento unidos a un tablón. Así puede transportar todo el material de forma cómoda atado a la espalda. Todo, menos el portafolios, claro. El portafolios es demasiado grande y aún no ha encontrado la manera de hacerlo encajar con el resto. Pero no se rinde, lo conseguirá antes de que acabe el verano. Aun así, sin el portafolios, el peso en la espalda es considerable y siente como le empuja al llegar a la cuesta de San Francisco. Aprovecha el impulso aun sabiendo que la velocidad de aceleración es la misma con independencia del peso. Da igual cuál sea tu peso, no por eso llegas antes a ningún lado. Vuelve a pensar en hacerse con una bicicleta. A lo mejor así convencería a su madre de venirse una temporada. Sería como su primer verano en Montpellier, cuando cada mañana bajaban en bicicleta hasta la playa de Carnon. La mayor parte del trayecto la hacían por caminos de tierra y no podían ir muy deprisa. Pero lo peor era la vuelta. No solo porque estaba agotado después de bañarse en el mar, además no estaba acostumbrado a montar en bici tanto tiempo seguido. Sin embargo hacían el recorrido riendo. Lo cual es imposible, el mar quedaba a tres cuartos de hora de casa, pero es así como lo recuerda, una risa interminable. Rodea el castillo, avanza por las callejuelas del centro entre casas bajas, siguiendo el trayecto más largo para evitar el sol. En su piel ya no queda rastro de las quemaduras, pero no necesita más sol, va a tener sol de sobra, aún le quedan por delante varias horas al aire libre. Por este camino únicamente debe estar atento para no acercarse demasiado a la estación de autobuses.

*17 horas 7 minutos 21 segundos toma aire, huele a comida, a lejía, pero no a mar, aún le sorprende, la casa de los padres de Lucía está a menos de cien metros de la playa y sin embargo allí nunca huele a mar.*

—Has tardado mucho, ¿qué estabas haciendo? —dice Lucía—. Mi padre se ha ido al restaurante hace media hora.

Él no responde. Ya ha aprendido que cuando Lucía está de mal humor es mejor no decir nada.

—¡Dani! —grita Lucía, su voz se pierde en el interior de la casa, el salón permanece adormecido, las persianas bajadas—. ¡Mamá, nos vamos, venga!

Manolita sale de la cocina secándose las manos con un trapo, los ojos enormes tras el cristal deformante. Manolita acostumbra a sonreírle, sin embargo hoy asume el puesto de su marido en la labor de lanzar miradas suspicaces. Da lo mismo, aun así él levanta la mano, saluda con la mejor de sus sonrisas, desde antes de conocerla ya había decidido que Manolita era una gran tipa.

—¡Dani, *cojons!*

Lucía resopla y se recoge el pelo con una goma, lo ata en una larga coleta. Hoy viste camisa blanca, unos jeans azul claro, las rotundas botas vaqueras. Algo se mueve entre las sombras del salón, Dani entra de un salto desmañado, casi tiene algo de tropiezo, sus pies descalzos resbalan en los baldosines del recibidor.

—¡Buh!

Finge asustarse, encoge el cuerpo y Dani lanza una de sus risotadas, las babas se le escapan entre los dientes. Manolita besa al niño.

—Pórtate bien —dice Manolita mientras se ajusta las gafas, para enseguida ajustar las de Dani.

Las llaves del coche suenan cuando Lucía recoge la caja de plástico cargada de verduras que hay junto a la puerta de la calle. Lo hace con movimientos rápidos, eficaces, lejos de la torpeza que se espera en una mujer de su tamaño. Lucía no siente el complejo que muestran otras mujeres de su altura. Al contrario. Disfruta llevando tacones, así puede mirar a la mayoría de los hombres hacia abajo. Es una de las cosas que más le gustan de ella. Y que más le excitan. Cuesta creer que ese cuerpo haya podido salir de una mujer tan menuda como Manolita.

—¿Estás seguro? —pregunta Lucía.

Él asiente, sonríe intentando tranquilizarla. Es la primera vez que se queda solo con Dani. Aunque el niño parece encantado, Lucía no termina de estar convencida. Igual, puede percibirlo, que Manolita.

—Todo controlado, ¿verdad, colega?

El niño aplaude, se ríe de nuevo, coge su mano. Lucía sonríe, no necesita preguntar nada más. Le entrega la mochila del pato Donald.

—Dentro está la crema —dice Lucía—. No dejes que tome mucho el sol, que se ponga a la sombra.

—Ponte a la sombra —Manolita se lo repite a Dani, su voz suena como el final de una letanía—. Que el sol de la tarde engaña.

—Lleva sus ganchitos, pero que no se ponga morado.

—No comas muchas porquerías.

—Que meriende antes el bocadillo.

—El bocadillo primero.

Él dice:

—No, no, el bocadillo me lo voy a comer yo.

Dani suelta una nueva carcajada, siente cómo estira de su brazo para ocultar el rostro tras la mano, la saliva mojándole los dedos.

—De eso nada —dice Lucía, ahora en un tono juguetón—, no te comas el bocadillo de Dani. Dani, dile a Antonio que él tiene su propio bocadillo.

Dani trata de repetir la frase pero solo se le entiende la palabra *bocadillo*. Puede que también le haya llamado cabronazo, su palabra preferida de los últimos días, porque Lucía regaña al niño:

—Eso no, Dani.

Dani se ríe. De pronto se siente invadido por el cuerpo de Lucía, por su presencia insoslayable, se asoma sobre él levemente para besarle en los labios, un beso breve, apenas un roce, con Manolita presente no puede ser de otra forma, aun así, Dani suelta otra carcajada, bate palmas divertido.

*18 horas 2 minutos 27 segundos concentrado extendiendo la manta con la que trata de impedir que el material se llene de arena, sabiendo de antemano que es una batalla perdida, que luego al llegar a casa tendrá que sacudirlo todo, en particular la caja de pintura, y hoy, con la brisa que llega del mar, la cosa promete ser incluso peor, por las tardes siempre es peor.*

—*Moin* —dice Verónica.

Sorprendido, se da la vuelta. No la ha escuchado llegar.

—Hola.

—Vente, nano —dice Verónica—, quiero enseñarte *eine* cosa.

—No puedo. Estoy con el niño.

Dani está cerca de la orilla, entretenido llenando el cubo de arena, no ha reparado en la presencia de Verónica. No lleva la gorra y en algún momento tendrá que volver a darle crema protectora. O pelearse con él para que se ponga a la sombra. Algo.

—Es ahí mismo, *dort* —insiste Verónica mientras aparta los mechones blancos que el viento lanza sobre su rostro.

Sabe perfectamente adónde quiere ir. La playa está vacía, a esta hora los pocos jubilados que bajan por la tarde ya han recogido sus sombrillas y sus sillas de tela. Más allá, cerca de las redes de voleibol, unos chavales juegan al fútbol, cree distinguir la melena de Manel.

—*Komm.*

Verónica le agarra de la mano, siente la presión de sus dedos finos, huesudos. Camina detrás de ella sin dejar de observar al Dani. Verónica viste como siempre, totalmente de negro, con la camiseta y el pantalón de tela. No logra imaginársela en bañador, mucho menos en biquini, lo que no deja de ser curioso después de haberla contemplado desnuda. Sin embargo, a escasos metros del mar, con las deportivas hundiéndose en la arena, su indumentaria resulta un tanto estrafalaria. Ya lo pensó cuando se conocieron en este mismo lugar, quizá unos metros más allá, cerca del puesto vacío del socorrista. Se deja llevar hasta la cancela de hierro oxidado cerrada con un candado. Al otro lado, el jardín convertido en selva. Verónica saca un pequeño objeto metálico del bolsillo, se lo muestra, apresado entre los dedos como si fuera un pececillo.

Él pregunta:

—¿Cómo has conseguido la llave?

Verónica responde algo pero no consigue comprenderla. Ya se ha acostumbrado y no dice nada: Verónica pasa del castellano al alemán y del alemán al catalán sin ser muy consciente de ello, a veces en una misma frase. Suena el teléfono. Es Charli de nuevo, qué pesado, es la cuarta llamada en menos de media hora. Silencia el aparato. Al abrir la verja chirrían los goznes, sin embargo la puerta no ofrece resistencia. Caminan juntos hasta lo que en algún momento debió de ser el porche. Con tantas construcciones nuevas, resulta sorprendente encontrar aquí una casa abandonada en primera línea de playa. Según el padre de Lucía, pertenece a la familia de la mujer de un tío de su prima, un lío, rollos de herencia.

—*Donam'la*. La mano.

Verónica le agarra de la mano y se miran. No conoce su edad exacta, no ha querido preguntárselo porque podría responder cualquier cosa, quinientos años, mil, cinco mil, aunque está convencido de que tiene la misma edad que su madre. Al menos sabe que han nacido en el mismo mes, las dos son piscis.

—¿Notas algo?

Contempla las paredes que aún se mantienen en pie. De alguna forma es imposible saber si se encuentran dentro o fuera de la casa: las plantas lo han invadido todo. A la derecha, las ramas del brezo asomándose entre los cristales rotos. Esa imagen, la de una casa habitada por plantas que contemplan el jardín desde la ventana, es la que le fascinó al descubrir este chalé abandonado frente al mar. Intentó pintarlo, fracasó en el intento, igual que en los otros intentos, pero mientras fracasaba conoció a Verónica.

—¿Qué debería notar?

—Nada en particular.

—Entonces perfecto.

—*Cap de suro*. Me refiero a *was auch immer.* Una imagen. Tristeza. Alegría. Una emoción, nano.

Niega con la cabeza. Sonríe.

—*Kein problem.*

Verónica se quita la ropa. Primero se descalza, luego el pantalón, al final la camiseta. Sus pechos, grandes, se descuelgan al liberar el sujetador. La piel muestra el mismo color por todo el cuerpo, el color de la arcilla, de la tierra, piel de terracota. Le invita a hacer lo mismo. Él mira hacia la playa, por si Dani pudiera estar presenciando la escena, pero quedan ocultos tras el muro.

—Verónica, no creo que…

No le deja terminar la frase y comienza a desabrocharle la camisa. Según la teoría de Verónica, la ropa es una especie de superaislante que impide al cuerpo comunicarse con el mundo, no solo en el plano físico, sino también en el espiritual, por culpa de la ropa no fluye la energía, sabes, nano. Le baja los pantalones, se queda en bañador. No puede evitarlo, se ríe, la escena es tan ridícula que no queda otro remedio que reírse.

—Estás loca.

Verónica sonríe y señala hacia abajo. Bajo el calzoncillo asoma un principio de erección.

—No, Verónica, no…

También según la teoría de Verónica, el sexo es lo opuesto a la ropa: una especie de superconductor. A través del sexo es posible llegar a zonas del espíritu que normalmente quedan fuera de nuestro alcance. Van de la mano hasta el otro lado de la ventana, y allí hacen el amor ocultos tras la pared, protegidos por las ramas del brezo.

*18 horas 48 minutos 27 segundos el sol está bajo, le deslumbra, hay tres personas alrededor de sus cosas, una de ellas parece estar curioseando, otra sostiene uno de los lienzos mientras la tercera mira hacia el horizonte, tarda en reconocerlos.*

—Antes pintabas mejor —dice Javi mientras se ajusta las gafas de sol.

Se abrazan. Primero Javi, luego Charli, Rocío la última. Ella además le besa.

—¿Qué hacéis aquí?

—Si Mahoma no va a la montaña...

—Estrella un avión contra ella.

Se ríen.

—Pensaba ir el sábado.

—¿El sábado?

—Sábado 1 de julio, Fráncfort, nueve de la noche, España-Brasil, cuartos de final.

—Primero habrá que ganar a Francia, digo yo.

—Ya está la aguafiestas.

—*Ne pas problem.* Los franchutes están acabados...

—Ya te digo, solo pueden ganar a Togo.

Vuelve a abrazarles. Nunca habría imaginado que le alegraría tanto el reencuentro. Al contrario: si le hubieran avisado del viaje seguramente habría intentado esconderse, habría inventado alguna excusa. En ese momento recuerda que a su lado venía Verónica. Se da la vuelta, pero Verónica ha desaparecido.

—Qué bien vives, ¿no, maricón? —dice Charli—. Tus pinturitas, sol, playa..., pareces un jubilado.

—Estoy currando más que nunca.

—Yo también quiero un curro así —dice Javi y abre los brazos teatralmente, aspira la brisa que llega desde la orilla.

—No, tú no quieres un curro así —dice Rocío—. Ni de casualidad.

Javi se ríe, trata de besar a Rocío, pero ella opone resistencia, juguetean hasta que Rocío se cabrea. Él saca el tabaco, ofrece un Fortuna. Charli ya tiene en la mano un paquete de Silk Cut. Javi niega con la cabeza.

—Ya no fumo.

—No jodas...

—Cuatro meses sin catarlo.

Lanza una calada. Rocío está inclinada para ver mejor las pinturas desplegadas sobre la manta. Al instante siente la necesidad de ocultarlos.

—Son una porquería.

Abre el portafolios negro y empieza a guardar dentro los dibujos, primero las marinas, luego los acrílicos de la montaña. Rocío sonríe mientras le arrebata el cigarrillo a Charli, pega una calada profunda.

—Rocío... —dice Javi.

—Es que yo también he dejado de fumar —responde Rocío y se ríe.

—No, tú has dejado de comprar —dice Charli—, que es muy distinto.

Charli forcejea con Rocío tratando de recuperar su cigarrillo. Contempla la pelea sabiendo que no se harán daño, Charli congestionado, riéndose, fingiendo que no le importa, que en realidad no se está esforzando, que no se lo toma en serio, Rocío con gesto desafiante.

—No le hagas daño a mi mujer, chaval —dice Javi—, que te meto.

Se ríen, él pregunta:

—¿Cómo sabíais que estaba aquí?

—Nos lo ha dicho un señor mayor que te tiene mucho cariño —responde Javi.

No comprende, niega con la cabeza.

—Hemos tenido que llamar al restaurante —responde Charli, resoplando—. Como tú no me cogías el teléfono...

—Ah, sí, el padre de Lucía.

—Será.

—Mierda.

—¿Qué pasa?

—El niño.

—¿Qué niño?

Mira a su alrededor. Dani ha desaparecido. Un niño que pierde. Otro más.

*19 horas 13 minutos 8 segundos el brazo en alto, Rocío está pidiéndole el balón, pega una patada con el interior y la pelota hace una parábola, por un momento parece que Rocío va a llegar, que podrá rematar, un gol, el de la honra, pero Joan se adelanta, da un salto y despeja de un cabezazo, recoge la pelota Manel y avanza hacia la otra portería todo lo deprisa que se lo permiten la arena y los botes irregulares del balón, Charli empieza a dar saltos, nervioso.*

—Cuñaooooo... —grita Charli.

Javi intenta detener a Manel pero se cae de espaldas al suelo, rueda por la arena de la playa. Dani, que corre a su lado, estalla en carcajadas. Él pega una carrera, intenta bajar a defender sabiendo que ya no sirve de nada. Una vez más, Manel recorta con facilidad a Charli y remata a puerta vacía. 8-0. Dani lo festeja con un grito.

—¡Fin del partido! —dice Javi con una risa, aún no se ha puesto en pie, ha preferido quedarse tirado en la arena.

Corre a sentarse junto a él. A los pocos segundos Charli se desploma a su izquierda congestionado, la calva brillante, la camiseta empapada de sudor sobre todo a la altura del pecho. La última en llegar es Rocío.

—¿Qué tal? —pregunta Javi casi sin aliento.

—Creo que voy a vomitar, pero estoy fenomenal.

Rocío se lleva las manos a la tripa, frota dándose calor. Un poco más allá los chavales continúan jugando entre ellos.

—Hijos de puta —dice Javi, vigilando de reojo a Rocío—, con veinte años yo también.

—Dieciocho.

—Hijos de puta.

Permanecen en silencio, tratando de recuperar el resuello. El balón pasa a su lado. Se levanta de un salto y de una patada lo manda hasta Manel.

—Tú, cabrón, estás en buena forma —dice Javi.

—Últimamente juego casi todos los días.

—Se nota. Charli y yo nos hemos apuntado a un equipo de fútbol sala.

—Sí, pero no vamos nunca.

—Eso no es verdad.

—Eso es verdad, Javi —dice Rocío con el gesto serio, está algo ojerosa, cierta palidez en el rostro.

—¿Todo bien? —pregunta Javi.

—Que sí, no seas pesado.

Él pregunta:

—¿Y tú? ¿No estás en el equipo?

—Aún no dejan apuntarse a las chicas, ¿qué te parece?

—Una vergüenza.

—Pues eso.

Javi se desabotona la camisa. Aunque va en bañador resulta evidente que esta misma mañana todavía estaban en Madrid. Los tres transmiten ese estupor del primer día en la playa, pero lo peor es la camisa de color salmón de Javi. Sin americana ni corbata, la camisa resulta aún más absurda sobre el bermudas a cuadros. Rocío es la única que se salva, con una camiseta cubre el bañador y logra tener cierto aire playero. Sus caderas han ensanchado. En realidad toda ella parece haber ganado volumen. No es que haya engordado, no es eso. Más bien es como si hubiera rellenado los huecos que había por su cuerpo.

—Esto ya no se puede hacer —dice Javi señalando la línea de casas bajas.

—¿El qué?

—Construir tan cerca del mar. Puta ley de costas. ¿Qué vas a hacer con el niño?

Javi dispara frases a bocajarro, casi como si no esperara respuesta, como si ya las conociera todas.

—¿Qué quieres qué haga con él? ¿Perderlo de nuevo?

—¿Cuándo te liberas?

—Por la noche.

—Joder.

—Lucía se ha ido a Valencia por movidas de la ampliación, y luego tiene que ir al restaurante para las cenas.

—Por la noche —repite Javi—. ¿Antes o después del partido?

—No sé, no hemos hablado de una hora. Supongo que sí, después del partido.

—No jodas.

—Tus planes a la mierda, cuñaooooo —dice Charli sin abrir los ojos.

Los cuatro miran a Dani. El niño toma carrerilla, una carrerilla absurda, interminable, para lanzarle un penalti a Joan.

—¿Qué le pasa? —pregunta Rocío.

—Se quedó sin oxígeno durante el parto.

—Qué mierda.

—Sí.

Dani golpea el balón con la pierna buena, aun así la pelota llega sin fuerza a las manos de Joan. Suspira. Todavía no se ha recuperado del susto. Durante unos minutos ha revivido lo sucedido en Montpellier hace mil años, se ha visto de nuevo empujando el carrito vacío por el parque, dónde está Jean Marc, llamándole a voces, Jean Marc, Jean Marc, solo se había distraído unos minutos con Daniel y sus amigas, también eran del liceo, a una de ellas la conocía, se llamaba Emma, a la otra, una chica rubia de ojos azules, no la había visto hasta ese momento, se balanceaba en el columpio, su rostro era perfecto, los ojos levemente rasgados le daban un aire exótico que contrastaba con la palidez de su piel y los mechones dorados, fue ella quien se dio cuenta, y el niño dónde está, *où est le bébé,* veía de nuevo a su madre gritando al llegar a casa, qué has hecho con mi hijo, mi hijo, nunca le había gritado hasta entonces, luego se disculpó, Jean Marc estaba con una vecina, pero todo había cambiado, ya no pudo seguir jugando a que era parte de la familia, ya no podía seguir engañándose. ¿Qué habría sucedido si Dani no hubiera estado con Manel? Prefiere no pensar en ello. Le debe una a Manel. Mañana le invitará a unas cañas. Queda la duda de si Dani recordará algo de todo esto, si se habrá sentido abandonado en algún momento. Viéndole reír no da esa sensación, pero nunca se sabe. Jean Marc era demasiado pequeño, apenas tenía dos años, es imposible que recuerde nada, y sin embargo siempre le ha parecido que su hermanastro está resentido con él. Piensa en Eneko. Por estas fechas cae su cumpleaños. Si no se equivoca cumplirá trece. ¿Qué recordará Eneko? En la última época, poco antes de desaparecer, le llamaba papá, aunque tampoco cree que eso le sirviera al chaval para aclararse, más después de que Edurne se liara con su padre. ¿Se acordará Eneko de él? La memoria es entrópica y Edurne era un caos que se juntó a su caos, y luego apareció el caos de Marcela, pura entropía, con la flecha temporal de la termodinámica señalando siempre hacia el desorden, nunca en dirección del orden, luego se cruzó su padre, recuerdos y entropía avanzando en la misma dirección, alimentándose mutuamente. Sí, todo eso está muy bien, pero ¿se acordará Eneko de él?

—Joder —dice Javi—. Pues nos lo llevamos.

—¿Qué te quieres llevar?

—No digas tonterías, Javi —dice Rocío.

—Ya me dirás si no qué hacemos.

—No entiendo.

—Javi quiere...

—Quiero... —interrumpe Javi, hace una pausa antes de continuar— ver el partido en condiciones.

—Lo podemos ver en mi apartamento. Tengo tele.

—¿Pulgadas?

—No sé... Es así.

Dibuja un rectángulo imperfecto con las manos.

—Pfff —bufa Javi—. He dicho en condiciones.

Javi se pone en pie, estira los brazos para sacudirse la arena, se quita la camisa. También ha echado tripa, pero aún está muy lejos de la panza de Charli.

—Me doy un chapuzón y nos vamos. Tú vete pensando qué haces con el niño.

—¿Dónde vamos?

Javi hace un gesto, ya verás, ya, vas a flipar, se ríe y sale corriendo en dirección al mar. Charli resopla, tumbado boca arriba, parece dormido. Rocío y él se miran. Sonríen. Javi frena al llegar a la orilla. Ha olvidado advertírselo, pero en estas fechas el agua aún está fría. Más ahora, que ha empezado a ponerse el sol. Mira a su izquierda. La luz se retira sobre el cabo, la protuberancia rocosa ya está en sombra, ahora es cuando mejor se define su figura, la figura de ella. Las piedras más próximas a la orilla se ondulan formando los rizos. Si tuviera la carpeta a mano quizá sacaría el cuaderno, si estuviera solo, quizá hoy lo conseguiría.

—¿Lo ves? —Señala en dirección al cabo—. ¿Ves el perfil de una mujer?

—Mmm... —dice Rocío—. No.

—El pelo, los pómulos...

—Ah, sí, la nariz...

—He intentado pintarla desde que llegué aquí. Pero no hay manera. O me paso con la piedra o con la mujer.

—No sé qué quiere decir eso, pero suena fatal.

—Que no hay punto intermedio: o dibujo una montaña que no recuerda en nada a una mujer o me sale una mujer que no parece una montaña.

Rocío sonríe, niega con la cabeza. Contemplan el mar en silencio. En el tiempo que lleva aquí ha podido comprobar que el color del agua cambia a diario. En este atardecer vira hacia el verde, un verde casi metálico.

*20 horas 1 minuto 26 segundos invaden la montaña, apartamentos en segunda, tercera, cuarta, decimoquinta línea de playa, como una plaga.*

—¿Te has encontrado? —pregunta Javi.

—¿Cómo?

Javi sujeta el volante con firmeza con la mano derecha mientras coloca las gafas de sol sobre la frente, a modo de diadema.

—Que si al fin te has encontrado.

—¿Encontrado el qué?

—A ti mismo.

La autopista avanza encajonada entre montes bajos, tierra seca, el mar a la izquierda, donde termina la ladera.

—No te entiendo.

—Eso me dijiste. Me voy porque tengo que encontrarme a mí mismo.

En la radio suena música clásica. Un concierto de violonchelo. No sabe en qué momento lo ha puesto Javi. No tenía ni idea de que ahora le interesara este tipo de música.

—¿Dije eso?

—Tal cual.

—Pues vaya chorrada.

—Eso pensé yo.

Se ríen. Mira por el espejo retrovisor. Charli y Rocío se han quedado dormidos, exhaustos tras el partido. Javi en cambio no da muestras de cansancio, nadie diría que lleva conduciendo casi de forma ininterrumpida desde las dos y media de la tarde, cuando los tres han salido de Madrid. Pasan bajo un cartel inmenso, Alicante 85, Calpe 28, deberían llegar en media hora, al menos eso ha dicho Javi. Juega con un cigarrillo apagado haciéndolo girar entre los dedos.

—Pero la verdad es que sí. Me he encontrado.

—¿En serio?

—En serio.

—¿Y quién eres?

—El hijo de un pescador que murió ahogado a finales del siglo XIX frente a la playa de Denia. Muy cerca de donde hemos estado.

—No jodas. ¿Y cómo lo sabes?

—Me lo ha dicho mi padre. Pero no el padre que tú conoces. Mi padre de aquí.

—¿Tienes un padre aquí?

—Sí. Es una mujer alemana.

—Tu padre es una mujer alemana. La cosa se va animando por momentos.

—Ella es la reencarnación del padre y yo del hijo. Ambos eran pescadores.

—¿Y?

—De momento poco más te puedo decir. Estamos haciendo ejercicios de regresión para intentar recordar.

—¿Y funciona?

—No. No recuerdo una mierda.

Vuelven a reírse. Con Javi siempre es así de sencillo.

*20 horas 37 minutos 33 segundos el hombre, que acaba de bajar de un Seat Panda, es un cincuentón delgado de piel amarillenta, prácticamente calvo, sorprende lo invernal de su indumentaria, los pantalones de tela gruesa, la camisa a cuadros de manga larga y la corbata, los zapatones de cuero.*

—Joder, parece Chiquito de la Calzada —dice Charli—. No puedor, no puedor.

Rocío y él sueltan una carcajada, Javi dice calla, cabrón, pero también se está riendo. El hombre camina como si fuera pisando unas brasas, se acerca dando saltitos hasta el coche detenido bajo el cartel, enorme y amarillo, Urbanización Castell del Vent SE VENDE, que cuelga sobre la puerta de entrada, una urbanización junto a otras urbanizaciones dentro de una urbanización mayor.

—Buenas tardes, Merino —dice Javi mientras baja el cristal.

—Ya casi buenas noches, don Javier —responde Merino.

Por la ventanilla se cuela su cara brillante, pringosa no de sudor, sino de una sustancia resbaladiza, probablemente sea protección solar, con esa piel necesitará echarse toneladas de factor cincuenta, de pronto en el interior del coche huele a una mezcla de limón y linimento. Merino mira hacia el asiento de atrás.

—Qué tal, señora —dice Merino—, y a los presentes también buenas noches. La televisión ya está instalada, le dejo las llaves.

Antes de darle el manojo a Javi, pulsa el mando y el portón de metal se desliza hacia la izquierda con un crujido de engranajes.

—Gracias, Merino —dice Javi.

Javi arranca y atraviesan la cancela. Por su derecha desfilan los chalés dispuestos en hilera, idénticos entre sí, todos con su torreón, simulando ser castillos en miniatura. Líneas blancas sobre el asfalto delimitan las plazas de aparcamiento, pero el único vehículo a la vista es un A4 polvoriento aparcado al final de la calle. Se detienen ante el número 9, Rocío es la primera en salir.

—Joder, no hay ni dios, ¿no? —dice Charli, medio cuerpo ya fuera del coche, cierra la puerta de un golpe.

—Es que aún no están acabadas —dice Javi y también sale del coche.

Rocío espera junto a la puerta dando pequeños saltos. No ha querido cambiarse, y la camiseta blanca sobre los muslos desnudos le confiere un aire infantil.

—Venga, rápido que me meo, tío —dice Rocío.

—Ya va, ya va, joder —dice Javi mientras se acerca a la puerta con las llaves en la mano.

Él sigue dentro del coche, la ventanilla bajada. Descubre puntos blancos en los cristales de algunos chalés. Más allá, tras un arbusto, ladrillos apilados. Al fondo, antes de que el camino de asfalto gire a la derecha, se intuyen plásticos por el suelo. En las paredes, de color hueso, ni una mancha. Pero sobre todo le inquieta el silencio, apenas alterado por el zumbido que llega desde la autopista oculta tras la montaña.

—Quedan las típicas chuminadas —dice Javi siguiendo su mirada—, un remate por aquí, unas bombillas por allá, pero, vamos, en un par de semanas las entregamos. Porque, flipa, ya las tenemos todas vendidas.

—Déjate de flipar y abre ya, copón —dice Rocío.

—Ya va, tía... Joder, esta tampoco es —dice Javi después de probar la última llave—. No puede ser. A ver si se ha equivocado Merino.

—No me fastidies. Pues meo junto a esos ladrillos.

—Joder, serás capaz. Espera que pruebo otra vez...

—Bueno, tenéis todas vendidas menos esta, ¿no? —dice Charli.

—Esta me la quedo yo. Voy a regalársela a mis padres.

—Regálamela a mí, ¡que soy tu cuñaoooo!

—Sí, por mis huevos te la voy a regalar —dice Javi, y en ese momento por fin da con la llave—. Ahora, hostias.

Charli suelta una carcajada antes de seguir a Rocío al interior, también se está meando.

—Tú qué pasa, ¿te quedas a vivir ahí o qué? —pregunta Javi.

Sale del coche. Se sitúa a su lado mientras Javi organiza las bolsas del Consum, debe de haber una docena esparcidas por el maletero del 4 × 4. La mitad de ellas contienen litronas, el resto con patatas fritas, cortezas, aceitunas, pan, embutido. Sin embargo el maletero va casi vacío, es enorme, en realidad cabrían el doble, el triple de bolsas.

—Pedazo vista, ¿verdad? —dice Javi señalando con la cabeza después de hacerse con la mitad de las bolsas.

Permanecen un momento contemplando el paisaje. El mar debe de estar a menos de un kilómetro, una masa azul oscuro que ya empieza a confundirse con el horizonte. Durante media hora han perseguido el mismo paisaje de montañas colonizadas. Ahora están dentro de ese paisaje, atrapados en su interior.

—Sí, mola.

Carga con el resto de las bolsas y entran en la casa.

Al cruzar el umbral se siente algo mareado por el olor a pintura, a disolvente, a abrillantador de suelos, extraño ante el espacio vacío: no hay nada, las paredes desnudas, ningún mueble excepto un sillón de tres plazas y un gran televisor. A la izquierda se encuentra la cocina, separada del salón por la barra de madera donde Javi le está diciendo que deje las bolsas. En ese instante comprende que ha sido un error venir. Charli juega con el mando a distancia del televisor, va pasando canales. Siente un golpe en el hombro.

—Espabila, cabrón —dice Javi.

Colocan las litronas en la nevera, prácticamente la llenan de cerveza, solo dejan fuera una botella. Javi saca del armario cuatro vasos que tienen el aspecto de no haber sido utilizados nunca y abre la primera litrona. Le da un vaso y señala el sillón, sin embargo él prefiere quedarse junto a la barra. Ha optado por hacer la menor cantidad de movimientos. Tiene la esperanza de que si permanece paralizado, el malestar se irá por donde ha venido.

—¿Qué cojones pasa con esta tele? —pregunta Charli.

—¿Por qué? —responde Javi, se acerca hasta él, le quita el mando—. No me jodas.

—¿Qué pasa? —dice Rocío, sale en ese instante del baño.

Busca la luz del sol, lo que queda de ella, en las ventanas. A la izquierda una puerta de cristal sin cortinas comunica con el pequeño jardín, un parterre mínimo. El césped es de un color casi azulado.

*21 horas 6 minutos 12 segundos absortos en el monótono fondo morado sobre el que van desfilando los menús que Rocío selecciona con el mando, me cago en, repite Javi, que ya ha empezado, los ojos clavados en la enorme pantalla plana, situada en el suelo frente al largo sofá gris, él sigue en el mismo sitio, cerca de la salida al jardín, mientras la luz se va apagando lentamente, adquiere tonos más metálicos, Charli pasa a su lado de camino a la cocina.*

—Creo que es la antena —dice Rocío.

—¿Qué pasa con la antena? —pregunta Javi.

—Que no la han instalado.

—No me jodas.

—Siéntate, que esto va para largo —dice Charli de regreso, señala el sofá.

Él no responde, simplemente alza su vaso, hace una especie de brindis, mientras Charli se acomoda con su cerveza y una bolsa de patatas fritas en el sillón. Javi resopla, pasea inquieto por el salón. Rocío husmea entre los cables por detrás del televisor.

—Este cabrón no la ha probado —dice Javi y saca el teléfono móvil.

—No llames a Merino —dice Rocío.

—¿Por qué no?

—Porque se habrá ido a ver el partido con su familia.

—Su familia soy yo.

—Bueno, pues estará cenando, o tocándose las narices. No le llames.

—Ya está la defensora del pueblo —dice Javi.

Rocío finge no escucharle y se concentra de nuevo en el mando a distancia, inicia otro rastreo. Una barra recorre la parte inferior de la pantalla.

—Ese es el problema de este país —dice Javi—. Que vamos tirando, vamos tirando, chapuza tras chapuza, y nadie se queja.

—No empieces con este país, por favor —dice Rocío—, ahora el problema es que no se ve la tele. No tiene nada que ver con Zapatero.

Está a punto de proponer que se marchen a ver el partido a otro lado, a un bar, un restaurante, da igual, la cuestión es salir de allí. De pronto aparece la imagen. No se trata del partido, pero al menos hay una presencia humana, un hombre y una mujer sentados frente a frente, a sus pies una pregunta con varias opciones. Charli bate palmas, Javi alza los brazos como si hubieran marcado un gol.

—Te quiero, cariño —dice Javi, intentando abrazar a Rocío.

La televisión inicia una nueva búsqueda. La pantalla cambia de color, se vuelve verde y los cuerpos de Javi y Rocío convierten el campo de fútbol en retazos de césped inconexos. Aplauden. Los franceses van de blanco.

—¡Vamos a doparnos! —grita Charli.

—Ya te digo. Con lo que hemos traído ganamos el Tour. Pero antes...

Javi mete la mano dentro de una bolsa de plástico que había dejado junto al sillón.

—¿Qué es eso?

—Joder, qué cojones va a ser, ¡las camisetas de la selección!

—Vete por ahí.

—Son las oficiales, coño, ¡que me han costado una pasta!

*21 horas 33 minutos 45 segundos la voz de Lucía parece venir de muy lejos, como si estuviera separada del teléfono y hablara desde el otro extremo del restaurante, tratando de hacerse oír sobre las conversaciones de los clientes.*

—Necesito que vengas.

—¿Ahora?

—¿Qué?

—¿Quieres que vaya ahora?

—Sí, ahora.

—Pero no estoy en Denia, yo ahora no...

No deja que termine la frase, quizá ni siquiera le escucha, con tanto ruido no sería extraño:

—Esto es una locura. Es como si ya estuviéramos en pleno agosto. No lo entiendo.

Puede percibir su frustración, quizá su rabia. Si hay algo que odia Lucía es verse sorprendida, que la realidad decida actuar ignorando los planes que ella elabora minuciosamente. No le gusta dejar nada al azar. Ni siquiera le gusta que exista el azar. Por eso le ha molestado que dejara a Dani en el restaurante. Prefiere no tener al niño por allí, es una situación que reserva para momentos de extrema necesidad y ver un partido del Mundial no lo es, me da igual que tus amigos se hayan venido desde Madrid para verlo contigo, las cosas no son así, Antonio.

—¿No puedes dejar a Dani con nadie?

—¿Dani? ¿Qué dices del Dani?

—¿No hay nadie con Dani?

—No, esto no tiene nada que ver con el Dani. Necesito que vengas a servir mesas.

Lucía cuelga. Quizá simplemente se haya cortado la comunicación. Espera con el móvil en la mano por si volviera a llamar.

—¿Todo bien? —pregunta Rocío.

Él asiente, todo bien, guarda el móvil en el bolsillo del pantalón. Intenta centrarse en el partido, de momento la cosa marcha, el juego resulta denso, los franceses siguen atrincherados, aun así ganamos uno a cero, de penalti, pero el gol vale igual. Zidane llega tarde al balón y le hace una falta a Xavi.

—Ala, dónde vas, Zizú.

—¡Jubílate ya!

—Un respeto.

—Sí, con respeto pero que se jubile.

—No cabrearle, que nos la puede liar.

—Pero está retirado, ¿no?

—Joder, ¿cómo va a estar retirado? ¿No ves que está jugando?

—Del Madrid, digo. De jugar ligas y esas mierdas.

—Sí, eso sí.

Javi vuelve a mencionar la Eurocopa del 84, y la de 2000, y la guerra de Independencia, malditos gabachos, su puta madre.

—¡Eso no es falta, hombre!

Javi se tambalea. Sentado sobre uno de los taburetes de la cocina como en un trono, la cerveza su cetro. No ha querido sentarse con ellos, no vamos a estar apiñados, copón. Tampoco ha dejado que fuera él quien ocupara la banqueta, y de alguna forma hubiera sido lo lógico: el invitado, el extraño, es él.

—Le ha dado Ramos. O Fàbregas.

—Qué le va a dar. Se ha resbalado. Míralo.

—Vieira de los cojones.

Los aspavientos de Javi dibujan sombras alargadas sobre las maderas del suelo, sombras suaves, difusas, proyectadas por la luz mínima que llega desde la cocina. Los halógenos del salón resultaban irritantes, demasiada luz, hay que poner una puta lámpara ahí, en esa esquina, pero no le ibas a regalar el chalé a tus padres, déjalos que lo decoren como les salga de las narices, sí pero mañana le digo a Merino que compre una lámpara y la coloque en la esquina. Al final, Javi ha optado por dejar las luces de la campana extractora.

—Cuidado que Zidane saca la falta. Que nos la lía.

—Que no, coño, que este no lía nada.

Trata de acomodarse en el sillón, nota la tela húmeda por el sudor, hace calor, podría pedirle a Javi que subiera el aire acondicionado. Pero antes debe decidir por qué sigue sentado, por qué no se levanta, por qué no dice me tengo que ir, lo siento, chicos, necesitan mi ayuda, Lucía me necesita. Por un momento piensa si en realidad no será una forma de venganza, de resentimiento. Las paredes cambian de color con la luz de la televisión. El cristal de la terraza devuelve un reflejo informe. Más allá, tras el brillo de los vasos, en el jardín, la oscuridad es absoluta.

—¡Bien por Casillas!

—Buf.

—Qué miedo.

—Así, eso, venga, con calma, no hay prisa.

A través del cristal la cerveza se tiñe con el rojo oscuro del parqué. En términos electromagnéticos, el rojo es el color de la distancia, del alejamiento. Sabemos que el universo se expande, que las galaxias se alejan de nosotros por el color de las mediciones: el rojo tiene las ondas más bajas, el azul más altas. Vuelve a mirar por la ventana.

—Vamos a tocar, vamos a moverla por el centro.

—Que corran ellos.

—Eso le digo yo a mi entrenador.

—Que se cansen.

—¿Tienes entrenador?

—El del gimnasio, joder. «Castígate, castígate», me dice el cabrón.

Se ríen. Intenta distinguir el cielo. Si se mantiene despejado, en algún momento de la noche podría verse Saturno. Aunque cuando venían de camino ha observado que había nubes acercándose a la costa. Quizá es lo que necesita. Unas nubes cerca del cabo, acercándose a él. Así podría lograr profundidad en esos centímetros en el papel, darles apariencia de kilómetros sin que deje de parecer algo que tienes al alcance de la mano. Qué es un kilómetro, qué un centímetro, una convención para calmar la ansiedad que genera el infinito, y con las nubes quizá podría transformar al fin el paisaje en una escena interior, darle a la montaña ese aspecto de mujer recostada.

—¡Cuidador!

—Nada.

—Hostia, Makelele, vaya churro.

—Eso no es un pase, es un melón.

—Ya puedes correr, Henry, ya.

—¡Ese negro que llega!

—Puto Aragonés.

Niega con la cabeza, da un sorbo a la cerveza y contempla las botellas alineadas en el suelo junto a la pared. Ya han caído seis litronas, van a buen ritmo, y eso que Rocío apenas bebe. El cristal opaco de las botellas contrasta con los destellos dorados que lanzan las etiquetas. Mañana esas botellas serán la única evidencia de lo que ha sucedido aquí, lo que quedará del encuentro. «En sus mil alveolos, el espacio guarda el tiempo comprimido», dice Bachelard. Los alveolos del espacio, los pulmones de la existencia. Seis alveolos. Javi se sirve, apura la litrona, ahora son siete, un alveolo más.

—¿Y no juega nuestro negro? Joder, para una vez que tenemos uno.

—Javi...

—¿Qué pasa?

—No hables así, joder...

—¿Que no hable cómo?

—Da igual porque ellos tienen más. Muchos más.

—¡Nos faltan negros!

Se ríen. Fija la mirada en las botellas, en los brillos, los tonos degradados. El truco, porque es un truco, nunca ha dejado de serlo, consiste en mirar lo que quieres pintar hasta conocerlo, y cuando crees que sabes cómo es, sigues mirando hasta que te resulte extraño. Porque miras una botella o una montaña y en realidad estás viendo todas las botellas y todas las montañas que te has ido encontrando a lo largo de la vida, a lo que se añaden los cuadros, las fotografías de botellas y montañas que has visto, a lo que hay que unir todo lo que sabes sobre botellas y montañas, lo que has leído en los libros, lo que has visto en el cine. Todo eso está ahí y tienes que tratar de verlo, y luego despojar a la botella o a la montaña de todo ello. Es en ese viaje de dar y quitar donde se pierde más tiempo. Y la cosa se vuelve más loca aún cuando precisamente te das cuenta de que es eso lo que estás pintando: el tiempo. Monet lo comprendió. A Monet no le interesaba el motivo, el motivo es para mí del todo secundario, decía, lo que quiero representar es lo que existe entre el motivo y yo, entre la botella y yo, la montaña y yo.

—Ey, ey, ey, cuidado.

—¿Cuánto queda para el descanso?

—Cuatro.

—¿Qué hace Ramos?

—¡Despierta, coño!

La luz del televisor palpita comprimida en la etiqueta de la litrona, como una señal, como un púlsar alcohólico. Pintar ese reflejo sería como pintar la pantalla de la televisión. En realidad sería pintar la misma televisión. Monet no pintaba el cielo reflejado en su estanque de Giverny. Pintaba el reflejo de un reflejo, porque en realidad solo pintamos reflejos, porque todo es un reflejo, no se pinta nada distinto. La luz viaja por el espacio y lo que pintamos es la luz que rebota en los objetos, en las etiquetas, en el cristal de las botellas, en las personas, en las piedras, una luz que viaja ciento cincuenta millones de kilómetros desde el Sol y tarda ocho minutos en llegar a la tierra. A nuestra mirada llega el reflejo envejecido del mundo.

—¡No jodas!

—Gol.

—Mierda.

—¿Cuánto queda para el descanso?

—Puto Ribery.

—Por cinco minutos, no me fastidies.

—Cuatro.

—¡Me cago en dios, en la virgen y en el sacre quer!

—Oye, que no te he dicho que en abril me caso con Mario —dice Charli mientras le sujeta por el brazo, como si temiese que pudiera salir corriendo—. Está vez vendrás a mi boda, ¿verdad?

En ese momento suena su teléfono. Es Lucía de nuevo, quiere saber por dónde va, cuánto tardará en llegar.

*21 horas 56 minutos 20 segundos Toño, cabrón, Javi le apunta con el dedo, amenazante, por un momento le recuerda a cuando eran niños, de verdad, que no puedo quedarme, en serio, vuelve a explicarle el pacto al que llegó con Lucía cuando le invitó a venirse aquí, podía quedarse en el apartamento del castillo si a cambio echaba unas horas en el restaurante cuando hiciera falta, y ahora hacía falta.*

—Lo que quieras —dice Javi—, pero te llevo yo.

—Estás borracho —dice Rocío mientras cierra la puerta del coche.

—Solo me he tomado tres cervezas —dice Javi y muestra el vaso que lleva en la mano—. Cuatro. Cinco.

—O diez.

Rocío se ríe y enciende el motor.

—¿Os vais ya o nos hacemos unas pajillas? —grita Charli, ha salido a la puerta con una lata de Mahou.

—Que le llevo yo, hostia.

—Llego para la segunda parte.

—Prohibido fumar en el coche.

Rocío arranca. Por el retrovisor, las siluetas de Javi y Charli, solo iluminados por la luz que sale de la casa, van emborronándose. Gritan algo pero no consigue entenderles. Cuando están atravesando la cancela salta una alarma, suena un pitido en el interior del coche.

—Átate —dice Rocío.

—Ah, perdón.

Busca el cinturón, se lo coloca todo lo deprisa que puede pero no encuentra la hebilla. Cuando ha terminado, Rocío le pasa el navegador. Él lo deja entre sus piernas, como si quemara.

—Sabes utilizarlo, ¿no?

—No.

Rocío detiene el coche frente a una hilera de chalés y recupera el cacharro. Enciende la luz del techo para poder ver, pulsa un botón del GPS, pero aquello no arranca. Resopla.

—¿Qué les pasa hoy a todos los cacharros?

Ahora, noche cerrada, todo tiene un aspecto aún más ilusorio que cuando han llegado. En la calle hay solo una farola y difumina el contorno de las casas vacías. Cuesta diferenciar unas de otras, las sombras se confunden. La pantalla del navegador al fin se ilumina, les saluda.

—Dime la dirección —dice Rocío.

—Denia.

—Sí, joder, Toño, eso lo sé, digo la calle.

—Uf...

—¿No sabes en qué calle está el restaurante?

—No me acuerdo. Es algo del mar.

Rocío se ríe.

—Pues pongo que al centro.

—Vale. Desde ahí sé llegar.

Arrancan. Rocío enciende la radio, aún no ha comenzado la segunda parte, seguimos empatados a uno, se mantienen nuestras posibilidades aunque Francia está más fuerte de lo previsto, giran varias veces por calles deshabitadas siguiendo las instrucciones del navegador, en la segunda parte hay que evitar el juego loco que sobre todo beneficia a Ribery, Zidane y Henry.

—La que has liado —dice Rocío mientras se ajusta las gafas—. Todo por no venir unos días a Madrid.

—Estaba complicado.

Miente. No le habría costado convencer a Lucía. En teoría, el follón no iba a empezar hasta la segunda quincena de julio, y la final, porque esta vez llegamos a la final, copón, es el 9. Eso significa que habría estado de vuelta para el desembarco de la primera gran oleada de turistas. Tampoco le cuenta a Rocío que llegó a pasarse por la estación de autobuses, preguntó horarios, precio del billete, ¿ida y vuelta?, solo ida, dijo, le salió así, solo ida, y entonces mejor no, ya volveré en otro momento. Al día siguiente se atascó con la mujer de piedra y decidió que no dejaría la playa hasta haber solucionado el problema. Esta vez no iba a huir.

Como si estuviera leyéndole el pensamiento, Rocío dice:

—Me alegra que hayas vuelto a pintar.

—Sí, bueno, no sé.

—Aunque…

—¿Qué?

—No tengo muy claro que eso que estás pintando…

—¿Qué pasa? No es bueno, ¿verdad?

—Es muy bueno. De hecho creo que te compraré varios cuadros.

—Te regalo el que quieras.

—No hace falta: ahora estoy forrada. Hablo con mi marido y te suelta un buen fajo de tolfis.

Se ríen.

—Pero son inquietantes —continúa Rocío—. Y no creo que ese sea el recuerdo que la gente quiera llevarse de sus vacaciones en la playa.

*22 horas 2 minutos 29 segundos en el peaje solo hay otro coche recogiendo el tique y no necesitan esperar, por fin entran en la autovía y la luz de los faros irrumpe en la oscuridad, la carretera está prácticamente desierta, apenas encuentran tráfico, todo el mundo debe de estar viendo el partido, comienza la segunda parte, no hay cambios, los franceses siguen agazapados, falta de Makelele a Pablo, Rocío canturrea, él cree reconocer el tema, pregunta sorprendido ¿Mecano?*

—Pero ¡¿qué dices, chaval?! —dice Rocío entre risas—. Mecano... Aunque sí, recuerda en algo...

Vuelve a tararear. Pulsa un botón y salta el reproductor de cedé. Suena la canción. Reconoce a Pulp al instante.

—Últimamente no me la puedo quitar de la cabeza.

Trata de recordar los acordes, alguna vez la llegó a tocar. En la guitarra resultaba sencillo, do, sol, fa, todo en mayor.

—*I want to live like common people...* —canta Rocío.

—*I want to do whatever common people do.*

Se ríen, cantan juntos el estribillo.

—Lo habríamos petado.

—Ya te digo.

Escuchan el tema en silencio hasta que se repite el estribillo, *common people,* y entonces Rocío dice:

—¿Qué es lo normal? Lo normal. Crees que estás haciendo lo normal y resulta que no, que lo que haces no tiene nada de normal.

—Bueno, creo que la canción no habla de eso.

—Lo sé.

—O sí.

—Ya.

Sueltan una carcajada.

*22 horas 14 minutos 9 segundos trata de distinguir las colinas en medio de la oscuridad, sabe que están ahí, en esta zona se multiplican los montículos y los cerros, ha hecho este mismo recorrido varias veces, la última hace un par de horas, sin embargo los faros del coche solo iluminan lo más cercano, una carretera que no se extiende más allá de cien, doscientos metros, el resto no existe, ni siquiera el cielo, pero no le importa, le gusta viajar de noche, siempre le ha gustado, hay algo reconfortante en el interior del coche cuando estás rodeado de oscuridad, es un viaje a la velocidad de la luz, un viaje de luz.*

—¿Cómo está tu padre? —pregunta de pronto Rocío.

—Bien. Supongo. Se volvió a Francia. Allí le pagan más por la jubilación. Creo que me dijo eso. Pero tampoco lo tengo demasiado claro. Hace más de un año que no hablo con él.

—¿Y tu madre?

—Recuperándose. Te conté que murió Philippe, ¿verdad?

—Sí.

—Estoy intentando convencerla para que venga a pasar unos días aquí, a Denia. O unas semanas. O meses. O que se quede a vivir.

Enciende un cigarrillo. Hace un cálculo rápido. Ha pasado un mes desde la última vez que habló con su madre. Ahora con el móvil es más sencillo, pero también más caro, al menos las llamadas internacionales, y sus conversaciones son breves. Tampoco tienen muchas cosas que decirse. Pero si viniera las cosas serían distintas. Le presentaría a Verónica. A Lucía también, claro, pero sobre todo a Verónica. A su madre todo ese rollo de la reencarnación seguramente le resultaría un montón de estupideces, ella ha optado por el catolicismo convencional, sin embargo está convencido de que se llevaría bien con Verónica. Quizá hasta podrían hacerse amigas.

—¿Qué tal con Lucía? Se llama Lucía, ¿verdad?

—Sí, Lucía.

—¿Qué tal?

—Bien. ¿Por qué?

—No sé. Cuando la he visto...

—¿Qué?

Rocío alza los hombros, no encuentra las palabras, o quizá sí las ha encontrado pero prefiere no decirlas. Hay algo diferente en ella aunque no sabe precisar el qué.

—¿Cómo os conocisteis?

—En Valencia.

—¿Qué hacías tú en Valencia?

—No lo sé.

—Joder, Toño.

Se ríen. Adelantan a un coche, un pequeño utilitario gris que avanza despacio por el carril derecho.

—Creía que estabas viviendo en Barcelona.

—Eso fue antes. Pero en Barcelona conocí a Vanesa. Yo tocaba en la calle y ella vendía caricaturas a los turistas. Hacía unos dibujos increíbles. Una mano impresionante, con dos trazos captaba a la perfección cualquier gesto. Alucinante. Un día me propuso venirnos a Valencia. También es una gran ciudad, con turistas todo el año, pero sin tanta competencia como en Barcelona. Además tenía unos colegas en Ruzafa que nos dejaban un cuarto para dormir.

—Pero...

—¿Qué?

Rocío observa el navegador, la flecha continúa su avance implacable hacia el norte. Con las luces del salpicadero su rostro cambia, es de color gris verdoso, los pómulos sin embargo viran al azul oscuro, barbilla de cobalto, bajo las cejas párpados oxidados, por un instante le recuerda a otra persona, quizá a la mujer de Cezanne, uno de sus retratos.

—Nada. Sigue.

—A las dos semanas de estar aquí, Vanesa se reencontró con su exnovio y desapareció. Lo lógico es que yo me hubiera vuelto a Barcelona, allí conozco gente. Pero no tenía ni un pavo, ni siquiera para el billete. Al principio los colegas de Vanesa permitieron que me quedara con ellos, pero al poco tiempo me invitaron a marcharme. No sé cómo sobreviví el siguiente mes.

—Podrías habernos llamado.

—Lo pensé. Pensé muchas cosas.

Baja la ventanilla, apenas una rendija para dejar que salga el humo del tabaco. La carretera se cuela en el coche con el estruendo de una serrería.

—La cosa es que Vanesa se había dejado su equipo de pintura. No sé por qué lo hice, pero vendí la guitarra y me bajaba a pintar todos los días a la Malvarrosa. En realidad vivía allí. No había muchos turistas y nadie estaba interesado en que dibujara su retrato, así que empecé a pintar el mar. Sobre todo al atardecer. Una mierda. No puede haber un tópico más tópico. Sin embargo me enganché. Empecé a pintar sin preocuparme por el resultado. Solo pintaba y pintaba. Una tarde Lucía pasó por allí. Estaba haciendo un curso en Valencia de gestión empresarial. Quiere modernizar el restaurante de sus padres, cambiar el modelo de negocio.

—Eso me suena. Que hable con Javi.

Se ríen. Un coche les adelanta por la izquierda para meterse en su carril de forma precipitada. Rocío tiene que frenar, maldice entre dientes. Es el Ford gris metalizado al que han adelantado antes, el mismo coche de los años ochenta con matrícula cuadrada sobre el parachoques. Rocío acelera, entra en el carril izquierdo y vuelven a adelantar al Ford. Cuando pasan a su lado intenta averiguar quién conduce. Distingue la silueta de una anciana concentrada en la carretera. A su lado cree ver un hombre con la cabeza reclinada sobre la ventanilla. Por un segundo cruza su mirada con la de ella. Es un instante pero le parece percibir que está pidiendo ayuda. Quizá el hombre está muerto, agonizando de camino al hospital. Pero es solo un momento, no hay peligro, la mujer se aferra al volante sin más.

—¿Y qué pasó?

—Bueno, Lucía quiso comprarme una marina. Empezamos a hablar y no sé cómo dos horas después estábamos en la habitación de su hotel. Bueno, en realidad sí sé cómo. Porque Lucía había decidido que fuera así. Probablemente tomó la decisión antes de preguntarme cuánto pedía por la marina. Lo que no puedo decir es por qué.

—Porque no estás nada mal.

—Desnudo pierdo mucho.

—Seguro que sí.

Se ríen. Mira por el retrovisor, poco a poco las luces del Ford se van quedando atrás.

—La verdad es que en ese momento era un desastre. Estaba sucio. Tenía pinta de mendigo. Era un mendigo. No fui consciente de mi aspecto hasta que entramos en la recepción de su hotel y me fijé en cómo me miraba la gente. Sentí vergüenza. Por eso nada más cerrar la puerta de su habitación le pedí que me dejara darme una ducha. Lucía no me dijo nada, pero creo que en el fondo lo agradeció.

Rocío se ríe, él sonríe al recordar el momento, cómo se desnudó ella mientras él la observaba envuelto en el albornoz del hotel, las piernas largas, las caderas acogedoras, luego el olor de su piel, un cuerpo que parecía encoger y aumentar de tamaño según las oscilaciones de su deseo. En algunos momentos tenía la sensación de que necesitaba recorrer una gran distancia para alcanzarla, en otras corría el peligro de devorarla, como si pudiera hacerla desaparecer. El cuerpo de Lucía es opuesto al de Verónica. Y no solo por una cuestión de tamaño. Verónica es menuda pero a pesar de su edad se mueve con descaro y rapidez, como si estuviera en varios sitios al mismo tiempo, las mejillas encendidas por la excitación, quizá también por el esfuerzo. Con Lucía sucede al contrario: es él quien debe ir conquistando su cuerpo por partes. De alguna forma siempre permanece recostada, como la mujer de la roca.

—Pensé que no la volvería a ver. Pero al menos me había dado una ducha. Sin embargo, regresó. Y me trajo ropa. Me invitó a comer. Así varias semanas. Un día me pidió que la acompañara a Denia, donde vivía, quería presentarme a alguien muy especial. Entonces es cuando conocí a Dani.

—El niño.

—Sí.

Habla de Dani, desde el principio se ha entendido bien con el niño, casi mejor que con Lucía. El día que se conocieron estuvo toda la tarde jugando con él. No porque sintiera lástima, ni tampoco porque estuviera intentando impresionar a Lucía. Fue por su risa. La risa de Dani es una especie de espasmo, un grito ahogado. Al principio pensó que le pasaba algo y Lucía tuvo que tranquilizarle, no le sucede nada, se está riendo. Pero en cuanto supo que se trataba de una risa ya no pudo parar. Dani se tronchaba. Durante más de tres horas no logró dejarlo. Fue la propia Lucía quien tuvo que decirle que debían marcharse. Nunca olvidará cómo le miró en aquel momento. Su mirada le envolvió.

—Joder, Toño.

—Sí, ya sé a lo que suena.

Se ríen. Rocío le quita el cigarrillo. Da una calada y lanza el humo sobre el salpicadero.

—Pero estás enamorado de ella. ¿No?

—Sí. Claro. Creo. Aunque yo ya no soy de fiar en ese aspecto.

Durante unos segundos ambos contemplan en silencio la carretera. Rocío deja escapar una risa breve, alegre. Él pregunta:

—¿Qué pasa?

—Hace tiempo que no le hacía esa pregunta a nadie.

Subе el volumen de la radio, sigue sonando Pulp. Por un momento piensa si no debería pedirle que ponga de nuevo el partido.

*22 horas 22 minutos 22 segundos vuelve a llamar Lucía, por favor, date prisa, estamos desbordados, le contesta que ya está llegando, quince minutos como mucho, Rocío baja el volumen de la música, vuelve a poner la radio, cuando cuelga Cesc golpea la pelota desde fuera del área pero sin fuerza, el navegador pita para indicarles que van por encima de la velocidad permitida, aun así Rocío no levanta el pie del acelerador, sonríe.*

—Ahora no creo que haya muchos picoletos vigilando.

—¿A cuánto vas?

—140. Muy lejos de los 170 de Javi.

Rocío se ajusta las gafas con determinación, como si quisiera fijarlas a la frente, de aquí no os movéis. No es una mujer pequeña, nunca lo ha sido, sin embargo dentro de este coche da la sensación de que le cuesta llegar al volante.

Él dice:

—En realidad vamos a más de dos millones de kilómetros por hora.

—No fastidies.

—Es la velocidad a la que la Vía Láctea se mueve en el universo.

—Vamos a toda hostia.

—Ya te digo.

—Entonces llegaremos enseguida.

—Según cómo lo mires. Cada uno posee su propia medida personal del tiempo y al movernos nuestros cuerpos afectan a la curvatura del espacio-tiempo. A cambio, el espacio-tiempo afecta al modo en que nuestros cuerpos se mueven.

—O sea que llegamos tarde.

—Tardísimo.

Se ríen.

—Hubieras sido un gran astronauta.

—El mejor.

*22 horas 36 minutos 15 segundos trata de recordar, hay que bordear el castillo, luego girar a la derecha, pero esa calle es prohibida, por ahí, cien metros después deberían encontrar una avenida, no, esa calle no, Rocío va siguiendo sus indicaciones hasta que las luces de la ciudad quedan atrás, por aquí, entran en un camino estrecho, flanqueado por muros y acequias, las siluetas de los frutales se alzan contra un cielo inexistente iluminados por los faros del coche antes de evaporarse en la oscuridad, y al final de la carretera, una valla, otro camino de asfalto que se cruza, la única indicación es una señal de stop.*

—¿Y ahora? —pregunta Rocío mientras detiene el coche.

Él resopla, nuevo fuera de juego de Henry y ya van cinco. Rocío apaga el motor pero deja las luces encendidas. Los faros iluminan una alambrada tras la cual se alzan los tallos secos de un cañaveral, Malouda va como un cohete, que alguien le pare, contraataque francés.

—Estoy embarazada —dice Rocío.

Mira a Rocío y no sabe qué decir, si debe decir algo, el juez de línea se traga un fuera de juego clarísimo de Vieira, esto pinta mal.

—Javi no lo sabe todavía —sigue Rocío—. Aún no le he dicho nada, pero creo que se lo imagina. Dame un cigarrillo, anda.

Coge el paquete de Fortuna y lo deja sobre el salpicadero después de sacar un par de cigarrillos. Fuman en silencio, no terminamos de encontrar nuestro juego, Luis se desespera, a ver si con el otro Luis, Luis García, conseguimos más velocidad. Atención, gran jugada de Ribery, le ha hecho un siete a Pernía, le tiene tomada la medida, pero el balón se va fuera, menos mal.

—Ha sido por inseminación artificial.

Rocío se recoge el pelo en una coleta, por un momento sujeta el cigarrillo con los labios, el humo le hace fruncir el ceño, vuelven a atacar los franceses, toca sufrir, esto huele a prórroga.

—Al final hemos tenido que ir a una clínica de fecundación asistida. Javi se resistió. Le parecía imposible que no consiguiera hacerme un hijo, como dice él.

Ambos dejan escapar un risa breve, cómplice, puede ver a Javi perplejo y al mismo tiempo obcecado, irreductible.

—De hecho es un secreto. No lo saben ni sus padres. —Rocío hace otra pausa larga, roba Torres a Makelele, pero no, la contra queda en nada—. No. No es un secreto. En realidad, es una advertencia. Porque ha sido un error. Irnos a vivir juntos, la boda… Todo ha sido un error, un error detrás de otro. Menos dejar la televisión. Eso no fue un error. Aunque…

De pronto Rocío parece agotada, la espalda se encorva como si tuviera que soportar un peso inesperado. Mueve el cuello, gira la cabeza en un movimiento que tiene algo de mecánico.

—Ahora me doy cuenta de que a lo largo de los dos últimos años he sido una especie de zombi, aplacando las emociones, desconfiando de ellas, porque detrás de cada emoción se esconde un impulso feroz de propiedad. Me había dicho que ya no quería ser la madre de nadie, solo la madre de mi propio hijo. Entonces, cuando por fin me quedo embarazada...

Se incorpora. De nuevo es ella, recupera el dominio de sí misma, le mira a la cara, tras las gafas sus ojos lanzan brillos metálicos.

—La próxima semana tengo cita con una psicóloga. Si no, me veo dentro de poco yendo por la calle vestida de Ziggy cantando *Hang on to yourself*. He empezado a pensar que estoy tan loca como Marisa.

Se ríe sin ganas. Debería decirle algo, pero qué, es ella quien siempre tiene las respuestas, amarilla para Puyol, qué vergüenza, la falta es de Henry, no de Puyol, el colegiado italiano no se entera de nada.

—La autoconsciencia resulta devastadora. Es como estar escribiendo sobre un personaje al que obligas a hacer cosas ridículas, describes sus emociones al mismo tiempo que debes decidir si son las emociones correctas, si de alguna forma estás tratando de imponerle los sentimientos adecuados. ¿Siento lo que siento porque lo siento o porque es lo que he aprendido a sentir?

—Creía que las cosas iban bien con Javi.

Da una calada. Se observa las uñas.

—Y van bien. El problema no es Javi. Con Javi resulta fácil. Puedes echarle encima lo que quieras, todo lo aguanta.

—¿En qué sentido?

—Tiene suelo bajo los pies.

—Desde luego, siendo constructor...

Rocío se ríe, suelta una bocanada de humo por la nariz.

—Lo único que le reprocho es que aún no he podido conocer Nueva York. ¿Te lo puedes creer? El cabrón de Javi me lo ha prometido, pero con lo de su padre nunca encontramos el momento.

Permanecen en silencio. Siente el impulso de abrazarla, al mismo tiempo la incertidumbre que siempre ha experimentado a su lado, el principio de incertidumbre, todo es aleatorio, aunque quizá no lo sea, pero no tenemos forma de saberlo porque cuando observas un fenómeno estás interviniendo en el resultado, es decir, no podemos saber qué sucede cuando nadie observa.

—Es tan infantil —dice Rocío de pronto.

—¿El qué?

—Esta conversación de adolescentes cuando vamos camino de los cuarenta años. —Rocío cambia el tono de voz, se oscurece—. ¿Cómo podemos ser así de idiotas? Nosotros no teníamos nada a lo que traicionar porque todas las traiciones posibles ya estaban hechas. Se suponía que estábamos limpios, y sin embargo no puedo dejar de pensar que somos unos traidores.

—Cuando hablas de «nosotros», ¿a quién te refieres?

—Esa es la mierda, Toño, que no lo sé. Quizá ese es el problema.

Algo parece moverse tras las cañas. Por un instante cree ver los ojos de un animal, un gato, quizá un zorro.

—Joder, vaya chapa te acabo de soltar.

—A las barricadas.

—Por el triunfo de la confederación.

Rocío le pone la mano en la mejilla.

—Pero tú no —dice Rocío—, tú no eres un traidor. Nunca lo has sido. Sigues buscando. Sigues vivo.

—Sigo en la mierda.

Atención, Zidane saca la falta, ojo al remate, cuidado Vieira, gol de Francia, en ese momento cae en la cuenta de que podría haber llamado a Lucía para preguntarle por la dirección.

# 2010

*PLAN DE MOVILIDAD, SEGURIDAD, EMERGENCIAS Y LIMPIEZA CON MOTIVO DE LA FINAL DEL MUNDIAL*

*La final, el domingo 11 de julio a las 20:30 horas, podrá seguirse desde la plaza de Cibeles, donde se instalarán varias pantallas.*

*La final del Mundial de Fútbol se vivirá intensamente en las calles de Madrid. Varias pantallas en la plaza de Cibeles —una principal en sentido Recoletos y otras auxiliares distribuidas a lo largo del paseo— retransmitirán el domingo en directo, a partir de las 20:30 horas, el último partido de la Copa del Mundo de Fútbol, en el que España disputará, por primera vez en la historia, la final enfrentándose a Holanda.*

*Web del Ayuntamiento de Madrid, 11 de julio de 2010*

# Javi, Rocío, Charli, Toño
# 2010

*20 horas 22 minutos 37 segundos y al fin se quedan los cuatro solos, cuesta creer que hace media hora en esta misma sala hubiese tal cantidad de primos, tíos, amigos, si estuviera vivo ahora solo podría ver a Charli asomándose al otro lado del cristal, nada más que un instante, sin atreverse aún a mirar, a mirarle.*

—¿Cómo que nos lo llevemos? —pregunta Charli—, ¿que nos llevemos el qué?

Si estuviera vivo vería la mirada de Rocío a Toño, ella comprende, se ruboriza, él sonríe. Charli se afloja la corbata, por fin, qué liberación. Toño se asoma al pasillo. Excepto la señora de la sala contigua que entra y sale cada cinco minutos, todo el mundo está ya en la cafetería del tanatorio. Han bajado el volumen del televisor casi al mínimo, aun así hasta ellos llega un rumor, un zumbido, los prolegómenos de la final, la gran final.

—No me habéis contestado —insiste Charli—, ¿nos vamos a ver el partido a Colón o no?

Rocío mira alrededor pensativa. Si estuviera vivo, él también sabría que la última en marcharse ha sido su madre, después de hacer un intento por quedarse a pasar la noche, pero estaba exhausta y no ha sido difícil convencerla para que se fuera a casa de María, en realidad no va a quedarse nadie, ni siquiera ellos, velar al muerto es cosa de otro tiempo, doña Carmen, total él no se va a mover de donde está, seguirá dentro de su ataúd a las ocho de la mañana, cuando está previsto que se lo lleven para prepararle, prepararle, esa es la palabra que ha utilizado el empleado de la funeraria, prepararle, como si necesitaran hablar con él, convencerle, antes de meter su cuerpo en el incinerador. Pero, claro, si estuviera vivo nada de eso sería necesario.

—El problema es la señora —dice Toño.

—La puedo distraer yo —dice Rocío.

—¿Qué señora? —pregunta Charli.

—Lo único... ¿Vas tú entonces a por el coche?

—Buf.

Si estuviera vivo, vería a Toño asintiendo sin mucho convencimiento, se ha sacado hace poco el carné, aún no se atreve a coger el coche sin que Rocío vaya a su lado.

—¿Qué pasa con el coche?

—Lo que está claro es que yo no puedo con él —dice Rocío—, y Charli no conduce.

—Entonces no hay muchas opciones —dice Toño y sonríe, sonríen.

—Joder, ¿de qué estáis hablando? —se queja Charli con un hilo de voz, empieza a intuir lo que traman.

—Vamos a hacerlo así —dice Rocío—: yo me voy a por el coche. Cuando esté cerca de la entrada pito dos veces...

—Mejor nada de bocinas —interrumpe Toño.

—Sí, mejor —dice Rocío riendo.

Si estuviera vivo en ese momento, la risa de ella le resultaría ofensiva, dolorosa, aunque casi en seguida caería en la cuenta de que Rocío solo se ha reído una vez en todo el día, normal, qué quieres.

—Aparcas en la puerta y dejas el motor en marcha —dice Toño.

—Como en las películas —dice Rocío.

—Mira, paso de vosotros —dice Charli y se sienta en el butacón azul que hay frente a la mampara, parece que tiene ganas de llorar, justo ahora cuando todo ha acabado.

—Ok, cuando esté os mando un mensaje y salís echando leches.

—Perfecto.

Si estuviera vivo, vería a Rocío besando a Toño en los labios antes de salir, seguramente sentiría la furia ascendiendo por la garganta, otra vez la sospecha de que cuando ella se fue a casa de Toño ya estaban liados, que lo tenían planeado, un plan trazado hace un año, dos, quizá hace treinta años. Si estuviera vivo, vería a Toño asomándose al cristal que les separa, preguntándole si está totalmente vestido. Él replicaría que por supuesto, es que no lo ves, cojones, traje y corbata, y Toño le explicaría que en algún sitio ha oído que a los cadáveres deben romperles la ropa por detrás para esquivar el *rigor mortis*.

—¿Te encargas tú de distraer a la señora? —pregunta Toño—. ¿O prefieres que nos lo echemos a suertes?

Si estuviera vivo, vería a Charli levantándose, llegar hasta el cristal, por fin se atreve a mirarle, la pregunta en el rostro, ¿qué harías? ¿Qué dirías tú, Javi?

—Pares.

—Nones —dice Iván.

Iván saca un dedo, él tres. Sonríe. Al no estar Toño, tiene claro a quién elegirá en primer lugar. Aun así se entretiene en contemplar al grupo, todos alineados frente a ellos dos, los capitanes, esperando a ser elegidos, con la tensión de quien no quiere quedarse el último. El penúltimo, en realidad, porque todo el mundo sabe que el último será Charli, lo sabe hasta el propio Charli, y lo alucinante es que no parece importarle lo más mínimo.

Él dice:

—A Richi.

Sabe que Iván habría hecho lo mismo, Richi es muy rápido, más que Toño incluso, resulta casi imposible quitarle la pelota en carrera. De tres zancadas, Richi se coloca detrás de él. Se miran, Richi sonríe, ya está olvidado lo de ayer, tampoco le hizo tanto daño. Iván pone los brazos en jarras como si no lo tuviera claro, haciéndose el chulito, el interesante. Pero todo el mundo sabe a quién elegirá. Al no poder escoger a Richi, se irá a por Caloño. No es demasiado bueno, pero suelta unos trallazos que flipas. Y sobre todo es el mejor amigo de Iván. Pero antes de que pueda decir nada aparece Toño abriéndose paso.

—Nosotros también jugamos —dice Toño.

Sonríe, con Toño ahora serán imparables. Y pueden poner en práctica la nueva táctica de la que hablaron en el comedor, aprovechar su altura, es guay. Pero entonces descubre que con Toño viene Rocío.

—Jodé, Toño.

—No, ella no puede jugar, tío —dice Iván.

—Buah, pues entonces yo no juego —dice Toño—. Tampoco me apetecía mucho.

Toño se da la vuelta, alguien se ríe, Rocío murmura algo a su oído, ya te lo dije, y casi enseguida pone la mano en el hombro de Toño, sonríen, parece no importarles volver al otro extremo del patio, los dos solos, seguramente para seguir jugando a *La guerra de las galaxias,* sus rollos, sus películas.

—Elijo a Rocío.

*21 horas 17 minutos 4 segundos tiene mucho calor, siente que se va asfixiar, pero no pueden abrir las ventanillas, los cuatro se aprietan en la parte de atrás, aunque se trate del Rover, el único coche que Javi no tuvo que vender tras el concurso de acreedores porque estaba a su nombre, propietaria Rocío González, apenas queda espacio para moverse, ni siquiera después de tumbar los asientos, deja de llorar ya, le dice a su hermano.*

—No estoy llorando, joder —replica Charli—, es sudor.

—Pues parecen lágrimas —dice Toño.

—Es que el sudor para un gordo es una forma de llorar —dice Charli.

Se ríen los tres. Charli termina de dar los últimos pespuntes a la bandera. La han comprado en un chino de camino, dónde si no, ahora, menos los bares, está todo cerrado. Ella pega un pequeño tirón para asegurarse de que el hilo aguanta, de que la bandera no se desprenderá del cuello. Corre el peligro de arruinar el trabajo desgarrando la tela, de pésima calidad, pero es la única forma de comprobarlo.

La tela resiste.

—Pues esto ya está —dice Charli con orgullo, canturrea—, que viva España...

Besa a Charli, gran trabajo, hermano, sobre todo porque ha tenido que coser prácticamente a oscuras para no llamar la atención, apaga la luz, joder, vale, cualquiera que nos esté viendo ahora desde fuera pensará que nos estamos montando una orgía, sí, eso sí, risas.

—Vamos.

—Un momento —responde Toño mientras perfila con la cera amarilla la franja central que va desde las cejas hasta la nariz de Javi.

Ella resopla. Ahora, viendo el resultado, no está tan segura de que sea una buena idea. Mira por la ventanilla. Han tenido la suerte de encontrar aparcamiento en una callejuela oscura perpendicular a Génova. El temblor de la multitud congregada en Recoletos llega hasta ellos, les envuelve. Mira a Javi, su rostro aún más irreconocible con la pintura, en la boca un mohín de sorpresa. Piensa en Lupe, en cómo se lo explicará, si es que llega a explicarle todo esto algún día, cómo se atrevieron a hacer algo así con su padre, un padre al que no recordará, solo tiene tres años y apenas le ha visto en los últimos meses, será una imagen difusa que ella deberá ir aclarando con el triunfador, el empresario, el constructor arruinado, el obstinado, el amigo, el amante, el marido infiel. Debe contarle la verdad. El problema es que no sabe cuál es la verdad. Ni por dónde empezar a contarla. Cómo explicar la confusión, el autoengaño, cuando la verdad misma parte de una mentira. Ella intentó ser sincera al final, pero Javi no se lo permitió, prefirió pensar que pedía el divorcio por sus infidelidades, que lo había descubierto y estaba dolida con él. Se excusó, aquella mujer no significaba nada. Y ella sabía que era cierto, que ninguna de aquellas mujeres significaba nada para él. No se distinguían del último coche que se había comprado. De alguna forma eran relaciones en modo *leasing,* alquiler con derecho a compra. Pagaba por un coche que podía cambiar al año, incluso antes, y entonces el *leasing* volvía a ponerse a cero. En realidad no alquilaba un coche, estaba alquilando la idea de coche. Ella sabía todo eso, pero daba igual: esa fue la ceremonia de separación elegida, la que Javi podía soportar. Al menos le debía eso. Luego, cuando Lupe y ella se fueron a vivir con Toño, todo se volvió a enredar de nuevo, las teorías de la conspiración, solo me querías por mi dinero, pero entonces ella ya se había alejado, si no quería entenderlo no era problema suyo.

—¿Estamos? —pregunta Charli con tono impaciente.

—Ahora sí —responde Toño.

—Vale, salgo para comprobar que no hay moros en la costa.

Por la acera no viene nadie. A lo lejos un coche de policía pasa de largo, las luces azules girando, baja en dirección a Colón. Hace la señal convenida, dos golpes secos en el techo. Charli sale del coche y entonces abren el maletero. Sacar a Javi del Rover resulta más complicado que hacerlo entrar, y eso que en el tanatorio un empleado ha estado a punto de pillarles. Toño trata de alzarle desde el interior, pero Javi se resiste.

—Espera —dice Toño.

El pantalón, quizá la camisa, la chaqueta, una parte de Javi, se ha enganchado entre los asientos y Toño tiene que pasar la mano por debajo para liberarle. Charli y ella se miran, sonríen para darse ánimos. Charli se limpia el sudor de la frente y del cuello con la corbata antes de volver a guardarla en el bolsillo, mientras ella trata de ayudar a Toño. Sujeta a Javi por los gemelos y le sorprende la frialdad de la carne, su indiferencia, tienen la consistencia de una pechuga de pollo congelada.

—Empuja.

Al fin logran sacarle del coche. Toño se sitúa a la derecha de Javi, ella a la izquierda, Charli detrás, de apoyo. Hasta ahora han podido manejar a Javi como si fuera una caja de IKEA, Javiström le ha llamado Charli, qué cabrón, cómo te pasas, sin embargo ahora en la calle resulta más complicado. La idea es hacer pasar a Javi por un borracho más, otro aficionado que se ha excedido con las copas. Pero la bandera que le cubre hasta los pies no resulta precisamente una ayuda y cada pocos metros deben detenerse. Cuando están llegando a la esquina con Génova las gafas de sol se le resbalan, dejan los ojos de Javi al descubierto. Toño intenta devolverlas a su sitio y están a punto de irse al suelo. Charli tiene que sujetarlas.

—¡Coño, que nos matamos! —exclama Charli entre susurros.

A los tres les entra un ataque de risa y tienen que apoyarse como pueden en una furgoneta. Contempla a Toño, congestionado, cubriéndose la boca con la mano, casi con lágrimas en los ojos, y de nuevo le invade el deseo de besarle, se miran, ella vuelve a sonrojarse, aún sienten extraños, se conocen desde hace una eternidad pero apenas han pasado unas horas desde que se vieron desnudos por primera vez. No sabe lo que durará, si es que durará algo, si lograrán llegar a Nueva York o si una vez más se quedará atrapada en Madrid, tampoco sabe si la suya es la historia de amor más bonita del mundo o la más estúpida, es posible que sea un poco de las dos cosas, pero la realidad es que Toño está aquí. Los dos están aquí. Aquí y ahora. Tiende la mano, señala las gafas de sol que Toño sostiene entre los dedos.

Ella dice:

—Déjame, se las pongo yo.

—Ey, tú ni te muevas, niña —dice Iván y ella se detiene en seco—, que me toca elegir a mí.

—Pero... —dice Javi.

—Tú acabas de elegir a Cara Caballo.

Todos miran a Richi. Siempre que alguien le llama Cara Caballo se mosquea, pero claro, diciéndolo Iván cualquiera pía, por eso casi enseguida las miradas se vuelven hacia ella. Ya no le apetece jugar al fútbol, ha empezado a sentirse incómoda. Sabe lo que están pensando la mayoría de ellos aunque ninguno se atreva a decirlo.

—A Caloño —dice Iván.

—A Rocío —dice al instante Javi.

Oír de nuevo su nombre le resulta casi más extraño que cuando Javi lo ha pronunciado por primera vez. Caloño es el primero en salir de la línea. Ella tiene que abrirse hueco, nadie hace el menor esfuerzo por apartarse. Javi sonríe cuando pasa a su lado para situarse junto a Richi. Desde el otro lado,

Toño alza los brazos, muestra el signo de la victoria con los dedos, la hace sonreír. Richi lanza un suspiro, es como si relinchara.

—A Nacho —dice Iván.

—Yo… —dice Richi.

—¿Qué te pasa, Cara Caballo? —dice Javi.

Se miran en silencio. Por un momento parece que Richi va a decir algo, pero al final agacha la cabeza, los incisivos, enormes, apoyados sobre el labio inferior.

—Bueno, ¿seguimos o qué? —dice Iván antes de señalar al grupo, que continúa alineado.

—A Pitu —dice Javi.

Mira a Toño, también está sorprendido, igual que ella. No entiende qué está haciendo Javi, nadie lo comprende, Pitu es bueno de portero, pero no juega tan bien como Toño. Menudo idiota. Ahora tiene ganas de salir corriendo. Ya le había dicho a Toño que no era buena idea, que mejor seguir pensando ideas para el tebeo de Gugu Tata, pero Toño la había convencido, venga, tía, si tú juegas mejor que la mayoría. Ha aceptado porque estaba convencida de que les dirían que no, ni hablar. Y es lo que estaba sucediendo hasta que de pronto ha dejado de suceder y ha sucedido otra cosa.

—Pitu —repite Javi—, venga.

Pitu aún no se ha movido de su sitio, continúa entre Luismi y Julve, los guantes de cuero colgando a ambos lados de su corpachón.

—Es que… —dice Pitu—. No me apetece jugar. Prefiero echar una partida de canicas.

Pitu sonríe de una forma extraña. Quizá no quiere sonreír. Sabe que si no se tratase de Javi todos habrían empezado con la tontería de a Javi le gusta Rocío, a Javi le gusta Rocío, Javi y Rocío son novios, na na na na na na, imbéciles. Pero Javi y Pitu nunca han peleado. De hecho jamás ha visto a Pitu pelearse y eso que, con diferencia, no hay nadie tan grande como él en toda la clase. De haberlo querido sería el jefe, pero es algo que a Pitu no le interesa. Javi sonríe.

—A mí tampoco me apetece... —dice Richi de pronto—. O sea que yo, las canicas...

Richi suelta un bufido y va a situarse junto a Pitu. Al otro lado, Toño alza las cejas, resopla, mientras Charli juega a buscadores de oro haciendo saltar un puñado de arena sobre las manos. Iván se ríe, lanza un escupitajo al suelo. Javi no ha dejado de sonreír, quizá calculando si podrá pelearse con los tres a la vez, cuando se pone bruto es muy bruto, eso está claro, pero Iván, Pitu y Richi al mismo tiempo es demasiado, incluso para Javi. Podría ayudarle ella, ya se peleó con Iván una vez y le dejó un buen arañazo en la cara.

—¿Quién tiene cojones? —pregunta Javi.

Charli alza la cabeza.

*21 horas 58 minutos 15 segundos de pronto una cabeza enorme, el cabello enmarañado color cerveza, invade el terreno de juego, borra a los jugadores, solo puede ver el césped, por encima no hay estrellas, el aire tiene el tono oxidado de las farolas.*

—Charli, ¿te puedes mover a la izquierda? —pregunta Toño—. Solo un poco.

Él no responde, tampoco cambia de posición, aspira, expira, se limpia el sudor de la frente con el hombro, aspira, expira, desde hace un rato siente dolor en el antebrazo izquierdo, tiene la mano adormecida, quizá esté sufriendo un infarto, aspira, expira, solo tendría que dar dos pasos a su izquierda, pero no puede, Javi no le permite mover ni un músculo. De reojo puede ver a Toño intentando ponerse de puntillas, con cuidado para que Javi no se caiga. El tipo que se les ha puesto delante es un gigante de pelo rubio, tiene aspecto de extranjero, quizá sea holandés. Toño mira a su alrededor, trata de encontrar un hueco.

—Vamos a cambiar de sitio —dice Toño—. Allí, a la derecha.

—Espera a que vuelva Rocío.

—Joder, Charli, es que no veo.

—Ni yo. Pero no puedo moverme. De verdad.

Por unos instantes tiene la sensación de que no podrá aguantar mucho más y Javi se irá al suelo sin remedio. Por suerte en ese momento regresa Rocío y se coloca junto a él, le libera de parte de la carga. Viene con las manos vacías.

—¿Y la cerveza?

Rocío mira a los lados pero no responde.

—Joder, no me puedo creer que no hayas traído nada de beber. ¡Me deshidrato!

La última frase ha sonado como un chillido y el tipo que le tapa la pantalla se vuelve un instante para mirarle. Rocío mete la mano en el interior de su camiseta como si quisiera sacarse el sujetador. Con disimulo les muestra una lata de Mahou.

—Es la única que he conseguido. Con tanta poli está muy complicada la cosa —dice Rocío.

—Espera, antes vamos allí —dice Toño, señala a su derecha, donde un grupo de chicas agitan unos banderines de plástico.

Él suplica:

—Yo no, de verdad, yo...

Con ayuda de su hermana consiguen moverse, son apenas cuatro, cinco pasos, la bandera ondea levemente sobre los pies de Javi. Miran alrededor, nadie les hace caso, todo el mundo sigue concentrado en el partido.

—Yo no puedo más.

—¿Qué te pasa, Charli? —pregunta Rocío.

—De verdad, se me está poniendo mal cuerpo.

Rocío sujeta a Javi, le sustituye todo lo rápido que puede y él sale corriendo hacia el paseo central, tiene que ir esquivando cuerpos, resulta imposible avanzar en línea recta y por un momento teme que no lo conseguirá, no llegará a tiempo. Alcanza el césped, y al final, en uno de los árboles cercanos al Café Gijón, echa la pota.

—¡Cuidado, joder! —grita alguien alarmado, no sabe si por el ruido de sus arcadas o por el partido.

Escapa de allí. Está mareado, a punto de perder el conocimiento, pero quiere alejarse cuanto antes de su propio vómito. No muy lejos, donde Recoletos hace esquina con la calle Almirante, encuentra un kiosco de helados cerrado. Se sienta, la espalda apoyada en la superficie de plástico, nota el sudor empapando la camisa, separa las piernas y coloca la cabeza entre ellas. Poco a poco empieza a sentirse mejor. Levanta la mirada, la multitud se remueve inquieta, entre las ramas de los árboles alcanza a ver una de las pantallas, parte de ella, parece que Robben vuelve a tener la pelota. Hace unos minutos ha estado a punto de marcar, pero se ha quedado con las ganas, menudo susto, grande Iker, ahora Robben pierde el balón lejos de la portería, se sale por la banda, gritos de alivio. Vuelve a respirar. Por un momento ha temido que ni siquiera después de muerto lograría deshacerse de Javi. Los últimos meses han sido un infierno. Le llamaba cada dos por tres para preguntar por Rocío, por Toño, es verdad que se han ido a vivir juntos, sabes si están follando, también para pedirle dinero, sableándole, rabioso con el mundo, con él, cogía los billetes de cincuenta y podía notar su odio, su desprecio, deberías darme las gracias por coger tu dinero de maricón, después necesitaba quedar con alguien, con Alicia, Josemari, Carmelo, incluso con Mario, quien estuviera disponible para quitarse de encima toda esa bilis. No era Javi, ya no. Solo hubo un instante, cuando logró que fuera a su apartamento para ver los octavos contra Portugal, entonces volvió a ser él mismo, se tomaron unas cervezas, rieron recordando historias del instituto, incluso aceptó ver los cuartos de final contra Paraguay con Rocío y Toño, de nuevo los cuatro juntos.

Alguien se acerca por detrás.

—Joder, Charli, ¿cuántas veces tengo que decirte que no salgas tanto? —grita Javi, le empuja para apartarle del balón.

—Que somos cuatro menos, tío, soy portero-delantero.

—Da igual. Tú no intentes regatear.

Él insiste, les doblan en número, son ocho contra cuatro, y en diez minutos el equipo de Iván ya gana seis a cero. Es verdad que nada más empezar Toño ha estado a punto de marcar con un tirazo, pero porque había pillado despistados a todos en el saque inicial. Desde entonces no han tenido la más mínima oportunidad de meter gol. Da lo mismo en qué dirección vaya el balón, siempre se encuentra cerca alguno del otro equipo.

—Cuando tengas la pelota me la pasas a mí —dice Javi en un tono que no admite réplica, el rostro congestionado, el pelo empapado en sudor—. Y luego te quedas en la portería.

—Jo.

Ve venir a su hermana con el gesto serio, los brazos en jarras, como si se creyera Juanito o Santillana, aunque en su caso sería Cruyff o Migueli. Toño se inclina para tomar aire, apoya las manos en las rodillas. La última carrera hacia la otra portería le ha dejado sin fuerzas.

—¿Lo dejamos ya? —pregunta Toño.

—¡Vale!

—No —responde Javi y patea el suelo levantando tierra.

—Jo, pero es que yo me aburro en la portería.

—Entonces tenemos que cambiar de táctica —dice Toño.

No sabía que siguieran una táctica. Hasta ahora, de existir una, la táctica consistía en que Javi intentaba regatear a todo el mundo mientras Rocío y Toño corrían gritando pasa, pasa, pasa. Y Javi es bueno, pero no tanto. Nadie es tan bueno. Aguardan en silencio a que Toño prosiga. Él frunce el ceño, se rasca la cabeza, adopta el gesto pensativo con el que Javi se parte, pero ahora ninguno le ríe la gracia. Sin embargo parece que Toño tampoco lo tiene claro.

—Patadón *parriba* —dice Toño.

Alza los hombros, ha soltado una de sus frases, las flipadas de Toño. Hablan en voz baja, se interrumpen, cada uno propone una táctica distinta, sobre todo ellos tres, a él casi no le dejan meter baza, al final opta por hacer un maná-maná tu-tu-tururu. En el último momento consiguen ponerse de acuerdo.

—¿Sacáis ya, o qué? —grita Iván.

—Ya va, tío pesado —responde Javi—. Charli, a la portería.

—Jo.

Regresa junto a los abrigos apilados que hacen las veces de poste arrastrando los pies, levanta tierra a su paso, no le dejan salir de la portería, que es donde debería estar Rocío, ella es la chica, la vida es injusta.

—¡Venga, Charli, date brillo!

Bota el balón varias veces para obligar a Julve y a Salas a alejarse del área. Javi se acerca a Iván, mientras, a pocos metros de la portería contraria fingiendo estar agotado, espera Toño.

*22 horas 50 minutos 44 segundos solo quedan cinco minutos de partido, cinco minutos de prórroga, en realidad, el partido terminó hace veinticinco minutos, eso significa que ya llevan veinticinco minutos de agonía extra, mira a Rocío, se miran, sonríen, sus dedos se rozan mientras él se asegura de que tiene bien sujeto a Javi, una mano en la cadera, la otra en el hombro, Charli delante para impedir que se venza, es extraño, se agudiza el* rigor mortis *y sin embargo cada vez cuesta más mantenerle en pie, debería ser al contrario, aunque cualquiera sabe.*

—Joder, esto es insoportable —dice Charli y podría estar refiriéndose a Javi, parece aumentar de peso por momentos, sin embargo comprende que habla de la falta en el borde del área, se prepara Sneijder.

—Va a fallar —dice Rocío—, tiene que fallar. Debe fallar.

—Hasta el 94 nunca se había decidido un Mundial por penaltis —dice él, necesita hablar—, siempre terminó marcando uno de los equipos en la prórroga. No hizo falta llegar a los penaltis.

Rocío le mira, va a decir algo cuando Sneijder dispara, el balón se va fuera. Gritos de alivio, vamos, joder. Charli se limpia el sudor del rostro, del cuello, con la bandera y por unos segundos deja al descubierto el cuerpo de Javi. Da igual, nadie se fija en ellos, todo el mundo está pendiente de la pantalla.

—¿Y sabéis otra cosa muy curiosa? En las tres finales que se han celebrado desde el 94 solo en la del Mundial de Alemania ha habido prórroga, pero si os acordáis fue en...

—Toño —interrumpe Rocío—, vete a la mierda.

Se ríe, ella también suelta una carcajada, y de pronto entiende la anterior risa de Rocío, su reacción de esta tarde cuando se ha ido a comprar tabaco. Porque él era experto en eso, en irse a comprar tabaco y no volver. Pero esta vez no va a huir. No puede. Ella ahora lo sabe también, ha comprendido que ya no tiene adónde ir, porque como le descubrió el diablo de la ciencia a san Antonio no existen los abismos, siempre hay un sitio donde caer. La única huida posible sería a cualquier lugar donde no estuviera él mismo, y ese lugar no existe. O sí existe. Es Rocío. Es Lupe. Es Nueva York, el Nueva York de Rocío. Por eso deben marcharse, por eso tienen que dejarlo todo.

—No puedo con la vida —gime Charli.

Por un instante están a punto de perder a Javi, pero él reacciona a tiempo y se recomponen rápidamente. Observa su rostro, la piel brillante por la grasa de la pintura, se está fundiendo con el calor, sin embargo podría parecer que Javi ha empezado a sudar. Trata de recordar el rostro de Javi cuando eran niños, la forma de su nariz. Entonces no era aguileña, sino más bien chata. Recuerda sus grandes ojos color miel. Podría darle su rostro a Víctor. Pese a ser el protagonista, Víctor es el único personaje del cuento que está escribiendo con Rocío que aún no tiene cara. Ha probado diferentes rostros pero ninguno termina de convencerlos. Al principio, cuando Rocío terminó de escribir la primera versión, Victor era el único personaje que tenían claro. Pensaron que funcionarían en él los rasgos aniñados de Bowie, y sin embargo cuando lo vieron en papel comprendieron que no podía ser Ziggy.

En ese instante descubre la solución.

El rostro de Lupe guarda bastante parecido con el de Javi, aunque tiene los ojos de Rocío. Los mofletes recuerdan a los de Charli. Podría ponerle su propio pelo, la melena encrespada del niño salvaje. Sí, eso es, así el niño sería él, sería ella, sería Charli, sería Javi, todos serían el niño alienígena olvidado en la Tierra por su familia, una banda punk extraterrestre, al que nadie comprende, creen que simplemente está sin civilizar, que es un pequeño salvaje como el de Truffaut, y las autoridades terminan dándoselo en adopción a una familia española de clase media. Seguramente a Rocío le guste la idea.

Hay un rumor, unos metros más allá un grupo de chicas se remueve, cree reconocer a una de sus alumnas, Esperanza. Empieza el próximo año Bellas Artes. Es buena en dibujo pero le falta seguridad con los colores. Cuando termine esta locura quizá se acerque a saludarla. Un día le dijo que era el mejor profesor que había tenido porque no parecía un profesor. Es que no lo soy, respondió él, porque no lo es, ni siquiera tiene la carrera. Una vez más, el impostor al descubierto. En algún momento, eso espera al menos, dejará de serlo. La pregunta es cuándo.

—¡Ahora!

Javi y Rocío salen corriendo hacia el otro campo. Él mira hacia atrás esperando ver el balón por el aire, sin embargo Charli lo ha puesto en el suelo, pisa la pelota. Con su estilo desmañado va directo hacia Salas, el único que permanece cerca de la portería tras el grito de Javi.

—Joé, Charli.

Las tonterías de Charli ya les han costado dos goles. Y ahí viene el tercero. Su estrategia a la porra. Como dice su padre, si cada jugador hace lo que le sale de los huevos, el entrenador se puede ir a su casa, da igual que venga Carriega, García Traid o Marcel Domingo, tiene que volver Luis Aragonés. Javi maldice, insulta a Charli, mientras él resopla, inicia el descenso hacia su portería, quizá esté a tiempo de evitarlo. Sin embargo en esta ocasión Charli no pierde la pelota. Hace un quiebro que deja a Salas en el suelo y le lleva a la banda derecha. Alza las cejas, sorprendido. A continuación Charli se caerá al suelo, tropezará, es lo que están esperando todos. Pero cuando Cara Caballo sale a su paso, Charli lanza un pase que llega con precisión a los pies de Rocío. Iván sale disparado a por ella.

—¡Aquí, aquí! —grita Javi desde el otro lado del campo.

Iván ya ha comprendido que basta aproximarse a Rocío con la suficiente potencia para hacerla caer. En está ocasión,

Rocío también pierde el equilibrio, aun así desde el suelo es capaz de describir un arco con la pierna izquierda. Se levanta una gran polvareda y el balón se eleva en el aire pasando por encima de Nacho y Caloño para caer, por fin, a medio metro de donde se encuentra él. La portería, formada por el poste metálico de la canasta y un montón de jerseys apilados, queda a su izquierda.

—¡Estoy solo, Toño! —grita Javi.

Corre la banda con la pelota intentando acercarse a la portería, pero la presencia de Julve le obliga a escorarse un poco. Se está quedando sin ángulo, Caloño se pone delante de Javi, por la izquierda ve aproximarse a Nacho, también a Rocío. Dispara cuando casi está en línea con la barra de metal. El balón va cogiendo altura progresivamente, qué horror, lo más probable es que termine en manos de Pitu o saliendo fuera. Pero el balón lleva mucha fuerza. Pitu salta con el brazo extendido y la pelota pasa rozándole los dedos. Un toque muy leve, apenas modifica su trayectoria, y el balón golpea contra el poste. Los cuatro lo recordarán más tarde igual, a cámara lenta, el sonido del metal hueco antes de que el balón vuelva al campo para caer a los pies de Iniesta, un rápido control, dispara y entonces el estruendo, la locura, se abrazan a él. Al principio ninguno de los tres se da cuenta, aunque en todo esto no hay un principio y un final, nunca lo ha habido, porque todo sucede de manera acelerada, Toño abraza a Rocío con el brazo izquierdo, Charli hace lo propio con su brazo derecho, no tienen otra forma de hacerlo, Javi va sujeto entre ambos, y de pronto lo ven, los tres miran a Javi al mismo tiempo, las gafas de sol se le han resbalado por la nariz dejando a la vista los ojos abiertos, la mirada apuntando hacia arriba, donde se encuentra la gran pantalla, la boca formando el círculo perfecto, pero sobre todo su expresión, inequívoca, de gozo.

—¡Goooool! —grita Javi, los brazos en alto.

Dan botes, ríen, gritan, festejando un gol que no sirve para nada. Al menos eso piensan los del otro equipo. Iván les contempla sorprendido, sin entender el motivo de la celebración, no tienen nada que celebrar. Pierden por mucho, nadie lleva ya la cuenta, para qué, nunca podrán ganar, es imposible. Cuando el árbitro pita el final del partido, los tres tienen la esperanza de que se repita el milagro, incluso se abrazan de nuevo. Pero ya no se produce ningún cambio en su estado. Tendrían que conformarse con aquellos segundos, ese breve lapso de tiempo donde la verdad les fue revelada.

# Agradecimientos

Esta historia nunca habría llegado hasta tus manos, querido lector, quizá ni siquiera hubiera escrito la primera línea, de no ser por la ayuda y el aliento de varias personas. A todas ellas les estaré eternamente (si no eternamente, al menos hasta que deje de cobrar derechos de autor) agradecido. Gracias a Marga Pascual, por ser quien mejor me sabe leer; a mis hermanos Jorge Costilla y Alfonso Grau, por muchas, demasiadas cosas (necesito otra lista solo para vosotros); a mis padres, Fernando y Mercedes, por enseñarme a amar los libros; a Mercedes de la Fuente por su gran, preciso y azul ojo clínico; a Enrique Feás por mostrarme cómo se hace oposición; a mis editores, Fernando Paz y Marina Mena, por creer en la novela y lanzarse a publicarla en estos tiempos extraños de nuevas anormalidades; a Palmira Márquez por su estímulo, entusiasmo y, sobre todo, por su buen hacer; y, en fin, gracias a David Trías por su amistad inoxidable y su generosidad sin límites.

Y también gracias a todos los que me ayudaron a dar brillo y esplendor a *Eliminados* con cariño y paciencia, en especial gracias a Blas Maza, Javier Sedeño, Miriam Correa, Paloma Rivero y Salvador Vinuesa.